LILLI MARBACH

Das Beste wartet noch auf dich

Autor

Lilli Marbach wurde im romantischen Waldnaabtal geboren, hat große Lieben und viele berufliche Höhepunkte erlebt und ist doch der Meinung, dass die besten Zeiten noch lange nicht vorbei sind – eine Erkenntnis, die ihren Leserinnen Mut machen soll, an sich und ihre Träume zu glauben. Sie selbst träumt davon, ein Haus zu erben und darin all ihre Freunde zu versammeln. Bis das in Erfüllung geht, konzentriert sie sich ganz auf ihre größte Leidenschaft, das Schreiben. Lilli Marbach wohnt und arbeitet in München.

Besuchen Sie uns auch auf www.facebook.com/blanvalet und www.twitter.com/BlanvaletVerlag

Lilli Marbach

Das Beste wartet noch auf dich

Roman

blanvalet

Verlagsgruppe Random House FSC® N001967

1. Auflage
Copyright © 2020 by Lilli Marbach
© 2020 by Blanvalet in der Verlagsgruppe Random House GmbH,
Neumarkter Str. 28, 81673 München
Redaktion: Angela Kuepper
Umschlaggestaltung und -motiv: www.buerosued.de
KW·Herstellung: sam
Satz: Buch-Werkstatt GmbH, Bad Aibling
Druck und Bindung: GGP Media GmbH, Pößneck
Printed in Germany
ISBN 978-3-7341-0804-4

www.blanvalet.de

Es ist nie zu spät für große Träume

1

Veränderungen sind immer eine Herausforderung, steht auf dem Kalenderblatt. Treffer! Heute ist nämlich Haarfärben angesagt. Auf diese Weise verwandle ich mich von der ollen Witwe in die Frau ohne Alter, deren Haar rötlich braun glänzt wie frisch gefallene Kastanien. Die Herausforderung ist das gleichmäßige Verteilen der Haarfarbe, vor allem am Hinterkopf, wofür man ein achtarmiger Tintenfisch sein müsste. *Das* sollte in der Gebrauchsanleitung stehen. Dann würde jeder verstehen, wie schwierig es ist, die Pampe überall auf dem Kopf zu verteilen. Allerdings gehöre ich ja zu den Menschen, die Gebrauchsanleitungen nur überfliegen, den Text als viel zu lang empfinden und ihn nie zu Ende lesen. Mit dem Ergebnis, dass ich einmal drei verschiedene Farbtöne auf dem Kopf hatte. Dumm gelaufen, habe ich geflucht, aber Albert, mein geliebter und vor zehn Jahren verstorbener Gatte, hat nur lachend gemeint: »Jetzt siehst du aus wie eine Glückskatze.«

Also los! Farbe mischen, auftragen und auf ein tadelloses Ergebnis hoffen, denn frisch gefärbtes Haar verjüngt locker um fünf Jahre. Eine Weile habe ich es gewagt, die Farbe rauswachsen zu lassen, und stolz mein ergrautes Haar getragen. Aber irgendwann war ich es leid, unsichtbar für meine Umwelt zu sein, an der Supermarktkasse weggeschubst oder auf der Rolltreppe halb umgerannt zu werden. Bei Männern steht graues Haar ja für Reife, gar für Erfolg, und die Werbeindustrie vermarktet den ergrauten Herrn als »interessanten Typen«. Einer grauhaarigen Frau aber wird insgeheim das wenig schmeichelhafte Etikett »alte Schachtel« verpasst. Es sei denn, sie ist dürr wie eine Salzlette und trägt schrille Designerklamotten, dann kann sie es sogar auf das Cover der Oldie-Vogue schaffen. Ein Ziel, das nicht auf meiner Wunschliste steht. Und das hat gute Gründe.

Für meine Figur trifft eher das Prädikat XL-Lette zu, und wenn ich in den Spiegel gucke, weiß ich oft nicht, ob ich weinen oder lachen soll. Im Laufe der letzten zwanzig Jahre hat meine Statur sich von einem zierlichen Sommer- in einen drallen Winterkörper verändert. Für den nur noch geblümte Säcke hergestellt werden und schon gar keine Badeanzüge, deren raffinierter Schnitt ein paar Kilo zu viel geschickt verdecken würde. Ich vermute, die meisten Designer sind der Meinung: Wo kämen wir denn hin, wenn Frauen auch mit über sechzig noch attraktiv aussähen. Seit meiner körperlichen Verwandlung liebe ich den Frühling und den Herbst. Den Sommer würde ich gern überspringen. Erst recht, wenn er bereits im Mai mit tropischen Temperaturen beginnt, was in mir regelmäßig die Sehnsucht weckt, in einer Tiefkühltruhe zu leben.

Selbstredend hat der Sommer Vorteile: Man benötigt weniger Klamotten, spart Heizung und auch Strom, weil die Waschmaschine seltener zum Einsatz kommt. Auf den Märkten werden heimische Beeren, knackiges Gemüse und schmackhafte Tomaten verkauft statt der spanischen Wasserbomben, die gerade noch an der roten Farbe zu erkennen sind. Und auf meinem

Bio-Balkon wachsen süß-säuerliche köstliche Kirsch-tomaten.

Die Kehrseite: Seit meinem Fünfzigsten leide ich bei über fünfundzwanzig Grad unter scheußlichen Hitzeat-tacken. Und jetzt, mit sechsundsechzig, steuert frau so langsam auf das Ende zu. Glaubt man den Statistiken, bleiben mir noch locker fünfzehn, vielleicht sogar zwan-zig Jahre. Aber ich sage immer: Glaube nie einer Statis-tik, die du nicht selbst gefälscht hast.

Im Grund ist das Alter auch nicht von Bedeutung, es sei denn, man ist eine Flasche Wein. Ich jedenfalls halte es mit Udo Jürgens, der behauptet hat, mit sechs-undsechzig Jahren würde das Leben erst anfangen, man wäre doch noch gut in Schuss, und es sei auch noch lange nicht Schluss. Wenn Udo recht hat, dann wartet das Beste noch auf mich.

Nur der Blick in den Spiegel gerät inzwischen wie gesagt zu einer echten Mutprobe. Meinen Winterkör-per gar nackt zu betrachten, habe ich das letzte Mal mit sechzig gewagt, prompt ein graues Schamhaar entdeckt und mich seither nie wieder unbekleidet davorgestellt. Nicht allein wegen meines ergrauten Eroscenters, auch wegen des Hüftgolds und der Dellen an den Oberschen-keln. Von makelloser Schönheit bin ich Lichtjahre ent-fernt, aber solange ich die Wellenlandschaft nicht sehe, stört sie weder mich noch sonst jemanden. Und Sauna-besuche stehen ohnehin nicht auf meiner Wunschliste. Fürs Schwitzen zu bezahlen wäre Geldverschwendung, denn das ist sozusagen ein kostenloser Service der Firma »Wechseljahre«.

Ich suche auch keinen Mann, denn der Prinz auf dem weißen Pferd, vor dem ich mich ausziehen würde, hat

längst ein anderes Prinzesschen auf sein edles Tier geho-
ben. Außerdem sind Männer pflegeintensiv, müssen be-
kocht und bespielt werden, da bliebe mir ja kaum noch
Zeit für meine Lieblingsbeschäftigung: das Lesen.

Neulich stieß ich auf einen Artikel zum Thema Alter. An dem Fünfzigsten sei das *Alter* noch ein weit ent-
ferntes, dunkles Land, doch bald befände man sich auf
einem abschüssigen Pfad, der mit jedem Jahr steiler
würde und direkt in die Grube führe. Als ich das las,
habe ich beschlossen, beim Altwerden nicht mitzu-
machen. Basta. Aber irgendwie schleicht es sich doch
unbemerkt ein. Es beginnt ganz harmlos mit zwei,
drei grauen Haaren, als Nächstes verschwimmen die
Buchstaben, und zack, hat man eine Lesebrille auf der
Nase. Dann schlabbern die Oberarme, sodass man lieber langärmlige Oberteile trägt, man quetscht die dicken Hüften ins Miederhöschen, und bis zum Gebiss
ist es auch nicht mehr weit. Das Ganze endet mit einem Rollator. Normalerweise kann ich darüber nur lachen, schließlich trifft es irgendwann jeden. Nur heute
ist mir melancholisch zumute. Es sind die bittersüßen
Erinnerungen an den Sommer 1974 auf Ibiza, die mich
in letzter Zeit quälen. An heiße Küsse, trunkene Liebes-
nächte, tausend Treueschwüre …

An tropischen Sommertagen sehe ich mich in den Armen eines Mannes liegen, den ich glaubte, längst vergessen zu haben. Manchmal habe ich das Gefühl, mir alles
nur einzubilden. Dass Tom, der Sohn und Erbe einer renommierten Papierfabrik, mich, eine kleine Buchhändlerin, heiraten wollte. Damals, als ich weder Bauch noch
Cellulitis und höchstens ein paar kleidsame Lachfält-
chen hatte. Als wir leidenschaftlich verliebt waren und

glaubten, durch die Liebe für immer jung zu bleiben und niemals grauhaarig zu werden.

Wie Tom heute wohl aussieht, frage ich mich, während ich mir die Arme verrenke, um vom Deckhaar ein paar Strähnen abzuteilen, die ich mit Alufolie umwickle, damit sie grau bleiben und als Highlights wirken. Helle Strähnen hatte doch auch Audrey Hepburn als Holly Golightly in *Frühstück bei Tiffany*, ich finde, sie wirken cool und völlig altersunabhängig. Auf dem Ansatz verteile ich gleichmäßig Kastanienbraun.

Ich würde zu gern wissen, warum Toms Traum von der Schriftstellerkarriere geplatzt ist. Dass er nie ein Buch veröffentlicht hat, weiß ich aus sicherer Quelle. In der Buchhandlung meiner Eltern erhielten wir regelmäßig die Vorschaukataloge der großen Verlage, einen Roman von Tom konnte ich in keinem entdecken.

Bis vor einigen Monaten hatte ich jede Erinnerung an die Zeit mit ihm, ja sogar seinen Namen, erfolgreich verdrängt. Doch 2018, in jenem tropischen Endlossommer, kamen die Bilder zurück. Es scheint, als ließen sich solch prägende Erlebnisse doch nicht im Abfalleimer der Vergangenheit entsorgen, wie die Urlaubsfotos, die Tom mit einer Polaroidkamera schoss. In Tränen aufgelöst, habe ich die Bilder verbrannt und gehofft, mein Schmerz würde sich genauso in Rauch auflösen wie diese Fotografien aus glücklichen Tagen oder das von Tom verfasste Liebesgedicht.

Ich wusste nichts von Liebe, bevor ich dich traf – so lautete die erste Zeile auf einem handgeschriebenen Blatt, das ich ebenfalls dem Feuer geopfert habe. Ich war fest davon überzeugt, dass er mich genauso liebte wie ich ihn. Doch dann ist er einfach verschwunden. Ohne ein Wort.

Spurlos. Ich war zutiefst verzweifelt und wollte alles vernichten, was mich auch nur im Entferntesten an ihn erinnert. Inzwischen bedauere ich, seine Liebesbeweise zerstört und das zauberhafte bunte Glasperlenarmband, das Tom mir auf Ibiza geschenkt hatte, im Müll entsorgt zu haben …

Jetzt reicht's aber mit den melancholischen Rückblicken, rüge ich mich. Konzentriere dich lieber auf das Hier und Jetzt. Auf die Quark-Eigelb-Maske, die angeblich Falten mildert und die ich jetzt, wo die Haarfarbe einwirkt, auch noch auftrage. In dreißig Minuten werde ich fast wieder wie neu sein. Dann werde ich hinter dem Abbild der sechsundsechzigjährigen Frau wieder das junge Mädchen mit dem Porzellanteint entdecken, das ich in Gedanken noch immer bin.

Während Farbe und Maske ihre Wirkung entfalten, brühe ich frischen Tee auf und begebe mich in das ehemalige Gästezimmer, das ich zu meiner privaten Bibliothek umgestaltet habe. Aufatmend sinke ich in den bequemen roten Samtsessel und greife nach dem Roman, der auf dem zierlichen Jugendstiltisch bereitliegt. Von knapp fünfhundert Seiten fehlten noch zwanzig, bis ich erfahre, welch dunkles Geheimnis die Protagonistin hütete. Ich liebe spannende Schicksalsromane, aber auch humorvolle Geschichten und Werke über Kunst. Insgesamt besitze ich eine stattliche Anzahl an Büchern, die sich in sieben Metern Regalwand stapeln. Dieser Schatz stammt, bis auf wenige Ausnahmen wie das neue Buch über den Bio-Balkon oder diverse Backbücher, aus dem Buchladen meiner Eltern. Sie erinnern mich nicht nur an meine Mutter, die genau wie ich in jeder freien Minute gelesen hat, und an meinen Vater mit seiner Vorliebe für unblutige Krimis, sondern auch an die glückseligen Stunden, die ich im elterlichen Buchladen verbracht habe. An das Auspacken neu eingetroffener Bücher und diesen ganz speziellen Duft, den ich am liebsten in Parfümflakons einfangen würde, um immer mal wieder daran zu schnuppern. Gegründet wurde das Geschäft 1950 von meinen Großeltern und später von meinen Eltern rentabel weitergeführt. Erst als der Onlinehandel spürbar zunahm, mussten sie Personal entlassen, und 2010 war es dann endgültig vorbei. Denn der ständig gestresste Kunde kauft heutzutage im Internet, das ist bequem und lässt sich vom Sofa aus erledigen. Das daraus folgende Ladensterben in den Städten entlockt vielen uneinsichtigen Onlinekäufern höchstens ein müdes Schulterzucken. Ein Account bei dieser monströsen amerikanischen Krake, die Einzelhändler im Sekundentakt vertilgt wie Plankton, ist einfach todschick. Es ist wohl auch zu verlockend, um Mitternacht die Fortsetzungen einer Buchserie in Sekundenschnelle auf den Reader laden zu können. Wie gern würde ich diese Ignoranten bei den Schultern packen und ihnen erklären, wie wundervoll es ist, in realen Buchläden zu stöbern, frisch gedruckte Bücher aufzuschlagen, den holzigen Duft des Papiers einzuatmen, die jungfräulichen Seiten zu befühlen, ein in vielen Stunden gelesenes Werk tatsächlich umarmen zu können. Aber es ist eine schöne neue, brutale Welt, die auch den Kunsthandel von Albert von Buntschuh auf dem Gewissen hat.

Seufzend nehme ich einen Schluck Tee und werde vom Schrillen der Klingel unterbrochen. Hastig begebe ich mich zur Tür. Als meine Hand auf der Klinke liegt, fällt mir ein, dass ich mit Haarbarbe und Gesichtsmaske zum Fürchten aussehen muss.

»Wer ist da?«, rufe ich vorsichtshalber.

»Hallihallöchen, wir sind es«, dringt es durch das Türblatt.

Ich erkenne die Stimmen des Hausmeisterpaares Müller & Müller. Kurioserweise hießen beide schon vor ihrer Heirat Müller, was unsere Doppelmüller gern erzählen und als schicksalhaft bezeichnen.

Ich öffne die Tür und entschuldige mich für mein Aussehen.

»Ich bitte Sie, Frau von Buntschuh«, winkt Ignaz, der gelernter Installateur ist, galant ab. »Wahre Schönheit kann nichts entstellen.«

»Mein Goldfasan kennt sich aus mit Schönheit, deshalb hat er mich geheiratet«, erklärt Korbinian, der Elektriker mit der roten Knubbelnase, gibt Ignaz einen Schmatz auf die Wange und hält mir die Tageszeitung entgegen. »Wir müssen in den Baumarkt und wollten fragen, ob Sie unsere Süße für ein paar Stündchen hüten könnten?«

Die »Süße« ist natürlich nicht die Zeitung, sondern Liza Minnelli, Müllers einjähriges Mopsweibchen, die mich längst als Ersatzmama akzeptiert hat und bereits an meinen Beinen vorbei in die Wohnung marschiert ist. Der Lesestoff ist als kleine Aufmerksamkeit gedacht. Irgendwann einmal erwähnte ich beiläufig, dass ich ausgelesene Zeitungen für den Biomüll benötige. Nicht die volle Wahrheit, natürlich lese ich das Blatt zuerst. Ein eigenes Abonnement erlaubt meine Witwenrente leider nicht. Mich darüber zu beklagen käme mir aber nie in den Sinn, mit Fremden über Geld zu sprechen ist vulgär.

Wenngleich dieses reizende, stets gut gelaunte, hilfsbereite Ehepaar mir ans Herz gewachsen ist, als wäre es mein Kind. Theoretisch könnten die beiden fünfunddreißigjährigen Männer mit den borstigen rötlichen Haaren es auch sein.

»Die Süße ist bei mir in besten Händen«, versichere ich und nehme die Hundeleine entgegen, die Ignaz mir reicht. »Wenn mein Haar trocken ist, machen wir einen ausgiebigen Spaziergang, das Wetter ist ja herrlich.«

»Ganz reizend, liebe Frau von Buntschuh, dann bis später«, flöten Doppelmüller und hüpfen die Treppen nach unten wie freche Schulbuben.

Ich folge Madame Minnelli in die Küche, wo ich ihre Schüssel mit Wasser fülle.

Liza schlabbert einige Male, mehr aus Höflichkeit, wie mir scheint, dann begeben wir uns gemeinsam ins Lesezimmer. Kaum sitze ich bequem, Müllers Mops zu meinen Füßen, klingelt es erneut.

»Deine Papas haben wohl was vergessen«, sage ich an Liza gerichtet, die schwanzwedelnd losrennt.

Ich sause hinterher und öffne schwungvoll die Tür. Statt des schwulen Hausmeisterpaars steht ein stattlicher Postbote mit Vollbart davor, der mich entgeistert anstarrt.

»Öhm … Verzeihung, ich habe einen Brief für Frau von Buntschuh.«

Liza Minnelli gibt ein freundliches Begrüßungs-Wuff von sich. Sie scheint den Boten zu kennen.

»Steht höchstpersönlich vor Ihnen«, murmele ich und erinnere mich im selben Augenblick, noch immer die Quarkmaske im Gesicht zu haben, plus der Aluantennen und der dunkelbraunen Pampe auf dem Kopf. Vermutlich sehe ich aus, als wollte ich für ein extra schräges Cover von Punk 60-plus posieren. Logisch, dass sich der arme Mann erschrocken hat. »Möchten Sie meinen Ausweis sehen?«, füge ich deshalb freundlich hinzu.

»Nein, nein, schon in Ordnung. Cooler Style übrigens.« Grinsend wedelt er mit einem weißen Briefumschlag und hält mir mit der anderen Hand dieses Digitalgerät zur Unterschrift entgegen. »Einschreiben.«

Ich zögere. Eingeschriebene Briefe erhalten meiner Erfahrung nach selten gute Nachrichten. Ich erinnere mich da an einen Brief von der Bank, als Alberts Kunsthandel in finanzielle Schieflage geraten war.

»Nur zu, wird schon keine Bombe sein«, scherzt der Bote.

»Von wem ist es denn?«

Entsetzt reißt er die Augen auf. »Ich soll Ihre Post lesen? Das ist uns nicht erlaubt.«

»Ich erlaube es Ihnen. Stellen Sie sich einfach vor, ich wäre stark sehbehindert«, erwidere ich grinsend.

Ohne auf den Absender zu blicken, erklärt er mit unschuldigem Augenaufschlag: »Notariat Clemens Nolte.«

Ich kenne keinen Nolte, und mein letzter Kontakt zu einem Notar ist etliche Jahre her. Der war damals, als wir den Kunsthandel auflösen mussten. Neugierig bin ich dennoch. Ich unterschreibe, nehme den Brief entgegen und noch ein Päckchen für die Nachbarn. Eines von Amazon – woher sonst.

Zurück in meiner Bibliothek sinke ich in den Lesesessel und mustere unschlüssig den Umschlag. Den erhofften Lotto-Hauptgewinn enthält er sicher nicht. Meine wöchentlich getippten Zahlen waren am letzten Samstag jedenfalls nicht dabei.

Ein Lottogewinn steht ganz oben auf meiner persönlichen Wunschliste, die seit Alberts Tod auf fünfzig Punkte angewachsen ist. Jeder der neunundvierzig anderen würde sich nach einem Gewinn automatisch erfüllen. Wie zum Beispiel eine Reise nach New York, zu den berühmten Galerien, Museen und natürlich in die Metropolitan Opera. Überhaupt würde ich gern noch ein bisschen reisen, bevor ich zu alt und zu krank dafür werde und statt schicker Garderobe einen prall gefüllten Medikamentenkoffer mitnehmen müsste. Albert hatte mir nach der Geschäftsaufgabe eine USA-Reise versprochen, doch als sämtliche Schulden getilgt waren, reichten die restlichen Finanzen noch für den Umzug in diese Drei-Zimmer-Wohnung am Münchner Ostfriedhof. Mit dem Rest wäre gerade mal eine Kaffeefahrt an den Staffelsee zu finanzieren gewesen – worauf ich selbstredend verzichtet habe.

Ich halte Liza Minnelli den Umschlag vor die Nase. »Riech mal, ob es sich lohnt.«

Die Hündin schnüffelt eine Minisekunde am Kuvert, schnappt es sich dann und rast damit durch die Räume, als wär's eine leckere Beute.

Ich sause der frechen Mopshündin hinterher. Mit Bei-Fuß-Kommandos versuche ich sie zu stoppen, doch ich könnte die Befehle genauso gut gegen die Wand rufen. Liza hält das Gerenne für einen prächtigen Spaß und denkt gar nicht daran, das »Spielzeug« abzugeben. Erst als ich in die Küche abbiege und den Kühlschrank öffne, steht sie plötzlich hechelnd neben mir, und der Notarbrief landet auf dem hellgrauen Kachelboden. Liza kriegt eine Belohnungsscheibe Bierschinken und ich ein angesabbertes Kuvert mit Bissabdrücken, das ich erst mit einem Küchentuch trocken reiben muss.

Der Umschlag enthält einen einseitigen Brief. Natürlich ist die Schrift mal wieder zu klein, und ich muss die Lesebrille aus dem Bücherzimmer holen. Beim Aufsetzen verschmiert ein Brillenglas wegen der Quarkmaske, und ich muss zurück in die Küche, um es gründlich zu waschen. Dann erst kann ich die wenigen Zeilen lesen. Die Worte lösen einen kleinen Schock in mir aus. Aufgeregt sause ich in den Salon, um Albert die unfassbare Neuigkeit vorzulesen.

Mein Gatte residiert seit gut zehn Jahren in einer sternenverzierten Emaille-Urne in Königsblau auf der Biedermeierkommode. Das ist illegal, auch wenn es mir nicht in den Kopf will, warum. Es sind nichts als staubige Überreste in einem Topf, und da es in einem Haushalt permanent staubt, würde man doch meinen, dass etwas mehr davon nicht gleich den Weltuntergang bedeutet. Alberts Asche konnte ich nur mit einem Trick heimbringen. Es ist den Bestattungsinstituten nämlich erlaubt, sterbliche Überreste per Post zu verschicken. Angenommen, jemand wünscht eine Seebestattung, kommt die Urne in eine Spezialverpackung, bruchsicher und vor allem staubdicht, sonst krabbeln am Ende noch ein paar Milben dazu, und das Ganze wird an ein entsprechendes Unternehmen versandt. So trat Albert seine letzte Reise offiziell per Post an. Ich hatte keine Wahl, mir war nur die karge Witwenrente geblieben, und selbst ein mickriges Urnengrab in der hintersten Reihe wäre zu teuer gewesen. Die Lösung birgt jedoch noch weitere Vorteile: Alberts Asche auf der Kommode erspart mir nicht nur die ebenso lästige wie kostspielige Grabpflege, ich kann mich auch jederzeit mit ihm unterhalten. Selbstredend könnte ich das auch mit dem gerahmten Foto, das auf meinem Nachttisch steht – darauf sitzt er entspannt auf der Terrasse unserer früheren Villa und blickt auf den Starnberger See –, aber mit der Asche ist es irgendwie persönlicher. Den gleichen Effekt hat ja auch eine Grabstätte: Man steht davor und hält Zwiesprache mit dem Verblichenen, dabei ist es nichts weiter als ein Erdhaufen, garniert mit einem beschrifteten Stein. Wie auch immer, damit kein Besucher die Urne entdeckt und mich an irgendein Amt verpfeifen kann, habe ich sie mit einer hohlen Bronzebüste von Kaiser Wilhelm II. getarnt.

»Weißt du, wer gestorben ist?«, frage ich beim Abnehmen der Kaiserbüste und beantworte meine Frage wie üblich selbst. »Deine Taufpatin Theodora von Treuenfels.«

Falls es ein Jenseits gibt, hat Albert die Neuigkeit natürlich längst vernommen, trifft seine Patentante gar regelmäßig, und beide amüsieren sich nun prächtig über meine Frage.

Ich erinnere mich noch lebhaft an die Gräfin von Treuenfels. Eine zierliche Frau mit goldbraunen Augen, dunkler Kurzhaarfrisur und cremefarbener Garderobe, die sie ausschließlich in Paris erstand. In jungen Jahren muss sie eine umwerfende Schönheit gewesen sein, mit geschätzten zehn Verehrern an jedem Finger. Das Rennen machte dann ein zwanzig Jahre älterer Landgraf, der nicht sonderlich attraktiv, aber unermesslich reich war. Theodoras Wahlspruch lautete: Schönheit vergeht, Baugrund besteht. Nach zehnjähriger Ehe starb der Graf, ließ Theodora wohlversorgt zurück, und sie zog nach Teneriffa, der Sonne wegen. Bei ihrer letzten Stippvisite in der alten Heimat hat Theodora uns besucht. Damals residierten Albert und ich noch standesgemäß in unserer weißen Villa am Starnberger See mit parkartigem Garten und eigenem Strandabschnitt. Theodora meinte, es sei doch sehr bedauerlich, dass wir so beengt leben müssten, und nahm sich eine 5-Sterne-Suite im Hotel Vier Jahreszeiten, mit genügend Platz zum Umdrehen. Heute würde die kapriziöse Exzentrikerin nur naserümpfend durch meine schuhschachtelgroße Etagenwohnung am Giesinger Ostfriedhof schreiten, so sie überhaupt nach oben käme, und mich bedauern, weil drei Zimmer für eine alleinstehende Frau doch »enorm beengt« seien.

Amüsiert wende ich mich wieder an Albert. »Ich wurde zu Theodoras Testamentseröffnung geladen. Das wäre ja ein Knaller, wenn sie mir diese traumhafte Cartieruhr vermachen würde, die ich oft an ihr bewundert habe.«

2

Eine Woche später fülle ich eines der kostbaren Kristallgläser mit Merlot aus dem weltberühmten französischen Weingut Château Latour und nehme eine Havanna aus der Zigarrenkiste.

Wer nun glaubt, ich sei total gaga, würde mich im stillen Kämmerlein betüddeln und dazu eine Zigarre paffen, der ist auf dem Holzweg, denn auf diese Weise gedenke ich meines seligen Gatten in liebevoller Erinnerung. Jedes Jahr an Alberts Geburtstag entzünde ich ihm eine der kubanischen Zigarren, lasse sie neben seiner Urne in einem weißen Marmoraschenbecher verglimmen und süffle an seiner Stelle den Rotwein. Dieses feierliche Ritual, inklusive eines fiesen Hustenanfalls nach dem ersten Zug an der Kubanischen, wiederholt sich auch an seinem Todestag. Ich gebe gerne zu, es ist eine absonderliche Gewohnheit, aber was wäre das Leben ohne Schrullen? Weitaus schrulliger war doch Queen Victoria, die nach dem Tod ihres viel zu früh verblichenen Göttergatten – der übrigens auch Albert hieß – vierzig Jahre lang täglich Kleidung für ihn herauslegen, warmes Wasser bereitstellen und in seinem Schlafzimmer Bettlaken und Handtücher wechseln ließ. Dagegen sind Rotwein mit Zigarre doch harmlos. Und weil ich sonst keinen Alkohol trinke, bin ich nach ein, zwei Gläsern Wein ziemlich beschwipst und falle dann schon mal laut singend ins Bett.

Mit dem Glas in der Hand setze ich mich in Alberts braunen Ledersessel.

»Auf dich, mein Guter!« Ehrfürchtig trinke ich einen kleinen Schluck in Erinnerung an seine ebenso ausufernde wie blumige Beschreibung des Bouquets. Albert hat immer gemahnt, edle Weine stets mit Andacht zu genießen. Er hat mir auch gezeigt, wie genau man das macht (Schluck im Mund behalten, Luft einsaugen, schlürfen und das ganze Pipapo), aber trotz aller Hochachtung schmeckt mir das teure Tröpfchen nicht besonders. Vermutlich sind zwei Flaschen pro Jahr zu wenig, um Weinkenner zu werden. Oder es liegt an meiner Vorliebe für Schaumweine. Ein kühles Glas Prosecco ist mir allemal lieber als jeglicher Château *Dingenskirchen*.

Nach dem zweiten Glas habe ich mich an den herben Geschmack des Rotweins gewöhnt und erzähle Albert von der Testamentseröffnung, die am Vormittag in der Kanzlei Nolte stattgefunden hat. Ausführlich schildere ich ihm die steifen Formalitäten.

»Stell dir vor! Der Notar setzte etwas umständlich seine Brille auf, brach bedachtsam das Siegel eines Umschlags, entnahm das handgeschriebene Testament und räusperte sich mehrmals, bevor er in feierlichem Tonfall zu lesen begann. Sabrina und Stefan, Theodoras Kinder, haben die väterlichen Landgüter, Wälder und obendrauf ein ansehnliches Vermögen geerbt. Den insgesamt sechs Enkelkindern hat die spendable Großmama gewinnträchtige Aktienpakete, Rennwagen und Rennpferde mit exotischen Namen hinterlassen.« Darauf nehme ich einen Schluck Wein. »Und dann war da noch ein Mietshaus in München, das sie – du glaubst es nicht! – mir hinterlassen hat. Hättest du das gedacht, Albert?« *Ich* kann es jedenfalls immer noch nicht fassen, es fühlt sich nach wie vor so unwirklich an. Da rechne ich mit einer goldenen Uhr, die leider mit keiner Silbe erwähnt wurde, und dann haut es mich fast vom Polsterstuhl, als dieser Nolte meinen Namen sagt und mit gelassener Stimme verliest: »Balbina von Buntschuh, der Witwe meines verstorbenen Patensohnes Albert von Buntschuh, vermache ich mein Anwesen ›Am Rosenberg‹.«

Ich nippe am Wein und wende mich wieder Albert zu. »Du kannst dir sicher denken, wie ich nach Luft geschnappt habe. Ich, die ich gerade so über die Runden komme, mir jedes Vergnügen verkneife und in Uralt-Klamotten rumrenne, erbe eine Immobilie. Mein Anwesen …«, ich lausche dem Klang dieses märchenhaften Wortes nach, »liegt im Stadtteil Thalkirchen, Nähe Isar und Tierpark. Kennst du das Haus? Ich kann dir leider kein Foto zeigen, der Notar hatte keines, meinte aber, falls ich es verkaufen wolle, fänden sich sofort Interessenten, die dafür ein hübsches Sümmchen im hohen siebenstelligen Bereich bieten würden. *Siebenstellig!* Eine berauschende Zahl. Stell dir das mal vor, Albert … Weißt du, was das bedeutet? Ich werde Stammkundin bei Feinkost Käfer und kann den Bettlern auf der Straße endlich wieder was in die Pappbecher werfen.« Albert hüllt sich trotz der Sensationsnachrichten wie üblich in Schweigen, nicht überraschend, zu Lebzeiten war er auch keine Plaudertasche.

»Nun denn, ich werde mein Millionenerbe baldmöglichst in Augenschein nehmen.« Zur Feier des Tages gieße ich Rotwein nach und sehe mich in einer weißen Limousine nach Thalkirchen fahren. Hach, so lässt es sich aushalten. Bliebe noch die Frage, wie ich schnellstens zu etwas Bargeld komme. Meine Witwenrente reicht nämlich für solche Limousinenmätzchen nicht aus, ich muss wohl bei der Bank einen Kleinkredit beantragen. Auch wenn es für mich eine bittere Pille ist, mit Fremden über meine finanzielle Misere zu reden … Aber ich werde mich überwinden. Als reiche Erbin mit dem Omnibus zu meinem Anwesen zu fahren ist nicht gerade standesgemäß. Außerdem möchte ich zukünftig nur noch cool gestylt sein und mich nie wieder von einem Postboten schwach anreden lassen. Mir regelmäßige Friseurbesuche gönnen und endlich kleine Wünsche erfüllen können, wie Theater- oder Opernbesuche oder eine frische, ungelesene Tageszeitung, auf die ich seit Jahren verzichte. Nicht nur, weil mir das nötige Kleingeld fehlt, für manche Unternehmungen mangelt es auch an der nötigen Ausstattung. Das einzige vorzeigbare Stück in meinem überschaubaren Kleiderschrank ist ein Chanel-Kostüm mit breiten Schultern, die einen aussehen lassen wie ein Kampfweib. Wie meine gesamte Garderobe stammt es aus der Zeit, als wir noch am Starnberger See residierten und uns nicht zum Etagenadel zählen mussten. Aber nichts währt ewig. Etwa um das Jahr 2005 stand Albert oft tagelang allein in unserem Antiquitätenladen und vertrieb sich die Zeit mit dem Polieren der wenigen Silberstücke. Ich leistete ihm Gesellschaft oder half beim Aufwirbeln der Staubmäuse. Schließlich mussten wir akzeptieren, dass die Zeiten kleiner Kunsthändler vor Ort unwiderruflich zu Ende gingen, einerlei, wie sehnsüchtig wir zurückblickten. Ehe es zu einem peinlichen Konkurs oder gar Offenbarungseid gekommen wäre, gab Albert das Geschäft auf. Nach seinem Tod habe ich dann sämtlichen wertvollen Schmuck, Designerkleider und Antiquitäten verscherbelt. Und das auch noch bei genau diesem Online-Auktions-Händler, der mitschuldig am Konkurs von Alberts Kunsthandel war – welch eine Ironie. So viel zum Thema *Veränderungen sind immer eine Herausforderung.*

Schluss mit Erinnerungen, jetzt fängt ein neues Leben an! Eines, in dem ich mir täglich ein Gläschen Schampus leisten könnte. Übermütig trällere ich den Song von Peggy March vor mich hin, in dem es um Träume ging, die in den Himmel der Liebe wachsen … Stopp, meine großen Träume gingen ja alle den Bach runter, also realistisch bleiben, einen Kleinkredit beantragen und es gleich mal ein bisschen krachen lassen. Geld allein macht nicht glücklich, wird ja allgemein behauptet, aber kein Geld macht genauso wenig glücklich. Und wenn schon unglücklich, dann weint es sich doch weitaus angenehmer in einer herrschaftlichen Villa am See als in einer schäbigen Etagenwohnung.

In Chanel aus den Neunzigern, die Haut matt gepudert, die Lippen in dezentem Rot geschminkt, die Wimpern getuscht – ohne Lidschatten, denn alte, faltige Augenlider wirken schnell wie die eines Leguans – und dem Notarbrief in der nachgemachten Chanel-Handtasche aus billigem Kunstleder begebe ich mich auf den Weg. Es herrscht tadelloses Wetter, die Sonne strahlt von einem knallblauen Himmel, den weiße Wattewölkchen zieren. Mein Albert hätte gesagt: ein Tag zum Heldenzeugen. Und als mir in der Trambahn ein junger Mann zuzwinkert, weiß ich, die Quarkmaske hat gewirkt.

Bestens gelaunt erreiche ich das Kreditinstitut und steuere mit hoch erhobener Nase auf den Kundenschalter zu. Doch anstatt Frau Seltmann, meiner langjährigen Beraterin, die mir so vertraut ist wie eine lieb gewonnene Bekannte, begrüßt mich ein junger Mann, kaum älter als fünfundzwanzig, mit Fusselbart im Kindergesicht.

Meine Frage nach Frau Seltmann beantwortet er mit einem ungeduldigen: »Wurde in den Vorruhestand versetzt.«

Ich verlange den Filialleiter zu sprechen, worauf der junge Berater mich höflich unterrichtet: »Dafür müssen Sie einen Termin vereinbaren. Worum handelt es sich?«

Aus den Zeiten unseres Kunsthandels besitze ich ausreichend Erfahrung mit Banken und weiß sehr genau, wie man hochnäsigen Schnöseln, die sich in einer Machtposition wähnen, Manieren beibringt.

»Um eine Immobilie«, antworte ich knapp.

Das trifft ins Schwarze seiner ewig hungrigen Bankerseele. Seine babyblauen Augen glitzern gierig, von einer Sekunde zur anderen bittet er mich ausnehmend höflich in einen abgeschlossenen Büroraum und stellt sich als Kevin Hausmann vor. Freundlich offeriert er mir einen bequemen Stuhl und Kaffee.

Mit einem Kopfnicken nehme ich Platz. »Danke, mit Milch und Zucker bitte.« Mit diesem Lackaffen meine finanziellen Angelegenheiten besprechen zu müssen ist mir zwar eine gallenbittere Pille, aber es scheint, als könnte nur er mir das nötige Kleingeld verschaffen. Also muss ich sie schlucken.

»Mein verstorbener Mann und ich sind hier schon jahrelang Kunden, und nun habe ich eine Immobilie geerbt, auf die ich einen Kredit oder eine Hypothek aufnehmen möchte.« Ich angele die notarielle Erbschaftsbestätigung aus meiner Handtasche.

»Erlauben Sie?«, fragt er mit gierigem Blick auf das Kuvert, nachdem er mir ein Minitablett mit meinem Kaffee serviert hat.

Ich reiche ihm das Gewünschte.

Während er das Schreiben studiert, bewegen sich seine Lippen wie bei einem Grundschüler, der noch immer halb laut mitlesen muss, um sich den Inhalt einzuprägen.

Als er mir schließlich den Notarbrief über den Tisch zurückschiebt, fragt er nach meiner Kontonummer. Etliche Mausklicks später sieht er mich über den Monitor hinweg an und murmelt: »Leider fallen Sie in die Rubrik Risikokundin.«

»Wie bitte?« Selbstverständlich ist mir das Wort »Risikokundin« geläufig, und ich weiß nur zu gut, was es bedeutet. Doch mich in diese Schublade zu quetschen empfinde ich als Unverschämtheit. Ich bin kein Risiko, sondern stolze Hausbesitzerin.

»Die Eingänge auf Ihrem Konto sind zwar regelmäßig, beschränken sich aber lediglich auf die monatliche Rente«, verkündet er in aalglattem Tonfall, den er vermutlich auf einem Wie-demoralisiere-ich-Kunden-Lehrgang perfektioniert hat.

»Erzählen Sie mir etwas Neues«, schnappe ich zurück.

Zwischen seinen hellen Augenbrauen bildet sich eine steile Unmutsfalte. »Selbst für einen Kleinkredit von, sagen wir, zehntausend Euro, könnten Sie die monatliche Tilgung nicht bedienen. Von der Belastung durch eine Hypothek wollen wir gar nicht erst reden«, entgegnet er ungerührt und fügt noch hinzu: »Und mit einer lukrativen Beschäftigung, die an der Misere etwas ändern würde, wird in Ihrem Alter wohl auch nicht mehr zu rechnen sein. Würden Sie mir da zustimmen?«

Einen Augenblick lang bin ich platt, dann hole ich tief Luft, straffe die Kampfweibschultern und schiebe ihm das notarielle Schreiben wieder über den Tisch. »Womöglich haben Sie überlesen«, beginne ich und bemühe mich weiterhin um einen freundlichen Tonfall, »dass es sich um ein Mietshaus mit mehreren Parteien handelt?«

»Schön und gut, doch hier steht, das Haus ist unbewohnt – da sieht es mit Mieteinnahmen nicht gerade rosig aus. Und offen gestanden zählt Thalkirchen auch nicht zu den begehrtesten Gegenden.« Abfällig zieht er den Namen des Stadtteils in die Länge. »Im Monopoly würde die Straße zu den billigsten ...«

»Monopoly?«, fahre ich wütend dazwischen. »Sie mögen mich für eine naive alte Frau halten, doch ich weiß sehr genau, dass, im Gegensatz zu Monopoly, in ganz München, selbst in der Peripherie, keine guten oder schlechten Gegenden existieren. Jeder Acker im Umkreis von rund fünfzig Kilometern zählt zu den begehrten Gegenden. Überall sind die Preise pro Quadratmeter die höchsten der gesamten Republik, falls *Ihnen* das entgangen ist.«

Nachdenklich befummelt er sein Bärtchen, meine Zurechtweisung scheint ihn wohl doch zu jucken. Konzentriert starrt er auf den Monitor.

»Es gäbe da eine Möglichkeit ...«

Na bitte, geht doch, denke ich siegessicher. Und jetzt, wo er die Hand so exponiert am Kinn platziert hat, fällt mir der lange Ringfinger auf, der bei Männern ein Indiz für Risikobereitschaft sein soll. Will heißen: Er wird mir den Kredit geben.

»Nun, es ist doch so, dass eine baufällige Immobilie gerade in Ihrem Alter eher einer Belastung gleichkommt.

Ich meine, was könnten Sie schon damit anfangen? Sie können nicht einziehen, und Renovierungen in Eigenarbeit fallen wohl auch flach. Würden Sie mir in diesem Punkt zustimmen?«

Ah, die Technik des Herunterredens. Ist mir bekannt. Wenn Albert den Preis für ein zu teures Gemälde drücken wollte, erfand er tausend Mängel, ohne auch nur mit der Wimper zu zucken. Aber wenn der Kerl glaubt, ich falle darauf rein, hat er sich geschnitten. »Nun reden Sie nicht um den heißen Brei herum, ich habe nicht ewig Zeit wie manche Bankangestellte«, fahre ich ihn an.

»Verkaufen Sie das Anwesen!« Er angelt einen Stift aus einem roten Kaffeebecher, kritzelt etwas auf einen Notizzettel und schiebt ihn mir zu. »Wir bieten einen ansehnlichen Preis.«

Ich werfe einen Blick auf das Angebot, sage lachend: »Träumen Sie weiter«, und verabschiede mich mit einem knappen Kopfnicken.

Der hingekritzelte Betrag liegt eine Million unter dem, den Nolte angedeutet hat. Dennoch verwirren mich siebenstellige Summen mindestens so sehr, als hätte ich den sagenumwobenen Goldtopf am Ende des Regenbogens gefunden. Bei dem Gedanken, nicht mehr auf jeden Cent achten zu müssen, mir ein paar Wünsche von meiner Liste zu erfüllen, tanzen Glitzersternchen vor meinen Augen. Als Erstes werde ich meine schrabbelige Handtasche gegen eine aus echtem Leder tauschen. Aber das Angebot sofort anzunehmen wäre unklug. Ärgerlich nur, dass ich nun doch nicht so flüssig bin wie erhofft und wieder mit der Trambahn nach Hause fahren muss.

3

Zu Hause flackert das rote Lämpchen des Anrufbeantworters, der auf der Schuhkommode im Flur steht. Ich habe drei Anrufe verpasst.

Einen von Notar Nolte, der mir versichert, dass ich im Falle eines Verkaufs jederzeit mit seiner Unterstützung rechnen kann. Es würde mir gefallen, ihn wiederzusehen. Nicht, dass wir geflirtet hätten, schließlich ist eine Testamentseröffnung eine todernste Angelegenheit. Aber er war ausnehmend freundlich, ich meine so richtig freundlich, und ich könnte schwören, dass er mir einen Moment zu lange in die Augen gesehen hat. Wobei ich mir das natürlich auch eingebildet haben kann. Schließlich bin ich total eingerostet, was romantische Gefühle, Kokettieren und dergleichen betrifft.

Als Nächstes ertönt eine klangvolle Männerstimme aus dem Anrufbeantworter: »Guten Tag, verehrte Frau von Buntschuh, hier spricht Willi Faber, vom Maklerbüro Faber. Bitte verzeihen Sie diesen überraschenden Anruf, aber ich stehe in enger Verbindung zu Notar Nolte, der andeutete, Sie bedürften eventuell der Dienste eines Maklers. Sollte das zutreffen, würde ich mich über einen Rückruf freuen.« Höflich wiederholt er seinen Namen und vergisst auch nicht, zwei Nummern anzugeben, unter denen er erreichbar ist. Jederzeit!

Donnerwetter, freue ich mich, so eine Immobilie

bringt neuen Schwung und obendrein auch noch Männer ins Leben. Womöglich wusste Nolte mehr über mein Erbe, als er mir verraten wollte. Ich frage mich, ob es vielleicht gar kein windiges Mietshaus ohne Mieter ist, sondern ein ansehnliches Stadtschloss, mit Erkern, Türmchen, Freitreppe und Springbrunnen in einem Park von beträchtlichem Wert. Das wäre eine logische Erklärung, warum mir ein Makler auf die Pelle rückt und meinen AB vollsäuselt. Und warum Banker-Kevin mir unbesehen ein Angebot unterbreitet hat? Von wegen, mein Erbe stünde in keiner begehrten Gegend. Das war ein ganz lausiges Ablenkungsmanöver.

Ein erregendes Kribbeln macht sich in meiner Magengegend bemerkbar.

Was für ein Tag! Darüber vergesse ich fast, die dritte Nachricht abzuhören. Sie stammt von Camilla König, meiner besten Freundin.

»Huhuuu, wo steckst du denn? Hab's auf deinem Handy versucht, das du mal wieder ausgeschaltet hast. Schmökerst du in einer deiner Liebesschnulzen? Los, Schmachtfetzen weglegen und Telefon abheben. Huhuuu, hier ist die gute alte Camilla …« In diesem Sermon zwitschert sie eine Weile weiter, bis sie aufgibt, um Rückruf bittet und noch eine letzte Botschaft hinterlässt: »Ich wollte dich zum Essen einladen …«

Camilla weiß, dass ich mein altmodisches Handy – keines von diesen schicken Dingern, mit denen man im Internet seine Zeit vertrödeln kann – gern zu Hause vergesse. Habe ich es mal dabei, schalte ich es bei wichtigen Gesprächen aus. Nichts finde ich taktloser, als mitten im Satz unterbrochen zu werden.

Ich drücke auf Wiederwahl, und als Camilla abnimmt,

frage ich: »Ist deine Wohnung mal wieder im Chaos versunken?« Genau das ist nämlich der Grund, warum sie Freunde einlädt: um mal wieder so richtig aufräumen zu müssen, bevor sie im totalen Chaos versinkt.

»Erwischt«, antwortet Camilla fröhlich. »Kannst du gegen halb acht hier sein? Es gibt ein Drei-Gänge-Menü.«

Wie könnte ich da Nein sagen? »Ich komme gern, du weißt ja, wie sehr ich deine Kochkunst schätze.« Camilla und ich haben uns im Buchladen meiner Eltern kennengelernt, als wir beide noch »jung und betörend« waren, wie Camilla es zu nennen pflegt. Sie studierte zu jener Zeit Psychologie, wohnte im Nebenhaus und kam regelmäßig in den Laden, um Fachbücher zu bestellen oder auch nur Hallo zu sagen. Aus einer lockeren Bekanntschaft wurde bald eine enge Freundschaft, die seit nunmehr fünfundvierzig Jahren besteht, in denen wir helle und dunkle Stunden geteilt und auch manche Tränen miteinander vergossen haben. Ohne Camillas Beistand, ihre wärmenden Umarmungen und tröstenden Worte hätte ich die Ereignisse nach Ibiza nicht überlebt. Camilla hingegen beteuert noch heute, gebrochene Herzen seien fabelhafte Studienobjekte. Schon damals war sie der Meinung: »Keine Liebe kommt ohne Streit aus, allein deshalb werden Beziehungs- oder Paartherapien immer ein lohnendes Geschäft sein.«

Ich sehe auf die Uhr. Bis zu Camillas Abendessen sind es noch ein paar Stunden, ich habe also genügend Zeit, das geheimnisvolle Stadtschloss zu besichtigen. Nolte hat mir nämlich einen Schlüsselbund überreicht, dick wie der eines Hausmeisters, mit dem ich sämtliche Wohnungen betreten kann. Allein dieses Bündel in der Hand zu halten beschert mir ein berauschendes Glücksgefühl.

Ich frische mein Make-up auf, als Erbin möchte ich schließlich anständig aussehen, und begebe mich auf den Weg. Die Fahrt mit Straßenbahn und U-Bahn vom Ostfriedhof nach Thalkirchen gleicht einer Stadtrundfahrt von knapp vierzig Minuten. Noch ein kurzer Fußweg, und ich habe mein Ziel erreicht. »Am Rosenberg« ist eine ruhige Seitenstraße zwischen zwei Hauptstraßen. Aufgeregt sehe ich mich um.

Zwei Minuten später stehe ich ungläubig vor der im Notarschreiben angegebenen Hausnummer und vergleiche sie mit der am Gebäude. Es besteht kein Zweifel: Ich habe kein prächtiges Stadtschloss mit Türmchen und Springbrunnen in einem Park geerbt, auch keinen historischen Prachtbau aus dem letzten Jahrhundert mit Stuck und hübschen Loggien, sondern ein schlichtes gelbgraues Eckhaus mit drei Etagen, das den Eindruck erweckt, als wäre es in den Nachkriegsjahren eilig hochgezogen worden. Mein Blick fällt auf den ebenerdigen Laden, in dem zuletzt ein Friseur für fünfunddreißig Euro Haare gefärbt hat. Im Schaufenster liegt noch die Neonschrift: *Hairlich*. Aber von »herrlich« ist die Hütte mindestens so weit entfernt wie meine Figur von Traummaßen.

Auch der bröckelnde Putz an der schmucklosen Fassade, die zerbrochenen Fensterscheiben und der lange Riss in der Schaufensterscheibe lösen keine Freudenschreie bei mir aus. Wie es auf dem Dach aussieht, vermag ich von der Straße aus nicht zu erkennen. Hoffentlich kann es noch den Regen abhalten. Nicht einmal die angenehme Nachmittagssonne schafft es, diesen enttäuschenden Anblick aufzuwerten. Und dabei dachte ich, endlich einmal das lange Ende der Wurst erwischt zu haben. »Man soll den Tag eben nie vor dem Abend loben«, hätte Ricarda von Buntschuh, meine durch Krieg und Flucht geprüfte Schwiegermutter, gesagt. »Man soll aber auch nicht gleich die Flinte ins Korn werfen«, hätte Joachim von Buntschuh, mein nicht weniger leidgeprüfter Schwiegervater, darauf geantwortet. Ich frage mich, wie Fusselbart-Kevins Angebot ausfallen würde, wenn er das Anwesen sehen könnte. Trotzdem, das Haus steht mitten in München auf einem Grundstück von beträchtlicher Größe, in einer ruhigen Wohngegend und fußläufiger Nähe zur Isar. Das *ist* ein paar Millionen wert – darauf verwette ich meine magere Witwenrente. Der Traum von Luxus und Reichtum ist also noch lange nicht geplatzt.

Ich atme tief durch und besinne mich auf die Fakten. Wenn ich die Bank und den Makler geschickt gegeneinander ausspiele und das Angebot mit stichhaltigen Argumenten wie der Umgebung ausschmücke, wird einer der beiden anbeißen. Dann ist das Geschäft meines Lebens geritzt.

Verhandeln habe ich von Albert gelernt, der war ein Ass, wenn es darum ging, einem unschlüssigen Kunden Dampf zu machen. Ich erinnere mich noch genau an einen seiner typischen Sätze, der seine Wirkung selten verfehlte: »Nächste Woche geht das Objekt in die Auktion …« Dazu rieb er sich die Hände und grinste zufrieden. In meinem Fall muss ich nur erwähnen, dass es genügend Onlineportale gibt, wo ich das Anwesen einstellen kann.

Bevor ich einen Schritt in das Haus wage und mir die einzelnen Wohnungen ansehe, schlendere ich einmal die Hauptstraße entlang. Einkaufsmöglichkeiten und Infrastruktur sind wichtige Verkaufsargumente.

Ich entdecke das Büro eines Innenarchitekten, der verspricht, jede noch so triste Behausung in ein behagliches Heim zu verwandeln. Nebenan lockt eine Fahrschule mit geduldigen Lehrern. Die Torten in der Auslage der Bäckerei lassen mir das Wasser im Mund zusammenlaufen. An der nächsten Ecke finde ich eine alteingesessene Metzgerei, deren Produkte ausschließlich aus artgerechter Tierhaltung stammen. Auf der anderen Seite der Hauptstraße flattert die Fahne einer italienischen Eisdiele im lauen Mailüftchen; zwei Mütter füttern ihre Kleinkinder mit Eis aus der Tüte.

Zufrieden schlendere ich zurück zu meiner Erbschaft. Dort angekommen, krame ich den Schlüsselbund aus der Handtasche. Nicht zuletzt ist es sein Umfang, der mir das erhabene Gefühl von Besitzerstolz vermittelt. Er ist jedoch das einzig Imposante, was ich hier ausmachen kann. Die Eingangstür ist kein eindrucksvolles Portal, sondern ein schäbiger Holzeingang mit reichlich ramponierter Lackierung und – eigenartigerweise – nicht abgesperrt. Es sieht ganz so aus, als wäre das Schloss zerstört worden.

Zielstrebig betrete ich den düsteren, grau gefliesten Hausflur. Links führt eine Steintreppe in den Keller. An der Stirnseite des Flurs sehe ich eine Tür, durch die man wohl in den Innenhof gelangt. Rechter Hand liegt der Hintereingang zu *Hairlich*. Es riecht nach Staub, die Wände sind mit Graffiti beschmiert, und in den Ecken haben Spinnen ihre Kunstwerke verankert.

Der Innenhof entpuppt sich als vertrocknete Grünfläche mit altmodischer Teppichklopfstange und einem rostigen Fahrradständer.

Unerwartet schrecke ich zusammen, als ich Stimmen

höre. Ich lausche in die Stille. Redet da jemand? Unmöglich. Der Notar hat meine Erbschaft als unvermietet beschrieben, so steht es auch im Testament. Da, ein helles Lachen. Es scheint von oben zu kommen. Und noch ein Lachen. Diesmal klingt es dunkler, wie von einem Mann.

Sofort denke ich an Einbrecher.

Spüre einen dicken Kloß im Hals.

Gänsehaut läuft mir über den Rücken.

Entschlossen umklammere ich den massigen Schlüsselbund, den ich notfalls als Waffe gebrauchen werde. Auf Zehenspitzen schleiche ich zurück ins Haus. Im schwachen Tageslicht, das durch die schmalen Fenster im Treppenhaus fällt, steige ich hinauf ins erste Stockwerk. Pro Etage gibt es eine Drei-Zimmer-Wohnung, links und rechts davon jeweils eine kleinere Wohnung mit je zwei Zimmern. Dazu das übliche Badezimmer plus Küche. Die Aufteilung habe ich dem Grundrissplan entnommen.

In der zweiten Etage bemerke ich eine angelehnte Wohnungstür. Dahinter unterhalten sich mindestens zwei Menschen. Sie sind deutlich zu hören. Mir ist etwas mulmig zumute, aber ich kneife nicht, sondern hebe den Schlüsselbund kampfbereit hoch und brülle: »Hallooo, ist da jemand?«

Stille.

Keine Antwort.

Ich versuche es noch einmal: »Hallo, wer ist da? Kommen Sie sofort heraus. Hier ist die Hausbesitzerin.« Beim letzten Wort muss ich mir das Lachen verkneifen, es klingt so unwirklich.

Schritte ertönen.

Die Tür geht auf.

Ein zartes blondes Wesen, fast noch ein Kind in einem rosa-geblümten Hängekleidchen, taucht im Halbdunkel auf. Sie blickt mich aus großen himmelblauen Augen an und flüstert schüchtern: »Bitte, holen Sie keine Polizei.«

Perplex lasse ich den Schlüsselbund sinken. Ich bin dermaßen überrascht, dass ich dieses Kind mit den langen blonden Locken einen Moment lang nur sprachlos anstarre. »Wer sind Sie, und was tun Sie hier?«, frage ich schließlich und überlege, ob Theodora diesem zarten Geschöpf womöglich ein Wohnrecht auf Lebenszeit erteilt hat. Vielleicht war die alte Gräfin ja senil und hat vergessen, Bewohner im Testament zu erwähnen.

»Ich heiße Julia Hellberg«, erklärt sie, als hinter ihr ein attraktiver dunkelhäutiger Mann mit Rastazöpfen auftaucht.

»Ich bin Rico Hellberg, Julias Ehemann.« Schützend legt er den Arm um seine zarte Frau. »Und wir …« Er stockt, scheint nach den richtigen Worten zu suchen. Anzunehmen, dass er nicht erklären möchte, warum er zerrissene Jeans trägt und ein schmuddeliges weißes Achselshirt, das seinen muskulösen kaffeebraunen Oberkörper nur unzureichend bedeckt und ihn wie das Titelmodel einer trendigen Sportzeitschrift wirken lässt.

Aber auch mir fehlen die Worte. Statt der erwarteten Einbrecher stehe ich zwei jungen Menschen gegenüber, die – ja, was eigentlich? »Was tun Sie hier?«, wiederhole ich deshalb in verschärftem Tonfall.

»Wir sind obdachlos, fanden die Haustür offen und haben hier übernachtet«, gesteht Rico freimütig und lässt völlig ungeniert den Blick über mein Oldfashion-Chanel-Kostüm wandern, als wäre *ich* der Eindringling.

Ich werd verrückt, Romeo und Julia als Hausbesetzer!

Mir fallen die Siebziger- und Achtzigerjahre des letzten Jahrhunderts ein, als gegen Hausbesetzer mit Polizeigewalt vorgegangen wurde.

»Bitte, keine Polizei«, flüstert Julia noch einmal, als ahnte sie meine Überlegungen.

Romeo, ähm … ich meine, Rico macht nicht den Eindruck eines Bittstellers, sondern blickt mich selbstbewusst aus grünbraunen Augen an. »Es klingt vielleicht bizarr, aber möchten Sie nicht hereinkommen?«

Bizarr trifft es nicht annähernd. *Ich* bin die rechtmäßige Eigentümerin und könnte die beiden hochkant hinauswerfen. Andererseits weiß ich aus eigener Erfahrung, welch dramatische Schicksale das Leben schreibt. Und ich bin neugierig zu erfahren, welche tragische Fügung diesen exotischen Mann, der mich an den jungen Harry Belafonte erinnert, mit seiner wunderschönen jungen Frau hierher verschlagen hat.

»Warum nicht«, sage ich und verkneife mir in letzter Sekunde ein »Dankeschön«.

Ich folge den beiden durch einen schummrigen Flur, an dessen Wänden noch die kläglichen Reste einer Blümchentapete kleben, in einen kahlen Raum, offensichtlich das Wohnzimmer. Eine kunterbunt bemalte Wand erhellt die Tristesse. Auf dem schadhaften Linoleumfußboden liegt eine Matratze, bedeckt mit weiß bezogenen Kopfkissen und akkurat gefalteten Bettdecken. Klamotten hängen auf einer fahrbaren Kleiderstange, darunter stehen ordentlich aufgereiht drei Paar kleinere und zwei Paar große Schuhe. Außerdem sehe ich zwei geöffnete Koffer mit Handtüchern, Pullovern und T-Shirts. Alles fein säuberlich zusammengelegt. Unwillkürlich muss ich an einen Objektkünstler denken; Albert und ich kauften einige seiner Werke. Der Künstler fotografierte ähnlich schäbige Räume und stellte die Bilder unter dem Motto *Home sweet home* aus.

»Leider können wir Ihnen keinen Platz anbieten«, erklärt Rico unnötigerweise und postiert sich mit Julia an der Hand neben der Matratze, als wären sie vollkommen legal eingezogen und nur die Möbel noch nicht geliefert worden.

Ich ignoriere seine Bemerkung, die ganze Situation ist absurd genug.

»Wie lange seid ihr schon hier, und vor allem, warum?«, frage ich stattdessen. Dass die beiden nicht nur einmal hier übernachtet haben, ist offensichtlich. Sie haben sich häuslich eingerichtet, wie es so schön heißt, und zwar auf längere Zeit. Ich schätze, das Paar steckt in Schwierigkeiten. Warum sonst riskiert jemand Ärger wegen Hausfriedensbruchs? Obgleich ich nicht vorhabe, mit einer Anzeige zu drohen, denn die junge Frau wirkt mir verängstigt genug, passen die beiden überhaupt nicht in mein Konzept von einem sorgenfreien Leben in Reichtum.

»Wie gesagt, wir sind obdachlos, weil uns das WG-Zimmer gekündigt wurde und wir nichts Neues finden konnten«, antwortet Rico mit niedergeschlagener Miene, die mich unweigerlich an Liza Minnellis Bierschinken-Blick erinnert.

»Weil ihr die Miete nicht bezahlt habt?«, folgere ich und frage mich, ob sie denn keine Familie haben. Familie hat doch jeder. Na gut, fast jeder. Seit Alberts Tod und dem meiner Eltern habe ich leider auch keine eigene mehr, nur Camilla und ihren Mann als Ersatzfamilie, aber um mich geht es hier nicht.

Julia schüttelt stumm den Kopf.

»Weil wir ein Baby erwarten und die anderen Bewohner Angst vor nächtlichem Geschrei haben«, erklärt Rico nun mit einem Leuchten in den Augen, das unverkennbar Vaterstolz verrät. »Selbstverständlich haben wir versucht, etwas anderes zu finden. Aber es ist verdammt schwierig, beinahe unmöglich, und wenn wir doch einmal zu einem Vorstellungstermin eingeladen wurden, bekamen wir danach jedes Mal eine Absage. Niemand spricht es direkt aus, aber eine schwangere Frau und ein Schwarzer sind nun mal nicht die idealen Mieter, die Hausbesitzer sich im Allgemeinen vorstellen.«

Mich packt eine Welle des Mitgefühls, die mir als kalter Schauer den Rücken entlangläuft. Freundlich blicke ich die junge Frau an. »Wie alt sind Sie?«

»Zwanzig«, antwortet Julia.

Ich spüre einen schmerzhaften Stich. Auch ich war zwanzig – damals auf Ibiza –, als Tom und ich von einem Mehrgenerationenhaus träumten …

4

Immer noch unschlüssig, was ich von den Überraschungen in Thalkirchen halten soll, erreiche ich Neuhausen. Hier, in einem imposanten Gründerzeitanwesen, bewohnen meine Freundin Camilla und ihr Mann Philip eine herrschaftliche Sechs-Zimmer-Wohnung, in der beide auch arbeiten. Philip praktiziert als Psychotherapeut, Camilla als Mediatorin bei komplizierten Scheidungen und sonstigen Konflikten, die nach einer besonnenen Schlichterin verlangen.

Es ist Philip, der mir nach dem Klingeln die mit geschnitzten Blumenranken verzierte Tür öffnet.

»Die Schöne der Nacht!«, begrüßt er mich im Tonfall eines schmachtenden Liebhabers. Der brünette Fünfundsechzigjährige deutet eine Verbeugung an, bittet mich einzutreten und haucht mir Küsschen auf die Wangen. Dann weicht er einen halben Schritt zurück und himmelt mich mit seinen graublauen Augen an: »Du siehst sensationell aus, wie immer.«

»Herzlichen Dank.« Ich freue mich ehrlich über das Kompliment, obwohl Philip nichts anbrennen lässt, wie es so schön heißt. Er ist Profischmeichler, dennoch niemals anzüglich, eher galant im altmodischen Sinne, und seine stets tadellos sitzenden Anzüge, heute in Hellgrau, verleihen ihm zusätzlich die erotische Aura des erfolgreichen Mannes in den allerbesten Jahren. So eine Art

Rentner-James-Bond. Ungeniert mustere ich den hoch-
gewachsenen Mann, der trotz oder gerade wegen seiner
Adlernase ungemein attraktiv ist. Als hätte die Natur mit
diesem kleinen Makel seine charismatische Ausstrah-
lung unterstreichen und ihm das gewisse Etwas verleihen wollen … wie ein Maler, den vollendete Schönheit
langweilt. Ich erinnere mich an manches Gemälde, das
Albert und ich auf Aktionen ersteigert haben. Und Philip,
der seine Nase liebt und sich seiner anziehenden Wirkung auf Frauen allzu bewusst ist, nutzt jede Gelegenheit zum Flirten. Selbst in Camillas Beisein hält er sich
nicht zurück. Die nimmt es mit Humor und nennt ihn
scherzhaft »Mister Unwiderstehlich« oder »Ladykiller«.

Verwundert sieht er auf die Flasche Prosecco, die ich
unterwegs erstanden habe.

»Du kommst zu spät, was wir von dir überhaupt nicht
kennen, und dann auch noch vollkommen außer der
Reihe mit einem Fläschchen. Gibt es einen besonderen
Anlass?«

Vergnügt überreiche ich ihm die Flasche. »Allerdings,
es ist nämlich etwas ganz und gar Unglaubliches geschehen. Man könnte es fast ein Wunder nennen.«

»Du hast dich verliebt«, tippt er euphorisch, während
wir die rechteckige Diele durchqueren, von der aus man
direkt in die sich gegenüberliegenden Praxisräume gelangt. Linker Hand führt ein breiter Flur zu den privaten Räumen und zur Küche. »Ist das der Grund für deine
Verspätung? Wie aufregend. Wer ist es, kennen wir ihn?«

»Denkst du auch mal an was anderes?«, kontere ich.

»Gibt es etwas Wichtigeres als die Liebe?« Theatralisch legt er die rechte Hand auf seine linke Brust und
seufzt. »Ohne Liebe wäre die Menschheit längst ausge-

storben. Ohne Liebe wäre das Leben unerträglich. Ohne Liebe würde das Salz in der Suppe fehlen.« Er zwinkert mir zu, und mir ist klar, dass es ihm weniger um Liebe als um Sex geht. »Du bist seit einer Ewigkeit Witwe. Ich finde, es ist höchste Zeit, dass du einen Mann kennenlernst. Damit deine veilchenblauen Augen wieder leuchten.«

Ich bin erleichtert, dass wir in diesem Moment die Küche erreichen, ich meine beste Freundin umarmen kann und mir eine Antwort erspart bleibt. Denn egal, was ich erwidern würde, Philip vertieft sein Lieblingsthema bei jeder sich bietenden Gelegenheit.

»Da bist du ja endlich«, freut sich Camilla und drückt mich innig an ihren mächtigen Busen, der unter einem ihrer zahlreichen bunt gemusterten Schlabberkleider verborgen ist. »Wir wollten schon eine Suchmeldung rausgeben, weil wir an einen Unfall dachten. Du hast dich noch nie verspätet. Was ist passiert?«

Philip hat inzwischen Sektgläser aus einem der schneeweißen Designer-Küchenschränke geholt und stellt sie auf die Kochinsel in der Mitte. Geübt öffnet er die Flasche, ohne auch nur einen Tropfen zu verschwenden, und schenkt ein.

Als wir unsere Gläser erheben, spreche ich einen Toast aus: »Auf die unerwarteten Wendungen des Lebens.«

Camillas gütiger Blick suggeriert, dass sie unendlich viel Zeit hat, mir aufmerksam zuzuhören. Unnötig zu sagen, dass sie davon ausgeht, es handle sich um eine weitere Leidensgeschichte.

Philip hingegen fordert ungeduldig: »Jetzt erzähl schon, mach's nicht so spannend. Wer ist der Mann?«

»Ein Notar«, antworte ich schmunzelnd.

Philip strahlt. »Ich hab's gewusst!«

»Tut mir leid, Philip, es geht nicht um Liebe, sondern um eine rein geschäftliche Begegnung.« Und nach einer kleinen Spannungspause füge ich hinzu: »Ich habe geerbt!«

Camilla reißt entsetzt die goldbraunen Augen auf, bevor sie sich nervös durch das kurze, leicht ergraute Haar fährt und stotternd fragt: »Wer … wer ist gestorben? Geht es dir gut? Möchtest du darüber reden?«

Das ist mal wieder typisch für meine empfindsame Freundin. Sie denkt niemals an materielle Werte, stets nur an Befindlichkeiten und Gefühle und wie sie helfen kann. Und sie ist erst zufrieden, wenn sie eine Lösung für das Problem gefunden hat und die Tränen wieder getrocknet sind.

Genüsslich nehme ich einen Schluck Prosecco – auch den könnte ich mir bald täglich gönnen –, bevor ich von Alberts Patentante und meiner beachtlichen Erbschaft berichte.

Jetzt leuchten auch Camillas Augen auf. »Oh, Balbina, wie wundervoll für dich.« Sie umarmt mich ein weiteres Mal. »Ein Haus in München ist wie ein Lottogewinn.« Sie als meine beste Freundin kennt natürlich meine finanzielle Situation und weiß von meiner Wunschliste. »Wie groß ist es, wo steht es, wirst du es verkaufen und dich als lustige Witwe in einen bequemen Lebensabend stürzen? Ach, ich freue mich so für dich. Niemand verdient es mehr als du. Darauf stoßen wir an.«

»Natürlich wird sie es verkaufen«, mischt Philip sich ein. »Was soll sie denn mit einem Mietshaus anfangen? Das ist doch nur Ballast. *Besitz belastet*, sagt eine alte Weisheit. Man stelle sich nur die Scherereien vor: säumige Mieter, unpünktliche Handwerker und, nicht zu vergessen, die Erbschaftssteuer.«

»Nicht so schnell«, stoppe ich seinen Redeschwall. »Erst einmal muss ich mich an den Gedanken gewöhnen, reich zu sein – oder es demnächst zu sein.« Verträumt spiele ich mit der einreihigen Perlenkette, die mir meine Schwiegermutter zur Hochzeit geschenkt hat, während ich Camillas nagelneue Einbauküche bewundere, deren Wert locker einem Mittelklassewagen entspricht. Könnte ich mir demnächst auch leisten. Dazu noch so einen supermodernen Dampfofen, wo alles extra schonend gegart wird. Aber wozu? Ich bin keine gute Köchin, also wäre das unsinnig. Wenn ich überhaupt einmal länger in meiner winzigen Küche stehe, dann, um Käsekuchen zu backen. Nach einem Rezept der alten Gutshofköchin, das mir Schwiegermama Ricarda vererbt und der meinem geliebten Albert so geschmeckt hat.

»Ich freue mich so für dich«, wiederholt Camilla. »Aber jetzt lass uns essen, Aufregung macht mich hungrig. Ich könnte drei Steaks auf einmal verdrücken.«

Wir marschieren in das weitläufige Wohn-, Esszimmer und setzen uns auf die bequemen Samtstühle, die eine lange Tafel aus Ebenholz umrunden, an der problemlos zwölf Gäste Platz haben. Camilla serviert vorab einen köstlichen italienischen Brotsalat mit Tomaten und Rucola. Danach gibt es tatsächlich zarte Filetsteaks vom Biometzger, die sich nur wohlhabende Leute leisten können. Wozu ich nun auch gehöre. Die Erkenntnis schickt mir ein süßes Kribbeln über den Rücken, das schnell verschwindet, als ich an die kleine Julia denke.

»Du hast uns aber noch nicht alles erzählt, oder?«, bemerkt Camilla zwischen zwei Bissen.

»Wie kommst du denn darauf?«, erwidere ich, noch unschlüssig, ob ich meine Hausbesetzer erwähnen soll.

»Das ist mein Beruf, und du guckst besorgt, anstatt zu strahlen, wie es nach solch einer Erbschaft normal wäre«, erklärt sie.

»Außerdem ziehst du deine wunderschöne Stirn kraus«, behauptet Philip. »Falls du dir Sorgen wegen des Verkaufs machst, ich kenne da einen kompetenten Makler. Sehr netter Mann, gut aussehend, leicht angegraut und gut situiert. Mitte sechzig, aber noch voll im Saft.« Er zwinkert mir erneut zu. »Den wollte ich dir ohnehin vorstellen. Das wäre doch *die* Gelegenheit. Er begutachtet deine Immobilie, und dabei kannst du *ihn* unauffällig begutachten.« Philip lacht vergnügt, als hätte er ein schwieriges Rätsel geknackt. »Wenn das nicht clever ist, weiß ich auch nicht. Sollte er dir nicht gefallen, hakst du ihn einfach unter ›rein geschäftlich‹ ab.«

»Bedränge Balbina nicht, und bitte, lass auch das Kuppeln sein«, mahnt Camilla ihren Mann.

»War lediglich ein Vorschlag«, grummelt Philip verschnupft.

Ich höre nur mit halbem Ohr zu, weil mir Romeo und Julia aus Thalkirchen nicht aus dem Kopf gehen. »Ja, ich habe noch nicht alles erzählt, es gibt nämlich ein kleines Problem«, beginne ich und berichte von meinem Hausbesetzer-Pärchen.

»Das ist ja wie in den Achtzigern, als Hausbesetzungen Teil von Protestaktionen gegen Bauspekulanten waren«, bemerkt Philip entrüstet.

»Aber Balbina ist doch keiner von diesen skrupellosen Bauspekulanten, die Strom und Wasser abstellen würden, um die Entmietungen ihrer Objekte voranzutreiben. Damals waren das die Mittel, mit denen diese Gauner gearbeitet haben«, pflichtet Camilla ihm bei.

Ich erinnere mich noch sehr gut an diese systematische Vernichtung bezahlbaren Wohnraums. Standen die Häuser dann leer, ließ man die Altbauten mit den günstigen Mieten verfallen, um Neubauten mit teuren Luxuswohnungen errichten zu können, mit denen wesentlich mehr Profit zu erwirtschaften war. Diese Praxis führte zwangsläufig zu einer Wohnungsnot, die bis heute anhält. Diesem geldgierigen Pack haben wir die horrenden Mieten in allen Großstädten zu verdanken. Nein, so würde ich niemals handeln.

»Wehe dem, der heutzutage umziehen muss«, meint Philip. »Zum Glück gehört unser Haus einer alteingesessenen Münchner Familie und keinen geldgierigen Geiern, die jährlich die Miete erhöhen.«

»Ja, wir können uns nicht beklagen«, stimmt Camilla ihm zu, während sie eine köstlich aussehende Zitronentarte aufträgt. »Die ständig steigenden Mieten sind wirklich ein riesiges Problem, vor allem für junge Familien oder Alleinerziehende, die sich um die wenigen günstigen Wohnungen prügeln. Ich erlebe das regelmäßig bei Scheidungen, oft sind es die Frauen, die nach der Trennung schnell in die Armutsfalle geraten.« Ihrer besorgten Miene ist anzumerken, wie sehr sie jedes einzelne Unglück bekümmert. So viel zu *meinem* »butterweichen« Herzen.

»Ich weiß, wie sehr dir solche Schicksale zu schaffen machen«, sagt Philip und tätschelt Camillas Hand. »Aber verzeih mir, meine Liebe, du lenkst vom Thema ab. Im Moment geht es doch um Balbinas Problem.« Er sieht mich fragend an. »Was hast du vor mit diesem unverschämten Pärchen? Die Polizei holen? Oder soll ich dich begleiten und mit den beiden reden? Mache ich gerne.«

»Keine Polizei, das wäre unmenschlich, die junge Frau erwartet nämlich ein Kind, und ich kann doch keine Schwangere auf die Straße setzen. Da könnte ich nachts nicht mehr schlafen.«

Einen Moment lang herrscht Schweigen. Camilla sieht richtig geschockt aus. Philip zieht die Stirn kraus und fragt mich: »Ist sie auch wirklich schwanger? Womöglich ist es nur ein Trick, um an dein Mitgefühl zu appellieren.«

»Philip, bitte!«, ereifert sich Camilla und schüttelt den Kopf. »Auf so eine abwegige Idee kann auch nur ein Mann kommen. Vorgetäuschte Schwangerschaft als Manipulationsmittel. Sprichst du etwa aus eigener Erfahrung, *Mister Ladykiller?*«

»Sucht die Mediatorin in dir Streit?« Philip lacht angriffslustig und hebt scherzhaft die Fäuste. »Kleine Punching-Runde, um nicht einzurosten?«

»Bitte, vertragt euch«, versuche ich zu vermitteln. »Ich habe der jungen Frau zwar nicht unters Kleid geguckt, aber laut ihrer Aussage ist sie im vierten Monat. Da sieht man eh meist noch nichts. Und ein ärztliches Attest zu verlangen ginge dann doch zu weit.«

»Na gut«, lenkt Philip ein. »Gehen wir davon aus, dass dieses Pärchen die Wahrheit sagt, dann hast du trotzdem die Arschkarte.«

Ich blicke ihn verständnislos an. »Wieso?«

»Weil ich dich kenne, Balbina. Du bist viel zu gutmütig, denkst nie an deinen eigenen Vorteil, und wie du eben gesagt hast, fändest du einen Rauswurf unmenschlich. Tust du es dennoch, wird dich auf ewig das schlechte Gewissen plagen, lässt du sie weiter dort wohnen, wirst du sie vielleicht nie wieder los und das Haus natürlich auch nicht.«

»Vielleicht will ich überhaupt nicht verkaufen«, trumpfe ich auf.

Camilla verzieht den Mund zu einem Grinsen. »Willst du nicht?«

Natürlich will ich dieses heruntergekommene Objekt so schnell wie möglich gegen ein paar Millionen eintauschen. Aber ich würde es tatsächlich nicht übers Herz bringen, das sympathische Paar einfach so ins Ungewisse zu schicken. Dann wäre ich auch nicht besser als diese Bauspekulanten aus den Achtzigern. »Ich werde es auf jeden Fall verkaufen. Sobald die beiden eine Wohnung gefunden haben.« Den Entschluss habe ich eben erst gefasst. Das junge Paar wird sich freuen, und ob ich nun morgen schon reich werde oder erst in ein paar Wochen, spielt keine große Rolle. Ich komme seit zehn Jahren mit meiner Witwenrente zurecht, das schaffe ich locker noch ein paar Wochen länger.

»Das ist meine Freundin«, strahlt Camilla. »Magst noch ein Stück von der Tarte?«

»Danke, sehr gerne.« Camillas Zitronenkuchen kann ich einfach nicht widerstehen. Da muss mein Winterkörper jetzt durch.

Auch Philip reicht Camilla den Dessertteller. »Hoffentlich bereust du es nicht«, sagt er zu mir.

Meint er jetzt das zweite Stück Kuchen oder dass ich das Haus behalten möchte?

5

Am frühen Morgen gegen vier erwache ich von meinem eigenen Lachen. Ich habe geträumt. Nicht von meinem maroden Häuschen an der Isar, auch nicht von einem dicken Bankkonto und meinem baldigen Leben in Saus und Braus, sondern von Ibiza und von Tom. Wir lagen am Strand, er in einer Badehose mit Hawaiiblumen und ich in einem bunten Häkelbikini vom Hippiemarkt. Wir genossen das Nichtstun, die Sonne auf unserer Haut, atmeten im Rhythmus der Wellen, und als wir uns schließlich leidenschaftlich umarmten, bin ich aufgewacht – mit dem zweiten Kopfkissen im Arm.

Was bitte, überlege ich, hat dieser Traum mit meiner Erbschaft zu tun? »Absolut nichts«, sage ich laut in die Dunkelheit meines antiken Schlafzimmers hinein. Dessen Einrichtung, wie alles in dieser Wohnung, noch aus der Villa am See stammt. Genau wie das prächtige französische Doppelbett, bespannt mit blassrosa Satin. Albert entdeckte es bei der Auflösung eines Schlosses. »Ein Prinzessinnenbett für meine Prinzessin«, sagte er. Es ist wahrlich ein Prachtbett, am Kopfteil mit dekorativer Knopfpolsterung, und bietet ausreichend Platz für ein Paar – oder eine Witwe mit Buch und Teetablett. Es eignet sich nämlich hervorragend für gemütliche Lesetage im Bett. Ich liebe es sehr, doch in Wahrheit ist es viel zu groß für eine Etagenwohnung. Es gehört noch ein seidener Baldachin dazu, aber selbst ohne diesen Stoffhimmel dominiert es den Raum, wenn man es mal vornehm ausdrückt. Auch das könnte ich ändern. Ich könnte nicht nur neue Garderobe anschaffen und mich neu erfinden, wie Popstar Madonna es alle paar Jahre gemacht hat, sondern die antike Bude komplett neu möblieren. Ich könnte auch direkt umziehen. In eine Neubauwohnung mit mehr Komfort, sonniger Dachterrasse, zentral gelegen, in fußläufiger Entfernung zur Oper. Der Gedanke beflügelt mich mehr als eine Flasche Schampus, und ich springe trotz der frühen Stunde aus dem Bett. Mit einer Tasse starken Tees setze ich mich an den Computer, um den aktuellen Wohnungsmarkt zu erforschen.

Mein lieber Scholli, schimpfe ich wenig später vor mich hin. Wer kann denn diese astronomischen Mieten bezahlen? In den letzten zehn Jahren sind die Preise offensichtlich explodiert. Für ein Wohnklo von einundzwanzig Quadratmetern, das sich »Studentenwohnung« nennt, werden locker sechshundert Euro verlangt. Kalt, versteht sich. Dagegen kosten größere Wohnungen von etwa sechzig Quadratmetern teilweise »günstige« Zwölfhundert. Aber was kümmern mich Mietwohnungen, ich bin reich, ich kann mir ein Eigenheim leisten.

Ich ändere die Sucheinstellung auf »Kaufen« und erschrecke nicht weniger. Was ich für eine nette kleine Wohnung hinblättern müsste, treibt mir die Tränen in die Augen. Mein Traum wären zwei bis drei Zimmer mit Südterrasse; die bekäme ich gerade noch in der Peripherie für eine Million. Zentrale Lage jagt das Ganze locker um fünfzig oder sogar einhundert Prozent in die Höhe.

Ich begebe mich zurück in mein Prinzessinnenbett, bin aber dermaßen aufgekratzt, dass ich nicht mehr einschlafen kann. Der Tee war doch zu stark, zusätzlich hält mich der Gedanke an die utopischen Mietpreise wach. Was passiert, wenn Julia und Rico keine bezahlbare Bleibe finden? Ich könnte natürlich versuchen, ihnen meine Wohnung hier zu vermitteln, sobald ich ausziehe, was ihr Problem lösen würde. Vorausgesetzt, die Miete erhöht sich nicht astronomisch, was leider häufig der Fall ist. Vielleicht wissen die Müller-Jungs Näheres. Sollte ein Tausch nicht klappen, wie lange muss ich mich dann wohl gedulden? Wenn das Baby auf der Welt ist, kann ich die kleine Familie erst recht nicht auf die Straße setzen. Ein stark renovierungsbedürftiges Zuhause ist aber auch kein Dauerzustand für einen Säugling, trotz Strom und Wasser in dem relativ erhaltenen Badezimmer. Wie Rico es geschafft hat, die Wohnung ans Stromnetz anzuschließen, wollte er mir nicht verraten.

Draußen geht die Sonne auf, ich höre die Haustür schlagen und einen Hund bellen. Sieben Uhr. Liza Minnelli zerrt ihre Herrchen jeden Tag um dieselbe Zeit zur ersten Gassirunde nach draußen, danach könnte ich die Uhr stellen. Und wie auf den Gongschlag verspüre ich, wie mein Magen grummelt.

Normalerweise beginne ich mein Tagwerk ganz gemächlich, esse ein Müsli mit Früchten, dazu läuft Frühstücks-TV. Etwas später trinke ich zwei Tassen Kaffee und lese Albert aus einer der alten Zeitungen vor. Dieses Ritual dauert meist bis neun, danach springe ich unter die Dusche, kleide mich an, erledige Arzttermine, Einkäufe und am Nachmittag – höchst ungern – den lästigen Haushalt.

Oh, da fällt mir ein, ich könnte mir eine Putzfrau fürs Grobe leisten, sogar eine echte Haushälterin, die mir alles abnimmt. Hach, es kommen luxuriöse Zeiten auf mich zu. Das erinnert mich irgendwie an *Downton Abbey*. In dieser herrlichen Serie um eine adlige Familie in England zu Beginn des zwanzigsten Jahrhunderts gibt es einen wunderbaren Butler, Mr. Carson, der sich adliger benimmt als die Herrschaft. Seine stets unbewegte Miene verrät ebenso wenig über seine Gemütsverfassung wie die aufrechte Haltung über die Mühsal seines Achtzehn-Stunden-Tags. So einen hätte ich gerne. Das wäre einfach himmlisch: einen Angestellten mit allerfeinsten Manieren, der mich mit *Mylady* anspricht, Tee auf einem Silbertablett serviert und mich mit dem Wagen chauffiert – den ich mir natürlich erst anschaffen muss. Und schon steht der englische Butler plus Limousine auf meiner Wunschliste.

Trotz der goldenen Aussichten bin ich heute viel zu unruhig für ein ausgedehntes Frühstück und trinke nur ein paar Schlucke Kaffee im Stehen. Dann ins Bad, wo mir unter dem belebend heißen Wasserstrahl leider auch keine Lösung einfällt.

Bei der zweiten Tasse Kaffee diskutiere ich die Angelegenheit mit Albert.

»Von Julia und Rico habe ich dir ja noch nichts erzählt, mein Lieber. Die beiden sind wirklich ein reizendes Paar. Du kennst mich ja, ich bringe es nicht übers Herz, sie einfach so auf die Straße zu setzen.« Während ich die Urne betrachte, kommt mir ein Ratschlag in den Sinn, mit dem mich mein langmütiger Gatte schon zu Lebzeiten immer beruhigt hat: *Nur nicht die Nerven verlieren, wer die Nerven verliert, verliert am Ende alles.*

»Vielen Dank auch, Ritter Buntschuh«, scherze ich. »Leider hilft mir das im Moment nicht weiter. Bis heute

Nachmittag muss ich entscheiden, welches Ultimatum ich den beiden setze. So gern mein butterweiches Herz auch möchte, ewig Zeit für die Wohnungssuche kann ich ihnen leider nicht lassen.«

Als ich am frühen Nachmittag in Thalkirchen ankomme, beginnt es zu regnen – und ich bin ohne Schirm unterwegs. Aber ich mag Regen, seit dem wüstentrockenen Sommer 2018 mehr denn je. Leider erinnert mich lauwarmer Sommerregen aber immer an jenen Tag, als Tom und Albert in den Buchladen kamen. Als ich mich auf den ersten Blick in Tom verliebte. Wenn ich nur geahnt hätte, was daraus werden würde …

Seufzend lege ich einen Gang zu und werde trotzdem klatschnass, bis ich mein Anwesen erreiche.

Mein Anwesen!

Wie hochtrabend das klingt. Ein Jammer, dass Albert es nicht mehr erleben konnte. Er wäre außer sich gewesen vor Freude und hätte im Ladengeschäft sofort wieder mit einem Kunsthandel angefangen. Mir wäre ein Friseurladen recht, vielleicht mit Wellnessbehandlungen, dann hätte ich meinen eigenen Schönheitssalon. Eine schicke Boutique würde mir auch gefallen, mit exklusiver Mode und Accessoires für die reife Dame. Nichts Altbackenes mit Rüschen, Schleifen oder Glitzerkram, sondern eher was im klassisch italienischen Stil: Armani für Oldies. Und gerne etwas kostspieliger. Ich könnte selbst so einen Laden eröffnen, dann wäre ich beschäftigt. Nein, eher nicht, die Gegend eignet sich nicht für einen teuren Modeladen, hier gibt's nämlich keine Laufkundschaft. Außerdem ist das alles kompletter Blödsinn, ich will verkaufen und mir keinen Besitz aufhalsen. Philip hat ganz recht: Besitz belastet. Kaum bin ich Immobilienbesitzerin, belaste ich mich auch schon mit unsinnigen Geschäftsideen. Kopfschüttelnd erklimme ich die zweite Etage. An der offen stehenden Wohnungstür steigt mir Kaffeeduft in die Nase. Ich klopfe, rufe »Hallo« und warte höflich an der Schwelle. Allerdings nur einen Augenblick, bis mir bewusst wird, wie albern das ist. Mir gehört dieses Haus, und die beiden halten sich illegal hier auf, ich kann doch einfach reingehen. Aber da kommt Rico mir entgegen.

»Hallo, Frau von Buntschuh«, begrüßt er mich lässig, als wäre ich eine gute Bekannte. »Treten Sie ein, Kaffee ist fertig. Wir haben uns erlaubt … Ich meine, es redet sich leichter bei Kaffee und Kuchen.«

Ich merke, wie sein Blick flackert, wie nervös er ist, als fürchtete er sich vor mir. Das ist unnötig. Ich bin doch eher eine liebe Tante und komme sozusagen in Frieden.

Die Behausung von Julia und Rico wirkt an einem Regentag wie heute noch trauriger als bei Sonnenschein. Ich würde depressiv werden, müsste ich in diesem Provisorium leben, das zwar Wind und Wetter abhält, aber sonst keinerlei Annehmlichkeiten bietet.

»Bitte.« Er weist mit der Hand auf die »Kaffeetafel« – ein Brett über zwei Pappkartons, darauf weiße Papierservietten, nicht zusammenpassendes Geschirr mit Flohmarktcharme, Zucker in einer Blümchentasse und Magermilch aus der Tüte.

Aus einem Impuls heraus will ich ihnen mein feines Hochzeitsgeschirr anbieten. Das habe ich seit Ewigkeiten nicht mehr benutzt und werde es ganz sicher auch nie wieder tun. In letzter Sekunde kann ich mich beherrschen. Das wäre nun völlig absurd. Am Ende würden sie es noch als Zustimmung für ihre Hausbesetzung verstehen. Stattdessen frage ich Julia, wie es ihr geht. Sie antwortete mit schüchternem Lächeln »Danke, sehr gut«, und ich versuche die angespannte Stimmung mit einem Schwatz übers Wetter aufzulockern. Albert hat oft gescherzt, ich würde Small Talk derart perfekt beherrschen, als wäre ich von einer Gouvernante erzogen worden – ich könne sogar Kurse geben.

Wäre das nicht eine interessante Idee für den Laden? Ein Benimmkurs wäre eine nette Altersbeschäftigung, unter dem Etikett: *Balbina von Buntschuhs Benimmkurse.* Das klingt doch sehr vornehm! Ich mahne mich zur Konzentration; mein Besuch gilt dem Hinauskomplimentieren der beiden. Und wenn ich ehrlich zu mir bin, will ich überhaupt keine missratenen Rotzlöffel unterrichten.

Rico entschuldigt sich für die fehlenden Sitzgelegenheiten. »Möchten Sie vielleicht auf dem Bett Platz nehmen?«

»Danke, aber das ist nicht nötig«, erwidere ich. Trotz meiner bequemen Kluft aus Jeans und sommerlichem dunkelblauem Shirt – das zum Glück trotz der Nässe nicht durchsichtig ist – sind die Zeiten lange vorbei, wo ich auf dem Fußboden eine gute Figur abgegeben habe. Heute käme ich ohne Hilfe nicht mehr hoch, was keineswegs förderlich für ernsthafte Ansagen wäre. Lässig schreite ich zu einem der beiden Fenster und lehne mich an das Fensterbrett, von dessen ehemals weißer Lackierung nur noch ein paar Farbfetzen übrig sind.

Rico serviert mir den auf einem Campingkocher zubereiteten Kaffee in einer Vergissmeinnicht-Tasse und offeriert Käsekuchen, der aus dem italienischen Eiscafé stammt.

Ich bin beeindruckt, lehne den Kuchen trotzdem ab,

weil ich merke, wie mich eine Welle der Sympathie in die Tiefen des Mitgefühls zieht. Bloß nicht weich werden, bloß nicht weich werden, murmle ich stumm mein Mantra und beginne meine Mission mit einer freundlichen Frage: »Ihr habt also Schwierigkeiten, eine Wohnung zu finden?«

»Wie schon erwähnt, liegt es an meiner Hautfarbe. Ich bin halt schwarz, was nicht zu übersehen ist«, antwortet Rico.

So extrem hätte ich ihn niemals beschrieben. Erstens ist er nicht schwarz, sondern milchkaffeebraun, seine Augen sind braungrün, und mit seinem strahlenden Lächeln könnte er die Polkappen zum Schmelzen bringen. Na gut, Rastazöpfe sind nicht gerade spießertauglich, aber wer weiß, für eine Wohnung lässt er sie womöglich abschneiden.

»Meine Schwangerschaft ist auch keine Empfehlung«, ergänzt Julia, die es sich im Schneidersitz auf der Matratze bequem gemacht hat. »Die einzige Wohnung, die wir überhaupt ansehen durften und die wir uns hätten leisten können, lag im Souterrain. Ein feuchtes Loch voll krebserregendem Schwarzschimmel, in dem man binnen kürzester Zeit todkrank wird.«

»Erwähne ich aber meine Hautfarbe nicht schon am Telefon – schließlich verliert kein Weißer auch nur ein Wort darüber –«, schnauft Rico, »wird uns fast immer die Tür vor der Nase zugeschlagen, wenn wir zur Besichtigung kommen.« Er setzt sich zu seiner Frau und legt einen Arm um ihre zarten Schultern. Eine beschützende Geste, die innige Liebe ausdrückt und mir einen heftigen Stich verpasst. Es gab eine Zeit, da wurde auch ich so geliebt und beschützt.

»Nach einer Besichtigung hier in der Nähe waren wir total am Ende«, erzählt Julia. »Und da haben wir dieses leere Haus entdeckt. Es war unsere Rettung.«

Die beiden tun mir wirklich leid. Sehr leid. Aber ich kann mir kein Mitleid leisten.

»Was ist eigentlich mit euren Eltern?«, frage ich im Plauderton. »Ich meine, ihr seid beide noch so jung, da leben die Eltern normalerweise noch.« Kaum ausgesprochen bereue ich es und hoffe, in kein Fettnäpfchen getreten zu sein.

Julia starrt düster vor sich hin, als wollte sie nicht darüber reden. Ach, du meine Güte, sie ist ein Waisenkind! Doch dann hebt sie den Blick und sieht mich traurig an. »Meine *Erzeuger*«, sagt sie abfällig, »haben den Kontakt abgebrochen, als ich schwanger wurde und wir dann auch noch geheiratet haben.«

Geschockt sehe ich in meine Kaffeetasse, um mir nicht anmerken zu lassen, wie sehr mich ihr Geständnis erschüttert. Was sind das nur für Eltern, die ihrem Kind die Liebe verbieten. Wir leben doch nicht mehr im letzten Jahrhundert! Julia wischt sich kurz über die Augen, holt tief Luft und redet mit fester Stimme weiter. »Solange Rico und ich nur befreundet waren«, sie deutet Anführungszeichen an, »akzeptierten sie unsere Beziehung. Aber als sie von dem Baby erfuhren, flehten sie mich an, die Schwangerschaft abzubrechen. Ein Kind mit einem Ausländer, noch dazu mit einem mittellosen Schwarzen, würde mein Leben zerstören. In Wahrheit fürchteten sie um *ihr* Leben. Ihr beschissenes bürgerliches Leben, das ›makellos‹ bleiben sollte.« Sie ist laut geworden, ihre Wangen sind gerötet, so sehr haben die wenigen Sätze sie aufgeregt. »Mein Vater ist Beamter und der Prototyp eines Spießers mit Stock im Hintern. Und meine Mutter – die gießt immer fleißig Öl ins Feuer. Dabei ist Rico gar kein Ausländer.«

Rico strafft selbstbewusst die breiten Schultern unter dem auffallend konservativen Oberhemd; vermutlich hat er es angezogen, um mir gegenüber möglichst seriös zu wirken. »Stimmt, ich bin Deutscher und wurde vor fünfundzwanzig Jahren in Leipzig geboren, falls Sie sich über mein fehlerfreies Deutsch gewundert haben. Ich studiere an der Musikakademie und habe ein Stipendium, das leider nur für das Allernötigste reicht. Mein Vater ist Sachse, meine Mutter stammt aus Kuba, seit fünf Jahren leben sie dort. Sie hätten uns sofort zu sich geholt. Wir könnten natürlich auswandern, aber Julia studiert auf Lehramt, möchte ihr Studium beenden, und unser Kind soll hier auf die Welt …«

»Hallooo, hallooohooo, ist da jemand?«

Eine dunkle Stimme, die eindeutig aus dem Hausflur kommt, unterbricht ihn.

Rico sieht mich fragend an.

Ich erkläre ihm, dass niemand von meiner Anwesenheit weiß, worauf Rico sich blitzschnell von der Matratze erhebt und nach draußen läuft. Sekunden später kehrt er zurück – in Begleitung eines übergewichtigen Sechzigjährigen, dessen graues Haar im Nacken zu einem Zopf gebunden ist. Er trägt einen dunklen Anzug, dessen Jackett über dem Bauch spannt, ein schneeweißes Hemd mit hohem Kragen und eine blau-grau gestreifte Krawatte. Irgendwie erinnert er mich an Modemoppel Karl Lagerfeld, bevor der sich mit einer Luxusdiät in einen hohlwangigen Modeyogi verwandelte.

»Ihr Makler!«, sagt Rico und starrt mich entsetzt an, so

als hätte ich eine Pistole auf ihn gerichtet. Dabei müsste er eigentlich an meinem verblüfften Gesichtsausdruck erkennen, dass ich mit dem Auftauchen dieses mir völlig fremden Mannes nichts zu tun habe.

»Gestatten, Willi Faber.«

Ich musterte ihn abfällig. Albert nannte es meine hochnäsige Ader: Ich könne, wenn es mir nötig erscheine, herablassender sein als eine echte Blaublütige im vorigen Jahrhundert, die ihre Domestiken abkanzelt.

»Verzeihen Sie mein Eindringen …« Er lächelt mich verbindlich an. »Frau von Buntschuh?«

Ich nicke hoheitsvoll. »Sie wünschen?« Es ist mir egal, ob ich mich taktlos benehme, aber unangemeldet aufzutauchen zeugt auch nicht gerade von guter Kinderstube.

»Vielleicht erinnern Sie sich an mich. Ich hatte Ihnen auf den AB gesprochen, Willi Faber«, wiederholt er seinen Namen, als wäre das Erklärung genug. Dabei blickt er sich ungeniert um.

»Sie wünschen?«, wiederhole ich und ahne, was hier los ist. Er ist doch der Makler, der mit dem Notar bekannt ist. Nolte muss ihm die Adresse gegeben haben, damit er mein »Stadtschloss« als Erster besichtigen kann. Nicht schwer zu erraten, dass dieser Lagerfeld für Arme mit einem Vermittlungsauftrag liebäugelt.

Fabers Lächeln wird breiter. »Ich war gerade in der Gegend, da dachte ich, ich schau einfach mal vorbei«, behauptet er, ohne rot zu werden.

Logisch. Erst einfach so anrufen, dann unangemeldet hier auftauchen und – wie praktisch – in der Nähe zu tun haben. Den Bären kann er jemand anderem aufbinden.

»Und prompt treffen Sie mich hier an, so ein Zufall aber auch. Ich sage ja immer, ohne Zufälle wäre die Welt ein trauriger Ort. Nicht wahr?« Ich grinse genauso breit wie er und erkläre: »Leider benötige ich im Moment keinen Makler.« Was nicht ganz stimmt, denn es gibt keinen Grund, warum ich nicht jetzt schon mit Verhandlungen beginnen sollte. Und wären es normale Umstände, würde ich das auch tun. Aber er hat mich aus dem Konzept gebracht und sich damit disqualifiziert.

Faber hingegen lacht laut auf. Mein Benehmen scheint ihn nicht zu irritieren. »Sie haben mich durchschaut, meine Anerkennung.« Ruhig greift er in die Tasche seines Jacketts, zieht ein kleines Lederetui heraus und entnimmt ein hellblaues Kärtchen, das er mir reicht. »Umso mehr würde es mich freuen, wenn wir doch ins Geschäft kommen könnten.«

Ich nehme das Kärtchen und erwidere: »Wie gesagt benötige ich gerade keinen Makler.«

Faber verabschiedet sich mit der Frage, ob ich etwas dagegen hätte, wenn er ein paar Fotos vom Haus schießen würde. »Nur von der Straße aus. Falls Sie es sich doch noch anders überlegen.«

»Solange Sie nichts beschädigen«, sage ich höflich. Es kann ja nicht schaden, doch ein wenig freundlich zu sein, angeblich begegnet man sich immer zweimal im Leben. Julia, die währenddessen wie leblos auf der Matratze gesessen hat, atmet hörbar erleichtert auf. »Dann werfen Sie uns nicht sofort auf die Straße?«

»Keine Sorge, ich gedulde mich, bis ihr eine bezahlbare Wohnung gefunden habt. Aber ich kann …«

»Es gibt ein Aber?«, unterbricht Rico mich sorgenvoll.

»Aber«, greife ich den Faden wieder auf. »Ich kann nicht ewig warten, denn es kommen Erbschaftssteuern auf mich zu, die ich nicht begleichen kann. Ich lebe von einer kleinen Witwenrente, besitze keinerlei Vermögen und bin deshalb gezwungen zu verkaufen. Ich hoffe, ihr findet schnell etwas Passendes.«

»Wir werden alles nur Mögliche unternehmen«, verspricht Rico, und Julia nickt erleichtert.

»Der Besuch dieses unverschämten Maklers hat mich genauso überrascht wie euch. Ich versichere, dass ich ihn nicht bestellt habe«, rede ich weiter, um die beiden zu beruhigen. »Wie er zu der Adresse kam, kann ich nur vermuten, schätzungsweise über den Notar. Wenn Makler ein lukratives Objekt wittern, kann man sie schwer bremsen.«

Ricos angestrengte Miene hellt sich auf, wir tauschen Telefonnummern, ich gebe ihnen noch meine Adresse und sage: »Falls es etwas zu bereden gibt, kommt einfach vorbei.« Dann verabschiede ich mich.

6

Erschöpft von der Anstrengung, mein übermächtiges Mitgefühl zu bändigen, flüchte ich die Treppen hinunter auf die Straße.

Es hat aufgehört zu regnen, und die ersten Sonnenstrahlen blitzen durch die Wolken. Die schwülwarme Luft hat sich abgekühlt, es riecht nach Flieder und frisch gemähtem Gras. Als ich mich nach links Richtung Straßenbahn wende, entdecke ich Faber auf der anderen Straßenseite. Lässig fotografiert er mit dem Handy das Anwesen.

Er scheint tatsächlich keine Zeit verlieren zu wollen. »Haben Sie auch nicht vergessen, einen Film einzulegen?«

»Großartig, Frau von Buntschuh, Ihr Humor ist einfach großartig!« Er strahlt übers runde Gesicht, als wären wir zwei alte Bekannte. »Sind Sie mit dem Wagen hier? Darf ich Sie nach Hause chauffieren?«, wechselt er das Thema und deutet auf einen nachtblauen Sportflitzer, der in Sichtweite parkt.

Obwohl ich mich vorhin über ihn geärgert habe, erspart mir sein Angebot den Heimweg mit der Trambahn. »Warum nicht«, sage ich gnädig und füge hinzu: »Versprechen Sie sich aber nicht zu viel davon.« Ich wiederum verspreche mir detailliertere Informationen. Vielleicht kann ich ihn zum Thema Immobilienpreise aushorchen. Bislang kenne ich nur die Zahlen, die mir Nolte und Fusselbart-Kevin genannt haben.

Als er mir die Wagentür aufhält, verkneife ich mir beim Einsteigen ein albernes Kichern. Ich kann mich nicht einmal entsinnen, wann ich das letzte Mal gefahren oder mir die Wagentür aufgehalten wurde. Aber Faber soll nicht merken, wie sehr ich es genieße, verwöhnt zu werden.

Nicht sonderlich elegant schraube ich mich in den niedrigen Sportwagen, lehne mich in dem weichen graublauen Ledersitz zurück und schließe einen Atemzug lang die Augen. Herrlich. Da öffnet sich auch schon die Tür auf der Fahrerseite.

Faber steigt nicht weniger umständlich ein, quetscht den Bauch hinters Steuer und blickt mich von der Seite an. »Sitzen Sie bequem?«

»Für die paar Meter werde ich es schon aushalten«, antworte ich, als säße ich auf einem Nagelbrett. Dabei ist der ergonomisch geformte Sitz saugemütlich und die Kopfstütze in der richtigen Höhe. Dass ich kaum über das Armaturenbrett sehen kann, ist unwichtig, es wird ja keine endlose Sightseeingtour.

Faber verzieht den schmalen Mund, als wäre er zutiefst verletzt, doch dann lacht er kurz auf und startet den Motor.

»Okay, ich werde auf die Tube drücken, damit Sie schnellstmöglich dieser misslichen Lage entkommen.« Den Blick konzentriert nach vorn gerichtet fährt er los, und erst, als er von der nächsten roten Ampel ausgebremst wird, dreht er den Kopf zu mir. »Darf ich fragen, ob dieses junge Paar Flüchtlinge sind? Planen Sie womöglich ein Flüchtlingsheim? Damit ließen sich ordentlich Einnahmen …«

»Na, Sie haben ja Vorschläge«, unterbreche ich ihn.

»Verzeihung, ich wollte nicht indiskret sein«, entschuldigt er sich. »Nolte meinte nur, das Haus stünde leer, deshalb war ich etwas verwundert.«

»Ah, und deshalb dachten Sie auch, so einfach reinspazieren zu können«, kontere ich und versichere ihm mit dem nächsten Atemzug, das Haus sei unbewohnt.

Die Ampel springt auf Grün, Faber fährt weiter und sagt tonlos: »Verstehe«, woraus deutlich zu hören ist, dass er mir nicht glaubt.

Hält er mich etwa für plemplem? Das kann ich so nicht stehen lassen. Außerdem geht es diesen Immobilienhai überhaupt nichts an, wer sich in meinem Haus aufhält. Ich überlege, wie ich meine Hausbesetzer »legalisieren« könnte, als mir einfällt, welchen Eindruck das »Ambiente« auf mich anfangs gemacht hat.

»Die jungen Leute wohnen nicht dort, falls Sie das annehmen. Die beiden sind Aktionskünstler, die an einem Event arbeiten.« Ich fühle mich wie eine Mutter, die ihre Kinder gegen Mobbing verteidigt.

»Event?«, wiederholt er irritiert. »In dieser Rui...« Er bricht ab.

»Ja, in dieser *Ruine*, sprechen Sie es ruhig aus«, entgegne ich betont lässig. »Mein verstorbener Mann war Kunsthändler, und da ich das Anwesen an seiner Stelle geerbt habe, was Sie vermutlich wissen, plane ich ihm zum Andenken eine zeitlich begrenzte Ausstellung. Sie wird den Titel *Home sweet home* tragen. Über den allerorts herrschenden Wohnungsnotstand muss ich Ihnen ja nichts erzählen, oder? Ihre Branche profitiert doch seit Jahren davon. Manch einer hat sich dadurch eine goldene Nase verdient – oder ein schickes Auto.«

»Ein wirklich trauriges Thema«, stimmt er mir zu, ohne

auf die Anspielung bezüglich seines protzigen Rennwagens einzugehen.

»Und was wäre für solch ein Aktionskunstwerk geeigneter als eine *Ruine?*«, ergänze ich und klopfe mir selbst auf die Schulter: genialer Einfall. Euphorisiert schwadroniere ich weiter: »Wir waren mitten in einer Besprechung bezüglich der Termine, als Sie hereinplatzten.«

»Ah, jetzt ergibt auch die Kaffeetafel einen Sinn. Irgendwie musste ich an Joseph Beuys denken, Sie kennen Beuys? Der hat ja ähnliche Happenings veranstaltet. Fett und Filz waren seine bevorzugten Materialien, aber da erzähle ich Ihnen als Gattin eines Kunsthändlers bestimmt nichts Neues.«

»Machen Sie sich ruhig darüber lustig«, schnappe ich zurück.

»Das liegt mir fern.« Er hebt eine Hand vom Steuer, als wollte er sich entschuldigen. »Ich muss jedoch zugeben, dass Sie mich überraschen.«

»Wie soll ich das verstehen? Nächste rechts einbiegen und dann vor Hausnummer neun anhalten.«

Faber hält vor dem Haus, stellt den Motor ab und dreht sich zu mir. »Dass Sie beabsichtigen, Ihr Anwesen in ein … ein Kunsthaus zu verwandeln?«

Ha, er ist drauf reingefallen, freue ich mich. »So könnte man es nennen. Solange ich noch nicht zum Kauf entschlossen bin, wäre es doch schade, das Gebäude ungenutzt zu lassen. Das wird aber keine kommerzielle Veranstaltung, sondern nur ein privates Happening, wenn Sie so wollen.« Das musste ich noch loswerden, sonst jagt er mir noch irgendein Amt auf den Hals, weil ich ein Wohnhaus gewerblich nutze.

Er nickt schmunzelnd, steigt dann aus, umrundet den

Wagen und reißt die Tür auf. Übertrieben höflich streckt er mir die Hand entgegen: »Wenn ich behilflich sein darf?«

Er darf. Einsteigen in diesen Flachsegler ging gerade noch, ohne Hilfe aussteigen kommt einer Yogaübung gleich. »Herzlichen Dank für die Heimfahrt. Sobald der Verkauf aktuell wird, melde ich mich. Apropos, Verkauf …« Ich lege eine kleine Spannungspause ein. »Sie sind nicht der einzige Interessent. Ein Objekt wie meines, so nah an der Isar, lockt Käufer an, wie Sie sich denken können. Den Zuschlag erhält natürlich der Meistbietende.«

»Selbstverständlich«, erwidert er nur.

Mist, ich habe auf ein konkretes Angebot gehofft, dann war meine Honigfalle wohl nicht klebrig genug. Aber ich lasse mir nichts anmerken, verabschiede mich und verspreche, ihm eine Einladung für das Event zukommen zu lassen.

»Das würde mich sehr freuen. Für Kunst, egal welcher Couleur, bin ich immer zu haben. Meine Adresse steht auf dem Kärtchen«, entgegnet er mit einem tiefen Blick in meine Augen.

»Sie hören von mir.« Ich nicke freundlich und entferne mich, ohne einen Blick zurückzuwerfen.

Im Hausflur kichere ich albern vor mich hin. Ich hatte großen Spaß auf der Fahrt, und allein dafür hat sich die Schwindelei gelohnt. Ob Faber mir glaubt oder nicht, spielt im Endeffekt keine Rolle.

Im Briefkasten stecken zwei dicke Kuverts, eines von Nolte und eines von der Bank. Die werde ich später öffnen, im Moment bin ich zu erschöpft. In meinem Alter sind Erbschaften, Hausbesetzer und Geplänkel mit Immobilienhaien nicht so locker wegzustecken wie mit dreißig. Ich muss mir zuerst den Ruinenstaub abwaschen, mich bei einer Kanne Tee erholen und meinen Kraftspeicher auftanken – für neue Katastrophen.

Auf halber Treppe kommt mir Liza Minnelli entgegen. Ihre Herrchen tragen heute Partnerlook mit karierten Hemden und Latzhosen.

Das Hausmeisterpaar bleibt stehen. Korbinian mustert mich mit zerfurchter Stirn.

»Frau von Buntschuh, alles in Ordnung? Sie wirken … ähm … ein klein wenig gestresst.«

Liza schnüffelt an meinen schwarzen Wildlederslippern und wedelt heftig mit dem Ringelschwanz. Der Duft nach Ruine scheint aufregend zu sein.

Ignaz verpasst seinem Ehemann einen Schubs in die Latzhosenseite. »So etwas sagt man nicht zu einer Dame.«

»Aua! Es war doch nur, weil ich mich um Frau von Buntschuh sorge«, verteidigt sich Korbinian und reibt sich verlegen die ewig rote Nase.

»Ihr Gatte hat leider recht«, gebe ich freimütig zu. »Im Moment beschäftigen mich diverse Familienangelegenheiten, und na ja … es ist kompliziert.« Ich tätschle Liza Minnelli den Kopf.

Korbinian schaut Ignaz an und lacht amüsiert. »Ja, ja, die liebe Verwandtschaft macht oft mehr Sorgen als Freude.«

»Deine Familie ist auch nicht gerade pflegeleicht«, kontert Ignaz verschnupft. »Denke nur mal an deine Tante Ursel, die olle Schreckschraube.«

Korbinian knallt ihm ein beleidigtes »Pah!« an den Kopf, Ignaz schnalzt mit der Zunge, das Lockzeichen für Lizamops, die sofort an der Leine zieht.

Ich bin zu müde, um nach Einzelheiten zu fragen, denen garantiert ein langer Schwatz folgen würde, und verabschiede mich. Für heute ist mein Bedarf an Sozialkontakten gedeckt.

An meiner Wohnungstür angekommen höre ich das Telefon schrillen, doch bis ich aufsperren und den Apparat erreichen kann, verstummt er. Das Gerät blinkt, aber niemand hat eine Nachricht hinterlassen. Die angezeigte Nummer des Anrufers ist mir fremd. Ich vergleiche sie mit der auf Fabers Visitenkarte, aber sie stimmt damit nicht überein. Ich vermute, Nolte kennt mehr als einen Makler. Soll mir nur recht sein, Konkurrenz belebt das Geschäft.

Nach einem ausgiebigen Schaumbad koche ich Tee, schnappe mir die Post und das Mobilteil vom Festnetztelefon. Im Wohnzimmer befreie ich Albert aus der Kaiser-Wilhelm-Büste und lasse mich auf unsere plüschige hellbraune Couch fallen. Die ächzt genauso laut wie ich – eine neue Sitzgarnitur steht auch schon lange auf der Wunschliste.

»Wie war dein Tag?«, frage ich in Richtung Kommode. Asche-Albert schweigt mal wieder. Also berichte ich ihm von den neuesten Ereignissen, der angeregten Unterhaltung mit Faber und der Heimfahrt in seinem Sportwagen.

»Ich hätte durchaus noch Chancen«, necke ich meinen Albert, der zu Lebzeiten auf jeden männlichen Kunden eifersüchtig war, den ich bedient habe. »Stell dir nur vor, ich mit einem Galan hier auf der Couch, und du müsstest zusehen.«

Albert bleibt gelassen – oder hat die Urne da eben gewackelt? Womöglich hat mein Albert geflucht? Nein, sicher nicht, er hat niemals ein unflätiges Wort in den Mund genommen, da würde er doch jetzt als Handlungsunfähiger nicht damit anfangen.

Ich setze die Lesebrille auf und öffne den Brief von Nolte. Er enthält die angekündigten Unterlagen zu »Haus und Hof« und ein kurzes Anschreiben, in dem er mir anbietet, mich bei allen Fragen jederzeit zu beraten. Sehr beruhigend, wo ich in Sachen Erbschaft doch völlig unbedarft bin.

Das zweite Kuvert ist von der Bank. Verwundert lese ich, man sei erfreut, mir bezüglich der Immobilienangelegenheit ein schriftliches Kaufangebot unterbreiten zu können. Donnerwetter, ihr Angebot übertrifft Noltes angedeuteten Betrag um eine Million. Die Aussicht auf fette Gewinne scheint den fusselbärtigen Kevin zu berauschen wie ein starker Cocktail. Kurz entschlossen greife ich zum Telefon. Donnerstags arbeitet die Bank länger, wenn ich mich recht erinnere. Die Telefonnummer beginnt mit 93 … Moment, die auf dem AB fing genauso an. Ich vergleiche die versäumten Anrufe, und eine Nummer stimmt tatsächlich mit Kevins Anschluss überein. Er hängt also am Haken. Na, dann lasse ich ihn gern noch ein wenig zappeln.

»Wie findest du das, Albert?« Meine ehemals bessere Hälfte zieht es vor, seine Meinung für sich zu behalten. Auch gut. Ich stülpe ihm Kaiser Wilhelm über, wünsche ihm eine angenehme Nachtruhe und widme mich meinem Buch. Aber irgendwie kann ich mich nicht konzentrieren. Meine Gedanken kreisen um die Hausbesetzer, das Angebot der Bank, Willi Faber und immer wieder um das Thema Erbschaftssteuer. Der Notar hat seinem Schreiben ein Informationsblatt zu dieser leidigen Frage beigelegt.

Einige Punkte betreffen die direkte Verwandtschaft zum sogenannten Erblasser. Da gäbe es Mittel und Wege, die Steuer zu vermeiden. Leider waren Theodora und ich nur entfernt verwandt. Und wenn ich dieses Amtskauderwelsch richtig entschlüssle, werde ich nicht drum herumkommen, dem Finanzamt von meinem Reichtum etwas abzugeben. Es sei denn, die Immobilie ist nicht bewohnbar, stark renovierungsbedürftig, oder das Etikett »Denkmalschutz« klebt drauf. Wie auch immer, als Erbe ist man verpflichtet, die Erbschaft innerhalb von drei Monaten beim Finanzamt anzumelden.

Erleichtert atme ich auf.

Mir bleibt eine dreimonatige Galgenfrist.

In der viel geschehen kann.

Auch für Julia und Rico sollten drei Monate genügen, eine anständige, bezahlbare Unterkunft zu finden. Das müssen und wollen sie sicher auch, denn das Leben in dieser Schrottwohnung kann doch kein Vergnügen sein.

Die folgende Woche vergeht ohne weitere Aufregungen, Anrufe oder halbgare Angebote von Immobilienfritzen, worüber ich nicht traurig bin. Die Geschehnisse der letzten Tage haben schon genug Aufregung gebracht. Camilla predigt zwar immer, man sei niemals zu alt für überraschende Veränderungen, sie wären doch das Salz in der oft faden Suppe des Lebens. Aber bei aller Freude und Aussicht auf ein Luxusleben reicht es mir für den Moment an solchen Veränderungen. Womöglich liegt es an all dem, was damals nach Ibiza geschehen ist. Auch die Pleite meiner Eltern war eine Veränderung, die mich zwar nicht direkt betraf, mich dennoch lange beschäftigt hat. Genau wie der Konkurs von Alberts Kunsthandel.

Der Anfang vom Ende, wonach unser Leben aufs *Über-leben* reduziert war. Als wir uns endlich von dieser erschütternden Erfahrung erholt hatten, fiel Albert eines Tages einfach tot um. Herzinfarkt. Mein Bedarf an Überraschungen ist also reichlich gedeckt, mittlerweile liebe ich meinen geregelten Alltag. Mir genügen der Wechsel der Jahreszeiten, die sich häufenden Wetterkapriolen und der Besuch von Müllers Mopshündin, die bringt genug Trubel in meine bescheidene Bude.

7

Mitte Mai, nach den Eisheiligen, sind meine im Februar ausgesäten Cocktailtomaten zu recht ansehnlichen Pflanzen herangewachsen. Dem Tipp aus dem Buch *Bio-Balkon* zufolge versetze ich sie aus den Töpfen am Küchenfenster raus in die Kästen auf den Balkon. Er ist nicht besonders groß, hat gerade mal Platz für einen kleinen Tisch, zwei Stühle oder eine Liege. Aber er geht nach Südwesten, die ideale Himmelsrichtung für Tomaten, denn durch die lange Sonneneinstrahlung reifen die Früchte schnell und schmecken einfach köstlich.

Vielleicht ist es ja das letzte Mal, sinniere ich beim Angießen der jungen Pflänzchen und komme erneut ins Träumen über ein Leben in Saus und Braus. Ob ein Umzug dazugehört, habe ich noch nicht endgültig entschieden, es hängt ohnehin davon ab, was nach der leidigen Erbschaftssteuer übrig bleibt. Camilla würde anmerken, auch ein Umzug sei eine Veränderung. Logisch, aber es ist eine positiv-freiwillige und keine negative, die mir vom Schicksal aufs Auge gedrückt würde.

Die Haustür fällt krachend ins Schloss, gleich darauf schiebt die junge Mutter aus dem ersten Stock den Kinderwagen auf die Straße. Es liegt bestimmt an der herrlichen Frühlingsluft, dass die sieben Monate alte Miriam heute so brav im Wagen sitzt und nicht wie am Spieß schreit, weil sie getragen werden möchte.

»Guten Morgen, prächtiges Wetter«, rufe ich ihr fröhlich zu.

»Guten Morgen«, antwortet sie knapp.

Sie ist nicht direkt unfreundlich, eher verstimmt, weil ich nicht als Babysitter tauge. Letzten Monat hat sie nämlich gefragt, ob ich Lust habe, die kleine Miriam einmal wöchentlich zu hüten. Nichts hätte ich lieber getan, auch wegen der Bezahlung. Ich liebe Kinder, und die Kleine hat mich im nächsten Moment auch so niedlich angelacht, dass mir ganz warm wurde. Beinahe hätte ich zugesagt. Aber das süße Babygesicht erinnert mich auch an Ibiza, und alles was danach geschah.

Während ich noch die Tomaten begieße, sehe ich Julia und Rico die Straße entlangspazieren.

Sie entdecken mich auf dem Balkon, winken mir zu und laufen nun schneller. Vor dem Haus bleiben sie stehen, und Rico ruft mir entgegen: »Verzeihen Sie, wenn wir einfach so auftauchen, aber wir wollten etwas mit Ihnen besprechen.«

Oh, das klingt aber nicht nach »Hurra, wir haben eine Wohnung gefunden«.

»Nur einen Moment …«, demonstrativ halte ich die Hände hoch. »Habe in der Erde gebuddelt.«

Ich hoffe, sie bringen gute Nachrichten, bis vor ein paar Sekunden wirkte der Tag so überaus friedlich, versprach sorgenfreie Stunden mit Buch und Nachmittagskaffee unter Balkontomaten.

Als ich die Wohnungstür öffne, hält Rico mir ein Sträußchen blassrosa Moosrosen entgegen.

»Noch mal sorry für den Überfall.« Dazu schenkt er mir ein karibisches Gute-Laune-Lächeln.

»Danke schön, sehr freundlich … Ich freue mich über

euren Besuch, kommt rein. Ich koche uns Kaffee.« Wenig später sitzen wir bei Tee, den Julia sich gewünscht hat, und trockenen Keksen in meinem Wohnzimmer. Rico hat neben Julia auf dem etwas altmodischen Plüschsofa Platz genommen, das er mit großen Augen als »krass-ge-chillt« bezeichnet. Was immer das heißen mag. Der hübsche Rosenstrauß – es ist ewig her, dass mir jemand Blumen geschenkt hat – steht auf der Kommode neben der Kaiser-Wilhelm-Büste. So hat Asche-Albert mal ein paar Blumen an seiner letzten Ruhestätte.

Mir ist natürlich bewusst, dass meine Hausbesetzer nicht zum Kaffeeklatsch hier sind, und ich bin wirklich gespannt, was es so Wichtiges zu bereden gibt. Es scheint bedeutsam zu sein, warum sonst trägt Rico offiziell wirkende beige Stoffhosen, dazu ein glatt gebügeltes rosa Oberhemd, äußerst kleidsam zu seiner dunklen Haut, und Julia ein dunkelblaues Hängekleidchen mit blütenweißem Bubikragen? Derart fein gemacht gehen junge Menschen doch höchstens zu einem Vorstellungstermin oder auf die Bank, wenn sie Geld brauchen.

Wollen die beiden mich etwa anpumpen?

»Ich hoffe, das Haus steht noch«, eröffne ich das Gespräch mit einer heiteren Frage, auch, um meine Befürchtung zu verdrängen.

Wir lachen gemeinsam über meinen Scherz, wobei der gar nicht so abwegig ist. Wer kann schon sagen, warum Tante Theodora ausgerechnet *mir* und nicht einem ihrer geliebten Enkelkinder das Gebäude vererbt hat. Ganz sicher nicht, damit ich dort einziehe und nicht mehr so beengt wohnen muss. Womöglich ist das Haus total marode und könnte täglich in sich zusammenstürzen. Dann bliebe der Schaden an mir hängen, falls ich die Erbschaft nicht rechtzeitig ablehne. Zum Glück ist das Ultimatum noch nicht abgelaufen.

»Es wird sogar noch sehr lange stehen«, antwortet Rico und berichtet von Clemens, einem Kumpel, der Architektur studiert. »Er meinte, die Bausubstanz wäre solide, nach einigen Renovierungsarbeiten könnten die Wohnungen sofort wieder vermietet werden. Das wollten wir Ihnen mitteilen.«

»Das sind ja sehr positive Nachrichten«, freue ich mich. »Mit dieser Expertise lässt sich der Verkaufspreis sicher hochtreiben.«

Julia setzt die Teetasse etwas zu laut auf den Unterteller, als hätte sie sich erschrocken.

»Alles in Ordnung, meine Liebe?«, frage ich besorgt.

Sie nickt traurig. »Ja, mir geht es gut.«

Die arme Kleine tut mir wirklich leid, aber wenn sie mir nicht anvertrauen möchte, was sie bekümmert, will ich sie nicht bedrängen. Ich mustere sie möglichst unauffällig. Das blonde Haar schimmert im einfallenden Licht des späten Nachmittags, ihre Wangen sind gut durchblutet, die nackten Unterarme von einer zarten Bräune überzogen, die Lippen hellrosa geschminkt. Was auch immer sie bedrückt, körperlich scheint ihr nichts zu fehlen. Und mit dem Fortschreiten der Schwangerschaft lässt doch die morgendliche Übelkeit sicher bald nach.

Rico räuspert sich mehrmals. »Wir würden gern Ihre Meinung zu einem Vorschlag hören …« Er klingt unangenehm sachlich.

Sein Tonfall behagt mir gar nicht.

Lauernd frage ich: »Und der wäre?«

Rico holt Luft, zögert einen Moment, doch dann sprudelt er los: »»Eigentum verpflichtet, besagt Artikel vierzehn Absatz zwei des Grundgesetzes. Sein Gebrauch soll zugleich dem Wohle der Allgemeinheit dienen ...‹«

Ich bin dermaßen verblüfft von dieser höchst offiziellen Ansprache, dass ich nur ein irritiertes »Ähm ... wie bitte?« krächze.

»Verkaufen Sie das Haus nicht!«, erwidert Rico und strahlt mich an, als hätte er für all meine Probleme *die* Lösung gefunden.

»Und wo ist der Vorschlag?«, frage ich, als weitere Einzelheiten ausbleiben.

»Wenn Sie das Haus verkaufen«, ergreift Julia das Wort, »wandeln die neuen Eigentümer das Gebäude garantiert in eines dieser Renditeobjekte um, wenn sie es nicht komplett niederreißen. Auf jeden Fall ginge bezahlbarer Wohnraum für immer verloren. Das können Sie doch nicht wollen, oder?«

Es tut mir sehr leid, aber ich verstehe immer noch nicht, auf welcher Mission die beiden sich befinden. »Daran werde ich wohl nichts ändern können, oder?«

»Doch, das können Sie!«, behauptet Rico, wobei er mich nun selbstbewusst angrinst.

»Ich wüsste nicht, wie.«

»Indem Sie das Haus behalten und die Wohnungen mietfrei gegen Renovierungsarbeiten vergeben. Später können Sie dann angemessene Miete verlangen. Die genauen Modalitäten müsste man natürlich noch ausarbeiten. Aber das Ergebnis wäre ein renoviertes Anwesen, dessen beständige Mieteinnahmen eine prima Altersvorsorge wären.«

Das haben die beiden sich ja schön ausgedacht. Aber Mut haben sie, das muss ich ihnen lassen.

»Daraus wird leider nichts«, sage ich schließlich. »Zum

einen wüsste ich nicht, wie ich die Baumaterialien finanzieren sollte und wo ich begabte Handwerker finden könnte, die sich auf so ein Arrangement einließen. Aber, und hier kommt das Hauptargument, am Ende halse ich mir damit nur jede Menge Ärger ein, den solch ein Mietshaus automatisch mit sich bringt. Der Verkauf hingegen sichert meine Altersvorsorge vollkommen stressfrei.«

Rico quittiert meine Argumente mit einem fragenden Blick. »Müssen es denn unbedingt professionelle Fachleute sein?«

»Es muss auf jeden Fall ordentlich gemacht werden«, antworte ich.

»Unter unseren Kommilitonen und Freunden finden wir genug handwerklich begabte, männliche und weibliche, die sich darum reißen würden, mitmachen zu dürfen. Die es auch mit jedem Profihandwerker aufnehmen können. Innerhalb einer Woche wären alle Wohnungen vergeben, darauf verwette ich meine Frisur …« Er verdreht die grünbraunen Augen und greift in seine Rastazöpfe. »Oder ich lasse mir eine Glatze scheren.«

»Es tut mir wirklich sehr leid, aber ich muss euch enttäuschen«, bekräftige ich meine Absage und suche nach weiteren Erklärungen. »Ich verstehe eure Absicht, aber ich bin zu alt, um … na ja, mich in solch ein Abenteuer zu stürzen, das über meine Kräfte gehen würde, finanziell und überhaupt.«

Rico fängt plötzlich an zu lachen. »Entschuldigung, aber das ist der beste Witz seit Langem. Wenn Sie alt sind, dann bin ich Che Guevara. Sie wissen schon, der Revolutionsheld aus Kuba und Kumpel von Fidel Castro.«

Jetzt muss ich lachen. Rico hat zwar überhaupt keine Ähnlichkeit mit dem kubanischen Freiheitskämpfer, aber sein Feuereifer ist bemerkenswert.

»Sie sind doch niemals älter als fünfzig, vielleicht fünfundfünfzig, und das ist kein bisschen alt«, meldet sich Julia mit zarter Stimme.

Natürlich fühle ich mich geschmeichelt, welche Frau täte das nicht, doch ich durchschaue den Versuch, mich mit Komplimenten für ihre Idee zu gewinnen. »Ihr seid wirklich sehr freundlich, vielen Dank, aber wie gesagt, die Sache übersteigt meine Finanzen. Im Moment weiß ich ja nicht einmal, wie ich die Erbschaftssteuer aufbringen soll. Meine Bank lehnt es ab, mir einen Kredit zu gewähren. Laut dem Filialleiter kann ich den mit meiner Rente nicht bedienen, und obendrein hat er mich in die Schublade der Risikogruppe gesteckt.«

»Ach, ihr Deutschen sorgt euch immer nur ums Geld«, seufzt Rico enttäuscht.

»Deine karibische Leichtigkeit hilft uns auch nicht weiter«, tadelt Julia ihn unerwartet streng. »Geld regiert nun mal die Welt, das werden wir nicht ändern, egal, wie sehr wir es uns auch wünschen.«

Rico stutzt einen Augenblick, legt den Keks zur Seite, den er sich gerade in den Mund schieben wollte, und zieht Julia an sich. Zärtlich küsst er sie auf die Wange und sagt mit Blick zu mir: »Deshalb liebe ich dieses wunderschöne Wesen so, weil sie die Portion Realität ist, die mir fehlt. Der Tag, an dem wir uns begegnet sind, hat mein Leben verändert. Und es gibt nicht genug Worte, um ihr zu sagen, wie sehr ich sie liebe.«

Zutiefst gerührt von dieser Liebeserklärung muss ich schlucken. Es gab eine Zeit, da flüsterte mir ein wunderbarer Mann etwas Ähnliches ins Ohr: *Ich kann dir gar nicht oft genug sagen, was du für mich bedeutest.*

»Bei wie vielen Banken haben Sie es schon versucht?«, möchte Rico wissen.

»Wie gesagt bei meiner Hausbank, die mich und mein Konto seit Jahrzehnten kennen.«

Ungläubig hebt er die wohlgeformten Augenbrauen. »Warum reden Sie nicht mal mit einer anderen Bank?« Er legt den Arm um Julia. »Ein Mietshaus in München, wo die Immobilienpreise in den Himmel wachsen, muss man doch beleihen können. Die wären ja komplett blind, wenn die den Wert eines solchen Objekts nicht erkennen würden. Und sobald alles renoviert ist, steigt der Wert beträchtlich. Ich habe mich mal schlau gemacht, für eine renovierte Drei-Zimmer-Wohnung von circa achtzig Quadratmetern werden Kaltmieten um die tausendfünfhundert Euro verlangt.«

Ich finde Ricos unermüdlichen Eifer wirklich rührend, aber wer garantiert mir, dass am Ende seine Kumpels nicht bloß die Wände streichen und dafür dann mietfrei wohnen wollen. Die Erbschaftssteuer bliebe an mir hängen. Deshalb bleibe ich hart: »Meine Rente wird nicht größer, auch wenn ich bei einer anderen Bank anfrage. Die sehen in mir einfach nur eine verwitwete alte Frau ohne Vermögen. Übrigens wollte meine Bank mir zwar keinen Kredit geben, wäre aber an einem Kauf interessiert.«

Julia kuschelt sich für einen Moment an Rico, setzt sich aber gleich wieder aufrecht hin und sagt: »Wie wäre es, wenn Sie … wenn Sie die Wohnungen zwar mietfrei vergeben, aber eine Kaution verlangen und die für Materialeinkäufe verwenden?«

Rico blickt seine Frau bewundernd an. »Ist sie nicht einfach fantastisch?«

»Zweifellos eine ungewöhnliche Idee«, stimme ich ihm zu. »Für die Erbschaftssteuer bleibt dann aber trotzdem nichts übrig, und ich frage mich, wer ein marodes Objekt beziehen und zusätzlich noch Geld für die Renovierung investieren würde?«

»Vergessen Sie nicht, dass man anfangs ein Jahr lang mietfrei wohnt. Und Kaution muss man überall hinlegen. Es käme also auf einen Versuch an, oder?« Erwartungsvoll sieht er mich an. »Das nennt man eine Win-win-Situation. Einer hilft dem anderen, und beide profitieren davon.«

Nachdenklich blicke ich in Richtung Kaiser-Wilhelm-Büste. Aber von Albert eine Reaktion zu erwarten ist illusorisch, was ich gerade jetzt sehr bedauere, schließlich war er der studierte Betriebswirt. Doch mir kommt plötzlich eine Idee. »Gegenfrage: Wie viel Kaution werden inzwischen für eine Drei-Zimmer-Wohnung verlangt? Vergleichbar mit der, die ihr in Beschlag genommen habt.«

»Im Schnitt drei Kaltmieten, ausgehend von, sagen wir, fünfzehnhundert Euro«, antwortet Julia und sieht mich mit leuchtenden Augen an. »Heißt das, Sie behalten das Haus?«

Nachdenklich murmle ich vor mich hin. »Hmm … das wären viertausendfünfhundert pro Wohnung …«

»Kein Problem«, versichert Julia. »Meine Großmutter würde uns mit der Kaution helfen.«

»Bitte, bitte, behalten Sie das Haus«, bettelt Rico, während er die Hände auf Julias Bauch legt. Eine deutliche Geste, die ich nur zu genau verstehe. »Wir könnten uns keine freundlichere Vermieterin vorstellen, und wir wären die idealen Mieter – versprochen.«

Julia nickt heftig. »Sie wären keiner dieser gierigen Vermieter, die alle zwei Jahre die Miete erhöhen …«

Verwundert unterbreche ich sie. »Woher willst du das wissen?«

»Sie strahlen Güte aus, haben freundliche Augen und etwas Mütterliches«, erklärt sie und fügt sofort hinzu, dass sie damit nicht auf mein Alter anspielen will. »Wenn Sie eines Tages dann wirklich alt werden«, meint Rico, »so in ungefähr hundert Jahren, dann sind wir Ihre Ersatzfamilie und kümmern uns um Sie.«

»Wieso sollte ich eine Ersatzfamilie brauchen?«, frage ich verschnupft, obgleich er mit diesem Satz meine empfindlichste Stelle getroffen hat.

»Ähm … tut mir leid, wenn ich Ihnen zu nahe getreten bin. Aber hier stehen nirgends Fotos von Kindern, deshalb dachte ich, Sie haben keine Familie.« Geknickt lässt er den Kopf hängen und murmelt: »Verzeihung, das war sehr unhöflich.«

»Schon in Ordnung«, sage ich milde, während meine Gedanken zurück nach Ibiza und dem geplatzten Traum von der Großfamilie wandern.

Als ich mit Tom eine alte Finca inmitten einer weitläufigen Olivenplantage bestaunte, die von einer elfköpfigen Hippiekommune und deren fünf Kindern bewohnt wurde. Die uns zum Kräutertee einluden und vom Zusammenleben mit Menschen aus aller Herren Länder schwärmten. Ich erinnere mich an unseren Traum vom Mehrgenerationenhaus, vom zwanglosen Miteinander, einem von allen bürgerlichen Zwängen befreiten Leben und der Entscheidung, sich von jeglichem Profitdenken loszusagen.

»Woran denken Sie gerade?«

Es ist Ricos Stimme, die mich in die Gegenwart zu-
rückholt.

»An Veränderungen, die Herausforderungen bedeuten«, antworte ich lächelnd.

8

Zwei Monate Zeit gebe ich meinen Hausbesetzern, um für die insgesamt neun Wohnungen Mieter zu finden, die blauäugig genug sind, sich auf ein derart waghalsiges Experiment einzulassen. Rico meinte: überhaupt kein Problem. Na, wir werden sehen. Ich jedenfalls würde mein Geld nicht in ein derartig verrücktes Abenteuer investieren.

Doch ich bin sehr gespannt, ob sich überhaupt jemand meldet. Und mir bleiben einige Wochen, um zu überdenken, ob ich das Erbe vielleicht doch noch ablehnen sollte. Oder, um mich für eine Herausforderung zu wappnen, deren Tragweite ich überhaupt nicht absehen kann.

Ich war noch nie Besitzerin eines Mietshauses.

Noch nie Vermieterin.

Und noch nie war mir so übel.

Ein wenig fühlt es sich an, als wäre ich schwanger und müsste abwarten, bis ich – metaphorisch gesprochen – nicht mehr jeden Morgen über der Kloschüssel hänge.

Obwohl ich eine Schwangerschaft definitiv ausschließen kann, ansonsten wäre ich ein medizinisches Wunder, ist mir heute flau im Magen. Ich habe nämlich Ricos Drängen nachgegeben und einen Termin bei einem anderen Geldtempel vereinbart. Camilla war so lieb, mich ihrer Bank zu empfehlen. Sie glaubt, dort wird man mich nicht in die Risikoschublade stecken. Das hoffe ich sehr, denn selbst wenn Rico genug Interessenten findet, wäre es illegal, die Kautionen für ein neues Dach zu verwenden. Das habe ich inzwischen herausgefunden. Große Löcher in der Abdeckung haben Clemens, der Architekturstudent, und ich zwar nicht gesehen, aber der Dielenboden wirkte an einigen Stellen dunkel, womöglich hat es irgendwann einmal reingeregnet. Vorsorglich haben wir Eimer an den betroffenen Stellen verteilt.

Camillas Kundenbetreuerin lässt mich warten. Fünf Minuten, zehn, fünfzehn. Mein Bauch sendet Alarmsignale, die hoffentlich nur meinem Widerwillen entspringen, Finanzprobleme mit Fremden zu besprechen.

Eine halbe Stunde später sitze ich endlich im nüchtern eingerichteten Büro von Frau Dugena. Ich muss mich beherrschen, die unscheinbare Mittvierzigerin mit den glatt geföhnten rötlichen Haaren nicht zu fragen, ob die berühmte Uhrenfirma *Dugena* zu ihrer Verwandtschaft gehört. Ihre protzigen Silberohrringe und das gut sitzende sandfarbene Kostüm von einem französischen Designer riechen zumindest nach gut bezahltem Job.

In meinem uralten Chanel-Kostüm fühle ich mich gegenüber dieser teuer gekleideten Beraterin, als bettelte ich um Almosen.

»Verzeihen Sie noch einmal die Verzögerung.« Frau Dugena mustert mich mit einem freundlichen Blick durch ihre schwarze Prada-Brille. »Manche Kunden sind schwer zufriedenzustellen.«

»Kein Problem, es waren ja nur ein paar Minuten«, behaupte ich großzügig, krame das Kuvert von Notar Nolte mit den Unterlagen aus meiner Handtasche und lege es auf den Schreibtisch. »Frau König hat Ihnen gegenüber bereits angedeutet, worum es sich handelt?«

Frau Dugena nickt, nimmt den Umschlag an sich, blättert kurz die Papiere durch, überfliegt sie und sagt: »Ich vermisse ein Gutachten.«

»Welches Gutachten?« Ich habe keine Ahnung, wovon sie redet.

»Nun, ohne ein aussagekräftiges Gutachten ist es schwierig, den Wert einer Immobilie zu bemessen«, erklärt sie in geduldigem Tonfall. »Und von hier aus …«, mit der Hand deutet sie Richtung Fenster, »ist es leider unmöglich.«

Mein Geduldsfaden spannt sich gefährlich an. Aber ich schlucke meinen Frust hinunter, blicke sie direkt an und nenne selbstbewusst die Offerte von Kevin sowie einen Fantasiebetrag, den mir angeblich ein Makler geboten hat. »Es waren ernst gemeinte Angebote, oder warum hätte man mir solche Summen nennen sollen? Ohne Gutachten.«

Mein berechtigter Einwand perlt an Frau Dugena ab wie Regentropfen an Brillengläsern mit Lotusbeschichtung, über die ihr Designermodell bestimmt verfügt. »Ich kann Sie gerne an einen vereidigten Sachverständigen unseres Vertrauens verweisen, allerdings kämen dann einige Kosten auf Sie zu.«

Schon wieder Kosten, fluche ich insgeheim, bleibe aber cool. »In welcher Höhe?«

»Nun, es kommt darauf an. Eine aussagekräftige Expertise beginnt bei etwa zweitausend Euro für ein schlichtes Einfamilienhaus und steigert sich bis in den sechsstelligen Bereich.« Sie schiebt die Unterlagen auf dem Schreibtisch hin und her, findet das Gesuchte anscheinend nicht. »Wie groß ist Ihr Anwesen gleich noch mal?«

»Drei Etagen mit je drei Wohnungen«, antworte ich nicht ohne Besitzerstolz und füge noch hinzu: »Es liegt in Thalkirchen, Nähe Isar und Tierpark, also beste Gegend.«

Affektiert rückt sie die Brille zurecht. »Nicht uninteressant, gar nicht uninteressant«, gibt sie zu, öffnet eine Schublade und zieht eine Visitenkarte heraus, die sie mir überreicht. »Wir arbeiten regelmäßig mit dieser Firma zusammen. Melden Sie sich gerne wieder, sobald Sie das Ergebnis in Händen halten.« Sie erhebt sich. »Vielen Dank für Ihren Besuch, hat mich sehr gefreut.« Ein deutlicher Rauswurf.

Verdattert sammle ich meine Papiere zusammen, und schon hat sie mich hinauskomplimentiert. Wer glaubt, Frauen wären weniger taff als Männer, der sollte unbedingt mal einen Termin bei Frau Dugena wahrnehmen – und lange Wartezeiten einplanen.

»Oder Sie versuchen es bei der Deutschen Post, dort werden angeblich kostenlos Sachverständigengutachten erstellt«, teilt sie mir zum Abschied noch mit.

Das fehlt noch zu meinem Glück, mich bei irgendwelchen Postlern anzubiedern. Die haben meiner Erfahrung nach nicht nur das Monopol für Briefmarken, sondern auch eins auf miese Laune.

Zu Hause blinkt mal wieder der Anrufbeantworter; Willi Faber erkundigt sich nach meinem Befinden und ob es irgendwelche Fragen oder Probleme gäbe, bei denen er mir behilflich sein könne. Sehr gern! Er könnte mir zum Beispiel verraten, wovon ich einen Gutachter bezahlen soll.

Und Rico bittet dringend um Rückruf. Warum genau, lässt er ungesagt, was mich neugierig werden lässt. Das ist Absicht, wie ich vermute.

Ich wähle seine Handynummer. Es klingelt unendlich lange, bis das Gespräch angenommen wird und ich Geräusche vernehme. Auf mein »Hallo« antwortet keiner, stattdessen scheint jemand das Telefon zur Seite zu legen. Alle weiteren Fragen nach Rico laufen ins Leere, dann bricht die Verbindung ab.

Nichts lässt Katastrophenszenarien in maroden Mietshäusern so schnell entstehen wie Ungewissheit. Vor meinem inneren Auge sehe ich einstürzende Dachbalken, die ein junges Ehepaar unter sich begraben.

Muss ich eine Haftpflichtversicherung abschließen, solange das Anwesen noch mein Eigentum ist?

Besitz belastet – Philips Prophezeiung bestärkt mich erneut darin, das Haus schleunigst zu verkaufen. Genau das werde ich Rico mitteilen, endgültig und unmissverständlich. So leid es mir tut für das junge Paar. Das unergiebige Gespräch mit Frau Dugena hat meinen Entschluss nur bestätigt. Ich möchte endlich wieder ruhig schlafen können und möglichst bald ein wohlverdientes Luxusleben genießen.

Entschlossen wechsele ich das steife Kostüm gegen ein uraltes luftiges Leinenkleid in Dunkelrot und warte bei einer Tasse Tee darauf, dass Rico sich meldet. Am frühen Nachmittag ertrage ich die Ungewissheit nicht länger und begebe mich auf den Weg nach Thalkirchen.

Um mich keinesfalls von meinem Entschluss abbringen zu lassen, lege ich mir unterwegs überzeugende Argumente zurecht, wie: *Zwei Banken haben mich abgewiesen, jede hat mich als Risikokunden eingestuft, und das war einmal zu viel. Solche Demütigungen muss ich mir nicht länger antun, deshalb wird das Haus verkauft. Ende der Diskussion.*

Am Rosenberg angekommen wundere ich mich über die kreuz und quer parkenden Autos, nachlässig abgestellte Fahrräder und eine Menschenschlange, die direkt in mein Gebäude führt. Hat Rico ohne meine Einwilligung etwa einen Besichtigungstermin veranstaltet? Anders ist der Menschenauflauf nicht zu erklären.

»Was ist denn hier los, ein Flashmops oder wie immer das heißt?«, frage ich, während ich mich vorbeidrängle.

»Wenn Sie wegen der Wohnungen kommen, müssen Sie sich hinten anstellen, wie alle anderen auch«, lautet die forsche Antwort einer jungen Frau mit Koffer.

Ich bin stocksauer und drücke und schiebe mich so flink wie möglich an der endlosen Warteschlange vorbei. Genervt erreiche ich die zweite Etage.

»Hey, hinten anstellen, Zwergenmutti«, pflaumt mich ein etwa zwei Meter großer schlaksiger Kerl in Anzug und Krawatte an, als ich mich rücksichtslos durchboxe.

»*Ich* bin die Hauseigentürmerin, du Lulatsch, also Ball flach halten«, schnauze ich zurück und ignoriere die aufgebrachten Proteste der restlichen Schlange, die sich durch den Flur ins »Wohnzimmer« windet.

Entgeistert starre ich die Gruppe bunt gemischter Menschen jeglichen Alters an. Teils fotografieren sie sich selbst mit dem Handy vor dem bunten Wandgemälde, andere scharen sich um den auf der Matratze sitzenden Rico. Sein milchkaffeebraunes Antlitz leuchtet förmlich, als wäre er der großmächtige Häuptling einer Trauminsel, und jeder flehe darum, sein Handtuch auf dem schneeweißen Sandstrand ausbreiten zu dürfen.

Ich sehe ihn weiße Papierblätter verteilen und lauthals

verkünden: »Ihr müsst diesen Wisch hier ausfüllen … Kuli habe ich keinen … auch keinen Bleistift.«

Alle Fenster sind geöffnet, und in den Nischen wird bereits eifrig gekritzelt.

Ich hole tief Luft und brülle: »Was ist hier los?«

Rico entdeckt mich und freut sich offensichtlich, mich zu sehen. »Frau von Buntschuh, wie schön! Dann haben Sie meine Nachricht gehört.«

Ich nicke. »Und ich habe auf deinem Handy zurückgerufen, es wurde wortlos aufgelegt.«

»Oh, das tut mir leid.« Suchend blickt er sich um. »Wo ist denn dieses verdammte Ding?«

Eifrig drehen die Anwesenden den Kopf, alle wollen beim Suchen mithelfen, keiner findet es, bis jemand auf die Idee kommt, Rico anzurufen. Ein dumpfes Klingeln in seiner Nähe lässt ihn auflachen, er zieht das »verdammte Ding« unter seinem Allerwertesten hervor und erklärt fröhlich: »Da hat wohl mein Hinterteil die Verbindung unterbrochen.«

Leicht verstimmt lasse ich seine Ansage unkommentiert stehen.

Rico hingegen erntet übermütiges Lachen, und die Stimmung kocht hoch, als wäre das hier eine Einstandsparty für ein Leben im Schlaraffenland. Einige haben Getränkedosen oder Kaffee im Pappbecher in den Händen, und durch die geöffneten Fenster weht sanfte Mailuft herein. Fehlt nur noch ein Grill, Musik, und ich muss eine Genehmigung für ein Großevent beantragen.

»Das erklärt aber noch lange nicht, was du hier veranstaltest«, unterbreche ich ihn. »Was soll dieser Andrang, hast du der ganzen Stadt von freien Wohnungen erzählt?«

»Nein, nein, nur ein paar Freunden, und in der Uni habe ich vor zwei Tagen ganz *old school* einen Aushang ans Schwarze Brett gepinnt. Das Ergebnis sehen Sie ja.« Begeistert deutet Rico Richtung Fensterbrett zu einem Stapel Papierbogen. »Dort drüben liegen die bereits ausgefüllten Selbstauskünfte.« Stolz wie ein Schüler, der von seiner Lehrerin gelobt werden möchte, sieht er mich an. »Sie haben freie Auswahl unter den Interessenten.«

Ein flüchtiger Blick genügt, um zu erkennen, dass es mehr als genug Bewerber für die insgesamt neun Wohnungen sind. Und wenn ich die nicht enden wollende Menge betrachte, scheinen sie sich zu vermehren wie Kaulquappen in einem sonnigen Teich.

Ich muss gestehen, dass mich seine Initiative beeindruckt. Einen derartigen Ansturm hätte ich nie und nimmer erwartet. Was mache ich denn jetzt? Wenn mir keine überzeugende Ausrede einfällt, bin ich praktisch gezwungen, mein Versprechen zu halten. Aber ist es wirklich eine gute Idee, mich auf solch ein Do-it-yourself-Abenteuer einzulassen? Ein dreistöckiges Haus mit einem Haufen Hobbybastler instand zu setzen?

Um Zeit zu gewinnen, beende ich das Schaulaufen der potenziellen Mieter mit einer kurzen Ansprache: »Tut mir sehr leid, Herrschaften, aber die Anmeldezeit ist schon lange überschritten.« Niemand achtet auf mich. »Hallo, hallo …« Ich klatsche mehrmals in die Hände. »Die Anmeldezeit ist vorüber. Danke fürs Kommen – und nehmt eure Dosen und Pappbecher wieder mit. Ich will nicht euren Müll entsorgen müssen.«

Unwilliges Gemurmel, enttäuschter Protest, ja, sogar hitziges Gerangel um die letzten Blätter vom Stapel sind die Reaktionen auf meinen Rauswurf. Es dauert eine ganze Weile, bis jeder kapiert, dass ich es ernst meine.

Der lange Lulatsch, der mich vorhin angepflaumt hat, entschuldigt sich unterwürfig: »Tut mir echt leid. Sorry, war nicht so gemeint, aber auf dem Wohnungsmarkt herrscht der totale Krieg, da wird scharf geschossen.«

Mit Beleidigungen, denke ich amüsiert.

»Endlich«, atmet Rico erleichtert auf, als der Letzte davonzieht. »Vor einer Stunde habe ich schon mal versucht, das Ganze zu beenden, aber auf mich wollte keiner hören. Und, was sagen Sie?«

»Beeindruckend«, gestehe ich und greife nach dem Stoß ausgefüllter Zettel. Darauf sind die üblichen Personalien vermerkt, die handwerkliche Begabung, die aktuelle Adresse, das Studienfach beziehungsweise die aktuelle Arbeitsstelle und auch, für welche Wohnungsgröße sie oder er sich bewirbt.

»Die Selbstauskünfte sind nicht nur von Studenten, auch einige Lehrkräfte haben Interesse«, informiert Rico mich. »Es wird zwar nicht einfach, aus diesem Haufen die zuverlässigsten Bewerber herauszufiltern, aber ich würde vorschlagen, wir sortieren erst mal nach Handwerkern oder professionellen handwerklichen Fähigkeiten.«

Verzweifelt suche ich das Schlupfloch aus der Vermieterinnen-Falle. »War denn jeder mit den Bedingungen einverstanden?«

Julia kommt aus dem Flur in den Raum. »Ausnahmslos alle waren hellauf begeistert, und jeder, wirklich jeder möchte lieber heute als morgen mit den Renovierungen beginnen.«

Und ich würde lieber heute als morgen diesen Irrsinn

abblasen, aber wie es aussieht, gibt es für mich kein Entrinnen. Ich kann einfach nicht Nein sagen, nicht zu einem so sympathischen Paar wie Julia und Rico. Auch wenn das bedeutet, dass ich mein warnendes Bauchgefühl ignorieren und mich für ein Jahr von einem Luxusleben mit Friseurbesuchen, neuen Kleidern, Möbeln, Opernabenden und Urlauben verabschieden muss, um mich stattdessen in dieses komplett verrückte Abenteuer zu stürzen.

»Also gut«, sage ich seufzend. »Picken wir die Mieter heraus, die am besten mit Werkzeug umgehen, ohne sich mit Hammer oder Säge zu verstümmeln.« Einerseits hoffe ich, dass sich doch noch ein Ausweg findet. Andererseits könnte dies die berühmte zweite Chance sein, und ich bekomme tatsächlich noch eine kunterbunte Ersatzfamilie. Sollten alle Stricke reißen, bleibt mir immer noch der Verkauf.

9

Für das nächste Wochenende planen wir also ein Mieter-Casting, um die ultimativen Traummieter herauszusuchen. Als ich Camilla anrufe und ihr davon erzähle, ist sie Feuer und Flamme und möchte unbedingt mitmischen.

»Ich bin schließlich studierte Menschenkennerin, und ich hoffe auf ein paar diagnostische Schmankerl. Davon abgesehen: Du mit deinem butterweichen Herzen würdest garantiert die falschen Bewerber herausfischen. Sobald jemand ein paar Tränen verdrückt, schmilzt du dahin wie ein Steckerleis in Kinderhand«, urteilt sie.

Ganz unrecht hat sie natürlich nicht, dennoch frage ich verwundert: »Was verstehst du unter diagnostischen Schmankerln?«

»Na, bei solch einer Ansammlung von Homo sapiens sind doch sicher ein paar Bescheuerte darunter, die mir sonst nicht über den Weg laufen und die ich während der Befragung in aller Ruhe beobachten kann. Das ist besser als Komödienstadl. Mit etwas Dusel ist sogar der ein oder andere Neandertaler darunter …«

»Was meinst du mit Neandertaler?«

»Nasenbohrer und Eierkrauler …« Sie lacht vergnügt.

Und ich lache mit, Camillas Humor ist einfach unübertroffen. Sicher mit ein Grund, weshalb sie als Mediatorin so großen Zulauf hat. Hartnäckigen Fällen verordnet sie schon mal Lachtherapie. Dabei sitzen sich die Streithammel gegenüber und müssen laut lachen. Worüber und ob sie sich den anderen dabei in einer affigen Situation vorstellen, bleibt jedem selbst überlassen. Lachen erzeugt positive Gefühle, und wer lacht, kann nicht streiten, wie ihre Erfahrung in der Praxis gezeigt hat.

»Wenn es dir Spaß macht, freue ich mich über deine Unterstützung«, entgegne ich.

»Ich bin noch nie Jurorin gewesen«, erklärt sie aufgeregt. »Dabei soll man im Leben so viel Neues wie möglich ausprobieren. Nur so lässt sich herausfinden, ob einem gefällt, was man da tut. Vielleicht ist es ja genau das, wonach man sein ganzes Leben gesucht hat.«

Wenn das stimmt, wird sich schon bald herausstellen, ob »Vermieterin« für mich die Erfüllung schlechthin ist.

Samstagmorgen holt Camilla mich mit ihrem Wagen ab. Kurz vor neun biegt sie in die kleine Straße ein. Nachdem sie geparkt hat und wir ausgestiegen sind, legt sie den Kopf in den Nacken, um das Haus zu betrachten. »Ja ... doch ... ganz hübsch. Kein herrschaftlicher Palast, aber ein Haufen solider Steine – soweit sich das auf den ersten Blick beurteilen lässt.«

Oben stelle ich sie meinen »Hausbesetzern« vor. Camilla schickt mir einen zustimmenden Blick, und ich atme auf. Ich vertraue ihrer Menschenkenntnis unbesehen. Nur einmal hat sie sich getäuscht, damals, als sie glaubte, Tom würde mich genauso sehr lieben wie ich ihn.

»Wir sollten uns abstimmen, nach welchen Kriterien wir auswählen«, schlägt Camilla vor. »Was ist wichtiger, handwerkliche Begabung oder Sympathie?«

»Beides«, antworten Rico und ich einstimmig.

»Ja, unbedingt beides«, findet auch Julia und verabschiedet sich dann von uns. »Rico entscheidet für mich mit, ich vertraue seinem Urteil. Die letzten Tage waren ziemlich anstrengend, und ich kann mich in der Wohnung einer Studienfreundin erholen, die übers Wochenende verreist ist.« Sie umarmt Rico, und er bringt sie noch zur Tür.

Die Sonne scheint, wir können die Fenster öffnen und ordentlich lüften. Der muffige Geruch nach abbruchreifem Gebäude empfängt einen nämlich schon im Hausflur.

Rico bereitet frischen Kaffee in seiner provisorischen Küche, und ich habe Butterbrezen besorgt. Wir sind also gut gerüstet für den Ansturm der Kandidaten, die im Halb-Stunden-Takt erscheinen werden – der Erste um halb zehn.

»Auf geht's«, sagt Camilla, während sie drei Löffel Zucker in die Tasse schaufelt. »Ich pfeif auf die Figur, mein Gehirn braucht Treibstoff. Und fürs Protokoll: Ich bin für die ›menschlichen Abgründe‹ zuständig.«

Mein Gehirn muss sich mit einem Löffel Zucker begnügen. »Nachdem der erste Eindruck nicht zu unterschätzen ist, konzentriere ich mich auf sympathisch oder unsympathisch.«

»Bestens. Und Rico?«

Rico schiebt die Blümchentasse mit dem Zucker zur Seite. »Dann frage ich nach den handwerklichen Qualitäten.«

Camilla durchforstet zuerst die Selbstauskünfte nach männlichen Kandidaten. »Mag ein Klischee sein, aber die Kerle sind nun mal die besseren Handwerker«, argumentiert sie. Haha, besserer Handwerker, ich durchschaue sie. Vermutlich hofft sie, ganz zufällig einen Mann für mich zu finden.

Der erste Kandidat ist ein dreißigjähriger brünetter Taxifahrer. Der wäre mir ohnehin zu jung, aber er behauptet, ausgebildeter Klempner zu sein. Auf mich wirkt er eher wie ein Langzeitstudent.

»Servus, miteinander«, grüßt er, stellt sich vor uns hin und schiebt die Hände in die Taschen seiner dunkelblauen Hose, zu der er ein blütenweißes Oberhemd und weiße Turnschuhe trägt.

Ich sehe, wie Camilla seine Hände in der Hosentasche anstarrt, dann wirft sie mir einen Blick zu. Ich weiß, was sie denkt – »Ein Eierkrauler!« –, und muss mir ein Grinsen verkneifen.

Rico, dessen Vater Installateur ist, stellt ihm die erste Frage: »Wenn du eine neue Niederdruckarmatur anschließen willst, was musst du als Erstes tun?«

»Das ist ja wohl logisch«, antwortet er lässig und verschränkt siegessicher die Arme vor der Brust.

Rico schaut ihn gespannt an. »Lass hören.«

»Druck ablassen!«

»Nein, du Spacko, zuerst musst du den Stecker vom Wasserboiler ziehen«, korrigiert Rico lachend. »Sonst kriegst du beim Abmontieren der Verbindungsschläuche eine verdammt heiße Dusche und brauchst 'ne Hauttransplantation oder gleich ein neues Gesicht.«

»Aua«, stöhnt Camilla mit schmerzverzerrter Miene.

»Boah, seid ihr kleinlich«, beschwert sich der Kandidat, offensichtlich nicht entmutigt.

»Du hast schon gecheckt, dass man mehr auf dem Kasten haben muss als nur einen Taxischein in der Tasche?«, kontert Rico. »Zur Erinnerung, hier darf nur einziehen, wer handwerklich auf Zack ist. Professionelles Renovieren ist angesagt, nicht nur Wändeweißeln, *capito?*«

Der Droschkenchauffeur bleibt stur stehen, als hätten wir ihm Betonfüße verpasst. Zur besseren Bodenhaftung stützt er zusätzlich die Fäuste in die Hüften. »Schon klar. Und ich gebe zu, dass ich kein Klempnermeister bin. Aber wie wär's mit einen Achtsitzer? Den könnte ich organisieren.«

Wir mustern ihn gespannt. Als keine weitere Erklärung kommt, fragt Rico. »Wozu das denn? Betriebsausflüge sind erst mal keine geplant.«

»Ach, Schmarrn«, entgegnet er. »Für Transporte von … von was auch immer …«

»Junger Mann, Sie scheinen nicht zu verstehen«, mischt Camilla sich wieder ein. »Wir brauchen keinen Achtsitzer, und das hier ist auch kein Casting für eine Reisegruppe, die ins Gebirge möchte. Die Sitzung ist beendet.«

»Häää …?«

»Sie können gehen«, verdeutliche ich, und als er draußen ist, muss ich herzhaft lachen. Wer hätte gedacht, dass ein Mietercasting so lustig sein kann – zumindest für uns. Ich bin sehr gespannt, was uns noch alles erwartet.

Als Nächstes beehrt uns ein Ehepaar: sie etwa vierzig, in bunt gemusterten Leggins und pinkfarbenem Flatterhemd, er in kurzen blauen Shorts und Hawaiihemd.

»Das ist der Dietrich, mein Gatte und seines Zeichens Dachdecker«, erklärt sie stolz.

»Sehr erfreut, Dietrich«, sagt Camilla in vertraulichem Tonfall und erkundigt sich nach der Ökobilanz von Dachziegeln gegenüber Betondachsteinen.

Dietrich scheint die Frage zu überraschen. Verlegen tritt er von einem Fuß auf den anderen. »Ja ... äh ... das mit der Ökobilanz ... äh ... ist noch nicht in allen Einzelheiten erforscht. Die Mühlen der Forschung mahlen bekanntlich langsam. Und dann ... öhm ... kommt's ja auch drauf an ... öhm ... ob Sommer oder ... Also im Winter ist es ja kälter ...«

»Und wenn es regnet, sind Schirme ganz nützlich«, unterbricht Camilla sein Gestammel sichtlich amüsiert. »Spaß beiseite: Dachsteine bringen mehr Sicherheit wegen des höheren Auflagegewichts, damit auch weitaus besseren Schallschutz, und die Wärmeisolierung ist ebenfalls effektiver.«

»Meinetwegen«, mault die Gattin und hakt ihren Möchtegern-Dachdecker unter. »Komm, Dietrich, wir gehen.«

Ich bin gespannt, ob Camilla nur geblufft hat. »Waren das alles Tatsachen, oder stammt dein *Fachwissen* von den Gebrüdern Grimm?«

»Von wegen«, wehrt meine Freundin ab. »Was ich hier von mir gegeben habe, sind nichts als Fakten, nackte, ungeschönte Fakten. Unlängst hatte ich nämlich eine Klientin, deren Ehemann eine Dachdeckerfirma betreibt. Sie war unendlich genervt von seinem Lieblingsthema und den ausufernden Vorträgen über die ungleiche Qualität von Dacheindeckungen. Auch mich brachten seine Ergüsse an den Rand des Erträglichen, aber ich musste ihm natürlich zuhören, um mir ein Urteil bilden zu können. Und siehe da, schon haben sie sich als nützlich erwiesen. Wie ich immer sage – alles hat seinen Sinn.«

Der nächste Kandidat, ein ungewaschen wirkender Kerl um die vierzig, der nach *Eau de Müllkippe* müffelt, behauptet, gelernter Malermeister zu sein. Mit Gesellenbrief, den er aber leider nicht dabeihat.

Camilla reißt entsetzt die goldbraunen Augen auf. »Was ein verdammtes Pech aber auch.«

»Ausbildung ist aber schon mal cool«, findet Rico. »Dann können Sie mir bestimmt verraten, was ich als Erstes beim Streichen von Wänden beachten muss?«

»Bin ich hier bei einer Comedyshow? Kommt jetzt gleich Dieter Bohlen um die Ecke?«, antwortet er und schaut grinsend um sich.

»Nee, sind Sie nicht«, antwortet Rico und wiederholt seine Frage.

»Wie wär's mit Farbe einkaufen?«

»Knapp daneben ist auch verkehrt«, entgegnet Rico und erklärt freundlich: »Wenn Sie vom Fach wären, dann wüssten Sie, was der Fehler Nummer eins ist – nämlich nicht auszurechnen, *wie viel* Farbe man benötigt. Oft kauft man zu wenig und muss dann mitten bei der Arbeit noch mal losrennen. Das würde einem echten Malermeister doch niemals passieren, oder?«

»Meinetwegen. Da haste mich kalt erwischt«, grummelt er und schlurft davon.

Camilla nimmt den nächsten Anwärter, einen attraktiven Automechaniker, dessen makellos manikürte Fingernägel farblos lackiert sind, in die Mangel: »Und Sie arbeiten ausschließlich mit Handschuhen?«

Er kapiert schnell. »Ach, wegen meiner Hände? Das ist, weil, also meine Freundin … die ist nämlich Maniköse … ähm, nein, ich meine Frisöse. Sie will so einen Manikürladen aufmachen, und jetzt übt sie täglich an meinen Nägeln. Sind doch superschön, oder nicht?« Versonnen betrachtet er die Versuchsobjekte.

»Klingt logisch«, sage ich, nehme ihm die Erklärung dennoch nicht ab und erkundige mich ganz naiv: »Wo genau sind Sie beschäftigt?«

»Salon Glitzernagel«, antwortet er mit Glitzerblick, realisiert aber beim nächsten Atemzug sofort, dass keine Autowerkstatt sich jemals »Glitzernagel« nennen würde und er sich damit selbst als Maniköse geoutet hat. »Nichts für Ungut, die Aussicht auf mietfreies Wohnen war einfach zu verlockend. Wiederschaun zusammen.«

Der nächste Anwärter ist Buchhalter, leidenschaftlicher Hobby-Klempner und möchte die Kaution abstottern.

»Interessanter Vorschlag, aber danke, nein«, sage ich.

Gegen Mittag taucht eine junge Frau bereits zehn Minuten vor dem Termin auf. Ein Zeichen von Zuverlässigkeit, was mich sofort für sie einnimmt.

»Ich wollte auf keinen Fall zu spät kommen«, sagt Kristin Bishop, eine fünfundzwanzigjährige Journalistin, die zwei Korbsessel mitbringt. »Mein Einstandsgeschenk. Neulich, bei der ersten Besichtigung, habe ich gesehen, dass es hier an Sitzgelegenheiten fehlt«, erklärt die hübsche Frau mit dem roten Lockenkopf, die vor drei Monaten ihren ersten Job bei einer großen Tageszeitung ergattert hat. Sie überlässt Camilla und mir die Stühle, macht es sich auf dem nackten Fußboden bequem und sprudelt los: »Meine Mutter ist Möbelretterin, sie arbeitet gebrauchte Kleinmöbel auf, die andere Menschen in den Müll werfen, und verkauft sie dann in ihrem Secondhandladen. Mein Vater ist Amerikaner und hat mir von klein auf beigebracht, mit der Bohrmaschine umzugehen. Das sind leider auch schon meine gesamten handwerklichen Talente, aber ich bin ein Ass im Organisieren.« Sie deutet auf die

Korbsessel. »Unter anderem würde ich einen Artikel über dieses außergewöhnliche Projekt verfassen, meinen Chef überreden, ihn zu drucken, und wir könnten auf diese Weise Sponsoren gewinnen.« Gespannt blickt sie uns aus blaugrünen Augen an. »Wir könnten uns auch direkt an geeignete Firmen wenden und das Ganze als groß angelegte Werbekampagne verkaufen.«

»Sponsoren, das ist mal eine kreative Idee, gefällt mir ausgesprochen gut«, kommentiert Camilla.

Auch ich bin begeistert. Nicht zuletzt wegen der Stühle, die nach dem langen Hocken auf der Matratze die reinste Erholung sind. Ich trage zwar bequeme Hosen, die sich leicht dehnen, aber mein Rücken beschwert sich schon seit einer Stunde.

Kristin ist vielleicht keine Traummieterin, doch Menschen mit kreativen Ideen sind Gold wert. Dass ihre Selbstauskunft schließlich als Erste im bereitgestellten Pappkarton für »ideale Mieter« wandert, liegt auch an ihrer familiären Situation: Ihre Mutter wurde vom Vater wegen einer jüngeren Frau verlassen, und zusammen bewerben sie sich für eine der Zwei-Zimmer-Wohnungen. Dass heutzutage eine junge Frau noch mit einem Elternteil zusammenleben möchte, rührt mich zutiefst, und ich schließe sie sofort ins Herz. Camilla war schon einverstanden, als sie hörte, warum Kristins Eltern nicht mehr zusammen sind. Beim Thema Betrug wird nämlich Camillas Herz butterweich.

Nach Kristin begrüßen wir Ugo Casale, einen blonden Italiener mit grünen Augen. Seine Familie stammt aus den Dolomiten und hat fünfzig Jahre lang eine Eisdiele in Schwabing betrieben. Ugo ist ausgebildeter Schreiner, und *er* hat seinen Gesellenbrief mitgebracht. Mittlerweile hat er jedoch auf Koch umgesattelt. Zusammen mit seiner frisch angetrauten dunkelhaarigen Frau Alexandra, die er *mia cara* nennt, träumt er von einer Drei-Zimmer-Wohnung.

»Wir wollen drei *bambini,* und genau deshalb finden wir keine Wohnung. Die Deutschen haben schreckliche Angst vor Kindergeschrei«, sagt er und präsentiert zusätzlich eine spannende Idee für den Laden. »Ein preiswertes Nudellokal, in dem ich täglich nur eine Sorte Pasta und dazu fünf verschiedene Saucen anbiete. Einen Namen hätte ich auch schon: *Pasta con sugo.* Würde Ihnen das gefallen?«

Gefallen? Mir läuft das Wasser im Mund zusammen. Die Unterlagen von Ugo und *mia cara,* die als Gärtnerin arbeitet und den Hinterhof zur grünen Oase umgestalten würde, wandern in den bereitgestellten Pappkarton für »ideale Mieter«.

Die Uhr zeigt kurz nach eins, bis zwei haben wir eine Mittagspause eingeplant. Wir bestellen Pizza und Rotwein beim Lieferservice. Ich kann locker eine Jumbo-Pizza alleine verdrücken, andauernde Konzentration hat bei mir großen Appetit zu Folge. Der Rotwein schmeckt mir erstaunlich gut und entspannt mich. Ich genieße das unkonventionelle Mittagessen, das mich an eine Nacht am Strand auf Ibiza erinnert. An ein Picknick mit Tom im Mondlicht und Träume von unserem Mehrgenerationenhaus. Ich schließe die Augen, lehne mich im Korbstuhl zurück und träume vor mich hin.

Camilla verpasst mir einen sanften Schubs und mahnt: »Nicht schlappmachen, Frau Hausbesitzerin, bislang haben wir kaum was geschafft, von neun Wohnungen sind noch sechs frei.«

Als ob ich das nicht wüsste. Aber die idealen Mitbewohner zu finden ist gar nicht so einfach, wie der dicke Stapel Selbstauskünfte suggeriert. Was auch daran liegt, dass es eben höchst verlockend ist, hier zu wohnen, und sich jede Menge Dumpfbacken eingeschmuggelt haben. Wie von Julia vorgeschlagen, soll das erste Jahr komplett mietfrei bleiben, lediglich Strom- und Wasserkosten gehen noch zu Lasten der Bewohner. Welche Renovierungen auszuführen sind, wird ausgehandelt, sobald feststeht, wer welche Wohnung bezieht.

Als erste Kandidaten nach dem Mittagessen begrüßt Rico das Hausmeister-Ehepaar Huber der Musikakademie, wo Rico den Aushang ans schwarze Brett gepinnt hat. Eigentlich habe ich mehr Musiker unter den Bewerbern erwartet. Aber wahrscheinlich fürchten die Verletzungen, sobald sie statt ihrer Instrumente mal ein Werkzeug in die Hand nehmen sollen.

Erich und Edwina Huber wünschen sich zwei Zimmer, Küche, Bad – und eine neue Aufgabe. Erich geht demnächst in Rente und die Dienstwohnung an seinen Nachfolger.

»Was ich kann, hab ich aufgeschrieben«, erklärt er und versichert, dass er auch ein Zeugnis nachreichen könne. »Damit Sie sehen, dass alles seine Richtigkeit hat.«

Ich bin gerührt. »Danke, Herr Huber, das ist nicht nötig. Wir vertrauen Ihnen.« Auch Camilla schickt mir einen zustimmenden Blick.

Edwina ist in einer Kanzlei als Raumpflegerin tätig. Sie würde gerne die Pflege des Treppenhauses übernehmen. »Wenn die Arbeiten erst mal im Gange sind und alle rauf und runter rennen, muss praktisch stündlich gekehrt oder sogar gewischt werden, sonst bricht Sodom und Gomorrha aus«, prophezeit die resolut wirkende Sechzigjährige.

»Daran hat bislang noch keiner gedacht«, sage ich anerkennend. Erich und Edwina bekommen den Zuschlag, und die Zahl der noch freien Wohnungen reduziert sich auf fünf.

Der restliche Nachmittag ist der reinste Frust. Nichts als Nassauer, Eierkrauler und Nasenbohrer, die außer Wändestreichen keine Gegenleistung für kostenloses Wohnen anbieten können. So leid es mir tut, eine Malerrolle in einen Eimer Farbe zu tauchen, reicht einfach nicht, das konnte sogar mein seliger Albert, und der hatte zwei linke Hände.

Kurz vor sechs hetzen Viola, eine junge Mutter mit einem zweijährigen Buben an der Hand, und ihr Mann mit Baby im Tragetuch in den Raum.

»Nikolai Jäger«, stellt er sich vor und entschuldigt sich für die Verspätung, die sechs Monate alte Jessica wollte einfach nicht aus dem Mittagsschlaf aufwachen.

Viola und Nikolai träumen von mindestens drei Zimmern. Viola illustriert Kinderbücher, und ich bin sofort begeistert von ihr und auch von der niedlichen Jessica. Momentan arbeitet Viola zu Hause; wegen des Babys kann sie nur kleine Aufträge annehmen. Nikolai ist bildender Künstler mit Schlosserausbildung, eine wichtige Voraussetzung, um mit dem Werkstoff Metall arbeiten zu können, wie er uns aufklärt. Auch er hätte Verwendung für den Laden. »Arbeiten und wohnen unter einem Dach, das wäre nicht nur der absolute Hit, sondern auch für Viola eine Entlastung. Im Moment arbeite ich in einer Lagerhalle, weit draußen in Daglfing, und die Fahrerei kostet enorm viel Zeit, die ich dann für meine Familie hätte.«

Nikolais Argumente bewegen mich zutiefst. Aber ob man mit Metallskulpturen ebenso viel Umsatz erwirtschaftet wie mit *Pasta con sugo*, wage ich zu bezweifeln. Albert hat immer einen weiten Bogen um derartige Kunstwerke gemacht. Er war der Ansicht, solange die nicht von berühmten Meistern wie Rodin oder Picasso stammen, sind es Ladenhüter. Ich bin natürlich nicht im Bilde, ob sich der Kunstmarkt in der Beziehung inzwischen geändert hat, aber einen klammen Künstler kann ich mir als Hausbewohner nicht leisten. Ich möchte nicht wie ein fieser Miethai denken, aber später um die Miete prozessieren zu müssen ist für keinen ein Spaß.

»Wo wohnen Sie denn momentan?«, erkundigt sich Camilla und blickt das Ehepaar freundlich an.

Ja, wo eigentlich? Viola in ihrem bunten Blümchenkleid mit Jeansjacke, der zweijährige Lukas in ordentlichen Jeans mit Pulli, das Baby komplett in einer Grau-Rosa-Kombination und Nikolai im schwarzen Künstleroutfit mit langem schwarzem Trenchcoat wirken sehr gepflegt. Fast ein wenig herausgeputzt, keinesfalls so, als hausten sie im Pappkarton unter einer Brücke.

»Wir haben zweieinhalb Zimmer, die uns wegen Eigenbedarf gekündigt wurden«, antwortet Viola. »Aber seit wir zu viert sind, ist die Wohnung ohnehin zu klein geworden. Drei Zimmer sind eigentlich auch zu wenig, aber die großen Wohnungen hier sind toll geschnitten, und wir könnten das Wohnzimmer mit einer Zwischenwand in zwei Kinderzimmer umwandeln.«

An diesem Abend wälze ich mich schlaflos in meinem Prinzessinnenbett, sortiere Gesichter, die dazugehörigen Schicksale und zähle zusammen. Nach dem momentanen Stand der Dinge sind zwei der kleinen Wohnungen an Kristin mit Mama und das Hausmeisterpaar sowie alle Drei-Zimmer-Wohnungen vergeben: Julia und Rico, Ugo und *mia cara*, Viola und Nikolai plus Kinder. Camilla hat mir Vorurteile gegen Künstler unterstellt, das konnte ich nicht auf mir sitzen lassen, und so habe ich der kleinen Familie eine Zusage gegeben. An Kindern und Babys wird es also nicht mangeln, da heißt es nachfragen, ob die Kinderlosen damit zurechtkommen.

Aber wer kriegt den Laden? Ich wäge Pasta gegen Skulpturen ab, kann mich aber nicht entscheiden. So ein Pastalokal hätte immense Vorteile, zum Beispiel würde ich als alleinstehende alte Frau und Vermieterin bestimmt nicht an einen Katzentisch in Toilettennähe verbannt. Ich weiß ja nicht, wie Nikolais Kunstwerke aussehen, eine Berühmtheit ist er aber sicher nicht, sonst würde er sich doch niemals um kostenloses Wohnen bewerben. Wo wäre also der Vorteil, wenn ich den Laden an ihn vergebe?, überlege ich und erinnere mich, dass Tom und ich in unserer Finca auch Künstler beherbergen wollten. Ein Pluspunkt für Nikolai. Elitäre Künstler plus Werkstatt oder Galerie haben zudem einen positiven Effekt, den sie auf Stadtviertel ausüben. Das weiß ich aus TV-Dokumentationen über London, New York und Paris, die ich gerne ansehe, weil mir das nötige Kleingeld für Reisen fehlt. In diesen Metropolen verwandeln sich unattraktive, sogar zwielichtige Gegenden durch Kunstschaffende in absolute In-Viertel und werden damit zwangsläufig aufgewertet. Das Ergebnis sind steigende

Grundstücks- und Immobilienpreise. Ich will ja nicht gierig werden, aber Camilla hat was von Grundstückssteuer, Feuer- und Haftpflichtversicherungen und anderen laufenden Kosten erzählt. Wenn sie recht hat, muss ich mich bis über beide Ohren oder, besser gesagt, bis über den letzten Dachziegel versichern.

Es ist weit nach Mitternacht, als ich die Entscheidung bezüglich des Ladens aufschiebe und das Licht lösche. Solange wir nicht alle Kandidaten kennengelernt haben und die Wohnungen verteilt sind, wäre es ohnehin verfrüht, mich festzulegen. Wer weiß, ob morgen nicht der absolute Supermieter hereinschneit, der mir obendrein die ultimative Idee für den Laden präsentiert.

10

Am Sonntag kaufen Camilla und ich auf dem Weg zum Rosenberg wieder frische Brezen. Für mich ohne Butter, nach der gestrigen Pizza kneift der Hosenbund. Mein Winterkörper stürzt sich auf jede Extrakalorie, als hätte er eine wochenlange Nulldiät hinter sich, und pappt jedes bisschen, das zu viel ist, sofort auf Bauch und Hüfte.

Kurz vor neun Uhr erreichen wir mein Anwesen. Auch Rico, der mit Julia in der Wohnung der verreisten Freundin übernachtet hat, kommt gerade angesaust. Gemeinsam begeben wir uns nach oben in sein provisorisches Wohnzimmer, und noch ehe er Kaffee kochen kann, erscheint Eberhard Kramski mit Frau Carolin. Ein wohlgenährtes Pärchen, das aussieht, als bestünde ihre Hauptnahrung aus XXL-Pizzen, die sie mit eimerweise Bier runterspülen. Irgendwie tröstlich, dass auch andere Menschen mit Kalorien kämpfen.

Als ich Carolines dicke Augenbrauen erblicke, muss ich an Erfrischungsstäbchen denken. Mir läuft das Wasser im Mund zusammen, und ich habe Mühe, den Blick von diesen schwarzen Balken abzuwenden. Sie scheint es zu bemerken.

»Tattoos«, sagt sie trocken. »Kann ich Ihnen auch stechen. Dauert nur zehn Minuten.«

So sehen diese Monsterbrauen auch aus. Aber ich

glaube nicht, dass mir der Sinn nach solch einer Veränderung steht, und falls doch, würde ich lieber einen Profi aufsuchen. »Vielleicht komme ich darauf zurück«, entgegne ich höflich.

Das Paar hätte gerne eine Zwei-Zimmer-Wohnung, die sie gründlich sanieren würden. Eberhard ist nämlich gelernter Fliesenleger, seine zerfurchten Hände bestätigen es. »Meiner professionellen Meinung nach müssen alle Bäder neu verfliest werden«, erklärt er. Kinder haben sie keine, es kämen auch keine mehr, versichern sie. Stattdessen sind sie Besitzer zweier niedlicher Wuschelhunde, die sich brav hingesetzt haben und, wie mir scheint, aufmerksam zuhören.

»Aus dem Tierheim gerettet«, erklärt Eberhard Kramski, genannt Ebsch, als ich die Hunde streicheln darf. »Für das Ladengeschäft hätte ich 'ne coole Verwendung. Wegen meiner kaputten Knie habe ich nämlich umgelernt auf Hundecoiffeur und möchte mich selbstständig machen. Die Lage wäre genial, im Umkreis von zehn Kilometern gibt es keine Konkurrenz, aber einige Tierärzte, mit denen ich dealen könnte.« Das Pärchen bekommt den Zuschlag, schon wegen seines Herzens für arme Hunde, und wir verabschieden es mit dem Versprechen, dass die Entscheidung für den Laden noch offen ist. Prompt stecke ich in einer emotionalen Zwickmühle. Entweder einen barmherzigen Hunderetter, einen vielleicht brotlosen Künstler oder einen Koch, in dessen Pastahimmel ich mich endgültig zur Kugel futtern könnte.

Rico plädiert für den Koch. »Wer mal keine Lust auf Kochen hat, kann sich schnell was holen. Das erhöht den Wohnwert ungemein, finde ich.«

»Gutes Argument«, nickt Camilla und rührt mal wieder drei Löffel Zucker in den Kaffee, den Rico gerade serviert.

Mir hilft das nicht viel weiter.

Den Vormittag über zieht eine Karawane absoluter Notfälle durchs Zimmer: Wie der Sechsundzwanzigjährige, laut Selbstauskunft Angestellter einer Eventagentur und versierter Hobbybastler, der IKEA-Regale blind zusammenschrauben kann. Der Zauberschrauber erscheint in einem zerknitterten Outfit, Marke: Kleidercontainer. Das zerzauste Haar wirkt, als wäre es wochenlang nicht gewaschen. »Nach einer Sanierung hat sich meine Miete verdreifacht, und da ich keine neu bezahlbare Bleibe finden konnte, bin ich seit Wochen obdachlos. Ich schlafe im Büro, in der U-Bahn oder im Bus, dusche und wasche bei Freunden«, berichtet er mit rauchiger Stimme, während er den Rucksack von den erschöpften Schultern rutschen lässt.

Sein Anblick bringt mein Herz zum Schmelzen.

»Sie sind kein Obdachloser, darauf verwette ich meine Zulassung«, urteilt Camilla. Sie scheint immun gegen Rotz-und-Wasser-Schicksale zu sein, wenn sie als »Event« daherkommen.

»Bin ich doch«, beharrt er trotzig.

»Und wie erklären Sie die da?« Camilla deutet auf seine blitzblank geputzten Schuhe. »Gründen Sie eine Boygroup, der Look stimmt schon mal. Notfalls bewerben Sie sich bei einer Agentur für Laiendarsteller, Ihre Vorstellung war beinahe oscarreif.«

Er greift nach seinem Rucksack, murmelt etwas Unverständliches und verschwindet grußlos.

»Hoffentlich finden Sie bald eine neue Unterkunft«, rufe ich ihm noch nach.

Nach der Mittagspause der erste Lichtblick. Tillmann Taube, Anfang dreißig, brünettes Haar, modisch an den Seiten abrasiert und oben als dicker Büschel zusammengebunden, goldbraune Augen, gewinnendes Lächeln, umrahmt von einem rotbraunen Vollbart. Breitbeinig steht er da in abgewetzten Jeans und einem karierten Hemd mit abgeschnittenen Ärmeln. In meinen Augen ist er das Abbild eines Wikingers: groß, muskulös und breit wie ein Anbauschrank – so Alberts Bezeichnung für athletische Männer. Und das Beste: Laut Selbstauskunft ist er Abteilungsleiter eines Baumarkts.

»Mir wurde wegen Eigenbedarf gekündigt, und der Besitzer versucht nun, mich mit fiesen Schikanen rauszuekeln. Erst stellt er das Wasser ab, und gestern, als ich nicht zu Hause war, hat er sich auch schon Zugang zu meiner Wohnung verschafft. Ich muss da schnellstens raus, am liebsten gestern, sonst drehe ich noch durch. Zwei Zimmer wären reichlich, ich könnte mir auch eine WG vorstellen«, erklärt Tillmann und dass er leidenschaftlich gerne für die Renovierung sorgen würde. »Ich mache Ihnen aus der Wohnung ein Schmuckstück, und die Materialien gehen auch auf mich. Da komme ich günstig ran.«

Camilla himmelt den Baumarkthelden an wie einen Filmstar und fragt mich dann lauernd: »Was meinst du, kann dem Mann geholfen werden?«

»Unbedingt«, versichere ich und beschließe, ihn mit Kristin auf eine Etage einzuquartieren. Über direkte Nachbarschaft ergibt sich ja vielleicht so manche folgenreiche Begegnung, die seine traurigen Augen zum Leuchten bringen würde. Altersmäßig wären die beiden auf jeden Fall ein Traumpaar. Clemens Dressler, der Architekturstudent der meinem Haus gute Bausubstanz bescheinigt und das Dach besichtigt hat, kann leider nicht die gesamte Kaution aufbringen. Einen Fachmann in spe hätte ich aber gerne im Haus.

»Wenn Clemens und Tillmann zusammenziehen, wäre beiden geholfen«, meint Rico.

Als wir Clemens später fragen, wird er vor Aufregung ganz rot im Gesicht. »Das wäre cool, leider wollen viele Vermieter keine WGs.«

»Ich habe damit kein Problem«, bekenne ich und freue mich, seines gelöst zu haben.

Eine Zwei-Zimmer-Wohnung geht kurz darauf an Laura und Marie, zwei Schwestern, schön wie Wassernixen mit langen goldblonden Haaren und graublauen Augen, die sich ähneln wie Zwillinge.

»Unser Onkel Otto baut gerade ein Haus, fast in Eigenleistung, der würde uns bei allen Instandsetzungen helfen«, erklärt Laura und versichert, wenn's ums Renovieren gehe, gebe es für den Onkel kein Problem.

»Und was macht ihr beiden?«, erkundigt sich Camilla.

»Wir studieren Ökotrophologie«, berichtet Marie.

Öko-was, frage ich mich und bitte die hübschen Schwestern: »Das müsst ihr mir erklären.«

»Gemeinhin werden wir auch professionelle Puddingkocher genannt«, antwortet Laura kryptisch.

»Oh, ich sterbe für Pudding«, schwärmt Camilla.

»Wie wär's mit einer Puddingparty zum Einstand?«, bieten die Schwestern an. »Das Studium hat allerdings nichts damit zu tun, es ist eine Mischung aus Ernährung, Naturwissenschaften und Ökonomie. Wir werden nur deshalb so gehänselt, weil wir auch Praktika in Küchen absolvieren.«

»Jobs findet man in der Lebensmittelindustrie oder als

Ernährungsberater«, ergänzt Laura, die ältere Schwester. »Und wie wichtig Ernährung auch für die Zukunft ist, muss ich sicher nicht erläutern.«

Rico nickt zustimmend. »Man muss vor allem über Zucker und die damit verbundenen Risiken aufklären.«

Camilla scheint den kleinen Seitenhieb nicht auf sich zu beziehen und gerät stattdessen ins Schwärmen. »Ich kann schon beinahe riechen, wie es in diesem Haus duften wird, nach würziger Pastasauce und sahnigen Desserts … Balbina …« Sie sieht mich mit den großen Augen eines Kindes an, dem eine tolle Geburtstagsparty versprochen wurde. »Ich bin kurz davor, mich auch um eine Wohnung zu bewerben.«

»Ich bezweifle, ob Philip von dieser Idee begeistert wäre«, gebe ich zu bedenken. Aber die Schwestern passen auf jeden Fall perfekt in dieses Haus.

Als letzter Kandidat ist Morris Pape bestellt, Professor für Ethik und praktische Philosophie, dreiundsechzig Jahre alt. Seine handwerklichen Fähigkeiten beschreibt er als: Was immer auch gewünscht wird!

Ich bin ziemlich erschrocken, als ich den Nachnamen las. Pape! Kein weit verbreiteter Familienname. Bei nächster Gelegenheit werde ich ihn fragen, ob er mit Tom oder der Papierfabrik Pape verbandelt ist.

Davon abgesehen finde ich die Aussage zu seinen Fähigkeiten hochgradig widersprüchlich. Ein Professor, der handwerklich geschickt sein soll, kommt mir suspekt vor, und allein aus diesem Grund möchte ich ihn genau unter die Hausbesitzerlupe nehmen. Außerdem erinnert Rico sich nicht mehr an das Aussehen von Morris Pape, und in meiner Vorstellung sind Professoren schrullige Männer mit wirrem Haupthaar, falsch geknöpften Hemden, Resten vom Frühstücksei auf Wollpullundern und schief sitzenden Fliegen. So jemand hat normalerweise zwei linke Hände, und beim Wort bohren denkt er garantiert an Zahnarzt.

Als der Professor den Raum betritt, schäme ich mich. Meine Klischeevorstellung kann ich mir in meine frisch gefärbten Haare klatschen. Pape sieht alles andere als »wirr« aus: glänzendes dunkelblondes Haar mit grauen Schläfen, durchwirkt von grauen Strähnen, kurz geschnitten. Hornbrille auf der ausgeprägten Nase, dahinter helle Augen. Mittelgroß, schlank, dunkelblaue Jeans, schwarzes Shirt, schwarzes Lederjackett. Und nicht der kleinste Essensrest. Sich ihn über dicke Lehrbücher gebeugt vorzustellen fällt mir schwer, dagegen würde er perfekt in eine Kunstgalerie passen.

Camillas erste Frage nach seinen Talenten als Hobbybastler beantwortet er souverän lächelnd mit: »Keine, plus zwei linke Hände.« Dazu streckt er uns seine entgegen, die überaus gepflegt wirken.

Komplett verkehrt lag ich also doch nicht, denke ich und frage mich gleichzeitig, was dieser Mann sich einbildet. Am Ende ist er gar kein Professor.

Rico scheint unbeeindruckt und empfindet offensichtlich großen Spaß daran, einmal in der Machtposition zu sein. Jedenfalls schließe ich das aus der Art, wie er Morris Pape eingehend mustert. »Ziemlich mutig, Herr Professor, hier aufzutauchen. Sie wussten doch um die Voraussetzungen, die standen in großen Buchstaben auf dem Aushang.«

»Richtig, den habe ich auch gelesen und war sofort begeistert von dieser ungewöhnlichen Idee«, antwortet Pape, wobei er mit den Händen gestikuliert, als wollte er seine Worte untermalen. »Wo findet man heute noch Ei-gentümer, die Artikel vierzehn, Absatz zwei des Grund-gesetzes ernst nehmen? Die nicht nur an Profit denken? Auch nach meinen ethischen Grundsätzen verpflichtet Eigentum dazu, die Verwendung der Allgemeinheit zu-gutekommen zu lassen.«

Rico strahlt über das ganze Gesicht. »Genauso denke ich … also, denken wir auch.«

Der Professor blickt neugierig in die Runde. »Handelt es sich hier um eine Hauseigentümergemeinschaft?«

»Das Haus gehört mir, beziehungsweise habe ich es vor Kurzem geerbt«, erkläre ich, zum ersten Mal mit ei-nem gewissen Besitzerstolz, gestehe aber auch ehrlich: »Leider fehlen mir die Mittel, um die nötigen Renovie-rungen zu finanzieren, damit es wieder bewohnbar wird. Deshalb entstand der Plan, es sozusagen in Gemein-schaft möglichst professionell aufzupolieren.«

Etwas übertrieben deutet Pape eine Verbeugung an. »Meine Hochachtung, Frau …?«

»Balbina von Buntschuh.« Ich lächle ihn freundlich an. Sehr sympathisch, dieser Morris Pape.

Camilla scheint nicht sonderlich beeindruckt. »Schön und gut, Herr Professor, aber eine Frage bleibt offen: Wie haben Sie sich Ihren Beitrag zu unserem Projekt vorge-stellt?« Sie klingt geradezu angriffslustig, was ihr vorge-strecktes Kinn noch unterstreicht.

Pape bleibt gelassen, die Fragen stören ihn offenbar nicht. »Nach meiner Trennung würde ich gern in eine kleinere Wohnung wechseln. Zurzeit bewohne ich vier Zimmer, eindeutig zu viele für einen alleinstehenden Mann. Eine Familie mit Kindern würde sich freuen, wenn ich ausziehe. Zudem würden es meine finanziellen Mittel erlauben, das Objekt auf meine Kosten von Fachleuten renovieren zu lassen, inklusive der Materialien.«

»Warum suchen Sie sich kein bezugsfertiges Objekt?«, hake ich nach. »Verzeihen Sie, aber ich finde es höchst ungewöhnlich, dass jemand wie Sie, in renommierter Position, der problemlos etwas Passendes findet, sich Handwerkerstress und Renovierungsdreck antun möchte.«

Ruhig antwortete er: »Ich lehre nicht nur Ethik, sondern lebe auch danach. Es entspräche meinen moralischen Vorstellungen, ein Teil dieses großartigen Vorhabens zu sein. Meiner Ansicht nach ist es schändlich, dass Vermieter heute nur noch profitorientiert denken, keine Skrupel mehr kennen und jede nur erdenkliche Möglichkeit ausnutzen, um ihre Mieter zu schröpfen. Hier wohnen zu dürfen wäre mir ein Bedürfnis.« Er mustert mich anerkennend. »Werden Sie auch einziehen?«

Ich verneine, und wenn ich bislang noch Bedenken hatte, diese verrückte Sache durchzuziehen, wischen die Argumente des Professors sie weg, wie Edwinas Putzlappen es mit dem Dreck auf den Treppenstufen tun wird.

Der Professor ist *mein* Supermieter, und auch wegen seines Nachnamens erhält er den Zuschlag für die letzte freie Wohnung.

Wir sind komplett!

Am Abend koche ich Schokoladenpudding, die Schwestern haben mir Appetit gemacht, und schlüpfe in einen uralten kakifarbenen Jogginganzug, den Albert nicht ausstehen konnte und abfällig als Strampelanzug bezeichnete. Dann sinke ich in den Ledersessel, löffle genüsslich den noch warmen Pudding und unterhalte mich mit meinem lieben Gatten – einseitig, wie gehabt.

»Wem überlasse ich nur den Laden? Spontan bin ich für das Pastalokal. Ich wünschte, du könntest mir ein Zeichen geben, den Künstler betreffend.«

Asche-Albert gibt keinen Mucks von sich. Heute amüsiert mich das zwar, denn es sind vielleicht die letzten Selbstgespräche, die ich führe. Die Frage des Professors, ob ich mit einziehen werde, hat mich zu der Frage »Warum eigentlich nicht?« gebracht. Nun grüble ich darüber nach, wer in diesem Fall zurückstehen müsste. Vielleicht der Künstler, dann hätte ich drei Zimmer und ausreichend Platz für meine Bücher.

Doch für die Ladenfrage bleibt mir eine Schonfrist von ein paar Tagen. Rico hat vorgeschlagen, die neue Hausgemeinschaft für den kommenden Samstag einzuladen, damit sich alle beschnüffeln können und ich die Kandidaten noch mal genauer prüfen kann.

Dann werde ich auch den Kinderlärm ansprechen. Das Thema hat mir vergangene Nacht scheußliche Träume bereitet, in denen die Kombination Baby plus Hunde keine glückliche war. Also streiche ich den Hundesalon. Falls Ebsch deshalb einen Rückzieher macht, fällt die Zwei-Zimmer-Wohnung an mich, oder es findet sich schnell Ersatz dafür. Nun geht es also um Kunst oder Pasta. Mein Bauch plädiert für die Nudeln, obwohl ich jetzt schon weiß, dass Ugos Laden das reinste Gift für meine Winterfigur wäre.

Samstagmorgen erwache ich um sechs Uhr, eindeutig zu früh. Aber ich muss mal. Gähnend sitze ich auf der »Keramik«, wie Albert es nannte. Und noch während ich im Halbschlaf vor mich hin starre, ereilt mich plötzlich eine geniale Idee, wer den Laden bekommt.

Schlaf finde ich an diesem Morgen keinen mehr, dazu bin ich zu aufgeregt. Wenn ich nämlich die Verträge unterschreibe, die Rico vorbereiten wollte, gibt es kein Zurück mehr. Dann heißt es ein Jahr lang warten auf Luxusleben, Urlaube und Opernabende, bis ich endlich Mieten kassieren darf. Inzwischen werde ich wie gehabt mein Haar selbst färben, bei den Einkäufen Punkte sammeln, mich um meine Immobilie kümmern und möglichst dezent die Arbeiten kontrollieren. Ich könnte mich umbenennen in: *Balbina von der Baustelle*.

Nachmittags verspäte ich mich. Nicht aus Snobismus, sondern weil ich heute ohne meine Chauffeurin Camilla die öffentlichen Verkehrsmittel nehmen muss und die U-Bahn wegen einer Störung am Weiterfahren gehindert wird. Drei Stationen vor meinem Ziel bleibt mir mangels Alternativen nur der Fußweg.

Abgehetzt und leicht verschwitzt erreiche ich den Rosenberg. Meine Mieter erwarten mich schon ungeduldig und freuen sich riesig, mich zu sehen. Anscheinend war mein Ausbleiben Anlass für die wildesten Spekulationen, wie: Das Haus wird doch nicht renoviert, die mietfreien Wohnungen waren nur ein schöner Traum. Jetzt sind alle erleichtert, Kristin berichtet von einem ähnlichen Erlebnis mit der S-Bahn, und die eben noch besorgten Mienen hellen sich auf wie der Himmel nach einem schweren Gewitter.

Meine Gesichtszüge bleiben weiter angespannt, steht mir doch die schwere Aufgabe des Ladenverteilens bevor. Doch zuerst spreche ich das Thema »Kinderlärm« an.

»Wie es aussieht, werden hier bald mehr als drei Klein-kinder durchs Haus laufen und dementsprechend lachen und lärmen. Für diejenigen, die damit Probleme haben, wäre jetzt der richtige Zeitpunkt auszusteigen.«

Keiner will einen Rückzieher machen, ich vernehme ausnahmslos positive Zustimmung.

»Wir sind fünffache Großeltern und lieben Kinder, auch wenn sie mal nicht folgen«, verkünden die Hubers lautstark.

»Dann kommen wir nun zur Verteilung der Wohnun-gen, also, wer in welches Stockwerk einzieht. Wie je-der weiß, verfügt das Haus über keinen Aufzug, deshalb habe ich einen Plan erstellt und hoffe auf Zustimmung.« Ich lasse die murmelnden Kommentare verklingen und »verteile« dann die großen Wohnungen. »Rico und Ju-lia behalten diese hier in der zweiten Etage, sie haben sich ja quasi schon eingelebt.« Ich ernte ein aufatmen-des »Dankeschön« und blicke von Ugo und Alexandra zu Viola und Nikolai. »Wollen Sie sich untereinander ei-nigen, wer die Wohnung in der ersten beziehungsweise dritten Etage bezieht?«

Nach einer kurzen Pause wendet sich Ugo an Niko-lai: »Ich schätze, wir würden beide die erste Etage be-vorzugen.«

»Ja, mit Kindern ist jede Treppe anstrengend«, antwor-tet Nikolai, der die Hände in den Manteltaschen vergra-ben hat, wohl, um sich seine Ungeduld nicht anmerken zu lassen.

»Sehe ich auch so«, bestätigt Ugo und fragt: »Wie wäre es mit Knobeln?«

Der Künstler lacht, ist aber einverstanden, wenn er die Münze werfen darf. Ugo sagt Ja und wählt Kopf. Nikolai kramt eine Münze aus der Hosentasche und gewinnt. Das nenne ich Glück, vielleicht sollte ich mir von Nikolai den nächsten Lottoschein ankreuzen lassen.

Ugo gratuliert und flucht dann kräftig in seiner Muttersprache: »*Porca miseria*.«

Hach, diese Italiener, nicht nur ihre Sprache ist eine einzige Melodie, sogar ihre Flüche klingen charmant.

»Das Ergebnis wird aber kein Anlass für Streit sein, oder?«, wende ich mich an die beiden Kampfhähne.

»Keine Sorge, Signora«, versichert Ugo und mustert mich gleichzeitig durchdringend. »Aber vielleicht denken Sie an mich?«

Ich weiß natürlich, dass er auf den Laden hofft. Doch er muss sich noch eine Weile gedulden. Zuerst verlese ich meinen Plan bezüglich der kleineren Wohnungen: Die Hubers und der Hundefriseur in die erste Etage, Kristin mit Mama, Tillmann und Clemens im zweiten Stockwerk, darüber die Schwestern und der Professor. »Alle einverstanden, oder will noch jemand knobeln?«, frage ich in die Runde.

Niemand hat etwas einzuwenden.

Dann plötzlich kommt fast einstimmig von Ugo, Ebsch und Nikolai die Frage: »Und was ist nun mit dem Laden?«

»Dafür hat sich ein Bewerber mit älteren Rechten gemeldet.«

»Jemand, der eine Kita eröffnet?«, erkundigt sich Viola hoffnungsvoll. »Direkt im Haus, das wäre ein Traum. Da könnten die Kinder sogar alleine runterlaufen.«

Ich verneine und blicke in zwei enttäuschte Gesichter.

Ebsch knurrt: »Okay, dann war's das für mich. Ohne Laden kann ich mit der Wohnung nichts anfangen.« Er verabschiedet sich höflich.

Ugo offeriert mir sofort einen Schwager als Ersatz für Ebsch. Auch das lehne ich ab.

»Nun verraten Sie uns doch endlich, wer der Glückliche ist?«, erkundigt sich Nikolai.

»Ich!«, antworte ich stolz. »Ich werde nämlich ein Büchertauschcafé eröffnen und in die erste Etage einziehen.« Genau diese Idee kam mir heute im Morgengrauen auf der Keramik.

Der Professor nickt mir lächelnd zu. Flirtet der etwa mit mir? Doch dann bückt er sich nach einer Kühltasche, die er neben sich abgestellt hat.

»Darauf trinken wir! Ich habe mir erlaubt …« Mit einer eleganten Bewegung holt er zwei Flaschen Prosecco aus der Tasche.

Wir suchen alle nur erdenklichen Trinkgefäße zusammen, und die neue Hausgemeinschaft kann begossen werden.

Beim Anstoßen blickt mir Professor Pape tief in die Augen, und ich schmelze dahin. Ja, ich kann es nicht leugnen, er ist ein Mann nach meinem Geschmack. Und wer weiß, womöglich ist *dieser* Pape mein Traummann.

11

Von einer Stunde zur anderen bin ich also Vermieterin! Noch fühlt es sich unwirklich an, als bildete ich mir das Ganze nur ein.

Camilla meint: »Du hast dir doch immer eine große Familie gewünscht und diese nun praktisch geschenkt bekommen. Es ist eine avantgardistische Entscheidung, du bist eine Vorkämpferin für die gute Sache, allein deshalb gibt es keinen Grund zu hadern. Ich bin sicher, eines Tages erweist sich deine Erbschaft als ein Haus voller Glück.«

Philip bezweifelt das. »Meiner Meinung nach ist es ein Fehler, den du unbedingt nochmals gründlich überdenken solltest.«

Dazu ist es jetzt zu spät, denn ich habe die Erbschaft offiziell angenommen, und Tillmann Taube ist noch am selben Tag eingezogen und bereits fleißig am Renovieren. Mein Wikinger hat bei der Schlüsselübergabe tatsächlich ein paar Tränen verdrückt, mich umarmt und sich bedankt.

Zwei Einheiten sind damit bewohnt, die anderen werden nach und nach folgen. So weit, so gut, könnte man meinen, ist es aber leider nicht. Ich suche immer noch nach einer Finte, die leidige Erbschaftssteuer zu umgehen, die binnen drei Monaten fällig wird. Zusätzlich ergeben sich für mich als Besitzerin des Anwesens etliche

Verpflichtungen gegenüber meinen Mietern, und – Überraschung! – daraus entstehen natürlich Kosten. Ich bin also in der rauen Wirklichkeit angekommen: Termine, Verantwortungen und finanzielle Belastungen. Obendrauf die enervierende deutsche Bürokratie, die einem jegliche Freude nehmen kann. Die schicken keine Glückwunschkarten oder Gutscheine für einen Piccolo, nein, die nerven mit gefühlt einer Million Formularen.

Aber Lamentieren hat noch nie Probleme gelöst, also wühle ich mich durch die vier- und sechsseitigen Vordrucke und schreibe eine To-do-Liste, wie man heutzutage sagt:

Bezüglich Versicherungen recherchieren.
Stadtwerke kontaktieren.
Erbschaftssteuer reduzieren! Wie?

Entschlossen reiße ich die Liste vom Block und befestige sie mit dem Marienkäfermagneten am Kühlschrank. Möge der Käfer Glück bringen.

Punkt Nummer drei unterstreiche ich rot und setze ihn dann an die erste Stelle. Wie gelingt es mir, die Begleichung der Erbschaftssteuer zu verzögern? Und zwar ein Jahr lang, bis die Mieteinnahmen fließen. Ich will ja keine Steuern hinterziehen oder mich auf die Cayman Islands absetzen, das karibische Steuerparadies so mancher Großkonzerne. Selbstverständlich sind Steuern wichtig, der Professor wäre entsetzt, würde ich anderes behaupten, aber im Moment fließen noch keine Einnahmen, deshalb wäre so eine kleine Steuervermeidung hochwillkommen. Das ist tatsächlich die offizielle Bezeichnung, wie ich bei der Onlinerecherche herausgefunden habe. Genau genommen handelt es sich um eine raffinierte Umschreibung für »legale« Steuerhinterziehung, für die man sich durch zahllose Vorschriften lesen muss, um die verzwickten Wege zu durchschauen. Ohne professionelle Hilfe würde ich dafür ungefähr drei Leben benötigen – wäre da nicht Nolte, der mir Unterstützung angeboten hat.

Der Notar hat keine Zeit für ein persönliches Treffen, aber für ein kurzes Telefonat, bei dem er mir einen Trick für mein Erbschaftssteuerproblem verrät. Ebenso einfach wie genial. Schließlich spricht er dann noch ein wichtiges Thema an, das er dreimal wiederholen muss: Grundbesitzerhaftpflichtversicherung!

Gute Güte, wer erfindet solche Schlangenwörter, deren Bedeutung genauso katastrophal ist wie das Wort lang? Ich will gar nicht wissen, was das kostet.

Der piepsende Wecker erinnert mich daran, die wichtige Verabredung nicht zu versäumen. Normalerweise verlasse ich das Haus am Abend nur selten nach acht, außer ich bin bei Camilla eingeladen, aber heute treffe ich meinen Wikinger. Er möchte mir unbedingt die Fortschritte seiner Arbeiten zeigen. Ich kann es kaum erwarten, zu sehen, was er innerhalb von zwei Tagen zustande gebracht hat. Wenn ich da an meinen drei Quadratmeter großen Flur denke … Albert war mit dem Streichen der Wände eine ganze Woche beschäftigt. Und ich eine weitere Woche, um die Farbreste von den Fußleisten und Türrahmen zu schrubben. Als ich ihn vorher gebeten hatte, alles ordentlich abzukleben, war er fast beleidigt gewesen. »Das ist was für Anfänger, ich arbeite wie ein Profi, ohne zu klecksen und herumzusauen.«

Es dämmert bereits, als ich am Rosenberg ankomme. Seit den Vertragsunterschriften war ich nicht mehr hier, und ich rechne mit dem üblichen Dreck im Haus, den Umzüge so mit sich bringen. Vorsichtshalber schlüpfe ich in uralte Klamotten, die ich eigentlich in die Kleidersammlung geben wollte: eine alte Latzhose von Albert, eine karierte Bluse, deren Ärmel ich abgeschnitten habe, und eine zu heiß gewaschene, zu eng gewordene Strickjacke. Und schon verwandle ich mich in Balbina von der Baustelle.

Jetzt, am Feierabend ist es hier noch friedlicher, der Verkehr hat merklich nachgelassen, und in der Eisdiele gegenüber sind alle Tische besetzt. Den babyblauen Himmel zieren flauschige Wattewölckchen, denen die untergehende Sonne rosa Schattierungen verpasst. Die samtweiche Abendluft riecht nach Holunder, gegenüber im Vorgarten wächst ein mächtiger Strauch übervoll mit weißen Blütendolden und lässt mich sehnsüchtig aufseufzen. Dieser Duft erinnert mich an meine Kindheit, als wir die Dolden gemopst haben und meine Mutter daraus köstliche Holunderküchlein gebacken hat.

Bevor ich zu Tillmann in die zweite Etage steige, möchte ich mein Büchertauschcafé besichtigen. Bislang hat mir einfach die Zeit gefehlt, die Räumlichkeiten genauer zu betrachten und darüber nachzudenken, wie mein Traum einmal aussehen soll.

Versonnen wandere ich durch den Raum und überlege, wohin mit meinen Bücherregalen, die den Grundstock bilden sollen. Vielleicht an die wasserfest lackierte Wand, aus der noch die rostigen Rohrenden für zwei Waschbeckenanschlüsse ragen. Gegenüber sprießen Elektrokabel aus der Wand wie dreibeinige Spinnen, knapp darunter lassen dunkle Schmutzränder Formen von Frisierspiegeln erahnen. Hier würde eine gemütliche Sofaecke mit zwei oder drei Sesseln prima aussehen. Und der grau-weiße Fliesenboden, der mit verschmierten Fußabdrücken übersät ist? Ich reibe mit einem Taschentuch über eine freie Stelle und stelle fest: Der muss nur mal gründlich gewischt werden, dann ist er fast wie neu. Zuletzt fällt mein Blick auf die angeschlagene Fensterscheibe und lässt mich schlucken. Was eine neue kostet, will ich im Moment gar nicht wissen. Mit weichen Knien begebe ich mich zum Schaufenster, um den Schaden genauer zu begutachten. Neben der Neonschrift entdecke ich eine blitzblanke Ein-Cent-Münze.

Ein Glückszeichen.

Alles wird gut.

Vor dem Haus hält ein knallroter Kleinbus, am Steuer Tillmann Taube. Mit einem breiten Grinsen in seinem bärtigen Gesicht steigt er aus. Den habe ich glücklich gemacht, denke ich und vergesse die Schaufensterscheibe.

Derweil sprintet Tillmann um den Wagen, rennt mit wippendem Haarschopf zum Heck, reißt die hinteren Türen auf und fördert einen großen Farbeimer sowie eine prall gefüllte Papiertüte zutage. Als er mich durchs Ladenfenster entdeckt, schwenkt er seine Einkäufe und ruft mir zu: »Wenn Männer einkaufen!«

Lachend schließe ich mein Büchercafé ab und spüre ein Gefühl, das mir nicht unbekannt ist. Es stammt aus den Tagen unseres Kunsthandels; damals überkam es mich jedes Mal, wenn ich wegen eines kostspieligen Objekts lange verhandeln musste, um die Kunden zu überzeugen. Ich weiß noch sehr genau, wie es sich anfühlte, Erfolg zu haben. Wie zufrieden ich war. Und genau das will ich mit meinem Büchertauschcafé erreichen. Bücher kostenlos zu tauschen ist zwar kaum zu vergleichen mit dem Verkauf wertvoller Kunst, aber es ist der Umgang mit Menschen, der Austausch mit Gleichgesinnten, der mir so großen Spaß gemacht hat. Den ich auch im Buchladen meiner Eltern hatte – und den ich vermisse.

Vergnügt öffne ich die Haustür für Tillmann.

Er stellt seine Einkäufe ab und wischt sich die rechte Hand an seiner farbverklecksten Jeans ab, bevor er sie mir entgegenstreckt.

»Hallo, Frau von Buntschuh«, grüßt er heiter. »Alles gut?«

Alles gut!, scheint sein Lebensmotto zu sein, denn es steht in fetten weißen Buchstaben auf seinem royalblauen T-Shirt.

»Noch nicht«, gestehe ich. »Aber sobald ich jemanden finde, der das Schaufenster ersetzen kann, habe ich eine Sorge weniger. Und bei Ihnen?«

»Tadellos, aber so was von … Tadellöser geht's nicht«, sagt der Wikinger mit funkelnden Augen, als hätte er einen neuen Kontinent erobert. »Kommen Sie mit, und schauen Sie sich an, was ich schon alles geschafft habe. Sie werden staunen.«

An der Tür der Wohnung im zweiten Stock klebt bereits das Namensschild der WG: *Tillmann Taube & Clemens Dressler.*

»Wie lebt es sich denn miteinander?«, frage ich leutselig.

»Das wird schon«, sagt Tillmann eine Spur zu leise, als dass es zuversichtlich klingen würde. Er stellt die Einkäufe ab und kramt den Schlüssel aus der Hosentasche.

Irgendwo wird gehämmert.

»Das muss der Student sein«, erklärt Tillmann, als er sich seine Sachen schnappt und das größere, ursprünglich als Wohnraum geplante Zimmer am rechten Ende des langen Flurs ansteuert. Clemens bewohnt das »Schlafzimmer« am linken Flurende. Dazwischen liegen das Badezimmer mit Wanne und die Küche mit einem Balkon zum Hinterhof. Der Architekt des Hauses muss ein Visionär gewesen sein und bereits 1962, als es erbaut wurde, an Wohngemeinschaften gedacht haben.

Tillmann stößt die Tür zu seinem Reich mit einem lässigen Fußtritt auf. »Immer hereinspaziert«, fordert er mich über seine breiten Schultern hinweg auf. Behutsam stellt er Farbeimer und Tüte ab und dreht sich langsam um die eigene Achse. »Na, was sagen Sie?«

Sprachlos sehe ich mich um. Plastikplanen verhüllen ein aufblasbares Bett mit Bettzeug und einen Kleiderständer, auf dem nur wenige Hemden, Hosen und Jacken hängen.

»Alles nur provisorisch«, sagt Tillmann, »meine Möbel habe ich bei einem Freund in der Garage untergestellt.«

»Aha«, murmle ich und suche verzweifelt nach einer freundlichen Bemerkung zu den hellgrauen Flecken, die sich über alle vier Wände ziehen. Die ehemals verblasste Streifentapete ist verschwunden, aber dieses scheckige Muster empfinde ich nicht unbedingt als Verbesserung. Oder bin ich zu alt, um ultramoderne Wohntrends zu verstehen? Ist das vielleicht ein neuer Look aus einer Wohnzeitschrift? Wohnt man jetzt in Tupfen? »Das ist ... ich weiß gar nicht ... irgendwie anders.«

Tillmanns bartumsäumter Mund verzieht sich zu einem breiten Grinsen. »Was Sie hier sehen, sind nur die gespachtelten Löcher, die Spachtelmasse ist noch feucht und deshalb so grau. Wenn morgen alles durchgetrocknet ist, wird gestrichen. Übrigens: Beim Ablaugen der Tapeten habe ich gründlich nach dem gefürchteten Hausschwamm gesucht, konnte ihn aber nirgendwo entdecken, was schon mal ein gutes Zeichen ist.«

Ich muss meinen Wikinger wohl ziemlich ratlos anstarren, denn er scheint zu merken, dass ich die Verbindung von Tapeten, Hausschwamm und Spachtelmasse nicht begreife.

»Der Schwamm ist eine Art Pilz, der es sich in feuchtem Mauerwerk bequem macht, wodurch ein Gebäude im ärgsten Fall für Monate oder gar auf immer unbewohnbar werden kann. Aber dieses Haus ist quasi wüstentrocken.«

Also habe ich endlich einmal das große Stück von der Wurst erwischt, freue ich mich im Stillen. Noch ehe ich die richtigen Worte für meine Erleichterung finde, dringt aus dem »Schlafzimmer« ein helles Lachen zu uns, gefolgt von einem Schmerzensschrei, dem derart unflätige Flüche folgen, dass sich Erbtante Theodora garantiert im Grab umdreht.

Tillmanns fröhliche Miene verändert sich im Bruchteil einer Sekunde zu stinksauer. Jetzt wirkt er wie ein Wikinger auf Beutefahrt.

»Hurenscheiße«, knurrt er und stürmt ohne Erklärung aus dem hausschwammfreien Fleckenzimmer.

Kurz danach höre ich ein aufgebrachtes »Fuck!«. Das klingt so gar nicht nach friedlicher Taube.

Ich eile durch den Flur. Teils aus Neugier, aber größtenteils aus Besorgnis um die noch fehlende Grundbesitzerhaftpflichtversicherung. Bei allen möglichen Tragödien bin ich nämlich diejenige, die blechen muss:

wenn jemand auf einer maroden Treppenstufe stolpert, im Winter auf Eis- oder Schneeglätte ausrutscht und sich ein Gipsbein zuzieht oder, wie Nolte gescherzt hat, wenn ein Passant einen Dachschaden durch einen herabfallenden Ziegel erleidet. Zumindest ist in einem Schlafzimmer weder mit Eis noch mit Schnee oder losen Dachziegeln zu rechnen. Bei kleineren Katastrophen reichen die zwei, drei Stück Wundpflaster, die ich als lebenserfahrene Frau stets in der Geldbörse habe.

Eine Sekunde später atme ich erleichtert auf: Blut ist keines geflossen. Aber ich sehe den Grund für Tillmanns Empörung. Ein Loch in der Wand, groß wie eine Orange, von dem sich unschöne Risse ausbreiten. Der abgetretene Linoleumboden ist übersät mit Mauerbrocken und Staub, verziert mit diversen Schrauben, die in Dübeln stecken. Inmitten der Baustelle steht Clemens mit Bartstoppeln, in Trägershirt und Fetzenjeans, in der Hand eine Beißzange. Er sieht aus wie ein kleiner Junge, der Papas Werkzeug stibitzt hat. Nur das hübsche Mädchen mit den dunklen Locken, deren ansehnliche Rundungen in seidig schimmernder schwarzer Spitze stecken, wirkt wie ein Unterwäschemodel und hier vollkommen deplatziert.

Zornig fixiert Tillmann das Mädchen. »Keine Frauen, mindestens drei Monate lang keine Frauen, das war ausgemacht, und du warst einverstanden«, brüllt er den verdattert aussehenden Clemens an.

Ich bin verwirrt. Was, bitte schön, hat das Loch in der Wand mit Frauen zu tun? Oder handelt es sich hier um schräge Sexspielchen? Wenn das so ist, fliegt Clemens auf der Stelle aus der Wohnung, hier werden demnächst Kinder wohnen.

»Hey, alles cool, Mann«, meldet sich die Schöne in Seide, während sie ihre Lockenpracht mit einem elastischen Band bändigt, das sie vom Handgelenk zieht. »Ich habe Clemens nur geholfen.«

»In diesem Aufzug?« Tillmann mustert sie abfällig. »Willst du mich verarschen?«

»Danke, kein Bedarf«, kontert die Dunkelhaarige.

»Worum geht es überhaupt?«, mische ich mich ein. Ertappt blicken mich drei Augenpaare an, als wäre ich ein Geist aus der Flasche.

Tillmann dreht sich wortlos um und verlässt den Raum.

»Würden Sie mich bitte aufklären?«, wende ich mich an den Architekturstudenten.

»Vanessa wollte mir wirklich helfen, und ihr Kleid hat sie nur ausgezogen, um es nicht zu ruinieren.«

»Clemens«, sage ich streng. »Ich bin zwar alt, aber ich weiß, dass man sich nicht ausziehen muss, um Löcher in die Wand zu bohren.«

Er und auch das Mädchen kichern albern. »Es ist nicht so, wie Sie denken. Vanessa ist meine Schwester.«

»Oh, der Punkt geht an euch«, lache ich mit. »Aber das beantwortet meine Frage nicht, warum Tillmann ausgerastet ist.«

»Es wäre unfair, den Grund zu verraten«, erwidert Clemens, diesmal ohne Sündermiene. »Fragen Sie ihn bitte selbst, was er für ein verdammtes Problem hat.«

Passenderweise fällt mir Philips Mahnung zu Mietern ein und welche Scherereien man mit ihnen haben kann. Löcher in der Wand oder Schwesternbesuche empfinde ich jedoch nicht als sonderlich schwierig, das lässt sich bestimmt regeln.

»Aber was hat es mit dem Loch in der Wand auf sich? Haben Sie vor, ein Fenster zum Hof einzubauen?«

Clemens grinst über meinen Scherz. »Ich wollte eine Schraube samt Dübel rausreißen und habe wohl meine Kraft unterschätzt.« Hilflos hebt er die Beißzange hoch. »Zum Glück steht die Wand noch.«

»Dann haben wir ja beide Glück gehabt«, stimme ich zu. Der Schaden scheint sich tatsächlich in Grenzen zu halten, deswegen herumzumeckern wäre übertrieben. Außerdem muss ich meinen Wikinger beruhigen, ich habe nämlich eine wichtige Bitte an ihn.

Ich finde Tillmann in seinem Zimmer. In der Hand eine surrende Schleifmaschine, mit der er die Fleckenwand bearbeitet und dabei reichlich Staub aufwirbelt, als wäre dies eine Metapher für seinen übertriebenen Ausraster von eben. Als er mich bemerkt, schaltet er die Maschine aus und blickt mich ratlos an.

»Verraten Sie mir, was da gerade los war?«, frage ich höflich.

Er nickt, schweigt aber eine ganze Weile, ehe er tief Luft holt und antwortet: »Ich habe Ihnen nicht ganz die Wahrheit gesagt.«

»Worüber?«

»Bezüglich Kündigung und Eigenbedarf …« Er stockt, und ich merke, wie schwer es ihm fällt weiterzureden. »Ich habe mit meiner Freundin zusammengewohnt, doch die hat sich in einen Anzugträger verliebt, und deshalb wollte ich so schnell wie möglich ausziehen.« Er schnauft, hörbar erleichtert, mir die Wahrheit gebeichtet zu haben.

»Das tut mir leid, und ich verstehe das vollkommen. Über solche Erlebnisse redet niemand gerne«, erwidere ich mitfühlend. »Aber das erklärt noch lange nicht, weshalb Sie so wütend auf das Mädchen waren.«

Betreten senkt Tillmann den Kopf. »Ich habe Clemens gebeten, vorerst auf Frauenbesuch zu verzichten, weil … na ja, weil ich gerade keine Schlafzimmergeräusche ertragen könnte. Sie verstehen?«

Ich nicke und will erklären, wer das Mädchen ist. Aber Tillmann redet unbeirrt weiter: »Clemens war einverstanden, und dann … dann sehe ich ihn mit diesem Mädchen, die meiner Ex verdammt ähnlich sieht … Genau so, in schwarzer Spitzenunterwäsche, habe ich sie nämlich mit dem Anzugtypen erwischt. In flagranti – natürlich ohne Beißzange.«

Ich verkneife mir ein Lachen, die Situation war für den armen Tillmann sicher nicht so lustig, wie ich sie mir vorstelle. »Es wird keine Schlafzimmergeräusche geben, das Mädchen ist nämlich Clemens' Schwester.«

»Ups.« Mein Wikinger verzieht das Gesicht, als müsste er bittere Medizin schlucken.

Ich schlage ihm vor, das Ganze zu vergessen und sich wieder mit seinem Wohngenossen zu vertragen. »Ich möchte keinen Streit unter den Mietern, sondern ein harmonisches Miteinander. Wir wollen doch zusammen dieses Haus instand setzen und uns, wenn möglich, auch dabei amüsieren.« Kaum ausgesprochen, merke ich, dass ich ihn wie eine fürsorgliche Mutter zurechtweise. Fehlt nur noch, dass ich den beiden Versöhnungskakao koche.

»Ich hasse Streitigkeiten mehr als Veganer blutige Steaks – meine Lieblingsspeise«, stimmt Tillmann mir mit einem offenen Blick aus seinen goldbraunen Augen zu.

Wenn das Camilla erfährt, wird sie Philip beim nächsten Seitensprung mit Tillmann eifersüchtig machen, denke ich amüsiert. Leider fällt mir nicht ein, wie ich möglichst elegant die Kurve kriege, um meine Bitte vorzubringen. Noch während ich überlege, sagt Tillmann plötzlich: »Übrigens, ich kenne einen Glasermeister, der Ihr Schaufenster austauschen kann. Und wenn Sie sonst Hilfe brauchen, einfach fragen.«

»Da gibt es tatsächlich einen Punkt, bei dem ich für Unterstützung dankbar wäre.«

12

Der Himmel hängt voll dunkler Wolken, mir ist eiskalt, und ich bin todmüde. Leider musste ich um sechs Uhr aufstehen. Normalerweise befinde ich mich um diese Zeit noch mitten in einer Traumphase, aber seit ich Hausbesitzerin wurde, stelle ich mich täglich einer neuen Herausforderung. Anstatt gemütlich mein Früchtemüsli zu löffeln und Asche-Albert aus einer alten Zeitung vorzulesen, stehe ich jetzt Punkt sieben, wie vereinbart, in den ollen kakifarbenen Jogginghosen, einem dunkelblauen Pulli und Turnschuhen vor meinem Büchertauschcafé. Und warte – leider nicht auf die ersten Gäste, sondern auf eine wichtige Lieferung. Ungeduldig trete ich von einem Bein aufs andere, um wach zu bleiben. Mittlerweile fürchte ich, dass man mich vergessen hat.

Nervös blicke ich auf die Armbanduhr, kontrolliere gleich darauf mein Handy und sehe mich verstohlen um, als plante ich eine Straftat. Ein winziges Körnchen Wahrheit ist dran, denn die Lieferung wird mir tatsächlich die Erbschaftssteuer ersparen. Vorausgesetzt, das benötigte Material kommt auch, was ich langsam bezweifle. Als ich erneut auf die Uhr blicke, ist es acht, mein leerer Magen rebelliert, und ich ärgere mich, nicht an eine Thermoskanne Tee, ein Butterbrot und ein Buch gedacht zu haben. Ich muss gestehen, noch nie besonders vorausschauend gewesen zu sein. Das war Alberts

Ressort. Der hätte bei der Firma längst angerufen und denen ordentlich den Marsch geblasen. Ich hingegen habe blöderweise vergessen, mir deren Handynummer geben zu lassen. In Alberts Hosentaschen oder Jacketts fanden sich auch stets eine Tüte Pfefferminzbonbons, ein blütenweißes Stofftaschentuch und ein Schweizermesser inklusive Korkenzieher. »Ein Gentleman sollte jederzeit in der Lage sein, einer Lady die Tränen zu trocknen oder eine Flasche Wein zu öffnen.« Nicht nur deshalb trinke ich lieber Schampus, das geht auch ohne Korkenzieher. Aber ich wünschte, ich hätte wenigstens ein Pfefferminzbonbon, um mein Magenknurren zu besänftigen und meinen Blutzuckerspiegel anzuheben. So langsam ist mir nämlich richtig blümerant; am Ende kippe ich noch um, und keiner merkt es. Am Rosenberg ist es samstags um acht so friedlich wie auf einem Friedhof. Vielleicht geht es an Wochentagen etwas turbulenter zu, aber seit ich hier auf die Straße starre, kam außer einem älteren Herrn mit einem noch älter wirkenden Rauhaardackel niemand vorbei. Hier lebt es sich wie auf dem Land oder am sprichwörtlichen Ende der Welt, weshalb sich mir erneut die Frage aufdrängt, ob ein Büchertauschcafé nicht die totale Schnapsidee ist. Ohne Laufkundschaft werden meine Bücher und ich wohl in der Abgeschiedenheit Spinnweben ansetzen.

Meine bange Frage kreist noch durch mein Gehirn, als ein Kleinlaster vorfährt, dem zwei Kraftprotze entsteigen. Die beiden sehen genauso aus, wie man sich Bauarbeiter vorstellt: groß, kräftig, schlecht rasiert, dunkelblaue Drillichhosen, karierte Hemden, feste Arbeiterschuhe und knallgelbe Schutzhelme auf den Köpfen.

Aufatmend laufe ich nach draußen. Mein »Guten Morgen« wird mit knappem Kopfnicken begrüßt.

»Buntschuh?«, fragt der Fahrer des Lasters.

»Ja, die bin ich«, bestätige ich.

»Na dann, wohin mit dem Kram?«, will sein Beifahrer wissen.

»In den Laden, bitte«, antworte ich und deute zur offen stehenden Tür. »Einfach ablegen.«

Wie naiv mein Wunsch nach »einfach ablegen« war, merke ich schnell. Die Muskelmänner haben scheinbar ausgiebig gefrühstückt, ordentlich Schmalz in den Muckis und befördern den »Kram« derart schwungvoll in den Laden, dass die Fensterscheibe erzittert. Voller Sorge beobachte ich den Riss und rufe: »Bitte, Vorsicht, die Scheibe hat sowieso schon einen Sprung.«

Doch das Schaufenster hält den Erschütterungen stand, und fünfzehn Minuten später kassieren die zwei Kerle fünfzig Euro, steigen wieder in den Kleinlaster und brausen davon.

Ich betrachte versonnen die Lieferung. Auf den ersten Blick sehe ich nur einen undefinierbaren Haufen glänzender Stahlstangen. Aufgebaut wäre das Ganze ein Baugerüst, wie man es für Fassadenrenovierungen benötigt. In Wahrheit sind es defekte Teile eines Baugerüsts, die Tillmann gegen eine »Spende« von fünfzig Euro organisiert hat. Trotzdem sind diese Gerüststangen der Beweis, dass die Fassade renoviert werden soll. Und weil auch die Mieteinheiten »stark renovierungsbedürftig und nicht bewohnbar« sind, wird die Erbschaftssteuer vorerst nicht fällig. Das Baugerüst in Kombination mit dem zu renovierenden Anwesen ergibt: die Steuervermeidung!

Die ausgefuchste Gerüstidee entstand frühmorgens um vier Uhr, als ich nicht schlafen konnte und im Netz diese Erklärung fand. Leider ändert das trotzdem nichts an meinem mageren Bankkonto, denn die Kautionen sind für die Dachsanierung verplant. Da das offiziell ja nicht erlaubt ist, haben wir vereinbart, die Beträge als Darlehen zu verbuchen – die ich selbstverständlich zurückzahlen werde. Für die Grundbesitzerhaftpflichtversicherung muss ich nun meinen dürftigen Notgroschen verwenden. Ein wenig Sorge bereitet mir die Höhe des Beitrags, der sich nach der Größe des Objekts und der damit verbundenen möglichen Schadensgröße richtet. Doch mit den Gerüststangen ist zumindest die Erbschaftssteuer »vom Eis«.

Jetzt aber Schluss mit den Grübeleien, mein Magen knurrt inzwischen lauter als ein Rasenmäher. Ich schließe die Ladentüre ab und verlasse zufrieden »mein Café« durch den Hintereingang.

Im Hausflur laufe ich Ugo und *mia cara* in die Arme, beide schwer beladen mit prall gefüllten Rucksäcken, Umhängetaschen und Tüten.

»*Buon giorno*, Frau von Buntschuh, wie geht es Ihnen?«

»Wunderschönen guten Morgen«, grüßt Alexandra.

»Guten Morgen.« Mit einem Blick auf ihre Last bemerke ich: »Das sieht nach reichlich Arbeit aus.«

Ugo nickt. »Als Erstes werde ich die Küche in Angriff nehmen, damit ich kochen kann – Sie sind herzlich eingeladen zur ersten *Pasta con sugo*.«

»Vielen Dank, darauf freue ich mich schon sehr«, sage ich und wünsche den beiden ein erfolgreiches Wochenende.

Kurz nach dem krachenden Zufallen der Haustür folgt

ein dröhnendes Klirren, das mir bis in die Haarwurzeln fährt wie eine giftige Injektion. Ich muss nicht lange rätseln, was passiert ist: Die Erschütterung hat dem defekten Schaufenster den Rest gegeben.

Frustriert betrachte ich den Scherbenhaufen. Als wollte sie mich auslachen, lugt nun die Sonne hinter den Wolken hervor und lässt die Glasscherben auch noch glitzern. Ich starre ungläubig auf die Neonschrift, die unbeschadet zwischen den Glassplittern daliegt, als wäre es einfach: *Hairlich*. Ehe ich noch anfange zu heulen, lasse ich meiner Wut freien Lauf: »Verdammter Mist!«

Es dauert nur wenige Sekunden, und ich bin umringt von Ugo, Alexandra, Clemens, Tillmann, Julia und Rico. Das Geräusch der zerberstenden Scheibe, gefolgt von meinem unflätigen Gebrüll, hat alle aufgeschreckt.

Meine Mieter versuchen mich zu trösten:

»Scherben bringen Glück …«

»Das ist doch nur Glas …«

»Solange das Haus noch steht …«

»Das ist nur ein kleiner Schaden …«

»Hauptsache, Ihnen ist nichts passiert …«

Der letzte Satz lässt meine Augen feucht werden. »Wenn mir jemand Schaufel und Besen leiht, kann ich das Glück zusammenfegen.«

»Den Glaser machen sie garantiert glücklich«, grummelt Tillmann und angelt sein Handy aus der Hosentasche: »Wenn wir Dusel haben, erreiche ich ihn gleich.«

Ich habe tatsächlich Dusel, der Glasermeister verspricht, sich den Schaden noch im Laufe des Vormittags anzusehen. Die Nachricht lässt mich aufatmen. Nur mein Magen ist anderer Meinung und knurrt schon wieder.

»Ich habe auch Hunger«, sagt Alexandra und lädt mich zu einem Frühstück ein.

»Das wäre wunderbar, danke«, sage ich und frage mehr mich selbst als in die Runde: »Mein Baugerüst wird ja inzwischen niemand klauen, oder?«

Alexandra findet, die Straße sei extrem ruhig und ohne Durchgangsverkehr relativ ungefährlich.

»Aber«, meldet Clemens sich zu Wort: »Vorsicht ist besser als ein geklautes Baugerüst«, und bietet an, zu warten, bis der Glaser auftaucht.

Ugo schlägt vor, ein Picknick vor dem Laden zu veranstalten. »Ist wie Frühstück im Garten, nur ohne Garten.«

Wenig später sitzen wir auf diversen Stühlen, trinken Kaffee oder Tee und beißen genussvoll in belegte Brötchen vom Bäcker, die wir direkt aus der Tüte essen.

Als nur zwei Stunden später Horst Sattmann, der Glasermeister, wie versprochen vorfährt, sehe ich Licht am Ende des Tunnels. Das genauso schnell wieder verlischt, als der hagere Mann das Schaufensterloch betrachtet und sich dabei den grau melierten Hinterkopf kratzt: »Oh mei, oh mei«, seufzt er. »So a Pech.«

Ich nicke zustimmend. »Und wie lange wird es dauern, den Schaden zu beheben?«

»Da ham S' schon wieder kein Glück«, erklärt er und gestikuliert übertrieben mit den Armen. »Weil ich eine solche Scheibe von solch einer Größe gar nicht auf Lager hab. Die muss ich bestellen, und wie lange das dauert … ja mei …« Er lässt die Arme fallen und zuckt die Schultern.

So merkwürdig es auch klingen mag, aber genau in diesem Moment fällt mir der Spruch ein: »Im Krieg und in der Liebe sind alle Mittel erlaubt.« Und das hier ist ein

Schaufensterscherbenkrieg, deshalb muss ich leider zu einem Mittel greifen, das ich als emanzipierte Frau verabscheue: bitten und betteln und lieblich lächeln.

»Herr Sattmann, bitte, Sie als erfahrener Fachmann wissen für solche Katastrophen doch bestimmt eine Lösung.«

Nachdenklich streicht er sich übers schwabbelige Doppelkinn. »Hmm, hmm, hmm …«

»Sie sind meine letzte Rettung …« Ich deute auf mein Baugerüst. »Ohne Verglasung kann doch hier jeder einsteigen und sich bedienen …«

»Ham S' denn keine Möglichkeit, das Zeug woanders zu lagern?«

Natürlich könnte ich das Zeug in den Keller schaffen, aber wie will ich dann einem Finanzschnüffler erklären, dass die Dinger quasi in den nächsten Stunden aufgebaut werden?

Herr Sattmann scheint immun gegen bettelnde Frauen, aber ich gebe nicht auf und frage weiter. »Was würden Sie denn tun?«

Herr Sattmann kratzt sich nun ausgiebig am Kopf. »Ja, mei … Bretter«, schnauft er schließlich. »Davon hätt ich ein paar auf Lager, mit denen könnt ich Ihnen des Fenster vernageln.«

»Eine wunderbare Idee, Herr Sattmann, vielen Dank! Sie haben mich gerettet«, flöte ich euphorisch. Der gute alte »Ich-bin-eine-hilflose-Frau-Trick« ist doch gar nicht so ohne.

Am frühen Nachmittag sind die Scherben beseitigt, das Schaufenster ist mit Brettern verrammelt, und ich darf mich endlich auf den Heimweg begeben, der beim Bäcker um die Ecke vorbeiführt.

Vor dem Laden sitzt der alte Rauhaardackel und blickt mich mit trüben Augen an. Und weil ich einfach an keinem Hund vorbeigehen kann, schon gar nicht an einem Nachbarshund, halte ich ihm die Hand zum Schnuppern hin. »Dein Herrchen kommt bestimmt gleich wieder«, tröste ich das Tier. Der Hundehalter tritt tatsächlich in der nächsten Sekunde aus dem Laden.

»Guten Tag«, grüße ich höflich.

»Grüß Gott, schöne Frau.« Er neigt den Kopf, lupft gleichzeitig seinen dunkelgrauen Filzhut mit der rechten Hand, die andere umklammert eine Tüte Backwaren. »Sind Sie nicht die aus dem Friseurladen? Wird Zeit, dass Sie wieder aufmachen. Ich brauch dringend einen neuen Haarschnitt.« Er dreht mir seinen grauen Hinterkopf zu. »Was verlangen Sie fürs Haareschneiden?«, erkundigt er sich, wartet aber meine Antwort nicht ab. »Ich hoffe, Sie heben die Preise nicht zu sehr an. Bei Ihrem Vorgänger habe ich fünfzehn Euro bezahlt. Zwanzig mit rasieren.«

Endlich holt er Luft, ich kann mich vorstellen, »Balbina von Buntschuh« und ihn aufklären.

»Tut mir leid, Sie enttäuschen zu müssen, aber ich bin keine Friseurin, nur die neue Hausbesitzerin. Den Laden werde ich zu einem Büchertauschcafé umgestalten.«

»Lorenz Bierschenk«, sagt er, setzt seinen Hut wieder auf und betrachtet mich irritiert. »Wie, Büchertauschcafé … Nie gehört, was soll das denn sein?«

»Es ist nicht sonderlich kompliziert. Meine Gäste können ausgelesene Bücher gegen andere austauschen. Kommen Sie einfach in mein Café auf eine Tasse Kaffee, vielleicht auch auf ein Stück selbst gebackenen Käsekuchen, und tauschen Sie Bücher.«

»Verrückte Idee«, befindet er und bindet den Hund los, bevor er fragt: »Und was soll der Spaß kosten?«

»Nichts, der Büchertausch ist ein kostenloser Service für meine Gäste.«

»Das ist jetzt schade, ich lese nämlich nur den *Kicker*«, sagt er heiter. »Aber meine Alte steckt ihre Nase dauernd in irgendeinen Roman, die könnte Ihr Dauergast werden.«

»Würde mich freuen«, rufe ich ihm nach, und: »Bestellen Sie schöne Grüße an die Frau Gemahlin.«

Euphorisiert begebe ich mich auf den Heimweg. Ich habe zwar keine Fensterscheibe, aber bereits einen Stammgast! Wenn das kein gutes Omen ist, dann weiß ich auch nicht.

Zu Hause genehmige ich mir ein opulentes Abendessen: Rühreier mit Speck, dazu ein Stück Salatgurke und zur Beruhigung ein kleines Bier. Später berichte ich Asche-Albert von meinem Katastrophentag und lese ihm aus der Zeitung von vorgestern vor.

Mein Mann hätte nie ein Fußballheft wie den *Kicker* gelesen, er interessierte sich nicht für Sport im Allgemeinen, nicht mal für Golf, wie die meisten unserer Kunden. Er fand es würdelos, einen winzigen Ball durch die Gegend zu schießen und ihm dann nachzulaufen wie ein kleines Kind. Albert las die *Süddeutsche Zeitung*, zuerst das Feuilleton und den lokalen München-Teil, danach Politik oder Wirtschaft – je nachdem, welche Schlagzeilen ihn ansprachen. Und er hortete Werke über Kunst und bildende Künstler, von denen ich die schönsten behalten habe.

Im Feuilleton entdecke ich einen Bericht über die berühmten Caféhausstühle der Firma Thonet.

»Albert, das ist es!«, rufe ich begeistert. »Du kennst doch diese Bugholzmöbel in Dunkelbraun, mit denen praktisch alle Wiener Caféhäuser ausgestattet sind. Erinnerst du dich an diese traumhafte Bank mit dem Korbgeflecht, die wir lange nicht verkaufen konnten? Hast du gewusst, dass Thonet auf die brillante Idee kam, seine Stühle zur Verschickung halb fertig und platzsparend in Einzelteile zu verpacken? Die Kunden mussten sie dann selbst zusammenschrauben. Frühes IKEA, würde ich sagen. Wenn das der Ivar Kamprad erfährt, der denkt doch, er hätte es erfunden. Oder er hat darüber gelesen und die Idee geklaut. Wie auch immer, ich liebe Thonet-Möbel und würde zu gerne mein Büchertauschcafé damit bestücken. Die Wände dann in einem sahnigen Weiß, da denkt man sofort an Schokoladentorte mit Schlagsahne. Ach«, seufze ich, wenn es nur schon so weit wäre. Aber wovon den Schokoladentraum finanzieren? Billig ist weder der Glaser Sattmann noch die Firma Thonet, und von den Kautionen wird wohl kaum etwas übrig bleiben.

Also, weiter Lotto spielen oder auf Mieteinnahmen warten. Das ist überhaupt *die* Lösung. Gedanklich rechne ich aus, wie viel Miete ich für die einzelnen Wohnungen verlangen kann, und komme auf insgesamt etwa 10.500 Euro pro Monat, von denen natürlich die Steuern abgehen. Aber das liegt alles noch in weiter Ferne, ist also eine Rechnung mit ungelegten Eiern, und damit lässt sich weder der Käsekuchen mit den sechs Eiern nach dem Rezept von meiner Schwiegermutter backen noch ein Stuhl kaufen.

Solange ich noch auf den großen Geldregen warte, recherchiere ich, was mich meine Traumausstattung kosten würde. Irgendwo muss ich ja anfangen.

Ich gebe »Thonet-Stühle« ein und klicke auf »Bilder«. Zu meiner Überraschung finde ich auch antiquarische Stühle. Bei den großen Online-Auktionsportalen werden alle möglichen Exemplare angeboten. Stühle mit geflochtener oder gepolsterter Sitzfläche, mit und ohne Armlehnen. Die Preise beginnen bei fünfundzwanzig Euro für die weniger gut erhaltenen Stücke und reichen bis zweihundertfünfzig Euro für Armlehnstühle mit Sitzpolsterung. Ich finde auch runde Tische, rechteckige oder ovale, allerdings keinen unter dreihundertfünfzig Euro.

Wer hätte das gedacht, murmle ich begeistert von der Möglichkeit, mein Traumcafé auch günstiger möblieren zu können, stelle mir die Örtlichkeit vor und überlege, wie viele Tische Platz hätten. So recht will es mir nicht gelingen, ich sollte zumindest den Grundriss aufzeichnen. Im Drucker liegt noch reichlich weißes Papier, und in der verrosteten Kuchenform, in der ich mein Werkzeug aufbewahre, finde ich einen Meterstab. Damit gelingt mir eine fast professionelle Zeichnung, wenn man über die zittrigen Linien hinwegsieht, die mit einem Zollstock einfach nicht genauer hinzukriegen sind. Zuerst skizziere ich die Kuchen- und Schanktheke sowie die Bücherregale, danach Tische und Stühle. Dennoch sind es nichts weiter als Hirngespinste und bleiben es auch, solange ich die genauen Maße des Ladens nicht kenne. Moment … Bei den Unterlagen vom Notar waren doch Pläne mit Grundrissen dabei. Müssten darauf nicht auch die genauen Maße eingetragen sein? Sind sie!

Die Idee, mich als Innenarchitektin zu versuchen, berauscht mich regelrecht. Mit großem Eifer beginne ich auf einem frischen Blatt von Neuem.

Als ich sämtliche Bücherregale vermessen habe, ist es mit der Freude vorbei. Egal, wie ich es drehe, es sind zu viele Regale für zu wenig Wand. Selbst einem Grundschüler wäre klar, dass insgesamt sechs Meter Wände nicht ausreichen, um sieben Meter Regal unterzubringen. Es sei denn, ich stelle ein paar vors Schaufenster, dann wäre auch das Problem mit der Fensterscheibe gelöst.

Das fordernde Schrillen des Telefons reißt mich aus meiner ergebnislosen Tüftelei.

»Willi Faber, schön, dass ich Sie erreiche«, höre ich die bekannte Stimme des Immobilienmaklers.

»Hallo, Herr Faber«, sage ich und überlege, ob ich einen Termin vergessen und nicht abgesagt habe. »Waren wir verabredet?«

»Leider nein, aber das können wir gerne ändern«, antwortet er forsch.

Seine tatsächlichen Absichten sind so durchsichtig wie Glas. Ich schalte auf neutral und frage in geschäftsmäßigem Tonfall: »Was kann ich für Sie tun?«

»Was macht die Kunst?«, kommt seine Gegenfrage.

Ich sehe ihn förmlich vor mir, wie er frech ins Telefon grinst; er hat mir das »Home-sweet-home-Event« wohl nicht ganz abgenommen. Willi Faber ist einer, der vermutlich nur den Zahlen auf seinem Bankkonto glaubt, jedenfalls war das mein Eindruck. Und obwohl ich ihn als Person nicht unsympathisch fand, klingeln bei mir gerade sämtliche Alarmglocken. Ich sollte im Umgang mit diesem Immobilienhai wachsam sein. Vorsichtshalber schicke ich ein kleines Lachen durch die Leitung und sage: »Der Eröffnungstermin ist noch nicht vereinbart, aber Sie gehören natürlich zu den Ehrengästen.«

Ich vernehme ein leises Schnaufen, er sucht wohl nach einer passenden Antwort, bevor er schließlich sagt: »Ich freue mich sehr darauf, und … ähm … werden Sie das Anwesen nach dem Event verkaufen?«

Na bitte, ich wusste es. »Schon möglich, aber ich entscheide mich erst nach der Beendigung des Events. Was wiederum davon abhängt, wie groß der Publikumszulauf sein wird. Es könnte auch eine längerfristige Ausstellung werden.«

Willi Faber verabschiedet sich mit hochgestochenem Dank, dem er noch ein »Ich kann es kaum erwarten, verehrte Frau von Buntschuh« hinzufügt.

Und ich kann es kaum erwarten, endlich aufzulegen. Süßlich bedanke ich mich: »Verbindlichsten Dank für Ihren Anruf, Herr Faber.«

Sofort danach wird mir klar, dass ich mich mit dem angeblichen Event in die Bredouille gelogen habe. Wie ich diesen aufdringlichen Kerl einschätze, wird er früher oder später darauf zurückkommen. Aber irgendeine Finte muss es doch geben, ihn loszuwerden.

13

Das Gespräch mit Faber beschäftigt mich noch einige Tage, dann rufe ich Rico an und erkläre ihm die Situation. Weder er noch meine anderen Mieter wissen von meiner Notlüge.

»Alle Achtung, Ihre Einfälle sind wirklich obercool«, findet Rico.

»Danke, aber der Schuss ging nach hinten los. Zuerst dachte ich, dass sich dieser hartnäckige Typ damit zufriedengibt, was sich nun leider als Irrtum herausstellt. Der lässt einfach nicht locker, und ich weiß nicht, wie ich ihn loswerden soll. Endgültig.«

»Mit dem versprochenen Event!«, sagt Rico trocken.

»Das wäre natürlich die beste Lösung, aber leider war es keine besonders clevere Idee von mir, solch eine Veranstaltung überhaupt zu erwähnen«, erwidere ich.

»Der hat Ihnen sicher nicht geglaubt, deshalb nervt er Sie ja auch ständig damit. Ich schätze, er wird nicht so schnell aufgeben«, bringt es Rico auf den Punkt.

Ich seufze erschöpft. Er macht mir nicht gerade Mut. »Und jetzt?«

»Wenn er so geil auf ein Event ist, veranstalten wir halt eins!«

Einen Moment lang bin ich sprachlos, dann sage ich: »Netter Vorschlag, aber wie soll das gehen?«

»Rufen Sie ihn an und laden ihn für den kommenden

Freitag um zwanzig Uhr ein. Betonen Sie, dass es leider sehr kurzfristig wäre …«, sagt er und rückt schließlich mit einer absolut genialen Idee heraus.

Ich bin sprachlos, doch wenn Ricos Plan hinhaut, wird Faber mich nicht mehr nerven.

Freitagabend um Viertel nach acht klingelt mein Telefon. Es ist Faber, wie erwartet.

»Guten Abend, Frau von Buntschuh«, begrüßt er mich höflich und klingt ziemlich ungehalten, als er sagt: »Ich stehe hier vor verschlossener Tür.«

»Herr Faber, guten Abend, das tut mir leid, aber die Show fand gestern statt.«

»Gestern?« Er schnauft mir laut ins Ohr. »Ich bin sicher, Sie sagten Freitag.«

»Da müssen Sie mich missverstanden haben. Ich sagte, wenn es ein Erfolg wird, wiederholen wir es Freitag. Leider waren nur wenige Leute da, deshalb war es eine einmalige Sache. Meine Idee kam nicht so gut an wie erhofft«, gestehe ich absichtlich leise. Zum Glück kann Faber nicht sehen, dass ich dunkelrot anlaufe, wie immer, wenn ich derart schamlos lüge.

»Jammerschade, und ich habe mich extra für Sie in meine Ausgehpelle geworfen. Sei's drum. Verkaufen Sie denn nun?«

Mist, Ricos schöner Plan, Faber zu täuschen, hat nur teilweise funktioniert. »Ich denke schon. Sobald ich mich entschlossen habe, rufe ich Sie an.«

Tja, jetzt brauche ich eine neue Ausrede, warum ich nicht oder noch nicht verkaufen will. Doch das kann warten, ich habe genug andere Baustellen, und zwar wortwörtlich.

Ende der Woche meldet sich Glasermeister Sattmann.

»Ihre Scheibe wär jetzt da«, brummelt er mir gut gelaunt ins Ohr und fragt, ob mich die Spezialfolie interessiert. »Das ist 'ne super Sache, damit wäre Ihr Schaufenster einbruchsicher.«

»Die Folie muss ja eine tolle Erfindung sein und garantiert reißfester als Frischhaltefolie.«

»Haha, der war gut«, lacht Horst Sattmann, versichert mir, das Material sei nach einer Norm Nummer soundso hergestellt, und erläutert ausführlich die Verarbeitung. Da fallen rätselhafte Worte wie Glashalteleiste, Silikonversiegelung und Randverbund.

Ich kapiere nichts, genauso gut könnte er mir die physikalische Zusammensetzung von Glas erklären. Aber ich ahne, die Chose wird nicht billig. Als Sattmann die Kosten »Pi mal Daumen« verkündet, schnappe ich nach Luft. »Das ist kein Schnäppchen«, kommentiere ich vorsichtig.

»Ja mei, gnä' Frau, eine Leberkässemmel ist auf jeden Fall billiger, aber mit so einer Semmel können S' auch keine Einbrecher vertreiben, eher anlocken ... Und wir müssten natürlich auch die Ladentür mit dieser Folie verkleiden, sonst bringt's ja nix«, erklärt er gelassen und fügt noch ein »Verstehn S'mich?« hinzu.

Und ob ich ihn verstehe. In erster Linie verdient er durch die Folie doppelt so viel. Aber ich realisiere trotz meines Schocks eines: Wenn mein Café dann tatsächlich einbruchsicher ist, können auch meine Thonet-Möbel nicht geklaut werden. »In Ordnung, Herr Sattmann, dann machen wir es so«, erteile ich ihm spontan den Auftrag.

Glasermeister Sattmann bedankt sich, wir vereinbaren einen Termin, und er verabschiedet sich mit den

Worten: »Weil Sie quasi eine Privatperson sind, muss ich leider um sofortige Bezahlung bitten. Cash macht fesch, verstehn'S? Auf Wiederschaun.«

»Ähm … meinen Sie, direkt nach der Montage?«, frage ich dümmlich, aber da hat er schon aufgelegt. Dabei hat das Gespräch so schön angefangen.

Nachdem ich mich von dem Schrecken erholt habe, analysiere ich die Lage: Die Kosten steigen, und ich weiß nicht, wie ich das alles stemmen soll. Aber ich werde nicht aufgeben, das wäre doch gelacht. Ich habe schon aussichtslosere Situationen überlebt. Schließlich handelt es sich nur um einen läppischen Tausender. Mal überlegen, was an Hausrat sich noch verkaufen ließe.

Auf der Jagd nach ansehnlichen Gegenständen durchsuche ich die Wohnung wie ein Gerichtsvollzieher, der seine berühmten Vögelchen verkleben will. Leider finde ich nur ein einziges wertvolles Objekt: die Kaiser-Wilhelm-Büste. Noch zögere ich, Alberts »Grabstein« zu verscherbeln, und durchwühle weiter alle Schubladen plus den Schrank. Da wäre noch das Chanel-Kostüm, das Albert mir geschenkt hat. Der Schnitt des Kostüms ist leider *old fashion*, aber diese Modelle werden heute doch als »retro« oder »Vintage« gehandelt, und die jungen Frauen sollen ganz verrückt danach sein. Das müsste sich online prima verscherbeln lassen. Ich werde auch ohne dieses olle Teil überleben, aber mein Büchertauschcafé erhält Scheiben, die den heftigsten Hammerattacken trotzen.

Im Kleiderschrank entdecke ich unter einer Lage Wollschals einen silberfarbenen Karton von Chanel, in dem das Kostüm geliefert wurde. Sehr gut, dann kann ich es im Originalkarton verschicken. Als ob ich es geahnt hätte!

Als ich den Deckel hochhebe, durchfährt mich ein Schreck. Zum Vorschein kommt mein Hochzeitskleid, eine Empirerobe aus cremefarbenem Seidenchiffon, bestickt mit Paillettenblüten und gefertigt von *Sweetheart,* dem damaligen In-Designer und Ausstatter von zahlreichen Helmut-Dietl-Filmen.

Mein Mund ist plötzlich ganz trocken, und das Schlucken fällt mir schwer. Vorsichtig nehme ich das hauchzarte Kleid aus dem Karton. Es passt mir natürlich längst nicht mehr, aber es vor den Körper zu halten und mich im Spiegel zu betrachten, erinnert mich daran, wieso aus Tom und mir kein Paar wurde …

Ibiza, 1974

»Bitte, Balbina, verlass mich nicht. Ich liebe dich so sehr, ohne dich kann und will ich nicht mehr leben. Du bist meine Sonne am Tag, mein Mond in der Nacht, die Luft, die ich zum Atmen brauche. Ohne dich sterbe ich«, fleht Tom, während er zärtlich mit meinem dunklen Haar spielt.

»Ach, Tom, ich liebe dich doch genauso sehr.« Ich sehe ihn an, präge mir sein kantiges Gesicht ein. Vertiefe mich in seine graugrünen Augen mit den dichten Wimpern. Möchte ihn umarmen, festhalten, nie wieder loslassen. Der Gedanke, bald in den Mittagsflieger nach München zu steigen, zerreißt mir das Herz. »Natürlich würde ich lieber bei dir bliebn, aber ich kann meine Eltern nicht enttäuschen, sie zählen auf mich. Letztlich bin ich nicht nur ihre Tochter, sondern auch ihre Angestellte und als solche eine Verpflichtung eingegangen. Du kannst doch nicht wollen, dass ich sie im Stich lasse.«

Er schüttelt nur leicht den Kopf.

Das ist aber nicht die ganze Wahrheit, die ich ihm erzähle. Denn da ist auch noch der Verdacht auf eine Schwangerschaft. Sosehr wir uns ein Baby wünschen, ganz sicher bin ich trotz der Vorzeichen nämlich nicht: Meine Periode ist seit vierzehn Tagen überfällig, ich habe Spannungsgefühle in den Brüsten und ständig Heißhunger auf alles Mögliche. Aber das Ausbleiben meiner

Tage kann auch andere Ursachen haben; die leicht geschwollenen Brüste sind womöglich das Ergebnis von ausschweifendem Sex, und der Heißhunger ist eine Reaktion auf die appetitanregende Meeresluft. Tom ahnt nichts von meinem Verdacht, und ich will keine unnötigen Hoffnungen wecken. Endgültige Gewissheit kann mir ohnehin nur meine Ärztin in Deutschland verschaffen. Einem fremden Arzt möchte ich mich nicht anvertrauen, zumal die Spanier doch ziemlich »katholisch« sind und ich fürchte, als unverheiratete Frau mit unangenehmen Fragen konfrontiert zu werden.

Beim Einchecken sagt Tom: »Lass uns noch einen frischen Orangensaft trinken«, als könnte das den Abschied verhindern.

Dann ist die gemeinsame Zeit endgültig vorbei.

Eine letzte Umarmung.

Ein letzter Kuss.

Eine letzte Liebeserklärung.

»Ich vermisse dich jetzt schon …«

»Ich liebe dich …«

Er hält mich fest umschlungen, und erst beim letzten Aufruf für den Flug nach München lässt er die Arme sinken und gibt mich frei. Schweigend sehen wir uns an.

Er könnte auch mit mir zurückfliegen, doch er bleibt auf der Insel, um seinen Roman zu schreiben, was ihm ohne mich leichter gelingen wird und was ich akzeptiere.

»Drei Monate vergehen schnell«, sage ich, um mich selbst zu trösten.

»Nicht für mich«, entgegnet Tom leise, greift in die Tasche seiner hellen Leinenhose und angelt zwei bunte Glasperlenarmbänder heraus. »Die habe ich auf dem Hippiemarkt gekauft.« Er nimmt meinen linken Arm, bindet mir ein Armband ums Handgelenk und verknotet es doppelt. »Als Ersatz für Verlobungsringe, und damit du mich nicht vergisst.« Er reicht mir das zweite Perlenband.

Ich habe mir vorgenommen, nicht zu weinen, doch als ich ihm die bunt schimmernden Perlen umbinde, laufen Tränen über meine Wangen. Durch den Tränennebel flüstere ich heiser: »So ein Doppelknoten lässt sich nie wieder öffnen. Wie könnte ich dich jetzt noch vergessen.«

In München vereinbare ich sofort einen Termin mit meiner Frauenärztin. Die zwanzig Minuten, die ich noch warten muss, empfinde ich als die grauenvollsten meines Lebens.

Allein mit der Unsicherheit, frage ich mich, wie Tom reagieren wird, wenn ich tatsächlich schwanger bin. Liebt er mich so sehr, wie er es mir während des zweiwöchigen Urlaubs immer wieder geschworen hat? War es vielleicht doch nur ein süßer Rausch, die Euphorie sorgloser Stunden, weit weg vom Alltag? Bin ich mit meinen zwanzig Jahren überhaupt reif genug, um Mutter zu werden? Antworten finde ich keine.

»Sie sehen sehr gesund und glücklich aus«, sagt meine Gynäkologin, als ich auf dem verhassten Untersuchungsstuhl liege und sie mich abtastet. »Anzeichen für eine Schwangerschaft kann ich jedoch nicht feststellen.«

»Der Froschtest war negativ«, eröffnet sie mir eine Woche später.

Im ersten Moment bin ich traurig – dann erleichtert. Ein »Kind der Liebe« hätte mein Leben komplett auf den Kopf gestellt und meine etwas altmodischen Eltern zutiefst enttäuscht. Immer schön der Reihe nach, lautet einer ihrer Lieblingssätze. Für sie kommt vor der Hochzeit erst einmal die Verlobung und das erste Kind frühestens neun Monate nach dem Ja-Wort. Tom ist zudem nicht der Schwiegersohn ihrer Träume, sie wünschen sich einen, mit dem ich den Buchladen übernehme. Trotzdem wünschen sie mir alles Glück der Welt – wenn alles schön der Reihe nach verläuft.

Ohne Baby im Bauch arbeite ich weiter im Buchladen, schreibe jeden Abend lange Liebesbriefe an Tom und freue mich auf seine, in denen er unser gemeinsames Leben auf Wolke sieben in den buntesten Farben schildert. Ich sehne mich mit jedem Atemzug nach ihm, kann es kaum erwarten, ihn wiederzusehen. Endlich wieder in seinen Armen zu liegen.

Zwei Wochen vor seiner geplanten Rückkehr schreibt er von familiären Schwierigkeiten:

Meine über alles geliebte Balbina, meine süße, einzige große Liebe, die verdammte Familienbande lässt nicht locker wegen der Firmenübernahme. Du weißt, die Firma interessiert mich nicht im Geringsten, und ich habe mehr als einmal signalisiert, dass sie sich einen anderen Idioten für diese langweilige Aufgabe suchen sollen. Aber sie scheinen es nicht zu kapieren. Womöglich muss ich nach Hause und den Mist persönlich klären. Melde mich bald wieder.
Endless love, Tom

Nach dieser leicht verstörenden Botschaft von Tom warte ich auf neue Nachrichten – doch vergebens.

Zuerst denke ich, dass seine Briefe verloren gegangen sind, und hoffe Tag für Tag, sie im Briefkasten zu finden.

Camilla hat ihre ganz eigene Meinung dazu: »Ich finde es verdächtig, dass er nicht mehr schreibt. Bei der Überfahrt von Ibiza aufs Festland kann durchaus mal ein Sack voller Briefe ins Meer fallen. Aber innerhalb Deutschlands? Da müssten schon die Posträuber zuschlagen, und das würden alle Medien groß ausschlachten.«

In meiner Verzweiflung male ich mir die absurdesten Geschichten aus, in denen Tom mit den Ibiza-Hippies wilde Drogenorgien feiert und mich vergessen hat. Oder wegen eines Joints festgenommen wird. In einem Albtraum sehe ich ihn sogar tot am Strand liegen.

Ohne Camilla und auch ohne den etwas schrulligen Albert, der zu unserem Freundeskreis gehört und ein Studienfreund von Tom ist, würde ich mich nach der Arbeit nur noch zu Hause verkriechen.

Doch die beiden lotsen mich ins Kino, zu Lesungen oder Partys. Sie ertragen meine Leidensmiene und sogar meine plötzlichen Heulkrämpfe, wenn ich auch nur in die Nähe von verliebten Pärchen komme.

»Du bist eben emotional bedürftig«, diagnostiziert Camilla, ganz die erfahrene Therapeutin, die sie einmal werden möchte, und findet schließlich eine perfekt Spanisch sprechende Studienfreundin, die bereit ist, das Hotel auf Ibiza anzurufen.

Was sie erfährt, beruhigt mich kein bisschen: »Tom ist wie geplant mit dem Fahrdienst des Hotels zum Flughafen gebracht worden und zurück nach Deutschland geflogen. Der Fahrer war ihm sogar beim Einchecken behilflich.«

Mehr Information ist nicht nötig, um zu kapieren: Ich war eben doch nur eine Affäre für den reichen Erben, und seine heißen Liebesschwüre waren nur Lügen. Oder er hat für den »großartigen« Liebesroman geprobt, den er schreiben wollte. Was ich jetzt auch bezweifle. Mein letztes bisschen Stolz hält mich davon ab, die Telefonnummer seiner Eltern herauszufinden und dort anzurufen.

Albert, mein lieber pragmatischer Freund, hat damit kein Problem. »Tom und ich sind ehemalige Kommilitonen, es ist nicht ungewöhnlich, dass ich mich nach meinem alten Studienfreund erkundige.«

Meine Welt zerbricht in Millionen Teile, als Albert berichtet, dass Tom verschwunden ist. Spurlos. Niemand weiß, wohin.

Wochenlang betaste ich das Perlenarmband, als hätte es magische Kräfte, und murmle unablässig: »Warum?« Während meiner Arbeit bin ich unkonzentriert, und nachts kann ich kaum noch schlafen. An den Wochenenden heule ich mich bei Camilla aus.

Meine Freundin behandelt mich so vorsichtig wie ein rohes Ei, aber auch wie ihr persönliches Versuchskaninchen. »Du kannst mich jederzeit anrufen und mit mir reden«, versichert sie mir. »Vielleicht spezialisiere ich mich eines Tages auf Liebeskummer. Dein Einverständnis vorausgesetzt halte ich jegliche Veränderung schriftlich fest und verwende das Material für Studienzwecke. So haben wir beide was davon.«

Auch Albert versucht mich aufzuheitern. »Du warst eben verliebt, und Liebe macht nun mal blind. Deshalb hast du Toms wahren Charakter nicht gesehen, denn im Grunde ist er nur ein windiger Playboy.«

Eigene Fehler einzusehen ist schwer und schmerzhaft, doch Albert schafft es sogar, mich wieder aufzuheitern.

»Stell dir einfach vor, ihr seid tatsächlich verheiratet«,

fabuliert er. »Tom hat die Fabrik übernehmen müssen, die, ganz entgegen seiner Behauptung, fast bankrott ist. Um sie zu retten, stehst du mit den anderen Familienmitgliedern am Fließband, musst Briefkuverts falten oder nächtelang Waren in Kartons verpacken. Du bist auf Jahre hinaus zur Fabrikarbeiterin verdammt. Wäre das nicht schlimmer als Gefängnis?«

Einige Wochen nach dem »großen Drama«, wie Camilla es nennt, bittet sie mich, Albert auf einen Flohmarkt zu begleiten. »Du weißt doch, dass er in den Kunsthandel einsteigen möchte und ich ihm helfe, wertvolle Raritäten zu finden. Aber diesen Samstag habe ich keine Zeit, und ich dachte, vielleicht hast du Lust.«

Ich habe absolut keine Lust, mich unter Menschen zu mischen, und sage: »Ein erwachsener Mann wird doch auch mal alleine nach ollen Möbeln suchen können.«

»Klar«, entgegnet sie. »Aber vier Augen sehen einfach mehr als zwei. Und wer weiß, vielleicht macht es dir ja Spaß. Und wenn nicht, sieh es als Therapiemaßnahme an, die ich dir verschreibe und die dich ablenken wird, so wahr ich Camilla heiße.« Wovon, muss sie mir nicht erklären.

Ich füge mich der Therapeutin, und zu meiner Verwunderung fühle ich mich tatsächlich abgelenkt. Das Suchen nach lohnenden Schnäppchen macht mir sogar Spaß.

Und je mehr Zeit ich mit Albert verbringe, umso mehr schätze ich seine ritterliche Art, seine geschliffenen Manieren, und nicht zuletzt gefallen mir die Komplimente: »Du bist eine richtige Schnüffelnase und findest die kostbarsten Kleinodien unter wertlosem Plunder.«

Einige Wochen später lädt er mich für ein langes Wochenende nach Berlin ein, ins Paradies aller Trödler, wo man noch echte Kostbarkeiten für ganz kleines Geld findet. Ich zögere; mit Albert über Flohmärkte zu schlendern ist eine Sache, aber vier Tage mit ihm allein zu sein kann ich mir einfach nicht vorstellen. Ich muss daran denken, dass Tom ihn als »humorlos und trocken wie altes Brot« beschrieben hat, und erfinde alle möglichen Ausreden: Meine Eltern brauchen mich im Laden, ich bin bei einer Freundin zur Hochzeit eingeladen, und dann behaupte ich, dass ich zur Beerdigung einer entfernten Verwandten müsste.

Doch Albert lässt nicht locker, betont immer wieder, dass wir viel Spaß haben und in einem erstklassigen Hotel wohnen werden, wo ich selbstverständlich mein eigenes Zimmer bekäme. Als er auch noch bei meinen Eltern um Erlaubnis fragt, gebe ich nach. Meine Mutter ist total hingerissen von Albert, der in Anzug und Krawatte antritt. »Das nenne ich mal einen Mann mit Manieren und Stil, und so ein ›von‹ im Namen ist ja auch nicht zu verachten.« Beim Kofferpacken wünscht sie mir augenzwinkernd viel Vergnügen und betont erneut, wie klug es sei, seine Einladung anzunehmen. Camilla schreibt sich meinen Entschluss auf ihre Therapeutenfahne: »Eine Reise wollte ich dir ohnehin verordnen, und du warst doch noch nie in Berlin. Wer weiß, ob du so billig noch mal hinkommst.«

Bei herrlichem Frühlingswetter steigen wir in einen geliehenen VW-Bus, den Albert mit Kunstschätzen füllen möchte, und tuckern gemütlich über die Autobahn nach Berlin.

Meine Befürchtung, mich mit ihm zu langweilen, verfliegt nach den ersten Kilometern.

»Bee Gees, Genesis oder Rolling Stones?« Albert öffnet einen Karton mit einer riesigen Auswahl an Musikkassetten. »Ich kann auch Cat Stevens oder Simon & Garfunkel bieten.«

»Genesis«, sage ich und staune über die Ähnlichkeit unseres Musikgeschmacks.

Später unterhalten wir uns über Bücher, auch da gibt es Gemeinsamkeiten wie James Baldwin, den ich gerade entdeckt habe, oder Charles Bukowski, von dem Albert ein Zitat parat hat: »Manche Menschen sind nie verrückt. Was für ein wahrhaft grauenvolles Leben!«

Das passt ja wie die Faust aufs Auge, denke ich, denn diese Reise ist doch ziemlich verrückt. Ich bin erleichtert über den Gesprächsstoff, und die Zeit rast genauso schnell dahin, wie die katzenäugigen Leitsäulen am rechten Rand der Autobahn an uns vorbeifliegen.

In dem kleinen Hotel Nähe Tiergarten, in dem Albert zwei Einzelzimmer gebucht hat, erlebe ich zum ersten Mal, wie ungleich Adlige im Vergleich zu Normalbürgern behandelt werden. Vor uns checkt ein älteres Ehepaar ein, das höflich, aber nicht übertrieben freundlich begrüßt wird. Als Albert seinen vollen Namen nennt, verwandelt sich der Concierge zu einem unterwürfigen Lakaien.

»Sehr wohl, Herr von Buntschuh, die Zimmer sind bereit, auch für die gnädige Frau«, betont er trotz des fehlenden »von« in meinem Namen. Wir bekommen den Frühstückskaffee schneller serviert als die Gäste am Nebentisch, und ein serviler Kellner erkundigt sich laufend, ob alles zu unserer Zufriedenheit sei.

Albert nimmt es gelassen: »Es ist sinnlos, sich dagegen zu wehren, die meisten Hotels legen nun mal gesteigerten Wert auf uns Blaublütler, angeblich heben wir das Niveau. Ich finde es zwar komplett übertrieben, aber da ich es nicht ändern kann, genieße ich es einfach. Es kann auch Vorteile haben – wenn man zum Beispiel ein ausverkauftes Konzert besuchen möchte, tauchen wie durch ein Wunder doch noch Karten auf.«

Als kleines Mädchen habe ich nie davon geträumt, eine Prinzessin zu sein und in einem Schloss zu leben, aber auf den besten Plätzen zu sitzen, zuvorkommend bedient und verwöhnt zu werden, gefällt mir doch ganz gut.

Die Berliner Trödelmärkte sind noch weitaus ergiebiger, als Albert gedacht hat, und im Vergleich zu den Münchner Märkten geradezu skandalös preiswert. Alberts Begeisterung ist grenzenlos, und er kann es kaum abwarten, sein Geschäft mit all den Gemälden, Schmuck und dem Silbernippes zu eröffnen.

Den letzten Abend verbringen wir in einer typischen Berliner Kneipe bei Buletten und Berliner Weißbier, das mit einem Schuss Himbeersirup veredelt ist. Der Wirt hält uns für ein Ehepaar, weil wir uns angeregt unterhalten und angeblich so gut zueinander passen.

Als ich lachend protestiere, meint er: »Ick sage Ihnen, der ist in Sie verliebt, det sieht doch en Blinder mit 'nem Krückstock.«

Ich nehme seine Worte nicht ernst und vergesse sie wieder.

Auf dem Rückweg ins Hotel laufen wir durch einen kleinen Park, da bleibt Albert urplötzlich stehen, nimmt meine Hände in seine und flüstert: »Balbina, der Wirt hat recht, ich bin in dich verliebt. Und das schon sehr lange.«

Im ersten Moment glaube ich an einen Scherz und

warte auf den Lacher. Aber er lacht nicht. Völlig überrascht bringe ich nur ein gehauchtes »Oh, Albert« zustande und überlege, was ich entgegnen kann, ohne ihn zu verletzen. Er ist mir ein guter Freund gewesen und hat es nicht verdient, brüsk zurückgewiesen zu werden.

Albert scheint zu denken, ich würde genauso fühlen, zieht mich an sich und küsst mich. Nicht leidenschaftlich wie Tom, sondern zärtlich und doch fordernd.

In der ersten Schrecksekunde will ich mich aus seiner Umarmung befreien, doch er hält mich fest umschlungen, und zu meiner eigenen Verwunderung lasse ich ihn gewähren. In seinen Armen fühle ich mich geborgen, und je länger der Kuss dauert, umso mehr genieße ich den Moment. Albert ist einen Kopf größer als ich, sehr muskulös und hat ziemlich breite Schultern. Wie geschaffen zum Anlehnen.

In dieser Nacht bleibt sein Hotelzimmer unbenutzt, ich nenne ihn zärtlich »meinen Ritter«, und am nächsten Morgen halte ich ihm meinen Arm mit dem Glasperlenarmband hin und bitte ihn, den Doppelknoten zu öffnen.

***

Das Hochzeitskleid wird schwer in meinen Händen, ich suche nach einem Bügel und hänge es an die Schranktür.

Als Albert und ich zurück nach München kamen, ging alles dann sehr schnell. Er fand das erhoffte Ladengeschäft in bester Innenstadtlage, und mit den außergewöhnlichen Fundstücken aus Berlin erwarb er sich bald einen guten Ruf als Kunsthändler. Nach einem überaus erfolgreichen Jahr machte er mir einen höchst originellen Antrag, und als ich Ja sagte, hielt er ganz offiziell bei meinen Eltern um meine Hand an. Für sie war Albert als Schwiegersohn gewissermaßen ein Glücksgriff: Ihre einzige Tochter wurde zur Freifrau, und dieser »märchenhafte« Aufstieg brachte auch neue, zahlungskräftige Kundschaft in den Buchladen.

Rückblickend kann ich nur sagen, dass es zwischen Albert und mir vielleicht nicht die ganz große, berauschende Leidenschaft war, und wenn Albert mich küsste, bebte auch nicht die Erde wie bei Tom. Aber ich habe ihn sehr lieb gehabt, und es gibt kein Gesetz, das besagt, dass Liebe immer gleich sein muss. Unseren zweiwöchigen Honeymoon verbrachten wir auch nicht rund um die Uhr im Hotelbett, und auf unserem Küchentisch fanden keine erotischen Ausschweifungen statt. Wir stritten uns selten, führten ein harmonisches Leben und über zwanzig Jahre lang einen erfolgreichen Kunsthandel. Und in welcher Ehe regnet es schon jahrelang Rosen?

Seufzend betrachte ich das mit vielen Erinnerungen behaftete Designerkleid. Es ist die kostbarste Robe, die ich je besessen habe, und sie wegzugeben fällt mir nicht leicht. Aber sentimentale Erinnerungen wehren keine Einbrecher ab. Bargeld hingegen finanziert mir die einbruchsichere Schaufensterscheibe, mit etwas Fortune wird das Kleid vielleicht zwei-, dreihundert Euro bringen. Das werde ich Asche-Albert aber nicht erzählen.

Entschlossen mache ich ein paar Fotos, die ich dann auf dem Rechner hochlade. Zwanzig Minuten später ist die Anzeige online.

14

Samstagmittag lese ich Albert die neuesten Erkenntnisse aus der Neurowissenschaft vor. Bedeutende Forscher haben sich mal wieder mit Gewohnheiten beschäftigt und wollen herausgefunden haben, was vermutlich jeder klar denkende Erwachsene weiß: Bewusstes Denken oder Handeln muss wiederholt werden, bis es zu einer Verhaltensänderung führt, also zur Gewohnheit wird. Nur wie oft das sein muss, darin sind sich die hohen Herren noch uneinig. Was für ein bahnbrechendes Ergebnis ... Aber was Albert angeht: Ihm aus der Zeitung vorzulesen ist längst eine lieb gewonnene Gewohnheit, die meinen Tag strukturiert.

Mein vergnügliches Lesestündchen wird leider von der Türklingel unterbrochen, die derart fordernd schrillt, als stünde das Haus in Flammen. Ich tippe auf einen Notfall bei Müllers Mops und hetze durch den Flur, um zu öffnen.

Doch es ist Camilla, die mit einem knallroten Hartschalenkoffer vor der Tür steht. Sie ist bleich wie eine Wasserleiche, und das dunkle, von grauen Fäden durchzogene Haar wirkt ungewohnt strähnig – entgegen ihrer sonst so gepflegten Frisur. Sie trägt auch keines ihrer üblichen bunten Wallewallekleider, sondern einen grauen Jogginganzug mit Kapuze, dazu klobige Turnschuhe oder auch Sneakers, wie man heute dazu sagt, und eine ihrer Designerhandtaschen mit langem Schulterriemen quer über der Brust. An hippen jungen Leuten mag so ein Rapperlook ja schick aussehen, an Camilla aber wirkt er ziemlich schräg. Ich kann gerade noch Hallo sagen, da fällt sie mir auch schon schluchzend in die Arme.

»Es reicht. Endgültig. Es ist aus, aber so was von aus ...«

Diese Drohung höre ich nicht das erste Mal, deshalb ist es unnötig, nachzufragen, was los ist. Vermutlich handelt es sich um einen Fehltritt ihres Ladykillers, um es gesittet auszudrücken.

»Na dann, hereinspaziert«, fordere ich sie auf, nachdem sie mich losgelassen hat. Den Koffer lassen wir im Flur stehen, und ich bugsiere die arme Betrogene in die Küche. »Setz dich, ich mache uns erst mal einen schönen heißen Tee.« Der hat sie noch immer beruhigt, wenn sie in dieser Verfassung war.

»Teeeeee?«, wiederholt sie angewidert, als wollte ich sie vergiften, während sie sich ihrer Handtasche entledigt und am Tisch Platz nimmt. »Was dieser Schuft mir angetan hat, lässt sich nicht mit braunem Wasser runterspülen. Hast du nichts Anständiges zu trinken?«

»Entschuldige, mein Tee ist kein braunes Wasser, sondern von bester Bioqualität, und bislang hast du ihn noch nie verschmäht«, wende ich gekränkt ein. »Außerdem sind nur noch zwei Flaschen von Alberts Rotwein da, und der ist ...«

»Her damit, oder ich garantiere für nichts«, unterbricht sie mich ungeduldig.

Oh, oh, das nenne ich mal aufgeladene Stimmung. Eilig komme ich ihrem Wunsch nach. Albert wird es verschmerzen und ich sowieso.

Das erste Glas Merlot aus dem renommierten Weingut Château Latour trocknet Camillas Tränen, das zweite zaubert ihr wieder Farbe ins Gesicht, und das dritte bringt sie zum Reden. Albert würde sich bestätigt fühlen und mir einmal mehr erklären: Es lohnt sich eben doch, guten Wein im Haus zu haben. »Ich bin ja an Philips ›Ausflüge‹, wie er sie nennt, gewöhnt«, beginnt Camilla und setzt das Glas geräuschvoll ab. »Normalerweise dauern sie nur wenige Tage, dann ist der Zauber verflogen, oder die jungen Dinger werden ihm zu anstrengend. Solange er es nicht übertreibt, toleriere ich es. Männer sind eben so, und aus meiner Praxis weiß ich, das passiert nicht nur unglücklichen Paaren. Aber dieses Mal ist das Fass übergelaufen. Weißt du, was Mr. Unwiderstehlich getan hat?«, fragt sie, erstaunlicherweise immer noch mit klarer Sprache.

Ich zucke die Schultern, nehme das kernige Vollkornbrot aus dem Tontopf und schneide ein paar Scheiben ab, damit meine Freundin nicht gleich unter dem Tisch liegt.

Camilla beachtet das Brot nicht und nimmt lieber noch einen großen Schluck Rotwein, bevor sie sich weiter empört: »Er war mit diesem Flitscherl in *unserem* Bistro und saß an *unserem* Tisch! Dort, wo wir uns zum ersten Mal tief in die Augen gesehen, wo sich unsere Hände berührt haben und ich wusste, er ist der Mann meines Lebens. Dort, wo er mir seinen Antrag gemacht hat. Und plötzlich sitzt er da mit einer anderen. Ist das nicht die größte Gemeinheit, die man sich vorstellen kann?«

Ich bin ehrlich geschockt. »In *eurem* französischen Lokal, in dem ihr Hochzeit gefeiert und fünfunddreißig Jahre lang jeden Hochzeitstag zelebriert habt?«

»Genau dort!« Zornig kippt sie das vierte Glas auf Ex und hält mir sodann die leere Flasche entgegen.

Ich öffne die letzte Flasche Merlot, fülle eines der Kristallgläser auch für mich und nehme ein Stück Käse aus dem Kühlschrank. »Und woher weißt du das so genau?«

»Ich habe zufällig eine der Kellnerinnen auf der Straße getroffen. Wir haben uns ein wenig unterhalten, und mir ist aufgefallen, dass sie mich seltsam mitleidig angesehen hat. Für solche Blicke habe ich eine extra sensible Antenne. Schließlich hat sie sich nach Philip erkundigt, und ob wir denn auch unseren nächsten Hochzeitstag wieder im Bistro feiern würden. Da bin ich hellhörig geworden und habe sie aufgefordert, nicht um den heißen Brei zu reden … Na ja, irgendwann ist sie rausgerückt mit der Sprache.«

»Ach, Camilla, das tut mir so leid«, drücke ich mein Mitgefühl aus, obgleich sie das wenig trösten wird. »Magst du heute Nacht hierbleiben, im Prinzessinnenbett schlafen, und ich lege mich im Wohnzimmer auf die Couch zu Asche-Albert? Vielleicht könnt ihr morgen darüber reden und alles klären.«

»Danke, aber das wird nichts mehr mit Philip und mir, *dieses* Mal ist es was Ernstes«, beharrt sie. »*Unser* Lokal, *unseren* Tisch zu entweihen ist schlimmer als jeder Seitensprung. Aber damit noch nicht genug …«

»Er hat es abgestritten?«

Camilla schüttelte den Kopf. »Nein, Tatsachen würde er nie leugnen, so dämlich ist er nicht. Stattdessen wirft er mir so abgeschmackte Sätze an den Kopf, wie, es hätte nichts mit mir zu tun, und er könne es erklären. Als lebten wir in einer verdammten Seifenoper.« Jetzt nehme auch ich einen großen Schluck Rotwein. Derart plumpe Ausreden lassen sich wirklich nur mit einem guten Tropfen runterspülen. »Er ist also unschuldig?«

»Das behauptet er, ohne rot zu werden. Aber ich habe keine Lust auf scheinheilige Erklärungen und bin abgehauen. Das letzte Mal hat er behauptet, er sei eben eine Testosteronbombe, die manchmal hochginge, und sein bestes Stück sei quasi der Zünder. Oder, auch nett: Ein Penis wäre vergleichbar mit einem Hochleistungssportler. Um fit zu bleiben, müsse er halt ständig trainieren ...« Camilla ist derart aufgebracht, dass sich ihre Stimme überschlägt. »Und ich soll mir einfach vorstellen, frisch geduscht wäre er doch wieder wie neu, praktisch unbenutzt.« Sie bricht wieder in Tränen aus. »Wie abgeschmackt ist das denn?«

Obwohl ich ihren Zorn nachempfinden kann, muss ich mich beherrschen, nicht zu lachen. Frisch gewaschen ist wie neu? Humor hat Mister Ladykiller, das muss man ihm lassen.

»Schrubb seinen ›Zünder‹ doch mit der Wurzelbürste ab, damit auch wirklich der ganze Dreck abgeht«, schlage ich vor.

Camilla starrt mich entgeistert an. »Na, du hast vielleicht Ideen, am Ende gefällt es ihm, und dann verlangt er danach, täglich abgeschrubbt zu werden ...« Die Vorstellung lässt uns laut »Aua« schreien und in albernes Gekicher ausbrechen.

»Willst du denn nichts essen?«, frage ich, als wir uns wieder beruhigt haben. »Rotwein macht hungrig. Du weißt ja, meine Kochkünste sind jämmerlich im Vergleich zu deinen, aber Pellkartoffeln zu kochen und Kräuterquark anzurühren müsste ich schaffen.«

»Ja, inzwischen habe ich tatsächlich großen Hunger, aber die Küche bleibt kalt.« Sie nimmt ihr Telefon zur Hand. »Wir bestellen uns was bei unserem Stammchinesen. Der führt ein Kundenkonto, das Philip monatlich begleicht. Das werden wir jetzt schön ausnutzen, die ›Testosteronbombe‹ soll bluten.«

»Ich bin erleichtert, dass dir seine Eskapaden nicht völlig den Appetit verschlagen haben«, freue ich mich.

»Was glaubst du denn, wie ich zu meiner jetzigen Figur komme?« Sie verzieht den Mund und blickt an sich hinunter. »Jede seiner Affären macht ein Kilo extra. Aber was soll's, jetzt wird geschlemmt.«

Camilla bestellt Frühlingsrollen und sämtliche Entengerichte, die auf der Karte zu finden sind. Bald sitzen wir vergnügt am Tisch, und nicht nur mir mundet es, auch Camilla langt mit großem Appetit zu. In unserem Alter verarbeitet man Liebeskummer nun mal anders als in jungen Jahren.

»Du hast mir doch beim Mietercasting von einem Dachdecker erzählt, der mit seiner Ehefrau bei dir in Therapie war«, versuche ich sie von ihrem Ehedrama abzulenken.

Camilla greift gekonnt mit den Stäbchen nach einem Stück Ente in Erdnusssauce. »Hmm, der Quatschkopf, der seine Frau noch ins Grab redet …«

Ich will sie gerade fragen, ob sich der Mann mein Hausdach mal ansehen würde, als Camillas Handy klingelt. Sie hat diesen nostalgisch anmutenden Klingelton installiert, der mich jedes Mal an den Hitchcock-Film *Bei Anruf Mord* mit Grace Kelly erinnert.

Camilla wirft einen Mörderblick auf das Display, brummt: »Mister Ladykiller«, und drückt das Gespräch weg. Es folgen einige WhatsApp-Nachrichten, die sie mir kauend vorliest:

Lass es mich erklären, bitte!
Mein über alles geliebtes Blümchen, bitte komm nach
Hause!
Es tut mir so leid, aber es ist alles ganz anders …
Die Wohnung ist so kalt und leer ohne dich.
Wo bist du?
Ich mache mir große Sorgen!
Ich habe dich nicht betrogen …

Camilla schnauft bloß genervt. Danach herrscht eine knappe Stunde Funkstille, bis zur nächsten Nachricht, die Camilla in Staunen versetzt: Philip schreibt, er habe die Wohnung geputzt, auf Knien.

Mehrmals liest sie die Nachricht mit großen Augen. »Ob er vielleicht doch aus tiefster Seele bereut? Der Mann hat in seinem ganzen Leben noch nie einen Putzlappen auch nur angesehen, geschweige denn angerührt.« Nachdenklich schiebt sie die Entenstücke in der Sauce umher, ehe sie mich ansieht.

»Dann verzeihst du ihm?«

»Nein, so einfach werde ich es ihm nicht machen. Erstens haben wir eine Putzfrau, die vor zwei Tagen da war, und überhaupt will ich hören, was genau er unter *putzen* versteht. Am Ende hat er lediglich den Müll entsorgt und glaubt, damit wäre alles wieder gut.« Schon etwas munterer tippt sie auf ihrem Telefon herum. Philip scheint sehnlichst auf ihren Anruf gewartet zu haben, denn er meldet sich sofort. »Ich will einen exakten Putzbericht!«, schnauzt sie ihn ohne lange Einleitung an, lauscht wortlos eine Weile, um schließlich in lautes Gelächter auszubrechen und das Gespräch abrupt zu beenden.

»Was hat er angestellt?«, frage ich ungeduldig nach.

»Er schwört hoch und heilig, Bad und Küche gründlich geschrubbt und überall aufgeräumt zu haben. Nun würde seit einer Stunde der Saugroboter durch die Bude surren …« Sie lacht erneut auf. »Und der lässt sich wohl nicht ausschalten.«

Ungläubig sehe ich sie an. »Soll das heißen, er findet den Ein-und-aus-Schalter nicht? Der beste Witz des Tages.«

Camilla nickt grinsend und schaufelt sich frischen Reis und eine weitere Portion Ente süß-sauer auf den Teller. »Manchmal frage ich mich, ob Männer in Sachen Haushalt von Natur aus so bescheuert sind oder extra Unterricht nehmen, wie man glaubwürdig den Deppen spielt.« Sie schreibt ihm eine Nachricht und zeigt mir den Text: *Einfach am runden grünen Knopf ausschalten. Falls der klemmt, warten, bis der Akku leer ist, du studierter Hirni, du.*

Beim Thema Haushaltsroboter kann ich natürlich nicht mitreden, ich sauge noch analog, mit einem antiken Schlittenstaubsauger, den ich aus dem letzten Jahrtausend in die digitale Neuzeit gerettet habe. Dennoch will es mir nicht in den Kopf, dass ein Mann nicht mit der einfachsten Technik zurechtkommt.

»Vielleicht versucht Philip, dich mit einem Trick nach Hause zu locken.« Camilla ist höchst feinfühlig, wenn es um die Befindlichkeiten anderer geht, wie ich beim Mietercasting erleben konnte, doch sobald es sie selbst betrifft, versagen ihre Antennen.

»Ich bin doch kein unbedarftes Huhn, das auf so dünne Tricks reinfällt«, entrüstet sie sich. »Damit ich mich überhaupt dazu herablasse, mir seine Erklärung anzuhören, muss sich die Testosteronbombe schon was wirklich Sensationelles einfallen lassen.«

»Was hättest du denn gerne?«, frage ich und erinnere mich an Alberts romantischen Heiratsantrag, der wirklich außergewöhnlich war: Auf der Straße direkt vor meinem Fenster hatte er mit roter Sprühfarbe ein großes Herz gemalt und darin stand:

Balbina, ich liebe dich über alles! Bitte heirate mich. Dein Ritter Albert

Ich sehe mich noch mit wässrigen Augen auf die Worte starren. Wenn es drauf ankam, war mein Albert romantisch wie ein mittelalterlicher Minnesänger. Der saftige Strafzettel, den ihm die Stadtverwaltung für die »Verschmutzung der Straße« aufbrummte, hing eingerahmt in seinem Büro. Nach dem Umzug vom Starnberger See in die Stadt muss der Rahmen samt Inhalt irgendwo verloren gegangen sein.

Camilla ist unschlüssig, was sensationelle Liebesbeweise angeht. »Auf keinen Fall möchte ich einmal mehr mit dämlichen Preziosen ›getröstet‹ werden, die würde ich ihm direkt an den Kopf werfen.«

Auch das habe ich schon oft gehört. Und jedes Mal haben die zwei sich wieder versöhnt. *Ich liebe ihn einfach und kann mir ein Leben ohne ihn nicht vorstellen,* erklärt sie ein ums andere Mal.

»Dann wirst du wohl nachsehen müssen, ob er sich tatsächlich als Putze betätigt hat oder nicht«, schlage ich vor und füge sofort hinzu: »Das ist aber keine Aufforderung zu gehen. Du kannst bleiben, solange du willst.«

Nachdenklich kaut sie auf einem knusprig gebratenen Stück Ente herum. »Würdest du für mich nachschauen?«

»Du meinst, ich soll in eure Wohnung fahren und Philip überprüfen?«, hake ich irritiert nach.

Sie nickt tatsächlich, und zwar mit dermaßen verschlagenem Grinsen auf dem rundlichen Gesicht, als plante sie einen hinterhältigen Rachefeldzug. »Ich gebe dir meinen Schlüssel, damit du aufsperren kannst. Dann wird er glauben, ich käme zurück.«

Ich bin mir nicht sicher, was sie damit bezwecken möchte. »Na gut, aber wo ist der Gag?«

»Vielleicht hat er die Tussi in die Wohnung mitgenommen, dann wären seine Lügen entlarvt. Wenn er allein zu Hause ist …« Sie überlegt, sichtlich angestrengt, was sie ihrem Ladykiller antun kann, und strahlt mich schließlich an, als hätte sie *die* Lösung gefunden: »Dann sagst du, dass ich die Scheidung möchte und du nur ein paar Sachen für mich abholen sollst.«

Ich bin schockiert. »Camilla! Ist das nicht etwas übertrieben? Es sei denn, du willst dich wirklich trennen, was ich verstehen könnte.«

Sie greift zur Serviette und wischt sich in aller Ruhe einen Klecks Sauce aus dem Mundwinkel. »Weiß noch nicht, aber vielleicht ist es ja tatsächlich an der Zeit, diesen Irrsinn zu beenden. Er wird sich nie ändern, wenn ich auch diesmal darüber hinwegsehe.«

Ungläubig vernehme ich die plötzliche Entschlossenheit in Camillas Stimme. Sie scheint ihre bisherige Meinung zu Philips Untreue vergessen zu haben. Wie oft hat sie gesagt, die Streits seien die Prise Salz in einer sonst vielleicht faden Ehesuppe. Wie oft habe ich sie um die stürmischen Versöhnungen beneidet, von denen sie freimütig berichtet hat. Bis heute war ich mir sicher: Wenn es eine Ehe gibt, in der es zwar nicht täglich, aber doch regelmäßig Rosen regnet, dann ist es die von Camilla und Philip.

»Also, was ist jetzt, tust du mir den Gefallen?«, bohrt Camilla nach.

Wie könnte ich meiner besten Freundin eine Bitte abschlagen, die im Grunde einfach zu erfüllen ist? »Natürlich tue ich dir den Gefallen, auch wenn mir nicht wohl dabei ist. Ich bin keine gute Lügnerin, ich werde rot, fange an zu stottern, und selbst der größte Schwachkopf merkt sofort, was Sache ist.«

Camilla hat keine Bedenken. Sie schreibt mir eine Liste, welche Klamotten ich holen soll und wo ich sie finde. Dann drückt sie mir fünfzig Euro in die Hand. »Taxigeld, lass den Fahrer warten, damit du schnell zurück bist.«

Der »Rachefeldzug« dauert eine gute Stunde. Als ich in meine Wohnung zurückkehre, ist es verdächtig ruhig. Ich finde Camilla schlafend in der ansonsten leeren Badewanne – im Jogginganzug. Ihr Handy hält sie fest umklammert. Der Anblick ist zu komisch.

»Aufwachen, Schlafmütze … ich bin zurück … Hallo, Camilla, ist das nicht schrecklich unbequem?«, rufe ich ihr zu, aber sie rührt sich nicht. Ich nehme die Handbrause, drehe das warme Wasser auf, und da ich sie nicht zu sehr erschrecken möchte, lasse ich es nur über ihre Füße laufen. Nach zwei Sekunden fährt sie hoch. »Du hast vergessen, Wasser einlaufen zu lassen«, sage ich grinsend.

»Du bist zurück, warum hast du mich nicht geweckt?«, beschwert sie sich schlaftrunken und streckt sich mit knackenden Gliedern. »Aua, mein Rücken …«

»Das habe ich doch gerade getan. Aber warum liegst du angezogen in der Wanne?«

»Weil ich nachdenken muss, und in der Badewanne kommen mir immer die besten Ideen«, erklärt sie, wobei sie das Gesicht vor Schmerzen verzieht. »Mist, der Rotwein hat mich umgehauen.«

»Dann war es wohl ganz gut, ohne Wasser zu baden, am Ende wärst du noch ertrunken«, scherze ich, in der Hoffnung, sie aufzumuntern. Was ich ihr nämlich gleich berichten werde, wird sie gewiss nicht erheitern.

Sie schmunzelt nicht einmal, sondern streckt mir die Hand entgegen und fordert: »Hilf mir hoch, und dann erzähl mir, wie es war. Was hat er gesagt?«

Ich nehme ihre Hand, und während ich sie hochziehe, platze ich einfach damit heraus: »Philip war nicht da.«

»Wie bitte?«

»Philip war nicht da«, wiederhole ich.

»Akustisch habe ich dich schon verstanden«, motzt sie mich an. »Aber wie ist das möglich?«

»Keine Ahnung«, antworte ich, zucke hilflos die Schultern und berichte vom Zustand der Wohnung. »Es war überall aufgeräumt, Bad, Küche und die Böden wirkten sauber, aber nicht gerade so, als wären sie intensiv geschrubbt worden. Der Saugroboter stand übrigens friedlich in der Besenkammer an seiner Ladestation.«

Camillas Augen verdunkeln sich gefährlich, und sie schnauft durch die Nase wie ein zorniger Stier. »Hab ich's mir doch gedacht; von wegen putzen, der wollte sich meine Verzeihung erschleichen. Aber mit mir nicht, mir steht's bis hier.« Demonstrativ hält sie ihre flache Hand unters Kinn. »Wenn dein Angebot noch gilt, bleibe ich ein paar Tage, bis ich weiß, wie es weitergehen soll.«

»Selbstverständlich, ich genieße deine Gesellschaft«, sage ich und freue mich ganz egoistisch. Wenn sie bei mir wohnt, ergibt sich bestimmt eine günstige Gelegenheit, sie auf diesen Dachdecker anzusprechen.

15

Zischende Laute wecken mich. Träge blinzle ich ins Dunkel und erkenne Camilla, die sich über mich beugt und wispert: »Balbina, bist du schon wach?« Vermutlich zischelt sie mir schon seit geraumer Zeit ins Ohr.

Ächzend setze ich mich auf. Obwohl das Plüschsofa mit Kissen und Decken relativ bequem ist, geht doch nichts über das eigene Bett. »Was ist los, kannst du nicht schlafen?«

Camilla knipst das Deckenlicht an. »Kein Gedanke, dein Prinzessinnenbett ist sehr kuschelig, aber es ist bereits sechs Uhr morgens. Zeit zum Aufstehen«, informiert sie mich ungerührt, setzt sich zu mir ans Fußende und verknotet die Beine zum Schneidersitz. Fehlt nur noch, dass sie zur Fernbedienung greift.

»Bei aller Liebe, heute ist Sonntag«, halte ich dagegen. »Oder musst du zu einem emotionalen Notfall? Dann solltest du dir was anziehen …« Amüsiert betrachte ich ihren ausgeleierten Jogginganzug. »In diesem Teil wirkst du nicht gerade kompetent.«

»Die Praxis! Ach, du grüne Neune.« Erschrocken reißt sie die Augen auf und schlägt sich theatralisch die Hand vor den Mund, wie Statisten im *Tatort*, wenn sie einen Toten anstarren.

»Termine wirst du wohl keine verschwitzt haben, oder?«, erkundige ich mich.

»Ich würde niemals eine Mediation vergessen«, entgegnet sie entrüstet. »Darum handelt es sich auch nicht, sondern um den Praxisraum an sich.« Sie zieht mir die Decke weg. »Los, wir brauchen Kaffee, Frühstück, Nervennahrung, um die Gehirnzellen zu füttern.«

Ich gähne ungeniert, beuge mich aber zum Couchtisch, und greife nach meinem gesteppten Uraltmorgenmantel in Rosa – ein neuer steht seit Jahren auf der Wunschliste. Ich würde zwar gern den Sonntag vertrödeln, wie gewöhnlich, aber Camillas energischem Tonfall bin ich nicht gewachsen.

»Was stimmt denn nicht mit deiner Praxis?«, erkundige ich mich. »Soweit ich mich erinnere, hast du erst vor zwei Jahren komplett renoviert und auch neu möbliert.«

»Richtig, und mit dem Raum ist auch alles in Ordnung, aber du kennst doch unsere Wohnung. Von der Diele gehen die Behandlungszimmer ab, und meines liegt Philips direkt gegenüber. Ist doch logisch, dass ich dort nicht weiter praktizieren kann, sonst glaubt dieser Schuft nämlich, alles würde sich wieder einrenken.«

»Und das möchtest du vermeiden?« Ich schlüpfe in den Morgenmantel, und wir schlurfen gemeinsam in die Küche.

»Kluges Kind«, lobt sie mich.

Noch etwas schläfrig koche ich Kaffee, während Camilla Tassen und Teller aus dem Schrank holt. »Darf ich das gute Geschirr mit dem Goldrand nehmen? Es würde ein wenig Freude in meine Trauer zaubern.«

»Klar, warum nicht«, antworte ich und füge hinzu: »Dann hol auch das Silberbesteck und die Stoffservietten aus der obersten Schublade. Wenn schon, denn schon.«

Zu Alberts Lebzeiten haben wir grundsätzlich von gold-gerandeten Tellern gespeist und ausschließlich die edlen Servietten aus ägyptischer Baumwolle genutzt. Seiner Meinung nach gab es keinen Grund, warum nicht jeder Tag ein Sonntag sein sollte. Und wenn er seine romantischen Anwandlungen hatte, pflegte er mit einem verliebten Blick zu sagen: »Solange du bei mir bist, ist mein Leben ein einziger sonniger Sommersonntag.« Wenn ich daran denke, wird mir ganz warm ums Herz.

Camilla wünscht sich Eier zum Frühstück, von denen sie zwei zu Rühreiern brät, die sie auf ein Käsebrot häuft. In die noch heiße Pfanne schnippelt sie fünf Champignons und verfeinert sie mit einem Löffel Butter. Als Nachtisch schmiert sie sich zwei Marmeladenbrote. Wenn Appetit als Gradmesser für Kummer zählt, muss Camilla zu Tode betrübt sein.

Mir genügt das übliche Haferflocken-Nuss-Müsli, in leicht gezuckertem Joghurt mit einer halben Banane. Trotz der frühen Stunde löffle ich mein vergleichsweise bescheidenes Frühstück dann doch mit großem Appetit. Nach der ersten Tasse Kaffee ereilt mich ein rettender Geistesblitz.

»Es könnte schwierig werden, auf die Schnelle einen neuen Praxisraum zu finden«, beginne ich vorsichtig. »Und du wirst mit erheblichen Kosten rechnen müssen, in den letzten zwanzig Jahren sind die Mieten nämlich ins Astronomische gestiegen. Ich war richtig schockiert, als ich rein informativ zu diesem Thema recherchiert habe, um herauszufinden, was ich für meine Wohnungen an Miete verlangen könnte.«

Camilla legt ihr Besteck auf dem Teller ab und tupft sich betont geziert den Mund ab. »Wuchermieten betreffen mich nicht, aus dem Stand habe ich mindestens eine Option.«

Ich lege ebenfalls den Löffel zur Seite und sehe sie fragend an. »Warst du die ganze Nacht online und hast bereits ein geeignetes Objekt gefunden?«

Sie schüttelt den Kopf und grinst mich vergnügt an. »Du bist noch nicht ganz wach, oder?« Sie gießt mir Kaffee nach. »Nimm noch einen Schluck.«

Typisch Camilla – oder typisch Mediatorin. Sie hat mir einmal erklärt, dass sie bei einer Schlichtung ganz sachte vorgeht, Getränke anbietet, und das Problem nicht sofort anspricht, erst ein wenig »drum herum tanzt«, damit die Klienten die Scheu verlieren, sich »aufwärmen« können.

Folgsam trinke ich einen Schluck Kaffee – der mir auch nicht auf die Sprünge hilft.

»Nun sag schon, ich kann dir nämlich nicht ganz folgen«, fordere ich sie entnervt auf.

»Dein Büchertauschcafé«, eröffnet sie und strahlt dabei übers runde Gesicht. »Soweit du mir davon erzählt hast, ist es nur eine vage Idee, die du irgendwann einmal realisieren wolltest.«

Mein Magen krampft sich zusammen. Sie will mein Café, meinen Traum, meine Altersbeschäftigung!? In meinem Kopf formieren sich böse Abwehrgedanken zu einer dicken schwarzen Wolke. Aber sie ist meine beste Freundin, die mir in dunkelsten Zeiten beigestanden hat, die Tag und Nacht für mich da war ... Wie könnte ich da Nein sagen. Einfach aufgeben kommt aber nicht infrage, ich versuche es mit leisem Protest: »Hmm ... ich weiß nicht.«

»Keine Sorge, ich möchte nichts geschenkt, ich zahle Kaution und natürlich sofort Miete«, sagt sie mit der melodischen Stimme einer Mediatorin, die aufgebrachte

Gemüter beruhigen möchte. »Dir fehlt doch das Geld für den Dachdecker, oder hast du inzwischen im Lotto gewonnen?«

Gute Güte, der Lottoschein! Über den Trubel der letzten Tage habe ich doch glatt vergessen, ihn zu erneuern. »Meine Finanzdecke ist so dünn wie Frischhaltefolie«, murmle ich frustriert und frage mich, ob ich bereit bin, mein Café fürs Dachdecken zu opfern.

»Na also, dann kämen dir ein paar schnell verdiente Tausender doch gerade recht«, bringt es Camilla auf den Punkt.

Meine Freundin ist quasi schon eingezogen, denke ich resignierend. Doch dann ereilt mich ein rettender Einfall: »Du willst deine Klienten in dieser Ruine behandeln? Ob das nicht den falschen Eindruck vermittelt? Und die nötige Gewerbeerlaubnis für den Laden ist bestimmt auch erloschen.«

Sie lacht lauthals auf. »Hahaha, da kommt mal wieder die Dramakönigin zum Vorschein.«

»Wieso Drama? Momentan ist der Laden unbrauchbar, die Scheibe ist noch nicht ersetzt, der Glaser will nämlich Cash sehen. Ansonsten ähnelt das Anwesen doch eher einer Ruine als einer repräsentativen Adresse, so wie deine es nun mal ist«, erkläre ich.

Camilla pickt Marmeladenreste vom Teller. »Alles keine großen Hindernisse …« Sie leckt die Finger ab. »Ich werde die Bude auf meine Kosten in ein wahres Juwel aufhübschen lassen, inklusive Scheibe, und die Gewerbeerlaubnis wird sicher problemlos erneuert. Was die *Ruine* betrifft, die ist praktisch eine Metapher für scheidungswillige oder streitende Paare. Die stehen ja vor den Trümmern ihrer Beziehungen.«

Sich die Dinge schönzureden ist eine besondere Gabe, die Camilla immer dann einsetzt, wenn sie die Realität verdrängt, wie manchmal bei Philip. Zu meinen besonderen Gaben zählt Ausdauer, deshalb starte ich einen neuen Anlauf.

»Du solltest aber auch bedenken, dass Thalkirchen nicht so vornehm ist wie Neuhausen, das könnte sich auf deine Honorare auswirken. Fusselbart-Kevin meinte sogar, wäre Thalkirchen ein Stadtviertel bei Monopoly, würde es zu den billigen gehören.«

Camilla verschluckt sich am Kaffee. »Wer ist Fusselbart-Kevin, und seit wann spielst du mit ihm Monopoly?« Sie mustert mich mit bohrenden Blicken. »Ich werd verrückt, du hast eine heimliche Affäre. Das ist ja ein Ding.« Sie schiebt noch ein paar zweideutige »Tststs« hinterher.

»Quatsch, der Fusselbart ist mein Bankberater, nicht mein Liebhaber«, protestiere ich heftig. Ihre Frage bringt mich aus dem Konzept.

»Monopoly, das passt zu einem Bankendeppen«, stellt sie ungerührt fest und fragt, ob ich ihn gewinnen lasse.

»Camilla!«, fahre ich sie an. »Du redest schon wie Philip, der hat mich neulich auch verdächtigt, verliebt zu sein. Aber es gibt keinen Liebhaber, ich bin zu alt für Schmetterlinge im Bauch und den ganzen anderen Schmarrn.«

»Für die Liebe ist man nie zu alt. Ohne Liebe wäre die Menschheit längst ausgestorben. Ohne Liebe wäre das Leben unerträglich«, deklamiert sie theatralisch.

»Ha! Und das waren jetzt exakt Philips Worte.« Ich hoffe, dass ich endlich das Thema wechseln kann.

Camilla schluckt und starrt mich entsetzt an. »Ist das

nicht schrecklich? Ich denke und rede bereits wie er. Mister Unwiderstehlich manipuliert mich, sogar, wenn er gar nicht anwesend ist!« Sie erhebt sich, schiebt laut scharrend den Stuhl zurück und verkündet: »Ich geh ins Wasser.«

»Jetzt bist du aber die Dramakönigin«, rufe ich ihr mit der gleichen besorgten Stimme nach, mit der sie vorhin mein aufgebrachtes Gemüt beruhigen wollte. »Komm zurück, wir reden noch ein bisschen, das beruhigt.«

An der Küchentür dreht sie sich noch mal um. »Ha, reingefallen.« Sie ist schon wieder obenauf, jedenfalls sieht sie mich triumphierend an. »Ich nehme ein Bad. Falls du dich erinnern magst, in der Wanne habe ich die besten Ideen. Und ich muss *dringend* nachdenken, denn so kann es nicht weitergehen.« Kopfschüttelnd zieht sie davon.

Ich gebe ihr noch ein »Wasser einlassen nicht vergessen« mit auf den Weg, räume dann den Tisch ab und spüle das Geschirr, wobei *ich* prima nachdenken kann. Darüber, wie ich Camilla die fixe Idee mit dem neuen Büro ausrede und trotzdem die gute Freundin bleibe.

Das Geschirr ist gespült und aufgeräumt, die glaubwürdige Ausrede lässt auf sich warten, dafür klingelt mein Handy.

Es ist Rico.

Sonntagmorgen um acht?

Das kann keine Einladung zum Kaffeekränzchen sein.

»Hallo, Frau von Buntschuh«, grüßt er höflich, was den Wackler in seiner Stimme aber nicht kaschiert.

»Guten Morgen, Rico, ist alles in Ordnung?«, frage ich besorgt.

»Na ja, eigentlich schon, bis auf diesen Typen, der mit

zwei anderen Männern auf der Straße steht und permanent auf das Haus deutet«, antwortet er bekümmert.

»Herr Faber?«

»Genau der«, bestätigt Rico.

Der Mann ist lästiger als ein Sommerschnupfen. Gegen Schnupfen hilft Nasenspray, gegen Faber helfen nicht mal kreative Schwindeleien.

»Verdammter Immobilienhai«, schnaufe ich entrüstet.

»Genau!«, stimmt Rico mir zu.

»Solange er nicht ins Haus kommt und nur von der Straße aus beobachtet, ist alles legal«, erwidere ich und erinnere mich gleich darauf an das letzte Telefonat mit Faber, in dem ich unvorsichtigerweise von »verkaufen« gesprochen habe. »Wie geht es mit den Renovierungen voran?«, wechsle ich das Thema.

Euphorisch berichtet Rico von superfleißigen Hobbyhandwerkern, die unter der Woche bohren und hämmern. Heute, am Sonntag, würden einige schon Wände weißeln. »Hausmeister Huber hat das Schloss an der Haustür repariert, und Ugos Küche ist fast fertig, gestern waren wir auf eine Pasta eingeladen. Warum besuchen Sie uns nicht und sehen sich die Fortschritte an?«

Erfreut sage ich zu und verabschiede mich mit einem »Bis später«, als Camilla aus dem Bad kommt. Ricos gute Nachrichten haben mich beinahe vergessen lassen, dass in meiner Badewanne ein Problem im Schaumbad plätschert, um das ich mich kümmern muss.

Konzentriert wische ich den Küchentisch sauber, als meine Freundin, gehüllt in ein türkisblau gestreiftes Badetuch und mit einer rosa getupften Duschhaube auf dem Kopf in die Küche tritt. In dieser farbenfrohen Kombination erinnert sie mich an eine »Nana«, diese farbenfroh gestalteten weiblichen Körper von Niki de Saint Phalle, die Albert in den Neunzigern in großer Zahl verkauft hat.

»Na, brauchbare Ideen zwischen den Seifenblasen gefunden?«

Statt einer Antwort blitzt Camilla mich kampfeslustig an: »Hast du eben telefoniert?«

»Hab ich.«

»Mit Philip?«

»Nein. Warum?«

Seufzend sinkt sie auf einen Stuhl nieder. »Weil er mich vielleicht suchen könnte?«, antwortet sie leicht weinerlich, als ersehne sie seinen Anruf.

»Philip hat dich gestern gesucht, da wolltest du nicht gefunden werden«, erinnere ich sie und erkläre, dass ich so schnell wie möglich nach Thalkirchen muss.

»Sehr schön, ich komme mit. Dann kann ich meine neue Wirkungsstätte besichtigen und mir Gedanken zu den Umbauten machen.«

»Bist du denn in fünf Minuten fertig?«, starte ich einen Versuch, sie abzuwimmeln.

Camilla zieht die wohlgeformten Augenbrauen hoch. »Du bist auch noch im Morgenrock, falls dir das entgangen ist. Sagen wir zehn Minuten, und ich spendiere ein Taxi.«

»Was ist mit deinem Auto passiert?«

»Ich bin gestern mit dem Taxi gekommen, weil mein Wagen total zugeparkt war. Aber den holen wir jetzt nicht ...«

Es vergeht dann doch eine gute halbe Stunde, bis wir beide nicht länger wie Geisterbahnfiguren ausschauen. Ungeschminkt, aber baustellentauglich gewandet steigen wir ins Taxi: Camilla in einem schmutzresistenten schwarz-weiß-rot geblümten Wallegewand, ich in abgewetzten Jeans, vorzeigbarem schwarzem Shirt und ollen Turnschuhen, deren Farbe irgendwo zwischen Schlamm und Schmutz liegt.

Mit Wehmut erinnere ich mich an längst vergangene Zeiten, als wir in wenigen Minuten startbereit waren, als eine Dusche, etwas Gesichtscreme und dreimal täglich Zähneputzen genügten, um die Welt zu umarmen. Als wir glaubten, für immer jung zu sein. Was für ein Irrtum.

Genug in die Vergangenheit geträumt, ich muss mich auf die Gegenwart konzentrieren, darauf, Camilla die Pläne auszureden, die mein Büchertauschcafé tangieren. Ihr Kummer scheint sie zu den irrwitzigsten Aktionen zu verleiten.

16

Am Rosenberg angekommen entdecke ich Willi Fabers Sportwagen einige Meter entfernt vom Haus geparkt. Er schleicht also seit mindestens einer Stunde hier rum, aber ich kann ihn nirgendwo erblicken. Sollte ich ihn *im* Haus erwischen, werde ich jegliche Etikette vergessen.

Die Eingangstür steht tatsächlich sperrangelweit offen. Jemand hat einen Holzkeil zwischen Fußboden und Tür geklemmt, damit sie nicht zufällt – und das bei diesem Gewitterhimmel voller dunkler Wolken, die bereits die ersten Tropfen abwerfen. Mit einem kräftigen Fußtritt befördere ich den Keil zur Seite, schließe die Tür und vernehme Stimmengewirr, das eindeutig aus dem Keller kommt.

Willi Faber?

Bislang war ich nur einmal mit den Mietern im Untergeschoss, als wir nach der Schlüsselübergabe die dazugehörigen Kellerabteile verteilt haben.

»Kommst du mit?«, frage ich Camilla und bin erleichtert, als sie nickt. Keller sind mir seit meiner Kindheit unheimlich. Man weiß nie, welche Überraschungen im Dunkeln auf einen warten. Wenn tatsächlich Faber dort unten rumschnüffelt, wird Camilla mich bremsen müssen, damit ich nicht überreagiere.

Auf der Treppe schlägt mir kalte Luft entgegen, und es riecht irgendwie modrig. Kein Ort, an dem ich mich länger als unbedingt nötig aufhalten möchte.

Zu meiner Erleichterung treffe ich nur einige meiner Mieter, die mich anstarren wie ein aufgescheuchtes Rudel Erdmännchen in Heimwerkerkluft: Hausmeister Huber mit Frau, Tillmann mit Bierdose, Rico ohne Julia, Ugo mit Alexandra und Professor Morris Pape – alle in fleckigen Hemden, verschmutzten Hosen, staubigen Schuhen oder Gummistiefeln.

»Frau von Buntschuh, welch eine Freude, Sie zu sehen«, begrüßt mich der Professor galant.

Ich schenke ihm ein dankbares Lächeln und muss an Peter Lustig denken, auch der trägt Latzhosen, dazu ein kariertes Hemd und grüne Gummistiefel. Fehlt nur noch der bunte Bauwagen mit dem Balkon auf dem Dach, geparkt in einem Schrebergärtchen, und auch das würde ich Pape glatt zutrauen. Irgendwie passt er doch ziemlich gut in die Klischeeschublade der schrulligen Professoren.

»Sie kommen genau richtig«, befindet Hausmeister Huber, der ein schwarzes Gerät in der Hand hält, etwa so groß wie eine Postkarte. »Mir ham da nämlich ein Problem.«

»Was ist los?« Als ich die bedrückten Gesichter von Tillmann, Rico und Ugo sehe, frage ich mich, ob ich es wirklich wissen will.

»Mia ham Wasser im Keller!«, antwortet Huber knapp und hält mir das Gerät entgegen.

»Das ist ein Bau- und Holzfeuchtmessgerät, das misst den Feuchtigkeitsgrad in den Wänden«, erklärt Tillmann, als ich das schwarze Teil ratlos mustere. »Um herauszufinden, ob ein Rohr geplatzt ist oder so …«

»In meine Wohnung hat es reingeregnet«, setzt Professor Pape noch eins drauf. »Das Dach ist definitiv undicht.«

Ich frage mich, ob er deshalb Gummistiefel trägt, und fluche gleichzeitig über Tante Theodora. Warum hat sie mir keines ihrer Rennpferde vermacht. Mit so einem edlen Tier wären meine Träume wahr geworden. »Aber Clemens und auch Tillmann haben doch versichert, die Wände wären trocken«, seufze ich hilflos, was mir eine kurze Pause zum Nachdenken verschafft, während mich sieben Augenpaare erwartungsvoll anstarren, als könnte ich zaubern.

»Woher die Feuchtigkeit kommt, wissen wir noch nicht. Ein Rohr kann eigentlich nicht geplatzt sein, sonst stünden wir knöcheltief im Wasser«, erläutert Huber.

»Ich habe Glück, der zweite Stock liegt ja genau in der Mitte, praktisch wie ein Hamburger im Brötchen«, sagt Tillmann trocken. »Bis das Wasser zu mir hochsteigt oder vom Dach runtersickert, das kann dauern. Deshalb habe ich auch nicht einen feuchten Fleck gefunden.«

Vielen Dank für den anschaulichen Vergleich, denke ich frustriert, frage aber möglichst gefasst: »Was vermuten Sie, woher das Wasser kommt? Und was lässt sich dagegen unternehmen?«

»Wie gesagt, woher ist unklar, aber um Schimmelbefall zu verhindern, brauchen wir auf alle Fälle einen Luftentfeuchter«, antwortet Huber.

Ich kenne nur Luftbefeuchter und mustere Erwin Huber dementsprechend ratlos.

»Professionelle Geräte für derart große Räume kann man mieten«, weiß Tillmann, und auch, wie hoch die Kosten sind. »Etwa siebzig Euro pro Woche. Innerhalb dieser Zeit sollte der Keller dann auch trocken sein. Allerdings kommt noch ein x-Faches an Stromkosten obendrauf, und diese Dinger fressen, das kann ich Ihnen flüstern. Einen Tausender sollten Sie einplanen. Das ist kein Pipifax.« Pipifax? Das wäre mein Ruin!

»Wozu der Aufwand?«, ertönt plötzlich Camillas ruhige Stimme, die meine missliche Finanzlage nur zu gut kennt. »Das lässt sich einfacher und günstiger lösen. Wir hatten auch mal feuchte Wände im Keller, die konnten wir mit Katzenstreu trockenlegen.«

»Katzen verstreuen?«, wundert sich Ugo. »Lebendige oder tote?«

Ugo erntet schallendes Gelächter, und auch ich kann herzhaft lachen.

»Nein, nein, keine Katzen, sondern *la lettiera per gatti*«, übersetzt der Professor.«

Ugo greift sich an den Kopf und lacht. »*Capito.*«

Camilla findet ihre Idee überhaupt nicht lächerlich. »Ich würde vorschlagen, es erst mal nach Hausfrauenart mit Katzenstreu zu probieren. Wenn das nichts bringt, kann man immer noch so ein professionelles Gerät organisieren.«

Tillmann hat Entfeuchtergranulat im Angebot, das, ähnlich wie Katzenstreu, Feuchtigkeit und Gerüche absorbiert. »Ich könnte es günstig im Baumarkt beschaffen, das spart auf jeden Fall die Stromkosten. Morgen nach Arbeitsschluss bringe ich ein paar Säcke mit. Und Katzenstreu gleich dazu.« Wie zur Bestätigung nimmt er noch einen großen Schluck Bier aus der Dose.

Hausmeister Huber bietet Hilfe beim Abladen an. Seine Frau fordert noch etliche Plastikwannen. »Das Zeug direkt auf dem Estrich zu verstreuen, gibt 'ne Riesensauerei, und das Aufkehren dauert nachher drei Tage lang.«

»Also dann, hoffen wir auf Katzenstreu plus Granulat«,

ertönt die dunkle Stimme des Professors. Alle Augenpaare richten sich auf ihn. »Mögen die einfachen Mittel der seitlich und von unten aufsteigenden Feuchtigkeit, die den Außenwänden zusetzt, Einhalt gebieten. Sollte jedoch die Horizontalsperre fehlen oder beschädigt sein, steigt das Wasser dennoch in den Kapillaren des Mauerwerks auf, was zu Schimmelbildung bis zum völligen Zerfall des Gesteins führen kann.«

Ehrfürchtiges Schweigen verbreitet sich im Feuchtkeller.

»Sie haben ja voll die Ahnung, Professor«, sagt Tillmann mit bewunderndem Blick.

»Ich habe leider null Ahnung«, gesteht Pape schulterzuckend. »Alles nur angelesen. Nachdem ich die Wasserlache in meiner Küche bemerkt habe, wollte ich mich mit der Thematik vertraut machen.« Er wendet sich mir zu. »Wenn Sie sich das einmal ansehen würden?«

Will ich mir eine Wasserpfütze ansehen, die mich böse anstarrt und quasi anschreit, dass ich den Dachdecker eigentlich schon gestern hätte engagieren müssen? Natürlich nicht! Aber ich lächle, wie es sich für die sozialste Vermieterin der Stadt geziemt, und sage: »Sehr gerne, Herr Professor. Ich bin gespannt.«

»Momento …« Ugo klatscht in die Hände. »Ich wollte euch allen doch in meiner noch etwas provisorischen Küchenzeile einen Teller Pasta servieren. Mit gefülltem Magen lassen sich Katastrophen leichter ertragen.«

Seine Einladung hebt die allgemeine Stimmung, und auch ich freue mich über den Aufschub. Die Pfütze läuft nicht weg, mit etwas Glück versickert sie in der Zwischenzeit, dann komme ich noch mal glimpflich davon.

Im Gänsemarsch verlassen wir den kühlen Keller und laufen die schmale Treppe nach oben.

Im Hausflur vernehme ich Stimmen, die von draußen kommen. Jetzt klopft es an die Tür. »Hallo, ist da jemand?«

Tillmann, der vorausgegangen ist, reißt die Tür auf.

»Oh, wir wollten nicht stören!«

Willi Faber! Na, der hat mir gerade noch gefehlt. Zu meinem feuchten Keller, der Pfütze beim Professor und dem undichten Dach ist der elegant gekleidete Immobilienmakler wie die Kirsche in einem ungenießbaren Cocktail. Hinter ihm stehen zwei asiatische Herren in schwarzen Anzügen, die mich aus schmalen Augen kritisch mustern. Ihr miesepetriger Blick wundert mich nicht, es regnet inzwischen ziemlich kräftig, und vom Vordach über der Haustür tropft es genau auf ihre Köpfe. Die alten Chinesen brachten ihre Gefangenen mit dieser Tröpfchenfolter zum Wahnsinn. Da müssen sie jetzt durch, ich werde sie nicht ins Haus bitten. Ich drängle mich nach vorne und blitze Faber unfreundlich an.

»Wenn Sie nicht stören wollten, was wollten Sie stattdessen?« Es fehlt nur *ein* falsches Wort, damit ich Faber abkanzele wie einen unfähigen Domestiken.

Willi Faber antwortet nicht, sondern fixiert Hausmeister Huber, der noch immer das Feuchtmessgerät in der Hand hält. Dann wendet er sich seinen Begleitern zu und spricht mit ihnen – Englisch.

Als er sich wieder zu mir dreht, hebe ich den Kopf und sage abfällig: »Wie meinen?«

»Oh, verzeihen Sie, Teuerste«, entgegnet er ölig. »Ich habe Mister Tanaka und Mister Ono nur erklärt, dass es sich hier um ein Künstlerhaus handelt und Sie sich …«

Sein geringschätziger Blick schweift über meine Mieter. »Gehe ich recht in der Annahme, dass Sie sich im Kreise Ihrer Künstler befinden?«

Eindeutig eine Retourkutsche auf das angebliche Event. Und obwohl ich nur wenig verstanden habe, denn mein Englisch ist etwas eingerostet, verwette ich mein Anwesen plus meine Rente, dass es um Wasser ging. Denn das Wort *Kunst* kam nicht aus Fabers Mund.

»Wenn ich mich einschalten darf«, meldet sich Pape zu Wort. »Wie feucht die Wände sind, ist noch nicht erwiesen. Und baufällig ist das Haus deshalb noch lange nicht, wenn Sie das bitte Ihren Klienten übersetzen.«

Dieser penetrante Immobilienhai schleppt tatsächlich Interessenten an. Ich sehe keinen Grund, so höflich wie der Professor zu sein, und knurre: »Genau genommen geht es Sie einen feuchten Kehricht an. Also lassen Sie mich in Ruhe und verschwinden Sie. Für Sie gibt es hier nichts zu schachern.«

Tillmann zerquetscht seine wohl leere Dose mit einer Hand und reckt die Faust Richtung Willi Faber. »Ab durch die Mitte, oder Sie machen Bekanntschaft mit der da.«

Bevor er seine Drohung wahrmachen kann, schließe ich die Haustür – direkt vor Fabers Nase.

»Wer war das denn?«, möchte Camilla wissen.

»Ein unverschämter Zeitgenosse«, entgegne ich, drehe mich zu Ugo und bedanke mich im Namen aller Mieter für die Einladung zur Pasta. Auch ein Trick, den mir Albert beigebracht hat: Bevor es peinlich oder unangenehm wird, einfach übers Essen reden. Dazu kann jeder etwas beitragen.

Der Themenwechsel löst begeisterte Kommentare aus.

»Spaghetti Bolognese muss ich auch mal wieder kochen«, sagt Frau Huber zu ihrem Mann, der eifrig zustimmt.

»Meine Lieblingsnudeln sind Spaghetti aglio e olio, die Zutaten dafür habe ich immer da, und die können wir sogar auf dem kleinen Campingkocher zubereiten«, verkündet Rico.

Tillmann liebt Tortellini mit Spinat-Käse-Sauce aus der Kühltruhe im Supermarkt.

Ich bin auf kein bestimmtes Gericht fixiert, in Lokalen bestelle ich meist Penne all'arrabbiata, die schmecken überall. Müsste ich zwischen Kartoffeln und Teigwaren wählen, würden die Nudeln gewinnen. Selbst die dicken Penne sind in zehn Minuten gekocht und mit Olivenöl, Knoblauch und frischen Tomaten blitzschnell auf dem Teller, was für eine miserable Köchin wie mich der Hauptgrund ist.

Ugos Drei-Zimmer-Wohnung liegt im dritten Stock zwischen der Wohnung von Professor Pape und den Schwestern Roth, die heute nicht da sind.

Pape ergreift die Gelegenheit und raunt mir halb laut zu: »Mit der Pasta dauert es wohl noch ein paar Minütchen. Dürfte ich Sie inzwischen einen Moment zu mir bitten?«

»Sehr gerne«, säusle ich notgedrungen und frage ihn, was dieser Willi Faber genau zu seinen Begleitern gesagt hat.

»Er meinte, das Haus sei marode, was den Kaufpreis erheblich drücken könne.«

»Diese Asiaten wollen also ein Haus kaufen, das quasi nichts wert ist?«

»Eigentlich sind sie nur gierig auf das Grundstück«,

antwortet Pape. »Man liest ja immer wieder von Investoren, die an lukrativen Standorten wie München alles aufkaufen, was zu kriegen ist. Alter Bestand wird dann einfach plattgemacht und darauf etwas Hässliches, Neues hochgezogen. Mich macht das wütend. Deshalb war ich so angetan von Ihrer außergewöhnlichen Mietersuche.«

Pape öffnet seine Wohnungstür. Der Grundriss unterscheidet sich nicht von dem der anderen Zwei-Zimmer-Wohnungen: ein langer Flur, an dessen Ende die Zimmer liegen, dazwischen Bad und Küche, in die er mich zuerst führt. Der Raum ist komplett leer, und eine suppentellergroße Wasserpfütze macht sich besonders dekorativ. Auch hier müffelt es modrig.

»Sehen Sie?« Pape klingt hörbar niedergedrückt, als er mit dem ausgestreckten Arm zur Decke zeigt. »Da tropft es!«

Ich sehe! Was ich nicht sehe, ist ein Kübel oder irgendein anderes Gefäß. So etwas hätte ich nämlich sofort aufgestellt, um das Wasser aufzufangen.

»Was halten Sie von einem Putzlappen und einem Eimer als Sofortmaßnahme?«, frage ich diplomatisch. Man soll ja nie mit der Tür ins Haus fallen, das schickt sich nicht.

Pape schlägt sich mit der flachen Hand auf die Stirn. »Aber natürlich, wie dumm von mir.«

Ich lächle schweigend, es wäre gemein, auch noch Salz in die Wunde zu streuen.

Der Professor eilt ins Badezimmer und kommt mit einem leeren Bauschuttkübel plus einer Rolle Malervlies zurück. »Putzlappen sind leider aus, aber zum Glück haben die Handwerker dieses Zeug dagelassen.« Er strahlt mich an. »Alles im Leben hat seinen Sinn.«

Camillas Lieblingsspruch – aber worin der Sinn in einem undichten Dach besteht, erschließt sich mir nicht. Mit dem saugkräftigen Vlies verschwindet die Pfütze im Nu, und wir legen eine doppelte trockene Lage unter den Kübel.

»Bis morgen Vormittag sollte das genügen«, sage ich, mehr um mich selbst zu trösten.

»Oh, die Dachdecker beginnen schon morgen!« Der Professor ist hellauf begeistert.

»Nein, da muss ich Sie leider enttäuschen, aber …«, ich blicke Richtung Fenster, »es hat aufgehört zu regnen, und bis morgen sollte die restliche Nässe vom Dach durchgetropft sein.«

Der Professor stutzt einen Moment, dann lacht er herzhaft. »Sie haben einen erfrischenden Humor, das gefällt mir.«

»Wohl eher Galgenhumor«, entgegne ich seufzend und behaupte mit dem nächsten Atemzug: »Gleich morgen um sieben telefoniere ich sämtliche Dachdecker der Stadt aus dem Bett und finde hoffentlich einen, in dessen Terminkalender eine Lücke klafft. Bisher war ich damit leider nicht erfolgreich.« Das ist natürlich eine aus Geldnot geborene Notlüge, weshalb ich auch nicht rot anlaufe.

Pape wechselt plötzlich das Thema und bittet mich in die Nasszelle, wie er es nennt. Dort hängt eine nackte Glühbirne von der Decke, die scheußliches Licht verstreut. Eine Beleuchtung, die Frauen über fünfundzwanzig nicht gerade schmeichelt.

»Sie lassen also ein komplett neues Bad einbauen«, stelle ich fest. Nicht gerade die intelligenteste Frage angesichts der bereits abgeschlagenen Kacheln, der fehlenden Badewanne, der Toilette und des nicht vorhandenen Waschbeckens.

»Durch Ihr großzügiges Angebot spare ich ein Jahr lang die Miete, etwa den gleichen Betrag kostet mich die Neuausstattung, an der ich mich jeden Tag erfreuen werde. Wie schon erwähnt lehre ich nicht nur nach dem Prinzip des nachhaltigen Handelns, sondern lebe auch danach. Deshalb wollte ich Ihre Meinung zur Fliesenfarbe hören. Welche würden Sie bevorzugen?«

Erst gefällt ihm mein Humor, dann investiert er in ein modernes Badezimmer, das nicht mal sein Eigentum ist, und nun fragt er mich auch noch nach meiner Lieblingsfarbe für Badezimmerkacheln. Fühlt er etwa in Richtung »gemeinsames Badevergnügen« vor? Überrascht, aber auch geschmeichelt stammle ich: »Ähm … eine wichtige Entscheidung. Wenn die Dinger erst einmal kleben, gibt es kein Zurück. Es sei denn, sie fallen ab, was hoffentlich nicht geschieht.« Ich wage einen flüchtigen Seitenblick, um die Reaktion des Professors zu prüfen. Der grinst amüsiert, also fabuliere ich weiter: »Weiße Kacheln wären der Klassiker, schwarz dagegen soll zurzeit groß in Mode sein. Vielleicht ein wenig dunkel, doch bei Kerzenschein sicher sehr apart. Es kommt natürlich darauf an, was Sie beabsichtigen …« Der letzte Satz ist mir so rausgerutscht. Aber Gesagtes versickert nicht wie Wasser im Estrich, auf dem wir stehen, sondern hängt oft noch eine Weile in der Luft, wie eine Glückwunschgirlande, die in bunt schimmernden Buchstaben schreit: *Happy Peinlichkeit!*

»In erster Linie beabsichtige ich, mir das volle Programm zu gönnen«, antwortet er, und nach einer kleinen Pause, in der *ich* gerne im Fußboden versickern würde, redet er weiter: »Duschen, rasieren, Zähne putzen, und wenn ich es richtig krachen lassen möchte, nehme ich ein Schaumbad.«

Bevor ich mich komplett zur Idiotin mache, gestehe ich mir ein, mich in peinliche Gedankengänge verrannt zu haben, und rette mich nach einem »Sie haben aber auch Humor« in den Vorschlag: »Der Raum ist ja nicht sehr groß, dazu fensterlos, da würde ich mich für weiße Kacheln entscheiden, dazu ein grauer Fußboden. Insgesamt eine ebenso klassische wie praktische Variante. Ich meine, wer möchte schon ununterbrochen putzen.«

»Guter Vorschlag, ich habe es gern sauber und benutze zu Hause sogar einen kleinen Handstaubsauger. Manchmal bin ich fast eine Spur zu pingelig«, gesteht er freimütig. »Und wann werden Sie einziehen?«

Huiii, jetzt geht er aber ran, denke ich und merke, wie mir vor Aufregung das Blut in die Wangen schießt. »Einziehen?«, wiederhole ich, um Zeit zu gewinnen.

Erstaunt betrachtet er mich durch seine Hornbrille. »Hatten Sie nicht beabsichtigt, die kleine Wohnung im ersten Stock zu beziehen?«

Innerlich lache ich über meine amourösen Fantasien: Die Kachelfrage hat mich aufs Glatteis geführt. »Das wird wohl noch ein Weilchen dauern. Zuerst soll das Café renoviert werden, und wenn mich die Kosten dafür nicht vollkommen ruinieren, kommt die Wohnung an die Reihe.«

»Balbinaaa, Pasta ist fertig!«, höre ich Camilla durch den Hausflur rufen.

Tja, am Schluss bleibt nur Essen, und das ist ja angeblich der Sex des Alters – ist zwar ein dämlicher Kalenderspruch, aber auf Ugos Pasta freue ich mich jetzt mehr als auf ein amouröses Abenteuer.

17

Erleichtert betrachte ich den frisch verlegten Linoleumfußboden in Ugos Küche: keine Wasserpfütze. Das Dach
über dieser Wohnung scheint dicht zu sein.

Ugo hat auf einer mobilen Herdplatte gekocht, und
da Küchenschränke oder sonstige Einrichtungsgegen-
stände noch fehlen, essen wir an einem langen Biergar-
tentisch. Gemeinsam verteilen wir Geschirr und Besteck.
Ugo serviert Penne, dazu ein scharfes rotes Pesto, be-
streut mit frischem Parmesan.

Es schmeckt himmlisch, und während Tillmann mir
von seinen nun steingrau gestrichenen Wänden erzählt,
durchströmt mich ein warmes Kribbeln. So muss es sich
anfühlen, Teil einer großen Familie zu sein. In meinem
Überschwang bin ich beinahe so weit, Ugo doch noch
mein Büchercafé zu überlassen. Camilla wird sich ohnehin wieder mit ihrem Philip versöhnen, es wäre schließlich nicht das erste Mal. Doch sie scheint ihren Wunsch
nach einer Veränderung nicht so schnell aufgeben zu
wollen. Nach der Pasta kann ich sie gerade noch zu einem Espresso überreden, dann schleift sie mich entschlossen nach unten.

Das mit Brettern vernagelte Schaufenster lässt nur wenig Licht durch die Ritzen, dementsprechend düster ist
der Raum. Diffuse Helligkeit dringt nur durch die ver-
dreckte Ladentür.

Camilla spaziert direkt auf das Baugerüst zu, betrachtete es einige Sekunden und fragt stirnrunzelnd: »Willst du damit Mikado spielen?«

Ha! Das Gerüst habe ich völlig vergessen, das ist meine Rettung. »Nein, es handelt sich um eine Anschaffung zwecks Steuervermeidung.«

Camilla starrt zuerst mich an und dann das Gerüst, als suchte sie den Anhänger mit der Gebrauchsanleitung. Als sie sich wieder mir zuwendet, fragt sie verdutzt: »Schlägst du die Dinger den Finanzbeamten über den Schädel, oder wie soll das funktionieren?«

Geduldig erkläre ich ihr den Trick, und noch während ich rede, erkenne ich den Ausweg: »Du wirst also mindestens ein Jahr warten müssen, bis alle Bewohner ihre Räume renoviert haben, ich Miete kassiere und genug für die Erbschaftssteuer einnehme. So lange muss alles nach Baustelle aussehen.«

»Das Gestänge muss raus, deine Baustelle kannst du doch woanders aufbauen. Hinten im Hof zum Beispiel.« Sie mustert mich durchdringend, als wollte sie mich hypnotisieren.

Aber dagegen bin ich heute immun. »Tut mir wirklich sehr leid, das Gestänge bleibt. Im Hinterhof kann es doch jeder klauen.«

»Und wo soll ich inzwischen praktizieren?«, fragt sie starrsinnig, als stünde sie mit ihrer Praxis auf der Straße.

»Da gäbe es diverse Möglichkeiten. Du könntest die Stangen deinen Klienten gegenüber zum Kunstwerk erklären, oder du lässt deine Streithähne darauf sitzen und behauptest, eine völlig neue Behandlungsmethode entdeckt zu haben: Wer es am längsten aushält, hat gewonnen und muss sich bei dem anderen entschuldigen.«

Schmollend grummelt sie: »Und ich dachte, du wärst meine beste Freundin.«

Ich kenne sie lange genug, um zu durchschauen, dass sie auf die Tränendrüse drücken will. »Camilla, sei bitte vernünftig. Du willst doch nicht wirklich deine wunderschöne, eben erst neu möblierte Praxis in bester Lage gegen dieses Loch hier eintauschen, das du obendrein für viel Geld erst noch renovieren müsstest?«, frage ich mitleidslos.

»Doch, will ich. Und nach einer gründlichen Renovierung ist es auch kein Loch mehr«, antwortet sie eigensinnig. »Renovieren genügt aber nicht«, sage ich, als mir klar wird, welch einen Stress ein Umzug mit sich bringt. »Du müsstest ewig auf die Telekom warten, damit sie Leitungen verlegt und du einen Internetanschluss bekommst. Du wirst neue Visitenkarten plus Rechnungen brauchen, weil sich deine Adresse ändert, und nicht zu vergessen die zahllosen Mails und Briefe, die du an deine Mandanten schreiben musst, um sie zu informieren. Du wirst Überstunden machen müssen, um das alles auf die Reihe zu kriegen.«

»Ist mir alles piepegal. Hauptsache, ich kann diesem Mann aus dem Weg gehen«, knurrt sie, als ihr Handy klingelt.

Was für ein Segen diese Dinger doch manchmal sind, lobe ich die Vierundzwanzig-Stunden-Verfügbarkeit im Stillen.

Camilla wirft einen kurzen Blick auf ihr Display, sagt: »Wenn man vom Teufel spricht …«, und nimmt das Gespräch mit einem schroffen »Was willst du?« an.

Sie setzt sich ins Schaufenster auf den Absatz neben die Neonschrift und blickt mürrisch drein. Das Handy am Ohr sagt sie jedoch kein Wort, was mich ziemlich verwundert. Vielleicht unterbreitet ihr der »Teufel« ja ein verlockendes Angebot, das sie nicht ablehnen kann.

Nach einigen Sekunden geht Camilla hoch wie eine Bombe: »Seit wann? … Eine freche Lüge … Unfassbar!«, schreit sie und ist feuerrot im Gesicht, als loderte in ihr ein vernichtendes Feuer.

»Alles in Ordnung?«, frage ich besorgt.

»Nein!« Theatralisch gestikuliert sie mit den Händen und beendet das Gespräch. »Na warte, der kann was erleben.«

»Was hast du vor?«

»Keine Ahnung, aber in der Ehehölle gibt es keine Regeln«, keucht sie wütend und rauscht kopfschüttelnd durch die Hintertür davon.

Ich fühle mit meiner Freundin und hoffe, dass sich der Schlamassel bald aufklärt. In solchen Momenten bin ich erleichtert, keinen Mann mehr zu haben, der mir Ärger bereiten könnte. Vielleicht war es doch nicht verkehrt, dass Camilla das Geplänkel mit dem Professor beendet hat. Darüber habe ich tatsächlich vergessen, welche Scherereien Beziehungen mit sich bringen. Wie viel angenehmer gestaltet sich das Zusammensein doch mit einem Mann, der in einer Urne lebt.

Vor dem Haus hält ein VW-Bus, verziert mit bunten Blumen und mehr Roststellen, als der TÜV erlaubt.

Wehmütig betrachte ich das Vehikel. Es muss ein verdammt langer Weg gewesen sein, aus den glorreichen Siebzigern in die Moderne. Ich kann mir bildhaft vorstellen, wie die Rostlaube vor mindestens fünfzig Jahren mit einem verliebten Hippiepärchen losgefahren ist und nun in der Gegenwart ankommt.

Die Beifahrertür öffnet sich, und Kristin steigt aus. Hinterm Lenkrad sitzt Irma, Kristins Mutter.

Ich verlasse meine Steuervermeidungsbude und begebe mich nach draußen, um die beiden zu begrüßen. Mal sehen, wie effektiv meine Kupplerqualitäten sind. Wenn ich Kristin in ihrer Arbeitskluft so ansehe, ergeben sie und Tillmann ein Traumpaar.

Die Mittvierzigerin Irma könnte theoretisch auch meine Tochter und Kristin meine Enkelin sein. Genau genommen habe ich – Theodora sei Dank – ein Haus voller theoretischer Kinder und Enkelkinder geerbt, gänzlich ohne schmerzhafte Geburtswehen, mörderischen Erziehungsstress oder die schrecklichen Teenagerjahre, in denen Kinder ihre Eltern an den Rand des Wahnsinns treiben. Ein Gedanke, der mich regelrecht begeistert. Aber richtig genießen werde ich meine Wahlfamilie erst, wenn das Dach gedeckt, die Mauern getrocknet sind und die Champagnerkorken knallen.

»Toll, dass ich Sie treffe«, begrüßt Kristin mich. »Ich habe den Artikel geschrieben, wie versprochen. Morgen werde ich meinem Chef verklickern, dass er ihn schnellstens veröffentlichen soll.«

»Vielen Dank, das klingt ja richtig aufregend. Über mich stand noch nie etwas in der Zeitung«, entgegne ich. Dann fällt mir ein, dass mein mühsam aufgebautes Modell zur Steuervermeidung durch so einen Artikel enttarnt werden könnte. »Es sei denn«, sage ich nachdenklich. »Ihr Chef findet die ganze Angelegenheit zu banal.«

»Das kann ich mir nicht vorstellen, horrende Mietpreise oder ungewöhnliche Wohnprojekte sind immer eine Schlagzeile wert«, antwortet Kristin. »Falls er das nicht einsieht, nerve ich ihn so lange, bis er freiwillig aufgibt.«

Mir ist dennoch nicht wohl dabei. Notgedrungen erzähle ich Kristin von der kritischen Situation mit der Steuer.

Konzentriert hört sie mir zu. »Machen Sie sich keinen Kopf, ist noch nichts in Stein gemeißelt, ich schreibe das um. Mir fällt schon eine unverdächtige Formulierung ein.« Sie kramt ihr Handy aus der Hosentasche. »Und jetzt machen wir noch ein Selfie, das kommt gut zum Text.« Kristin scheint wild entschlossen zu sein, unsere Sache zu unterstützen. Sie stellt sich neben mich, und noch während sie ihren roten Lockenkopf schüttelt, setze ich flink meine Sonnenbrille auf die Nase. Und schon hat es ein paar Mal geklickt.

Irma gesellt sich zu uns. Sie trägt ähnlich praktische Klamotten wie Kristin: Turnschuhe, ein graues Shirt und kakifarbene Hose, deren Flecke und Risse einer zupackenden Geschlechtsgenossin gut stehen.

»Hallo, Frau von Buntschuh.« Etwas formell reichen wir uns die Hände. »Was Kristin sich in den Kopf gesetzt hat, erreicht sie auch. Egal, ob es ein Selfie sein soll oder in dieses Haus einzuziehen.«

»Die beiden Korbsessel waren sehr gute Argumente«, sage ich und frage, welche Schätze sie heute transportieren.

Irma öffnet die Schiebetür der Hippie-Rostlaube. »Ugo hat sich eine Schrankvitrine aus den Fünfzigern für seine Kochbuchsammlung ausgesucht, die ich noch aufpolieren musste.«

Das Möbel erinnert mich an meinen Großvater, der uns eine ähnliche Vitrine vererbt hatte: honiggelbes

Holz, unten zwei Schranktüren, oben Glasschiebetüren.

Mein italienischer »Sohn« tritt aus der Haustür. »*Buon pomeriggio*, ich habe euch schon kommen gehört. Wie ist es geworden?« Er steckt den Kopf durch die offene Schiebetür. »*Bellissima*«, findet er, als wieder auftaucht.

Irma schlägt vor, die Vitrine gemeinsam nach oben zu tragen.

Ugo lehnt ab, zieht sein Handy aus der Jeanstasche und wischt darauf herum. »Ich rufe Tillmann an.«

Wie unverkrampft diese jungen Leute mit den Handys umgehen … In meiner Jugend hätten wir geklingelt und durch den Hausflur gebrüllt. Der Helfer hätte vielleicht keinen Bock auf Schleppen gehabt und beides einfach ignoriert. Tillmann jedoch kommt in großen Schritten durch die Haustür. Als er Kristin erblickt, die ihn anlächelt und dabei mit einer ihrer roten Locken spielt, sagt er doch tatsächlich: »Wo ist das Klavier?«, und erntet dafür ein helles Lachen.

Ich hatte also den richtigen Riecher, die zwei geben ein hübsches, wenn auch ungleiches Paar ab. Unlängst stand zu diesem Thema ein langer Artikel eines Soziologen in der Zeitung: Soziale Unterschiede würden zu Streit und am Ende zum Bruch der Beziehung führen. Vorausgesetzt, sie käme überhaupt zustande. Ich erinnere mich gut an eine junge Buchhändlerin namens Balbina, die 1974 von einem gemeinsamen Leben mit einem reichen Erben geträumt hat.

Während ich noch überlege, ob eine studierte Journalistin mit einem Baumarktangestellten glücklich werden kann, der zwar sexy, aber intellektuell vielleicht nicht auf gleicher Geschwindigkeit ist, tauscht das ungleiche

Paar längst begehrliche Blicke. Blicke, die mich darin bestätigen, dass auch Soziologen danebenliegen können.

Ich sollte Hellseherin werden, da wäre bestimmt ein netter Nebenverdienst drin. Ich könnte in meinem Café nicht nur Kaffee und Käsekuchen anbieten, sondern auch noch Kartenlegen, das müsste doch einschlagen. In den Siebzigern haben Camilla und ich täglich eine Tarotkarte aus einem gut gemischten Kartenstapel gezogen. Wie oft die Vorhersagen eintrafen, weiß ich nicht mehr, spielte aber keine Rolle.

»Auf drei!«, erteilt Tillmann das Kommando. Mühelos schultern sie das Möbelstück und schleppen es ins Haus.

Ich höre, wie Kristin ihrer Mutter zuraunt: »Tillmann ist ja echt süß, auch wenn er intellektuell vielleicht nicht die hellste Kerze auf dem Kronleuchter ist. Ein bisschen Spaß haben könnten wir ja trotzdem.«

Gute Güte, das ging ja voll daneben. Und ich hatte mich schon als berühmte Wahrsagerin gesehen. Falls das Beste noch auf mich wartet, eine mystische Karriere gehört offenbar nicht dazu. Die Kartenlegen-Idee ist vom Tisch, ich beschränke mich auf den Büchertausch und selbst gebackenen Käsekuchen.

Während Kristin und ihre Mutter zwei Umzugskartons ausladen und ich überlege, wo Camilla steckt und ob ich nach Hause fahren soll, fragt Kristin, ob ich mir den Fortschritt der Arbeiten ansehen möchte.

»Danke, sehr gerne«, nehme ich die Einladung an. »Kann ich beim Tragen behilflich sein?«

Sie drückt mir eine Tüte mit Kleister, Pinseln und Tapetenrollen in die Hand. »An einer Wand in meinem Zimmer lasse ich Rosen erblühen«, sagt sie verträumt.

Wir betreten gerade das Haus, als uns ein donnerndes Geräusch zusammenzucken lässt. Dem folgen unflätige Flüche auf Deutsch und Italienisch sowie ein lautes Poltern.

»Die Vitrine ist hinüber«, entschlüsselt Irma den Lärm, der ein, zwei Sekunden später irgendwo über uns verebbt.

Kristin sieht ihre Mutter an: »War das Teil denn wirklich so schwer?«

»Eigentlich nicht«, antwortet sie. »Ich konnte es allein mit meiner Geschäftspartnerin Milla im Bus verstauen. Es Treppen hinaufzuschleppen ist natürlich was anderes«, relativiert sie noch.

Wir nehmen zwei Stufen auf einmal und stehen schließlich auf dem Absatz zwischen zweiter und dritter Etage vor einem Holzhaufen und jeder Menge glitzernder Glasscherben.

Schweigend betrachten wir den Trümmerhaufen.

»Ugo, was ist passiert?«, kommt von oben die besorgte Stimme seiner Frau.

Kurz danach ist die Hausgemeinschaft wieder solidarisch vereint – wie schon vor zwei Stunden im Keller.

»Zu blöd, ich habe die Tragegurte vergessen, damit wäre es bestimmt nicht passiert«, sagt Irma und nimmt die Schuld praktisch auf sich.

»Der Schrank war nicht zu schwer, wenn Sie das meinen«, entgegnet Tillmann. »Ein paar Steinstufen waren klitschnass, darauf sind wir ausgerutscht.«

»Anscheinend ist das Dach an mehreren Stellen undicht«, vermutet der Professor.

Ich frage mich, was ich getan habe, um den Zorn sämtlicher Rachegötter auf mich zu ziehen. Mir fällt keine schwere Sünde ein. Oh, Moment, die Steuervermei-

dung … Kleinlaut melde ich zu Wort: »Morgen organisiere ich einen Dachdecker, versprochen.«

»Ich werde mich mal in der Firma umhören, irgendjemand kennt doch immer irgendeinen von diesen Dach-
heinis«, versichert Tillmann, der mir aufmunternd zulä-
chelt.

»Das wäre sehr lieb, vielen Dank«, sage ich und denke
an meine beste Freundin, die auch einen »Dachheini«
kennt, doch die hat sich offensichtlich aus dem Staub
gemacht.

»Ich hole dann mal Kehrschaufel und einen Handbe-
sen, rumstehen ändert ja auch nix«, meint die praktische
Edwina.

»Sieht aus, als könnte man daraus gerade noch ein Vo-
gelhäuserl basteln«, befindet Erich Huber, während er
mit Tillmann und Ugo die großen Holztrümmer einsam-
melt. »Das Holz ist viel zu wertvoll, um es in die Tonne
zu werfen.«

»Leider lässt sich wirklich nicht mehr viel daraus machen«, bestätigt Irma.

Eine heftige Hitzewallung steigt in mir hoch, als mir
bewusst wird, dass *ich* schuld bin an dem Schlamassel.
Ein undichtes Dach ist Vermietersache, das kapiere ich
auch ohne Gutachter. Also werde ich den Schaden ersetzen. Keine Ahnung, wovon … Moment, wenn ich Camilla den Laden für einen begrenzten Zeitraum überlasse, kriege ich ihn renoviert zurück, und von der
Kaution und der Miete könnte ich den Schaden bezahlen und die nötigen Versicherungen abschließen.

Als hätte ich es laut ausgesprochen, fragt Tillmann in
die Runde, ob jemand eine Haftpflichtversicherung hat.

Gemurmel breitet sich aus, als plante meine Hausgemeinschaft ein Verbrechen. Bei mir leuchtet eine Warnlampe auf: *Versicherungsbetrug*. Das kann ich unmöglich zulassen.

»Nicht nötig, ich regle das«, verspreche ich. Den freundlichen Applaus, den ich dafür ernte, habe ich nicht erwartet und eigentlich auch nicht verdient, genieße ihn aber umso mehr. Ich verabschiede mich und behaupte vollmundig, es würde bald nicht mehr durchregnen. Allzu kühn ist das nicht, denn ich werde Camilla erpressen: Dachdecker gegen Laden. Ihr fällt sicher etwas ein, um ihren Klienten zu motivieren.

Tillmann hat noch zwei leere Farbeimer übrig, die er in der Zwischenzeit unter die neu entdeckten undichten Stellen platzieren wird.

Auf dem Heimweg rufe ich Camilla an, erreiche aber nur die Mailbox. Hoffentlich sitzt sie nicht vor meiner Wohnungstür, sie hat ja keinen Schlüssel. Zur Sicherheit hinterlasse ich die Nachricht, in spätestens zwanzig Minuten nach Hause zu kommen.

Als ich die Treppen zu meiner Wohnung hinaufsteige, hockt sie tatsächlich im Schneidersitz auf der Fußmatte vor der Tür; nicht länger in dem schwarz-weiß-rot geblümten Gewand von heute Vormittag, sondern in einer dreiviertellangen schwarzen Hose, darüber ein weit geschnittenes bunt gestreiftes Shirt. Sie hat sich umgezogen, war also zu Hause. Seltsam nur, dass sie mit dem Kopf wackelt wie ein Wackeldackel.

»Hallo. Wartest du schon lange?«

Sie antwortet nicht, kichert leise vor sich hin und erhebt sich ächzend. Ich habe den Eindruck, sie steht unter Schock.

»Alles in Ordnung?«, frage ich besorgt.

»Sehe ich vielleicht aus, als würde ich gleich vor Glück zerspringen?«, fährt sie mich ungehalten an und drängelt: »Nun sperr schon endlich auf, oder sollen wir hier warten, bis wir zu Staub zerfallen?«

»Schon gut«, erwidere ich besänftigend. Es muss etwas ganz und gar Katastrophales geschehen sein, denn ich erinnere mich nicht, sie jemals in solcher Verfassung erlebt zu haben. Ob sie Philip etwas angetan hat? Was für ein absurder Gedanke ... Auch wenn Camilla stocksauer ist, gewalttätig würde sie niemals werden.

Kaum habe ich die Tür aufgesperrt, drängelt Camilla sich an mir vorbei und rennt direkt ins Bad. Möchte sie etwa schon wieder baden? Also, wenn ich zum Nachdenken jedes Mal in ein Vollbad steigen würde, wären mir in den Jahren seit Alberts Tod längst Schwimmhäute zwischen Fingern und Zehen gewachsen. Aber bitte, wenn es sie beruhigt.

»Vergiss nicht, Wasser einlaufen zu lassen«, rufe ich ihr nach, kriege aber keine Antwort.

Nervös begebe ich mich in die Küche und bereite eine große Kanne Tee zu. Damit setze ich mich zu Albert ins Wohnzimmer, erzähle ihm vom Wasserdesaster im Haus und warte darauf, dass Camilla auftaucht. Eine halbe Stunde später ertrage ich die Spannung nicht länger, und klopfe an die Badezimmertür.

»Camilla, was ist mit dir? Ich mache mir Sorgen.«

Ein dumpfes Brummen dringt durch die Tür, das ich als »Komme gleich« entschlüssle.

Frisch duftend, die Haare gewaschen, das Gesicht gerötet und fett glänzend, taucht sie schließlich wieder auf. »Ich hab mir den mal ausgeliehen ...« Sie hält sich meinen für sie drei Nummern zu kleinen altrosa Bademantel über dem Bauch zu, und sinkt schnaufend neben mir ins Plüschpolster. »Entschuldige, es hat etwas länger gedauert, musste nachdenken.«

»Kein Problem.« Ich deute auf die zweite Tasse, die ich bereitgestellt habe. »Magst du Tee? Etwas Stärkeres habe ich leider nicht mehr im Haus, wir haben gestern alles ausgesüffelt.«

»Tee ist prima, danke.« Unerwartet kichert sie wieder.

Schweigend gieße ich Tee ein und warte geduldig auf die erlösende Erklärung. Als die nicht kommt, frage ich, ob sie Hunger hat.

»Im Tiefkühlfach wäre noch ein Stück von meinem selbst gebackenen Käsekuchen, den magst du doch so gerne. In der Mikrowelle ist er im Nu aufgetaut, warm schmeckt er doppelt gut.«

»Nein, danke.« Sie schüttelt das noch nasse Haupthaar so heftig, dass die Tröpfchen fliegen.

»Was, keinen Käsekuchen? Also raus mit der Sprache. Wenn es dir den Appetit verschlagen hat, mache ich mir allmählich ernsthaft Sorgen«, fahre ich sie an. »Erst gestern hast du doch erklärt, dass Philips Eskapaden und deine Esslust praktisch eine Symbiose eingegangen wären.«

»Tut mir leid«, entschuldigt sie sich erneut. »Ich bin völlig durcheinander, kann immer noch nicht fassen, was geschehen ist.« Sie schlägt die Hände vors Gesicht, als müsste sie ein traumatisches Erlebnis verdrängen.

»Dann erzähl es mir, vielleicht begreifst du es dadurch eher. Hast du mir nicht erklärt, sobald man ein Geschehen in Worte fasst, würde einem vieles klarer?«

»Stimmt, das ist von mir«, gibt sie zu und holt tief Luft. »Dann mach dich auf was gefasst.«

»Bitte, Camilla, hör endlich auf mit diesen Andeutungen, das macht mich rasend.«

Sie öffnet den Mund, schließt ihn wieder und sagt grinsend: »Seit heute bin ich Mutter!«

»Wie bitte?« Ich bin sicher, mich verhört zu haben.

»Seit heute bin ich Mutter«, wiederholt sie und prustet los.

Ich glaube an einen Scherz und lache mit: »Du badest zweimal am Tag und bist dann plötzlich Mutter? Hast du eine heiße Nummer mit dem Froschkönig geschoben und schwupp, eine Kaulquappe ausgebrütet?«

18

Mein Froschkönig-Scherz entlockt Camilla ein leicht hysterisches Kichern, das ins Keuchen übergeht. Entweder hat sie gepichelt, oder sie ist einfach nur total schräg drauf. »Donnerwetter, Mutter im fünfundsechzigsten Lebensjahr, einfach bewundernswert«, steige ich auf ihren Scherz ein und frage: »Ein Junge oder Mädchen?«

»Ein Mädchen, Vivien.«

Vivien!? So langsam kommt mir das Ganze doch sehr seltsam vor. »Hast du getrunken oder irgendwas eingeworfen? Ich meine Tabletten oder was Härteres …« So wie sie sich benimmt, liegt der Verdacht nahe.

»Du meinst Drogen?«, hilft sie mir auf die Sprünge. »Keine Sorge, in Notlagen helfen mir nach wie vor Schaumbäder beim Nachdenken. Aber wenn es etwas gäbe, das diesen Wahnwitz ungeschehen macht, würde ich es sofort schlucken, selbst wenn es ein Vermögen kostet.«

Ich wünschte, es gäbe tatsächlich irgendeine Pille, die meine durchgeknallte Freundin wieder zur Besinnung kommen lässt. Nur gibt es die nicht, also werde ich so lange nachhaken, bis ich das Geheimnis gelüftet habe.

»Wie wär's, wenn du einfach von Anfang an erzählst?«, schlage ich vor. »Was ist passiert, nachdem du wie eine Furie davongerannt bist?«

»Also …« Sie schnauft mehrmals wie ein Pferd, das

sein Geschirr loswerden möchte, und sprudelt dann los:
»Philip hat am Telefon erklärt, er wolle mir das Mädchen
vorstellen, mit dem er in *unserem* Bistro war. Er und sie
würden in unserer Wohnung auf mich warten und die Situation entwirren. Ich dachte, ich höre nicht richtig! Sagt
er doch tatsächlich *entwirren*, als wäre das Ganze nur ein
Wollknäuel, das von einer Katze zerfleddert worden ist.
Deshalb bin ich so ausgeflippt und losgerannt, um das
›Kätzchen‹ hochkant rauszuwerfen. Zu Hause saß dann
ein Kind von siebzehn Jahren an unserem Esstisch und
schaute mich aus großen dunkelblauen Augen an, die
mich sofort an Philip erinnerten.«

»Vivien?«, rate ich.

»Vivien! Und was glaubst du … Sie ist Philips uneheliche Tochter!«

Entgeistert starre ich Camilla an, mir fehlen die Worte.
Sie und Philip haben sich immer Kinder gewünscht, aber
es hat nie geklappt. Und nun präsentiert er ihr ein Kind.
Dass Camilla ausflippt, wundert mich nicht.

»Ich bin einfach nur auf die Couch gefallen, als Philip
mir das eröffnet hat. Jahrelang hat er mich in dem Glauben gelassen, er sei zeugungsunfähig«, knurrt sie mit ge-
ballten Fäusten.

»Nun, vor achtzehn Jahren hat er jedenfalls noch mit
einer geladenen Flinte geschossen«, entgegne ich albern.

Kichernd greift sie zur Teetasse, die sie bislang nur an-
gestarrt hat, und stürzt den kalt gewordenen Inhalt auf
ex hinunter, als wäre es ein Stamperl Schnaps.

»Hat er sich danach sterilisieren lassen und dir nichts
davon gesagt? Bist du deshalb so ausgerastet?«

»Nein, viel schlimmer. Er wusste, dass es nur an mir

liegen kann, wollte aber vermeiden, dass ich mich testen lasse. Er meint, es hätte mich zutiefst deprimiert, und aus Liebe zu mir hat er sein Geheimnis für sich behalten.« Mit tränenfeuchten Augen blickt sie mich an. »Kannst du dir das vorstellen? Aus Liebe! Wie kann ich ihm jetzt noch böse sein?«

Ich hingegen frage mich, wieso Philip es nicht bei der Lüge belassen hat. »Entschuldige, aber warum ausgerechnet jetzt … Ich meine, warum präsentiert er dir jetzt seine uneheliche Tochter, nach so vielen Jahren? Oder ist Vivien nicht sein einziges außereheliches Kind, kommen da noch mehr?« Insgeheim stelle ich mir gerade vor, dass Mister Unwiderstehlich eine ganz Schulklasse gezeugt hat, die er nun nach und nach seiner Frau vorstellen möchte. Männer werden im Alter ja manchmal etwas sonderbar.

»Nein, Vivien ist die Einzige, das hat er mir hoch und heilig geschworen. Für Vivien hat er brav Alimente bezahlt, sie an den Geburtstagen besucht und auch sonst Kontakt gehalten. Aber vor zwei Jahren kam ihre Mutter bei einem Unfall ums Leben, und nun möchte Philip sie gern zu uns nehmen.« Sie seufzt aus tiefstem Herzen. »Verstehst du? Deshalb habe ich gesagt, ich bin seit heute Mutter. Das war etwas unkorrekt, genau genommen muss es Stiefmutter heißen.«

»Das bedeutet, du hast Philip verziehen und bist einverstanden?«

»Wie könnte ich Nein sagen? Das Mädchen ist entzückend, mutterseelenallein auf der Welt, und wir … Ach, ich bin total durch den Wind … Kann ich eine von Alberts Zigarren haben?«

»Wieso das denn?«

»Männer rauchen doch immer eine Zigarre, wenn sie Nachwuchs bekommen.«

»Du hast 'ne Meise. Aber nein, es sind keine Zigarren mehr da, alle geraucht«, schwindle ich, ohne rot zu werden.

»Schaaade ...«, seufzt sie. »Ich mit einer dicken Kubanischen im Mund, das hätte mir gefallen.« Sie spreizt zwei Finger ihrer Hand ab, als hielte sie eine Zigarre, und pustet imaginären Rauch in die Luft. »Na ja, nicht zu ändern. Steht das Käsekuchen-Angebot noch?«

»Solange der Vorrat reicht«, antworte ich erfreut. Sie hat wieder Hunger, das heißt, sie fühlt sich wesentlich besser.

Gemeinsam begeben wir uns in die Küche und kehren mit frisch aufgebrühtem Tee und duftendem warmem Käsekuchen zurück auf die Couch im Wohnzimmer.

»Hmm, einfach köstlich, dein Kuchen ...«, lobt sie und isst mit großem Appetit.

»Ihr werdet also auf eure alten Tage noch Eltern?«, greife ich meine Frage von vorhin wieder auf. »Das ist ja eine ziemliche Veränderung und weitaus tiefgreifender, als würdet ihr euch einen Hund anschaffen. Habt ihr schon darüber geredet, wie das im täglichen Leben so aussehen soll?«

Genüsslich schiebt Camilla sich das letzte Kuchenstück in den Mund. »Wir haben jede Menge beredet. Vivien braucht natürlich ein eigenes Zimmer, und da unsere Wohnung groß genug ist, gibt es in diesem Punkt keine Probleme. Wir richten das Gästezimmer für sie her und melden sie auch hier in einer Schule an.«

»Wo hat sie denn bisher gelebt?«

»In Nürnberg, dort lebt noch ihr Großvater mütterlicherseits, leider in einem Pflegeheim, der könnte sich also nicht um das Mädchen kümmern.« Camilla nimmt einen großen Schluck Tee.

»Und sonst keine Verwandten?«

»Warum fragst du?« Verwundert mustert sie mich. »Du bist hoffentlich nicht der Meinung, wir sollten das Kind abschieben?«

»Blödsinn, reine Neugier«, wehre ich ab. Doch so ganz unrecht hat sie natürlich nicht. Ich werde nämlich das Gefühl nicht los, dass sie wie unter Schock einfach nur Ja gesagt hat zu Philips Wunsch. Im Moment scheint sie Feuer und Flamme zu sein, das kann sich morgen schon wieder ändern. Sie in dieser Stimmung ein wenig zum Nachdenken anzuregen bin ich ihr einfach schuldig.

»Wie gesagt, nur die Familie ihres Onkels, doch der zieht aus beruflichen Gründen nach Hamburg und Vivien möchte wegen des anderen Schulsystems nicht dorthin …«

»Dann ist die Angelegenheit klar. Ab heute bist du also Stiefmama. Wie lange hast du von einer Familie mit Kindern geträumt … und nun ist dein Traum wahr geworden. Herzlichen Glückwunsch!« Jetzt bin ich doch ein wenig neidisch. Uns verbindet ja nicht nur eine lange Freundschaft, sondern auch die ungewollte Kinderlosigkeit. Wir können nicht mitreden, wenn es um Kinder geht, und es ist für uns beide zu spät, welche zu gebären.

Camillas rundes Gesicht überzieht ein glückliches Strahlen. Sie legt den Kopf etwas schief, und ihre goldbraunen Augen beginnen zu leuchten. »Im ersten Moment war ich natürlich total geschockt. Wusste nicht, wie ich damit umgehen soll. Deshalb bin ich nach dem Gespräch schnellstens abgedüst und bei dir in die Badewanne. Das hilft mir wirklich, meine Gedanken zu sortieren. Und je länger ich darüber nachdenke, umso mehr Gefallen finde ich an der Vorstellung. Für den Anfang werde ich weniger arbeiten, nur Vormittagstermine vergeben, wenn Vivien in der Schule ist, das habe ich gerade beschlossen. Natürlich will ich keine Helikoptermama werden, sie ist ja auch kein Baby mehr, aber sie soll nicht das Gefühl haben, wir wären zu beschäftigt und hätten keine Zeit für sie.«

Als Camilla »weniger arbeiten« sagt, fällt bei mir der Groschen. »Dann willst du den Laden also nicht mehr?«

»Ach du Schreck.« Sachte legt sie eine Hand auf meinen Arm. »Tut mir leid, Balbina, dass ich so einen Aufstand gemacht habe, aber ich bleibe in meinem Büro. Du hast ganz recht, meine superschöne Praxis zu verlegen wäre hirnrissig. Außerdem bin ich nicht mehr wütend auf Philip, na ja, vielleicht nur noch ganz wenig.« Lachend deutet sie mit Daumen und Zeigefinger zwei Zentimeter an. »Er hat mir beim Leben seiner Tochter versprochen, dass er nie wieder ›Ausflüge‹ machen wird. Damit sei es endgültig vorbei. Als Vater müsse er sich verantwortungsvoll benehmen. Und ich glaube ihm.«

Da haben wir's mal wieder: Des einen Freud ist des anderen Leid. Eilig trinke ich meinen Tee aus, um die aufsteigende Enttäuschung zu kaschieren. Camillas Absage lässt meinen eben noch so entspannt aussehenden Finanzplan komplett zusammenfallen. Nachdenklich starre ich in die leere Tasse.

»Das ist doch kein Problem, oder?« Sie wartet auf Antwort und redet erst nach einer kleinen Pause weiter. »Ich hatte ohnehin das Gefühl, du wolltest dein Büchercafé nur ungern an mich vermieten.«

»Hmm, zuerst nicht«, sage ich so beiläufig wie möglich. »Aber dein Angebot, sofort Miete zu zahlen, hat mich schließlich überzeugt. Du kennst meine finanzielle Lage, und das Haus frisst mir die Haare vom Kopf.«

Camilla scheint sofort zu verstehen, denn sie fragt: »Wie viel brauchst du, um die größten Löcher zu stopfen?«

»Danke für das Angebot, aber ich will kein Geld von dir leihen. Das könnte unsere Freundschaft belasten«, erkläre ich mit Nachdruck. »Du kennst das Sprichwort?«

»Ja, ja, bei Geld hört die Freundschaft auf. Saublöd finde ich diesen Spruch.« Hektisch fährt sie mit den Händen durch die Luft. »Meiner Meinung nach helfen sich Freunde in der Not, auch in Fällen von Geldnot.«

»Du kannst es dir gar nicht leisten«, wage ich einzuwenden.

»Warum denn nicht?«

»Weil eine Menge Ausgaben auf euch zukommen werden. Die Kinder von heute wollen Markenklamotten, immer das neueste Handy, einen Laptop, und ein Studium kostet mindestens die Kleinigkeit einer Luxuslimousine«, erkläre ich mit fester Stimme. Camilla verschränkt die Arme vor der Brust und sieht mit einem Mal aus wie ein glücklicher Buddha im altrosa Bademantel. »O ja, ich freue mich schon aufs Shoppen mit Vivien, aber bezahlen wird Papa Philip, es wurde zwar noch nicht explizit darüber verhandelt, aber von mir kriegt er keinen Pfennig. Ich werde ihn nach Kräften unterstützen, wo immer ich kann, und ansonsten nur die Mutterfreuden genießen. Also, wie viel brauchst du?«

Am darauffolgenden Freitag sitze ich am Küchentisch beim Kassensturz. Camilla hat mich schließlich doch überzeugt. Und ich habe ihr Angebot angenommen, mir Geld zu leihen, unter der Voraussetzung, Zinsen zu bezahlen und die Modalitäten in einem ordentlichen Kreditvertrag festzuhalten. Ich muss ihr nur eine Mail schicken, dann überweist sie den Betrag auf mein Konto. Wie einfach das Leben doch sein kann. Vorausgesetzt, man hat eine Freundin wie Camilla, die einem nicht nur finanziell weiterhilft, sondern auch noch fest versprochen hat, den Dachdecker zu überreden, alle anderen Termine sausen zu lassen. Angeblich wollte der sich um die Mittagszeit melden.

Verträumt blicke ich aus dem Fenster. Seit Tagen scheint die Sommersonne von einem knallblauen, wolkenlosen Himmel, und die stabile Schönwetterlage lässt mich ruhig schlafen. Nur das Warten auf den Dachheini macht mich nervös. Inzwischen ist es zwölf Uhr, und noch immer kein Anruf. Zur Ablenkung trete ich auf den Küchenbalkon, entferne Seitentriebe von den Tomatenstauden und freue mich über die unzähligen winzigen Tomaten, die in Rispen an den Trieben hängen. Noch sind sie ungenießbar, ähneln eher grünen Weintrauben, aber wenn das Wetter so bleibt, nasche ich in ein, zwei Wochen die ersten Früchte.

Das Telefon in meiner Hosentasche klingelt. Es ist Camilla.

»Endlich, ich dachte schon, über all den Mutterfreuden hast du mein undichtes Dach vergessen«, keuche ich in den Apparat.

»Also bitte …« Sie zischelt unwillig. »Vivien ist doch kein Wickelkind, das mich rund um die Uhr auf Trab hält. Aber danke der Nachfrage, das Familienleben macht sich so langsam«, sagt sie mit einem Anflug von Ironie.

»Tut mir leid«, entschuldige ich mich. »Ich bin einfach nervös. Du kennst die Situation und weißt, wie dringend die Arbeiten erledigt werden müssen.«

»Schon gut, aber leider habe ich keine guten Nachrichten. *Mein* Dachdecker ist vom Dach gefallen …«

»Machst du Witze?«, frage ich, als sie nicht aufhört zu kichern.

»Kleiner Spaß, die sichern sich doch mit Seilen ab, aber ganz im Ernst, er hat eine leichte Sommergrippe, musste niesen, ist unter der Dusche abgerutscht und hat sich irgendeine Sehne gezerrt. Kann die nächsten zwei, drei Wochen nicht auf Dächern rumklettern.«

Enttäuscht lasse ich mich auf einen Balkonstuhl fallen. »Und jetzt?«

»Jetzt gehst du auf die Homepage der Dachdeckerinnung, dort findest du eine Liste mit Notdienst-Firmen, sagt die Gattin meines Dachdeckers. Das wäre quasi der ADAC für Dächer.«

»Wer hätte das gedacht, vielen Dank, das klingt doch tröstlich. Also bis bald«, verabschiede ich mich.

»Moment«, brüllt sie mir ins Ohr, »wie viel Geld brauchst du jetzt?«

»Sag ich dir, wenn ich weiß, was der Notdienst kostet.«

Die nächsten Stunden telefoniere ich die Notdienste ab. Leider mit wenig Erfolg. Ich hatte ja keine Ahnung, welche Probleme so eine Dacheindeckung – die fachmännische Bezeichnung – machen kann. Zuerst werde ich wieder mit Fachbegriffen zugetextet: Wie steht es um die Beschaffenheit der Kaminabdeckungen, Laufbohlen, Lüftungselemente oder Schneefanggitter. Am einfachsten ist noch die Frage »Blechdach, Flachdach oder Zie-

geldach?« zu beantworten. Auch wenn ich keine Ahnung habe, wie meine Ziegel aussehen, welche Firma
die jährliche Dachinspektion durchgeführt hat, und auch
kein Inspektionsprotokoll zur Hand habe. Zur Stabilität
der Abdeckung kann ich erst recht nichts sagen. Aber
wie solide ist ein Dach, durch das es bereits regnet? Es
fällt auch das hässliche Wort *Versicherung* … Hätte ich
eine, würde die den Schaden übernehmen, sofern ein
Protokoll vorhanden ist. Gute Güte, ich möchte lediglich mein undichtes Dach reparieren lassen und keinen
Dachdeckerkurs belegen.

Anstatt mir einfach jemanden vorbeizuschicken, der
raufsteigt oder sich meinetwegen auch mit so einem
Kran hochkurbeln lässt, den Schaden sucht, findet und
repariert, stehe ich nun am Rande eines Nervenzusam-
menbruchs.

Endlich, am Spätnachmittag, als ich kurz davor
bin, alles hinzuschmeißen und Willi Faber das mor-
sche Erbe zu verkaufen, verspricht die Firma Dörzbacher, den nächsten freien Mann vorbeizuschicken. »Es
könnte aber spät werden«, warnt die Dame am Telefon.
»Im Moment sind noch alle auf verschiedenen Baustellen.« Ich versichere ihr, dass ich warte, auch bis Son-
nenuntergang.

Ich rechne damit, auf den Dachboden zu klettern, um
mit dem Mann den Schaden zu beäugen, und schlüpfe
in mein Baustellen-Outfit: Alberts alte Latzhose, die karierte Bluse mit den abgeschnittenen Ärmeln und Turnschuhe.

Euphorisch stürme ich los.

Als ich aus der Haustür trete, überrenne ich beinahe
Doppelmüller, die mit Liza Minnelli von einer Spazier-

runde zurückkehren. Liza beschnüffelt meine Schuhe und wedelt heftig mit dem Ringelschwanz. Der Duft nach Ruine scheint immer noch an mir zu haften. Müllers begrüßen mich gut gelaunt.

»Hallihallöchen, Frau von Buntschuh. Wie geht es immer so, viel zu tun? Wir haben Sie ja ewig nicht gesehen.«

»Das ist ja mal ein originelles Gewand«, findet Korbinian und strahlt mich neugierig an.

»Wollen Sie uns Konkurrenz machen?«, fragt Ignaz ganz direkt.

»Fehlt nur noch der Werkzeugkasten«, scherzt sein Ehemann. »Wir helfen gerne aus mit dem einen oder andern Hämmerchen und natürlich Nägelchen.«

Unbeabsichtigt stöhne ich auf. »Das wäre schön, wenn es mit Hammer und Nagel zu beheben wäre.«

Konsterniert sieht das Hausmeisterpärchen mich an, und Ignaz fragt: »Ach, du jemine, wo brennt's denn?«

Erst jetzt wird mir bewusst, dass ich den beiden ja noch nichts von meinem Glück erzählt habe, obwohl ich mich längst frage, ob es nicht eher ein Unglück war.

»Ich habe ein Mietshaus geerbt«, antworte ich und berichte so kurz wie möglich, aber auch so ausführlich wie nötig, warum ich in Latzhosen rumlaufe.

»Was für eine Misere«, schnaufen die Männer einträchtig.

»Wie wahr«, stimme ich seufzend zu. »Noch nie war ich so froh um jeden Tag, an dem es nicht regnet.«

»Leider sind wir keine Dachdecker, aber wenn wir irgendetwas tun können …«, bietet Ignaz an.

»Kleinere Reparaturen schaffen wir locker«, versichert Korbinian.

»Das ist sehr freundlich«, sage ich gerührt und verabschiede mich.

Im Weggehen höre ich noch, wie Ignaz seinem Ehemann einen Klaps verpasst und ihn rügt: »Du warst ziemlich unartig gegenüber Frau von Buntschuh.«

Korbinian kontert gackernd: »Bestraf mich doch.«

19

Bis zum Termin mit Dörzbacher bleibt noch Zeit, den Keller zu begutachten.

Gespannt begebe ich mich hinunter in mein »Wasserloch«. Die spärliche Beleuchtung reicht gerade aus, um mich zurechtzufinden, aber ich sehe: Tillmann hat Wort gehalten und unzählige flache Wannen verteilt, die mit Katzenstreu gefüllt sind. Dazwischen stehen rechteckige weiße Behälter mit einem siebähnlichen Aufsatz, die mit grobkörnigem weißem Entfeuchtergranulat gefüllt sind. Und es arbeitet, zu erkennen am bereits abgetropften Wasser auf dem Behälterboden. Auch die Katzenstreu sieht feucht aus. Auf den Wikinger ist eben Verlass.

Eilig steige ich hinauf in die zweite Etage, um Tillmann zu fragen, was ich ihm schuldig bin. Doch er ist nicht zu Hause. Auch nebenan bei Rico und Julia verhallt mein Läuten ungehört. Zu dumm, dass ich weder Block noch Stift bei mir habe, um eine Nachricht zu hinterlassen. Sehr schluderig für eine Vermieterin. Ich werde Tillmann später anrufen. Jetzt konzentriere ich mich auf den Dachdecker.

Gewappnet mit einer Überdosis Geduld sperre ich *mein* Café auf und mache es mir auf dem Absatz im Schaufenster gemütlich. Leider ist das Fenster mangels Geldregens immer noch mit Brettern vernagelt, und ich kann die Straße nicht einsehen. Ich wechsle aufs Bau-

gerüst. Aber mal ehrlich, wie lange kann man auf Stahl-
rohren sitzen? Mein gepolstertes Hinterteil befindet jedenfalls nach gerade mal zehn Minuten: Es reicht.

An der offenen Eingangstür kann mir kein vorbeifah-
render Wagen oder Dachdecker entkommen. Ärgerlich
nur, dass mein Magen anfängt zu grummeln, ich hoffe,
es ist nur Hunger und keine Vorahnung von neuen Un-
annehmlichkeiten. Wie das Ausbleiben von Herrn Dörzbacher. Ungeduldig trete ich von einem Fuß auf den anderen, und als der Nachbar mit dem Rauhaardackel
vorbeispaziert, grüße ich leutselig.

Er bleibt stehen und kommt zu mir an die Ladentür.
»Sie, ich brauch dringend einen Haarschnitt«, eröffnet er
und dreht mir seinen Rücken zu. »Schaun'S, die wachsen
schon in den Kragen hinein.«

»Leider wird der Friseurladen nicht wieder eröffnet,
ich plane ein Büchertauschcafé«, erkläre ich geduldig ein
weiteres Mal.

»Ach, jetzt, wo Sie's sagen, meine Frau war begeistert.
Wann ist es denn so weit?«

»Fünf bis sechs Wochen wird es wohl noch dauern«,
behaupte ich mit fester Stimme, als bestünde daran überhaupt kein Zweifel. In Wahrheit wird es mindestens ein
Jahr dauern.

Endlich fährt ein dunkelblauer Mercedes vor. Donnerwetter, Dachdecker müsste man sein. Doch der Limousine entsteigt Professor Pape, in schwarzen Hosen,
grauem Hemd und schwarzem Jackett. Sichtlich erfreut
eilt er auf mich zu.

»Frau von Buntschuh, welch angenehme Überraschung.« Er streckt mir die Hand entgegen. Seine hellen
Augen blitzen vergnügt hinter der Hornbrille auf, als er

meinen Aufzug betrachtet. »Was machen Sie denn hier, so … ganz allein?«

Vermutlich wollte er »so schlampig« sagen. Als ich den Grund nenne, kann er seine Begeisterung kaum verbergen. »Wie wunderbar, es müsste mehr Vermieterinnen von Ihrem Kaliber geben«, sagt er anerkennend und fügt noch launig hinzu: »Leider sind sie so selten wie Wasser in der Wüste.«

»O bitte, nicht das böse W-Wort!« Ich schüttle mich theatralisch. »Seit Neuestem bin ich abergläubisch und träume schon von Überschwemmungen.«

»Wie gedankenlos«, entgegnet er schmunzelnd. »Und wie lange warten Sie schon auf den König der Dächer?«

»Seit zwei Stunden. Er hat versprochen, nach seiner Arbeit mein Dach zu kontrollieren, und normalerweise werden doch auf dem Bau keine Überstunden gemacht. Schon gar nicht an Freitagen. Oder hat sich das geändert?«

»Da muss ich leider passen«, antwortet er. »Aber was halten Sie von einem Kaffee, Cappuccino oder Eis? Bedauerlicherweise ist meine Wohnung noch unmöbliert, also nicht besuchsbereit, wir könnten aber im Eiscafé die Wartezeit etwas kurzweiliger gestalten.«

»Vermutlich kommt der Handwerker genau dann, wenn ich nicht da bin, und verschwindet gleich wieder«, lehne ich das freundliche Angebot indirekt ab.

»Wir schreiben eine Nachricht, Haftnotizen habe ich im Wagen«, kontert Pape schlagfertig.

»Sehr nett, vielen Dank, da wäre nur noch die Frage meiner Garderobe …« Prüfend blicke ich an meinen gammeligen Latzhosen hinunter. Nur die gute alte Ariel-Clementine würde die Hose wieder sauber kriegen.

»Ob man mich in dieser Aufmachung überhaupt bedienen würde?«

»Sie sehen zauberhaft aus, wie … wie …« Jungenhaft grinsend überlegt er kurz, um dann herauszuplatzen: »Balbina von der Baustelle.«

Mir schießt das Blut ins Gesicht. Gute Güte. Diesen Titel habe ich mir doch auch schon verpasst. Ist Professor Pape etwa mein Seelenverwandter? Der Mann, mit dem ich auf meine alten Tage noch einmal die Freuden der Liebe erleben darf?

Der Professor schreitet entschlossen zu seiner Limousine, kommt Sekunden später mit einer hellgrünen Haftnotiz zurück, auf der steht: »Bin im Eiscafé gegenüber.« Geschickt schiebt er die Notiz zwischen Tür und Türholm.

»Erledigt«, sagt er und hält mir seinen Arm hin. »Wollen wir?«

Wie lange ist das her, dass ein Mann sich um mein Wohlergehen gekümmert, mir seinen Arm angeboten und von *wir* gesprochen hat? Ich lebe zwar schon sehr lange allein und fühle mich nicht wirklich einsam, schließlich ist da auch noch Asche-Albert, aber nur ein lebendiger Mann aus Fleisch und Blut kann mich ins Café einladen. Mir vollendet höflich einen der Stühle aus Korbgeflecht zurechtschieben. Der Kellnerin winken und sich erkundigen, was er für mich bestellen darf.

Mit einem so attraktiven Mann wie Morris Pape bei Vanille- und Schokoladeneis mit Sahne den Sommernachmittag zu vertrödeln, nach Krümeln pickende Spatzen und lachende Gäste an den Nebentischen zu beobachten, lässt mich träumen. Doch dann blitzen Bilder aus längst vergangenen Jugendtagen auf. Auch Tom und ich hatten unser erstes Rendezvous in einem Eiscafé auf der Münchner Leopoldstraße, in den wilden Siebzigerjahren, als wir glaubten, *forever young* zu sein.

»So nachdenklich ... Hoffentlich wälzen Sie keine Probleme?«, bemerkt der Professor, als ich schweigend mein Eis löffle.

Eilig streite ich es ab, lächele freundlich und behaupte: »Ich genieße das köstliche Eis und Ihre angenehme Gesellschaft.«

»Oh, das kann ich nur zurückgeben«, entgegnet er und erwidert meinen Blick. »Ich werde mich bei dem Herrn Dachdecker für seine Verspätung bedanken.«

»Eines beschäftigt mich aber doch ...«, beginne ich zögerlich. Jetzt ist die passende Gelegenheit, eine mögliche Verwandtschaft mit den Papes zu ergründen.

»Immer heraus damit.«

Ohne lange Einleitung platze ich direkt heraus: »Ich habe mich gefragt, ob Sie vielleicht mit den Papes von der Papierfabrik Pape verwandt sind.«

Verwundert sieht er mich an, scheint aber sofort zu verstehen. »Sie meinen wegen der Namensgleichheit? Da muss ich Sie enttäuschen. Die Firma ist mir auch gänzlich unbekannt.« Er zieht eine Packung Zigaretten aus der Jackentasche. »Darf ich?«

»Bitte, ich würde sogar mitrauchen, falls Sie noch eine übrig haben.«

»Sehr sympathisch. Ich bin übrigens Genussraucher und gönne mir nur bei ganz besonderen Gelegenheiten so einen Sargnagel.« Er hält mir die Packung entgegen, angelt ein goldenes Feuerzeug aus der anderen Jackentasche und entflammt es mit einer lässigen Bewegung.

Manche Menschen empfinden »Feuer geben« und

dergleichen Höflichkeiten vielleicht als antiquiert, ich hingegen bin entzückt.

»Da haben wir etwas gemeinsam«, behaupte ich, beuge mich zur Flamme und ziehe an der Zigarette. Dass ich zweimal im Jahr eine Zigarre anzünde ist auf jeden Fall eine besondere Gelegenheit. Dass ich nicht inhaliere, muss der Professor ja nicht wissen.

»Haben *Sie* denn eine Verbindung zu dieser Papierfabrik?«, greift Pape meine Frage wieder auf.

»Nicht mehr«, antworte ich wahrheitsgemäß und puste eine Rauchwolke in die Luft. »Vor einer halben Ewigkeit kannte ich den Erben der Firma. Wir haben uns dann aus den Augen verloren …« Ich breche ab, es ist vorbei und unwichtig, es gibt kein Zurück. Und warum sollte sich Professor Pape für meine unglückliche Liebe interessieren, nur weil er zufällig denselben Nachnamen hat?

»Ich verstehe.« Nachdenklich blickt er seiner Rauchwolke nach und nimmt dann einen Schluck vom Wasser, das er sich zu seinem Espresso bestellt hat. »Jetzt bedauere ich es beinahe, nicht zu den Papier-Papes zu gehören. Es klingt nach einer spannenden Geschichte, vielleicht mögen Sie mir eines Tages davon berichten.«

Papier-Pape, denke ich amüsiert und bedauere, dass Tom nicht bloß eine Figur zum Ausschneiden aus einem Magazin war. Das hätte mir viele Tränen erspart. »Jetzt muss *ich* Sie leider enttäuschen, es gibt kein Drama, der junge Mann war lediglich ein Bekannter«, flunkere ich ungeniert und wechsle eilig das Thema. »Weshalb kamen Sie heute hierher? Sicher nicht, um mit mir Eis zu essen?«

Genüsslich zieht er an seiner Zigarette. »Doch, doch. Zusätzlich wollte ich Sie um einen Gefallen bitten, wenn Sie erlauben.«

»Unbedingt, für den köstlichen Eisbecher haben Sie mindestens einen gut.« Ich mustere ihn aufmerksam und überlege, was er wohl von mir möchte.

»Sie waren mir neulich eine große Hilfe bei der Kachelfrage«, hebt er gewichtig an.

Die Kacheln! »Ach ja, ich erinnere mich«, erwidere ich und drücke unnötig kräftig meine Zigarette aus. »Haben Sie sich doch gegen weiße Fliesen entschieden?«

»Nein, nein, weiß ist perfekt. Ich wollte Ihren Rat bezüglich einer Wandfarbe. Sie müssen nämlich wissen …« Er drückt ebenfalls seine Zigarette aus und sucht dann meinen Blick. »Ich habe ein Problem mit Farben.«

Was für eine charmante Umschreibung für farbenblind. Soweit ich informiert bin, handelt es sich dabei aber nur um rotgrünblind, umso begieriger bin ich, das Problem zu begutachten, und sage lächelnd: »Sehr gern.«

Bevor wir in die dritte Etage zu seiner Wohnung hochsteigen, schaue ich noch an meiner Ladentür vorbei.

Die Haftnotiz ist verschwunden!

Panisch suche ich alle Ecken rund ums Haus ab. Nichts! Herr Dörzbacher war da, doch ein paar Schritte rüber ins Café waren ihm anscheinend zu anstrengend.

»Möglicherweise ist der Zettel runtergefallen und wurde von einem Windstoß weggeweht«, sagt Pape in dem Versuch, eine logische Erklärung zu finden. Wie auch immer, denke ich und merke, wie kurzweilig das Warten in Papes Gesellschaft war und dass ich mein löchriges Dach tatsächlich vergessen habe.

Professor Pape unterbricht meinen Überlegungen mit einem: »Sollen wir?«

»Ich bin schon gespannt«, sage ich und nicke.

Oben angekommen, schließt er die Tür auf und weist nach links. »Hier entlang, bitte.«

An diesem Flurende befindet sich das kleinere Zimmer, genau wie in der darunterliegenden Wohnung von Clemens und Tillmann. Ob Pape den Raum als Schlafzimmer vorgesehen hat? Die meisten Menschen würden es tun, aber ein Professor für Ethik und praktische Philosophie hat vielleicht andere Prioritäten. Umso gespannter bin ich auf die Wandfarbe. Aber es riecht überhaupt nicht nach Farbe, wie man es erwarten würde. Ob er mich nur unter einem Vorwand nach oben gelockt hat? Ist der Herr Ethikprofessor vielleicht ein rechter Schwerenöter, der die Sache mit der Moral ganz locker sieht? Erst ein kleines Eis mit Sahne, dann ein kleines Tête-à-tête auf der Baustelle? Camilla würde sagen: Meide niemals eine Versuchung, in unserem Alter könnte es die letzte sein. Ich unterdrücke den Impuls, lauthals zu lachen, und folge ihm durch den Flur.

Er betritt das Zimmer. »Da wären wir. Und – was sagen Sie?«

Ich bin sprachlos.

Alle vier Wände sind dunkelrot.

So ähnlich stelle ich mir ein Bordell vor.

Will er sein Schlafzimmer etwa zur Lasterhöhle gestalten? Und mich schon mal aushorchen, ob es mir gefällt? Fehlt nur noch der Vorschlag, im Internet ganz anonym ein paar stimulierende Accessoires auszusuchen.

»Ich bin überwältigt«, stoße ich schließlich hervor. In

Wahrheit bin ich schockiert, aber noch beherrsche ich mich.

»Finden Sie es nicht zu rot? Abgesehen davon, dass ich nur *eine* Wand in Auftrag gegeben hatte. Der Maler sprach breitestes Bayerisch und muss mich vollkommen falsch verstanden haben.«

Und ich scheine die Situation falsch eingeschätzt zu haben. »Dann ist es also nicht das richtige Rot?«

»Ich wollte überhaupt kein dunkles Rot, sondern einen Pflaumenton, aber Pflaumen sind doch nicht rot, sondern eher bläulich, oder?«, erklärt er, nimmt seine Brille ab und holt ein Putztuch aus seiner Jackeninnentasche. Einzeln haucht er die Brillengläser an und reinigt sie ausgiebig.

Ich ahne, was da schiefgelaufen ist. »Hatten Sie eher an einen Farbton gedacht, der ins dunkle Lila geht? Das wären Zwetschgen, in Bayern wird das gern verwechselt.«

Er setzt die Brille wieder auf, und seine Augen leuchten, als wäre er zutiefst erleichtert, dass ich ihn verstehe. »Das wird es sein!«

»Vielleicht würde Aubergine passen?«

»Verdammt! Verzeihen Sie meinen Ausbruch. Genau diesen Begriff habe ich gesucht, als ich mit dem Handwerker diskutierte, aber der Vergleich wollte mir einfach nicht einfallen. Als der Mann dann Pflaume vorschlug, habe ich zugestimmt, in der Hoffnung, es würde passen. Tja, denken ist eben Glückssache, heißt es. Wissen Sie, mein Ex-Mann war der Koch in der Familie, er kannte sich mit Obst und Gemüse aus, hat sich um den ganzen Haushaltskram gekümmert, und nun …«

Moment!

Ex-Mann?

Gute Güte, dieser Pape ist schwul!

Von wegen Versuchung. Hier geht es nicht um die große Verführung, sondern nur um Obst und Gemüse. Was für eine Erleichterung, dass er keine Ahnung hat von meinen schwülstigen Fantasien. Dennoch fühle ich mich, als hätte mir jemand einen Kübel Eiswasser über den Kopf geschüttet. Stopp! Nicht schon wieder *Wasser*. Wenn das so weitergeht, entwickle ich noch ein Wasser-Trauma.

Ich muss erst mal tief Luft holen, bevor ich antworten kann. »Freut mich, dass ich helfen konnte«, sage ich und schwöre mir, keinem Mann mehr zu trauen, der zu gut aussieht – oder zu gut angezogen ist.

Als wir die Wohnung verlassen, steigt mir ein würziger Duft in die Nase. Entweder fabriziert Ugo schon wieder eine seiner leckeren Saucen, oder der appetitanregende Geruch kommt aus der Wohnung von Laura und Marie. Ich weiß nicht, ob die schönen Schwestern auch so lecker kochen können wie ihr Nachbar Ugo, denn seit der Schlüsselvergabe habe ich sie nicht mehr gesehen. Bei nächster Gelegenheit werde ich mal bei den Mädchen läuten.

Pape hebt die markante Nase und schnüffelt geräuschvoll. »Das riecht ja äußerst verführerisch. Leider beherrsche ich nur die Kunst, ein ordentliches Spiegelei mit knusprigen Bratkartoffeln zu braten. Sobald meine Küche einsatzbereit ist, würde ich Sie gerne dazu einladen.«

»Vielen Dank, ich komme gern«, antworte ich. Ein freundschaftliches Bratkartoffelverhältnis steht zwar nicht auf meiner Wunschliste, aber nette Einladungen zum Essen würde ich niemals ausschlagen.

20

Auf dem Heimweg erneuere ich den Lottoschein. Letzte Woche habe ich es vergessen, und noch nie war ich so erleichtert, als meine Zahlen nicht gezogen wurden. Dann also auf ein Neues. Wer kein Glück in der Liebe hat, soll es ja angeblich im Spiel haben.

Endlich, als die Abendsonne sich hinter einer Ansammlung Schönwetterwolken versteckt, kann auch ich in die Sofapolster fallen. Mein Bedarf an Aufregungen ist für heute gedeckt – und meine aufwallenden Hormone haben sich auch wieder beruhigt. Womöglich bin ich deshalb so erschöpft, dass ich am liebsten sofort in mein Prinzessinnenbett schlüpfen und erst wieder aufwachen möchte, wenn das Dach gedeckt, der Keller durchgetrocknet und die Schaufensterscheibe eingebaut ist. Aber daraus wird nichts, denn für genau diese Arbeiten muss ich einen Kostenplan aufstellen, um herauszufinden, wie viel ich mir von Camilla borgen muss. Außerdem bin ich so hungrig, als wäre ich selbst auf dem Dach herumgeklettert, und seit Papes Einladung kann ich an nichts anderes mehr denken als an Spiegelei mit Bratkartoffeln.

Kartoffeln sind keine im Haus; zwei Spiegeleier und ein Butterbrot sind ein fast gleichwertiger Ersatz. Aus der Idee, zur Entspannung eine Flasche Rotwein zu öffnen, wird leider nichts.

Mit meinem bescheidenen Abendbrot geselle ich mich zu Asche-Albert und berichte ihm ausführlich von meinen Erlebnissen. Noch während ich rede, frage ich mich, ob ich vielleicht doch einsam bin. Ich unterhalte mich mit der Asche eines Toten, verfalle in romantische Vorstellungen und bilde mir ein, begehrt zu werden, sobald ein netter Mann mir Komplimente macht. Und das nur, weil ich vollkommen aus der Übung bin im Umgang mit Männern. Mir fällt ein Hollywoodfilm ein, in dem die alternde Diane Keaton den ebenso alten Knacker Jack Nicholson doch noch abkriegt, obwohl der anfangs nur auf sehr junge Frauen fliegt. Aber das Leben ist keine Hollywoodromanze, in der Realität sind attraktive Männer im passenden Alter verheiratet oder schwul.

Die Erkenntnis macht trotzdem gute Laune, die ich sofort für eine Runde Staubsaugen ausnutze, wobei ich lautstark singen kann. Das wiederum ist eine Schrulle, die ich schon als junge Frau hatte. Bald ist der Fußboden so sauber, dass man davon den Käsekuchen essen kann, den ich anschließend auch noch backe.

Montagmorgen springe ich trällernd wie der frühe Vogel aus dem Bett. Bis spät in die Nacht habe ich über der Kostenaufstellung gesessen: Dachreparatur, Cash für den Glaser und für die Versicherungen – die halten ihre Hände ja gern noch während der Vertragsunterschrift auf. Nach einer letzten Überprüfung der Zahlen schicke ich die Liste per Mail an Camilla.

Mein Frühstück ziehe ich ein wenig in die Länge, um nicht allzu früh bei der Firma Dörzbacher anzurufen. Montage werden ja allgemein gehasst. Einerlei, ob die Sonne scheint, es regnet oder schneit, montags ist die ar-

beitende Bevölkerung mies drauf. Albert hat die Kunst-
handlung am Montag gar nicht geöffnet, obwohl es in
den goldenen Achtziger- und Neunzigerjahren noch zi-
vile Öffnungszeiten gab. Wochentags war um halb sieben, samstags um vierzehn Uhr Feierabend.

Ich genieße eine zweite Tasse Kaffee und die Zeitung
vom Wochenende, in der auch die Beilage eines kleinen
Versandhauses liegt. Verwundert blättere ich durch die
kunterbunten Seiten: zuckersüße Keramikkatzen, die garantiert nicht die Sitzgarnitur zerkratzen. Ewig blühende
Rosensträuße, goldlitzengerahmte Zierdeckchen, ein rotes Samthemd für Weinflaschen – damit könnte ich Albert ärgern, der hat solchen Firlefanz gehasst – oder ein
Sitzkissen aus Schaumstoff und Aluminiumfolie, für den
wettertrotzenden Fußballfan. Wer kauft diese Staubfän-
ger?, frage ich mich, wo Minimalismus die neue Religion
und eine junge Japanerin deren Hohepriesterin ist, die
totales Reduzieren predigt. Camilla besitzt einige Bücher
dieser Aufräum- und Wegwerfpäpstin, ihrem Haushalt
hat das nicht geschadet. Während ich mich frage, ob Camillas Chaotenwirtschaft sich mit dem Einzug der Stieftochter ändert, klingelt es an der Tür.

Für den Postboten ist es noch zu früh, eine weitere
Erbschaft muss ich also nicht fürchten.

Noch im Morgenmantel öffne ich die Tür nur einen
Spaltbreit.

»Guten Morgen, Frau von Buntschuh«, grüßen Doppelmüller, die wie jeden Montag dunkelblaue Overalls
tragen, in denen sie die Container für die Müllabfuhr auf
die Straße schieben.

Liza Minnelli saust an meinen Beinen vorbei Richtung
Küche.

Korbinian hält mir die Zeitung entgegen. »Die ist von heute, das müssen Sie sehen, im München-Teil steht was über Sie drin, mit Foto.«

»Sie sind eine Heldin«, erklärt Ignaz und meint, halb im Weggehen: »Wenn's passt, lassen wir die Süße kurz bei Ihnen.«

Ich benötige einen Moment, um zu verstehen. Kristins Artikel ist erschienen! »Natürlich, Liza kann gerne bleiben«, versichere ich.

In der Küche steht die Hündin schwanzwedelnd vor dem Kühlschrank und blickt mich erwartungsvoll an.

»Tut mir sehr leid, Bierschinken ist aus«, sage ich.

Müllers Mops scheint das nicht zu kümmern. Beharrlich wedelt sie weiter, und als ich nicht reagiere, bellt sie vorwurfsvoll. Ich besteche sie mit einem erbsengroßen Stückchen Butter, das sie mir begeistert vom Finger schleckt, dann folgt sie mir brav ins Wohnzimmer.

Die Morgensonne erhellt den Raum, ich öffne ein Fenster und lasse frische Luft herein, bevor ich es mir im Wohnzimmer bequem mache. Liza hüpft unaufgefordert zu mir aufs Sofa und rollt sich neben mir ein. Mit gemischten Gefühlen schlage ich die Zeitung auf. *Adel verpflichtet*, lautet die Schlagzeile im Lokalteil auf Seite drei. Darunter prangt das Selfie von Kristin und mir. Unscharf im Hintergrund ist das Gebäude zu erkennen. Kristins rotes Haar ist ein echter Blickfang, ich dagegen, mit der nachlässigen Hochsteckfrisur und der Sonnenbrille auf der Nase, wirke eher wie eine Billigausgabe von Jacqueline Onassis, die im Schmuddelshirt den Müll wegbringt. Nicht auszudenken, wie ich ohne Brille ausgesehen hätte. Aber das ist nicht mehr zu ändern, das Foto ist gedruckt und landet demnächst mit Gemüseabfall im Biomüll.

Bevor ich zu lesen beginne, berichte ich Albert von der quirligen Jungjournalistin und wie es zu diesem Artikel kam.

Dann lese ich vor.

Im Mai diesen Jahres erbte Frau von B. aus München ein stark renovierungsbedürftiges Mietshaus, das sie aufgrund seines desolaten Zustandes verkaufen wollte, da ihr selbst die Mittel für die Instandsetzung fehlten. Doch dann erinnerte sie sich an Artikel vierzehn, Absatz zwei des Grundgesetzes, der besagt: »Eigentum verpflichtet, sein Gebrauch soll zugleich dem Wohle der Allgemeinheit dienen.« Frau von B. war das Anlass genug, ihr Erbe nicht zu veräußern, sondern trotz des finanziellen Engpasses nach einer Lösung zu suchen. So entstand die ungewöhnliche Idee, die Wohnungen in Gemeinschaftsarbeit zu renovieren. Nach Fertigstellung erhalten die Helfer günstige Mietverträge. Was noch fehlt, sind Sponsoren für größere Reparaturen.

In Zeiten von Luxussanierungen, teilweise dreifachen Mietsteigerungen und kurzfristigen Kündigungen wegen angeblichen Eigenbedarfs handeln Hauseigentümer nur sehr selten wie Frau von B. im Sinne des Gesetzgebers. München braucht mehr solche Vermieter wie Frau von B., unsere Heldin des Jahres.

»Ich bin eine Heldin, wie findest du das?«, frage ich Asche-Albert. Statt seiner gibt Liza ein zustimmendes »Wuff« von sich.

Vergnügt tätschle ich ihr den Kopf. »Danke schön, meine Kleine. Wäre doch fein, wenn sich ein paar Sponsoren melden würden, vielleicht ein sozial denkender

Dachdecker.« Gut, dass Kirstin den Artikel so verfasst hat, dass mir kein Ärger mit der Steuer droht! Beschwingt begebe ich mich ins Bad, um zu duschen, mich zu schminken und anzuziehen. Wann immer ich nachlässig im Morgenrock-Look telefoniere, verfalle ich nämlich schnell in einen allzu privaten Tonfall. Albert fand, im Hausgewand hätte ich eine Schlafzimmerstimme. Was er damit andeuten wollte, muss man nicht übersetzen. Jedenfalls fehlt mir im Morgenrock der nötige »Biss«. Und »beißen« werde ich müssen, betteln allein hilft nämlich wenig, so viel weiß ich inzwischen.

Gehüllt in ein Badetuch durchsuche ich meine spärliche Garderobe – die kleine Aufräum-Japanerin wäre zwar geschockt von meinen übervollen Bücherregalen, hätte aber mordsmäßige Freude an meinem übersichtlichen Kleiderschrank. Ehemals war der Schrank für Albert und mich gedacht, als ich seine Klamotten zu *Oxfam* gebracht habe, entstand eine große Lücke. Ich gehöre nämlich nicht zu der Spezies »rührselige Witwen«, die noch jahrelang die Klamotten des Verstorbenen verwahren und hoffen, eines Tages käme einer, dem das Zeug passt. Oder sie schnüffeln an der löchrigen Strickjacke, die nach Mottenkugeln riecht, und behaupten, es wäre sein Aftershave.

Eine männliche Stimme quatscht in meine Betrachtungen. Noch ehe ich die Flurkommode erreiche, hat der Anrufer aufgelegt. Hoffentlich war das keiner meiner Mieter, der mir ein neues Wasserdrama melden wollte.

Ich drücke auf Abhören und erkenne die Stimme schon am »Hallo«. Es ist Willi Faber, der um Rückruf bittet, aber keinen Grund nennt.

Da kannst du lange warten, knurre ich den Apparat

an. Und frage mich, ob dieser Immobilienheini nichts Besseres zu tun hat, als mich zu verfolgen wie ein Stalker. Ich verstehe überhaupt nicht, warum der so hartnäckig ist, warum er nicht begreift, dass ich seine Dienste nicht benötige. Wann kriecht der endlich in das Loch zurück, aus dem er hervorgekrabbelt ist?

Ich lösche Fabers Ansage und mache mich ans Werk. Zuerst schlüpfe ich in mein bestes Sommerkleid, ein kleines Schwarzes aus leichter Popeline mit angeschnittenen Ärmeln, anschließend tusche ich die Wimpern und lege roten Lippenstift auf. Dann bin ich kampfbereit und schwöre bei Alberts Asche, nicht eher zu ruhen, bis die Telefonschlacht gewonnen ist.

Bei Dörzbacher meldet sich ein Anrufbeantworter. Nach der Ansage »Wir–sind–auf–Montage–und–zurzeit–leider–nicht–erreichbar« leiert die weibliche Stimme noch eine Handynummer für Notfälle runter. Leider redet sie nicht nur schnell, sie nuschelt auch noch stark. Als ich die Nummer anrufe, meldet sich ein Beerdigungsinstitut. Hoffentlich ist das kein böses Omen. Nach dem zweiten Anruf bei Dörzbacher habe ich endlich die komplette Notfallnummer notiert.

»Dort meldet sich eine Mailbox. Freundlich beginne ich: Hier ist Balbina von Buntschuh …«, überlege einen Moment, ob ich richtig Druck machen soll, und tue es: »Ich stehe auf dem Dach und benötige sofort Ihre Hilfe.« Nachdem ich aufgelegt habe, kommt es mir doch leicht übertrieben vor, aber wenn das nicht fruchtet, dann weiß ich auch nicht.

Anschließend klappere ich erneut die restlichen Notdienste ab. Bei einigen läuft eine Ansage, andere versprechen Rückrufe.

Montag eben.

Aber ich gedulde mich.

Schließlich läutet das Telefon tatsächlich.

Freudig melde ich mich, doch statt des erwarteten Dachdeckers keucht mir eine junge männliche Stimme aufgeregt ins Ohr: »Hallo, hier ist der Basti. Wann findet die Besichtigung statt? Bitte, bitte, sagen Sie nicht, dass es schon zu spät ist.«

Einigermaßen verwirrt sage ich: »Sie haben sich verwählt.«

»Nein, nicht auflegen, bitte, ich rufe wegen der Wohnung an.«

Ah, ein Nachzügler des Castings, dem ich leider mitteilen muss, dass es keine freien Wohnungen mehr gibt.

Erst am späten Vormittag meldet sich das Sekretariat der Firma Dörzbacher und entschuldigt sich für den versäumten Termin. Aber heute würde es klappen, *todsicher* – als Dachdeckerfirma würde ich das Wort verbieten. Ob ich in einer Stunde am Objekt sein könne.

Selbstverständlich kann ich. Hat sich gelohnt, vorausschauend angezogen, geschminkt und frisiert zu sein.

Am Rosenberg angekommen ereilt mich ein Déjà-vu. Wie beim Mietercasting windet sich eine lange Schlange vom Haus bis zur Straßenecke, als fände der Termin heute statt. Studenten mit Rucksäcken und Handys am Ohr, Frauen mit Kindern oder Babys im Wagen, ältere Herrschaften mit Hunden und Zeitung in der Hand.

Was zum Geier ist hier los?

Das Rätsel ist schnell gelöst. Schuld ist Kristins Artikel, genauer gesagt die Formulierung: ... *die ungewöhnliche Idee, die Wohnungen in Gemeinschaftsarbeit zu renovieren. Nach Fertigstellung erhalten die Helfer günstige Mietverträge.*

Wie ich aus Gesprächsfetzen höre und am unüberschaubaren Andrang erkenne, will jeder mitmachen. Anhand des Selfies fanden die cleveren jungen Menschen mit ihren Handys die Adresse des Hauses, und einer recherchierte sogar meine private Telefonnummer. Herzlichen Dank auch, Tante Google.

Es ist ein einziger Albtraum – oder »megakrass«, wie einige der Wohnungssuchenden kommentieren. Und anstatt mit dem Dachdecker aufs Dach zu steigen, werde ich binnen weniger Sekunden von einem Pulk Wohnungssuchender eingekesselt, die in ihrer großen Not bereit sind, für eine Zusage ihre Seele zu verkaufen. Rücksicht auf eine kleine Frau wie mich zu nehmen, kommt jedoch nicht infrage. Es wird gedrängelt, geflucht, geschubst, gezogen und gequetscht.

Verzweifelt blicke ich zu den Fenstern hinauf, es scheint niemand da zu sein, der mir zu Hilfe eilen könnte. Wie auch, es ist Montag, ein ganz normaler Arbeits- oder Studientag. Mit aller Kraft brülle ich gegen das Stimmengewirr an: »Hier werden keine Wohnungen vergeben … der Artikel war irreführend … bitte, gehen Sie wieder nach Hause …« Doch ich bin nicht nur klein, auch meine Stimme ist nicht sonderlich kraftvoll. Keiner glaubt mir, ich könnte ebenso einen Dialekt aus der hinteren Mongolei sprechen.

Unbeirrt wird weiter geschoben, getreten, mit gierigen Grimassen an Kleidung oder Haaren gerissen, ohne Hemmungen oder Mitgefühl. Manche gebärden sich, als säße ich auf einer Goldader, in der man kostenlos graben darf, wenn man nur meine Erlaubnis erhält.

Es ist beängstigend, raubt mir die Luft zum Atmen, und ich würde gern ins Haus oder in mein Café flüchten, aber ich bin dicht umringt, als wäre ich ein Star. Kurz überlege ich, ob sich meine Handtasche mit dem dicken Schlüsselbund als Waffe eignet, doch ich bin derart eingeschlossen, dass ich nicht einmal ausholen könnte, um jemandem die Tasche an den Kopf zu knallen.

Als ich Luft hole und erneut in die Menge krächze, entdecke ich einen übergewichtigen Mann im dunklen Anzug mit Sonnenbrille und Pferdeschwanz, der aus den unbekannten Gesichtern herausragt. Willi Faber – mein Sommerschnupfen.

»Verschwindet alle, sofort, oder ich rufe die Polizei«, schreie ich mit letzter Kraft und in Fabers Richtung: »Sie auch.« Doch meine Stimme ist längst zu heiser, um ihn zu erreichen.

Faber drängelt sich durch, postiert sich vor mir wie ein persönlicher Bodyguard und schreit mit tiefer Baritonstimme wie der Bandleader einer Oktoberfest-Blaskapelle: »Achtung, Achtung: Der Artikel war eine saublöde Zeitungsente, hier gibt es keine Wohnungen, das Haus wird abgerissen, also verpisst euch. Aber dalli.«

Unwilliges Gemurmel hebt an, Flüche werden laut, und ich werde hemmungslos beschimpft.

»Verfluchte Vermieter!«

»Alles Ganoven!«

»Eine Riesensauerei ist das, jawohl, eine Sauerei!«

Aber die Menge löst sich tatsächlich langsam auf, und – ich kann es kaum fassen – etwa fünfzehn Minuten später stehe ich allein mit Faber auf dem Gehsteig. Ich starre ihn mit offenem Mund an, er grinst frech und sagt: »Keine Ursache.«

»Wie … bitte?«, huste ich.

»Als Sie den Mund öffneten, dachte ich, Sie wollten sich bei mir bedanken, aber Ihre Stimme versagt.«

»Ach so, danke schön.«

»Keine Ursache, wie schon gesagt. Und ich dachte mir schon, dass der Zeitungsartikel die Tatsachen nicht richtig dargestellt hat. Sie haben mir doch versichert, dass Sie verkaufen, richtig? Oder planen Sie wieder ein innovatives Event?«

»Schneiden Sie sich bloß nicht an Ihrem scharfen Verstand«, spotte ich und wende mich ab, um in meinen Laden zu flüchten.

Er hält sein Handy ans Ohr und ruft mir lachend nach: »Melden Sie sich, wenn es so weit ist.« Als wäre das eben nur eine lustige Party gewesen.

Ich gehe zurück zu ihm und frage unfreundlich: »Weshalb sind Sie eigentlich hier aufgekreuzt?«

»Ich lese Zeitung beim Frühstück«, antwortet er und zuckt die Schultern.

»Interessant«, entgegne ich streitlustig.

Lässig steckt er sein Handy in die Jackentasche. »Das Wort ›Sponsoren‹ hat mich ein wenig verwirrt.«

»Sie und verwirrt?« Ich lache kurz auf. »Wer das glaubt, der glaubt auch, dass ich Sie mit dem Verkauf meines Hauses beauftrage. Aber bekanntlich stirbt ja die Hoffnung zuletzt.« Er mustert mich skeptisch. Ich drehe mich um und verschwinde in meinem Büchercafé.

Im Halbdunkel beruhige ich mich langsam, kühle am Waschbecken in der Toilette meine erhitzte Stirn und nehme einige Schlucke Wasser. Was für ein Montag! Langsam verstehe ich die Montagshasser. Wenn der Dachdecker heute wieder nicht auftaucht, wird das die Chaostheorie nur bestätigen.

Vierzig Minuten später erscheint er tatsächlich. Beinahe unheimlich, so viel Glück, denke ich, als ein weißer Kleinbus vorfährt, auf dem die Grafik eines Daches prangt. Darunter ein blauer Schriftzug: *Dörzbacher*.

Der Meister selbst ist klein, wirkt drahtig, hat dunkle Augen und dunkle Locken, die unter einer blauen Schildkappe hervorlugen. In den grauen Arbeitshosen, dem schwarzen T-Shirt, dessen kurze Ärmel sich über beachtliche Muskeln spannen, und kompakten schwarzen Baustellentretern könnte er direkt einem Bilderbuch für Kindergartenkids entsprungen sein.

»Ich grüße Sie, Herr Dörzbacher, wie schön, dass Sie es heute einrichten konnten«, tadle ich ihn unterschwellig.

Er ignoriert meinen Vorwurf, womöglich hält er mich wegen der schrägen Nachricht auf dem AB für überkandidelt, und sagt stoisch: »Dann wollen wir die Lage mal checken.«

Ich habe natürlich angenommen, er würde mit einer großen Leiter oder einem Kranaufsatz an seinem Wagen erscheinen und direkt aufs Dach klettern. Aber das war ein Irrtum. Unsicher frage ich: »Von innen? Ich meine, wollen Sie auf den Dachboden steigen?«

»Das wäre nicht verkehrt«, antwortet er ruhig, ohne auch nur die Mundwinkel zu verziehen.

»In Ordnung, dann werde ich mal vorausgehen.«

Die im Haus herrschende Friedhofsstille kommt mir sehr zupass.

»Wohnt hier keiner?«, fragt Dörzbacher.

Ich erkläre ihm die Situation meiner Erbschaft und dass wir gemeinschaftlich renovieren. »Im Moment wohnt also noch niemand hier, erst nach den abgeschlossenen Renovierungen. Und solange es durchs Dach regnet, wäre kaum jemand scharf darauf, hier einzuziehen.« Mit dem letzten Satz hoffe ich, ihm die Dringlichkeit meiner Lage verdeutlicht zu haben.

Auf dem Dachboden stehen immer noch die Eimer unter den defekten Stellen, wo das Regenwasser durchgesickert ist.

Dörzbacher steuert direkt darauf zu, guckt hinein und sagt: »Salztrocken.«

»Es hat ja auch seit Tagen nicht geregnet«, erinnere ich ihn.

Er nickt und schreitet kommentarlos den gesamten Dachboden ab, klopft hier und da an die Dachziegel, ohne etwas zu erklären. Schließlich schnappt er sich einen Kübel, begibt sich damit zu einem der vier Lukenfenster und schiebt es auf. Dann dreht er den Kübel um, steigt drauf und steckt den Kopf durchs Fenster.

Nach ein, zwei Atemzügen trete ich zu ihm. »Können Sie schon was erkennen?«

Er zieht den Kopf zurück, steigt vom Malerkübel, schließt das Fenster und marschiert zum nächsten. Das scheint ihm auch nicht zu gefallen, also begibt er sich zum dritten. Erneut nimmt er den umgedrehten Eimer zu Hilfe, und diesmal klettert er einfach so durch das Fenster hinaus aufs Dach. Bestürzt schnappe ich nach Luft, will ihn aufhalten, doch da ist er schon außer Sichtweite. Nach einigen Minuten kommt er unbeschadet zurück und sagt emotionslos: »Leider Totalschaden.«

»Und das …« Ich muss mich räuspern, bevor ich weitersprechen kann: »Und das erkennen Sie allein durch einmal kurz draufschauen?«

»Gute Frau«, hebt er leutselig an. »Ich steige seit dreißig Jahren auf Dächern herum, und hier wuchert überall das Moos. Es sind garantiert mehr als zwei, drei Stellen defekt, darauf können S' einen lassen.«

»Nein, danke.«

Entgeistert fragt er: »Wie bitte?«

Er hat den Scherz nicht kapiert, auch egal. »Ich vertraue natürlich Ihren Fachkenntnissen«, sage ich so freundlich, wie es mir angesichts dieser Katastrophe überhaupt möglich ist. »Aber ich dachte eigentlich, dass Sie erst einmal die beschädigten Dachziegel austauschen, und dann sehen wir weiter.«

»Das wäre natürlich möglich, aber …« Er macht eine Pause. »In ein, zwei Wochen oder garantiert mit den Herbststürmen fallen die nächsten Ziegel runter, dann müssen wir wieder rauf und immer so weiter. Jedes Mal kriegen Sie eine Rechnung, und zum Jahresende hat der Spaß mehr gekostet als eine komplette Neueindeckung. Da ist nix gewonnen, nur Geld verschleudert. Und …«

»Noch was?«, unterbreche ich seine Prophezeiungen, die nach meinem ganz persönlichen Tschernobyl klingen.

»Na ja …«, er dreht den Eimer um und stellt ihn wieder zurück. »Wenn's ganz deppert läuft, fällt einem Passanten so ein Ziegel auf den Kopf, und Sie haben eine fette Klage am Hals.«

Klage?! Mir wird schwindelig. Ich könnte vor Gericht landen, weil durch meine Schuld ein Mensch verletzt wurde? Nicht zu fassen, wie schnell das gehen kann. Man erbt ein marodes Haus, hat Mitleid mit Hausbesetzern, befolgt das Grundgesetz, und schwuppdiwupp, sitzt man hinter Gittern. Und ohne einen raffinierten Anwalt kommt man so schnell wohl nicht wieder raus.

Doch für den benötigt man ein dickes Bankkonto. Vielleicht sollte ich einfach eine Bank überfallen, das wäre mal ein echter Spaß. Die Gefahr, erwischt zu werden und im Knast zu landen, ist auch nicht größer als jetzt.

»Mit einer kompletten Erneuerung sind Sie alle Sorgen los, außerdem rate ich zu einer effizienten Wärmedämmung, das reduziert die Heizkosten und ist ein Beitrag zum Klimaschutz«, unterbricht Dörzbacher meine panischen Gedanken.

Ich starre ihn an. »Alle Sorgen los?«, murmle ich bestürzt. Der gute Mann hat ja keine Ahnung von meinem nassen Keller, dem kaputten Schaufenster und – ich fürchte – von so vielen anderen Schäden, die nur noch nicht entdeckt wurden. Die mich auf direktem Wege von der Not ins Elend bringen.

»So sicher, wie Wasser nass ist.«

Ist der Mann noch ganz bei Trost, ausgerechnet jetzt auch noch das W-Wort einfließen zu lassen?

Mit dem letzten Rest Langmut frage ich: »Und was wird mich der Spaß kosten?«

Er kratzt sich am Kopf und möchte wissen, wie viele Quadratmeter das Dach hat. Als ich hilflos die Schultern zucke, schreitet er den Dachboden ab und sagt: »Ich schau's mir noch von der Straße aus an, in etwa kann ich es einschätzen, dann schick ich Ihnen einen vorläufigen Kostenvoranschlag. Wenn Sie eine genaue Berechnung möchten, kann ich es natürlich ausmessen, müsste es aber in Rechnung stellen.«

Von wegen, mit sechsundsechzig Jahren fängt das Leben erst an – mit sechsundsechzig fangen die Geldsorgen an!

21

Wann immer Albert ein frisch gebackenes, noch warmes Stück Käsekuchen verspeiste, leckte er am Ende genüsslich die Gabel ab und lobte meine Backkünste überschwänglich: »Würde es einen Käsekuchen-Oscar geben, wäre er dir für deine köstliche Kreation gewiss.« Nach einem weiteren Stück war er nicht mehr davon abzubringen, dass mein Kuchen besser schmecke als der seiner Mutter.

Wenn es doch nur einen Kuchen-Oscar gäbe! Dann könnte ich das Rezept für viel Geld verkaufen und wäre alle Sorgen auf einen Schlag los.

Stattdessen starre ich mit Schnappatmung auf Dörzbachers Kostenvoranschlag, der am heutigen Mittwoch im Briefkasten gelegen hat.

Der Mann scheint zu glauben, in meinem Feuchtkeller stehe ein Gelddrucker, der unablässig Scheine ausspuckt.

Bei längerer Betrachtung durch meine Lesebrille kommt mir seine Aufstellung nämlich wie ein Fantasiegebilde vor. Obwohl ich keinen blassen Schimmer von Dächern habe, finde ich es dennoch unprofessionell, die Maße mal so eben abzuschreiten und den Rest von der Straße aus Pi mal Daumen zu schätzen. Und als Gipfel der Unverfrorenheit empfinde ich die zweite Kostenaufstellung, in der er mir eine Solaranlage anbietet. Die ließe sich von der Bank finanzieren, zusätzlich würde der Staat Förderungen vergeben, schreibt er. Jedes einzelne Wort in diesem Satz beschleunigt meinen Herzschlag. Von meiner Minirente lässt sich kein Kredit über hunderttausend Euro abbezahlen. Das kann er natürlich nicht wissen, dennoch ist sein Angebot unverfroren.

Ich wollte lediglich ein paar neue Dachziegel und nicht in die Stromproduktion einsteigen. Logisch würde es sich irgendwann amortisieren und ich daran verdienen, aber vorher kostet es mehr, als ich in den nächsten zwanzig Jahren an Rente erhalte – wenn ich überhaupt so alt werde. Was bei dieser Anhäufung von Stress höchst zweifelhaft ist. Schon jetzt tanzen Zahlenkolonnen vor meinen Augen, im Wechsel mit dem W-Wort, das aufblinkt wie eine grelle Neonschrift in der Dunkelheit: *Wasserschaden, Wasserschaden, Wasserschaden.* Gesund kann das nicht sein.

Dabei bin ich gern am Wasser, vor allem am Meer. Die romantischen Wochen auf Ibiza gehören zu den schönsten meines Lebens, trotz der traumatischen Monate danach. Manchmal träume ich vom türkisblau glitzernden Meer und sanft gekräuselten Wellen, die in dem weißen Puderzuckerstrand versickern. Vom schrillen Kreischen der Möwen, das sich mit dem gleichmäßigen Singsang des Meeresrauschens mischt. Von heißer Luft, die nach dem nussigen Sonnenöl auf unserer Haut duftet. Von Toms zärtlichen Küssen am Strand und trunkenen Liebesnächten unterm Moskitonetz.

Gegen die Sehnsucht nach Ibiza hilft nur ein drittes Stück Käsekuchen. Doch statt meine Probleme zu vergessen, ist mir übel, und ich bin reif für die Kloschüssel.

Nach der unwürdigen Begegnung mit der Keramik

ist zwar das Völlegefühl verschwunden, nicht aber der Kostenvoranschlag von Dörzbacher. Vorwurfsvoll liegt er auf dem Couchtisch wie ein blauer Brief vom Schuldirektor, den man vor den Eltern verstecken möchte.

Wie konnte es nur so weit kommen? Ich habe niemandem etwas getan, keinen betrogen und mangels Auto nicht einmal die Straßenverkehrsordnung missachtet, dennoch scheint es, als wollte mir jemand die Höchststrafe verpassen. Anders lässt sich die Pechsträhne nicht erklären. Ich stecke in einer verzwickten Lage, suche verbissen nach einer Lösung, rausche aber in Höchstgeschwindigkeit direkt in eine Sackgasse. Die Superkatastrophe ist nämlich im Anmarsch. Gestern Abend prophezeite der Wetterbericht ein Gewitter, das sich über dem Atlantik zusammenbraut, begleitet von heftigen Sturmböen.

Abends im Bett liege ich lange wach, sehe meine Dachziegel durch die Gegend wirbeln wie trockenes Herbstlaub und Dörzbachers Schwarzmalerei sich erfüllen. Eine Schlaftablette hilft mir schließlich einzuschlafen.

Nach dem Aufwachen fühle ich mich erfrischt wie nach einem Kurzurlaub und bin bereit, Bäume auszureißen – oder wenigstens dem Dachdecker aufs Dach zu steigen. Wäre doch gelacht, wenn ich mich von dem demoralisieren ließe. Bei aller Hochachtung vor Handwerkern: Dörzbacher hat sich bei der Betrachtung meines schadhaften Daches wohl den ganz großen Reibach ausgerechnet. Tja, da hat er sich leider vertan.

In Kampfstimmung zelebriere ich mein Frühstück heute besonders ausgiebig mit Rühreiern und den ersten reif gewordenen Cocktailtomaten. In der zweiten Tasse

Kaffee »sitzt« die Lösung quasi im Bodensatz: Eine Krisenmanagerin muss her. Ich werde mich mit Camilla beraten, die hat auf Krise studiert.

Camillas Arbeitsrhythmus kenne ich ziemlich genau und erwische sie zehn Minuten vor der ganzen Stunde zwischen zwei Sitzungen. Ohne höfliches Geschwurbel frage ich direkt: »Hast du noch eine freie Stunde? Ich benötige dringend deinen klaren Verstand.«

»Ups! Seit wann bist du so mysteriös?«, fragt sie mit leiser Stimme.

Und seit wann sagt meine Freundin »ups«?, frage ich mich, antworte aber nur: »Lange Geschichte« und dass ich nicht am Telefon darüber reden möchte.

»Das klingt ja megaspannend«, meint sie. »Komm doch um sieben zum Abendessen, dann kannst du auch gleich Vivien kennenlernen, und zum Reden finden wir sicher auch noch Zeit.«

»Megaspannend« hat bisher auch nicht zu Camillas Wortschatz gehört. Ob die neue Tochter bereits abfärbt? »Danke, ich komme gern. Ich bin schon sehr neugierig auf Vivien.« Der Familienzuwachs ist mir in all der Aufregung doch glatt entfallen.

Für ein Abendessen bei Familie König lege ich normalerweise kein Make-up auf. Heute mache ich eine Ausnahme. Die trendigen jungen Mädchen schminken sich ja schon vor der Pubertät, wie mir im Drogeriemarkt aufgefallen ist. Zwölfjährige umlagern dort die Make-up-Ecke wie Honigbienen eine Blumenwiese. Ich habe in dem Alter noch mit Puppen gespielt. Hätte ich mir die Nägel lackiert, wäre eine Woche Hausarrest noch milde gewesen. Für Kinder war anmalen nur im Fasching erlaubt, im Zeitalter der Globalisierung hat sich auch das geändert. Wer weiß, ob für eine Siebzehnjährige wie Vivien eine doppelte Lage falscher Wimpern nicht zur Basisausstattung gehört. Dagegen wirkt man als Frau in der zweiten Lebenshälfte schnell, als stünde man bereits mit einem Fuß in der Grube. Um nicht vollends in die Depression abzugleiten, greife ich etwas tiefer in den Tuschkasten.

Pünktlich um sieben klingle ich bei König. Zu meinem Erstaunen wird die blumenverzierte Wohnungstür nicht von Philip geöffnet, wie üblicherweise am Abend, sondern von Camilla, die doch eigentlich in der Küche werkeln müsste.

Sie tritt ein Stück zur Seite und betrachtet mich mit hochgezogenen Augenbrauen von oben bis unten. »Jemand gestorben?«

Ich betrete die rechteckige Diele. »Warum fragst du?«

»Du siehst aus wie die Raubkopie einer reichen Witwe.« Sie schließt die Tür und mustert mein sorgfältig hochgestecktes Haar, mein schwarzes Popelinekleid und die rot lackierten Zehennägel in den hohen schwarzen Sandalen.

»Ich freue mich auch, dich zu sehen«, kontere ich, ohne die Miene zu verziehen, und bussle sie links und rechts auf die Wangen. »Wie geht es denn der frischgebackenen Mama? Schläft Klein Vivien schon durch?«

Träge fährt sie sich durch den glänzenden Bubikopf, und aus ihrer Brust entweicht ein tiefer Seufzer. »Du hast ja keine Ahnung.«

Oh, oh, das klingt aber nicht nach trautem Familienglück, denke ich erschrocken und frage mich, was in der kurzen Zeit zwischen unserem Anruf und jetzt geschehen sein mag. Gespannt folge ich ihr – und dem herrlichen Duft nach Braten. Kochen hat sie also noch drauf. Alles andere wird sie als professionelle Streitmanagerin mit einem Fingerschnippen lösen. Hoffe ich jedenfalls.

»Prosecco?«, fragt Camilla, als wir die Küche erreicht haben.

Ich nicke. »Immer gerne, du kennst ja meine Schwächen.«

Auf der Kochinsel, zwischen einem Korb voller Gemüse, Salatzutaten und allerhand Kochutensilien, stehen zwei schlanke Sektgläser bereit. Sie holt den Prosecco aus dem doppelbreiten Kühlschrank, füllt die Gläser auf und gibt mir eines: »Auf uns.«

»Auf uns und eure Familie.« Wir stoßen an, und nach dem ersten kühlen Schluck seufze ich: »Köstlich.« Nichts belebt so sehr wie prickelnder Schaumwein. Eines Tages, wenn alle Reparaturen Geschichte sind, gönne ich mir jeden Tag ein Gläschen zum Mittagessen. Jetzt bin ich neugierig auf Vivien, frage aber erst einmal: »Kann ich noch was helfen?«

»Machst du mir Schwäne?« Camilla füllt mein Glas auf.

»Na klar.« Mit dem Prosecco in der Hand begebe ich mich ins gegenüberliegende Esszimmer. Auf dem schwarzen Ebenholztisch warten Teller, Silberbesteck, Leinenservietten sowie Wasser- und Weingläser auf ihren Einsatz.

Für vier Personen, stelle ich beruhigt fest. Das neue Familienglück scheinen nur kleine Kratzer zu trüben. Dennoch finde ich Camillas Seufzer rätselhaft, und umso neugieriger bin ich nun.

Teller, Besteck und Gläser sind schnell verteilt, jetzt noch die Servietten zu hübschen Schwänen falten. Das »Servietten-Origami« hat mir meine geschätzte Schwiegermutter beigebracht. Sie war der Meinung, eine wirklich feine Tischkultur erkenne man nicht nur an fleckenfrei poliertem Besteck, sondern auch an kunstvoll gefalteten Servietten. Als ich das Camilla erzählt habe, hat sie noch gelacht. Inzwischen liebt sie meine Stoffgebilde und nennt mich »Serviettenkönigin«. Ich kann Rosenknospen, Herzen, Sterne, Schmetterlinge, Seerosen, Tannenbäume oder Briefkuverts falten, in die man kleine Überraschungen stecken kann. Als ich den letzten Schwan in Position setze, ertönt hinter mir ein zartes Stimmchen: »Hallo.«

Ich drehe mich um. »Hallo«, begrüße ich das hochgewachsene barfüßige Mädchen in Strumpfhosenjeans und weißem Flattertop mit Rüschen.

Anmutig geht sie auf mich zu. »Ich bin Vivien.« Sie streckt mir die zierliche Hand entgegen, und als ich sie ergreife, blickt sie mich aus dunkelblauen Augen interessiert an.

Es sind tatsächlich Philips Augen, umrandet von dick getuschten Wimpern. Das Haar, leicht gewellt und schwarz wie früher seines, reicht ihr bis zur Taille. Sie ist eindeutig die Tochter ihres Vaters – sogar die Nase ähnelt seiner.

»Freut mich sehr, ich bin Balbina, Camillas älteste Freundin.«

»Ich weiß«, sagt sie, schnappt sich einen Serviettenschwan, drückt und spielt damit, als wär's ein Plüschtier – und zerstört ihn. »Ups!« Verblüfft betrachtet sie das Stück Stoff in ihrer Hand, als hätte sie unbeabsichtigt ein

Zauberkunststück vollbracht. »Tut mir leid, das Teil sah so stabil aus.«

Kinder, denke ich halb amüsiert. Ich hatte also recht mit dem abfärbenden Ups. Fehlt nur noch mega. »Wären sie haltbarer, hätte man Mühe, sie auseinanderzufalten und zu benutzen. Nicht wahr?«

»Sie sind lustig.« Sie kichert glucksend wie ein Kleinkind. »Genau wie Ihr lustiger Familienname – von Buntschuh. Mega.«

Da ist es ja! Ich tarne meinen Lachanfall als Husten und scherze anschließend: »Einfach den richtigen Mann aussuchen.« Dass man die Wahl an manchen Tagen infrage stellt, zwar nicht unbedingt bereut, aber doch leichte Zweifel daran hegt, muss das junge Ding nicht wissen. Die Erfahrung macht sie noch früh genug.

Camilla kommt mit unverändert düsterer Miene ins Esszimmer, in den Händen eine Schüssel Salat. »Ah, ihr habt euch schon angefreundet.«

»Balbina ist megalustig«, urteilt Vivien erneut. »Und sie kann coole Sachen mit den Servietten und alles …«

»Danke, Vivien. Aber Teller und Besteck auflegen ist keine hohe Kunst. Das beherrschst du doch sicher auch, und falls nicht: Das bisschen Haushalt ist keine Hexerei …« Wehmütig denke ich zurück an die kurze Zeit, als ich gehofft habe, eine kleine Tochter zu bekommen. Mit ihr hätte ich gemeinsam gebacken und gekocht und mir weitaus mehr Mühe am Herd gegeben.

Vivien guckt murmelnd aus dem Fenster. Das Thema Haushalt scheint sie megamäßig zu langweilen.

Camilla zuckt nur mit den Schultern. »Vivien muss sich erst mal einleben und dann Abi machen, bevor sie an so geistlose Dinge wie Haushalt denkt.«

Philip stürmt in den Raum. »Ah, die Damen beim Pläuschchen! Grüß dich, Balbina.« Er kommt auf mich zu und schüttelt mir die Hand. »Wie geht es dir?«

»Äh … soweit ganz gut.« Ich bin verwirrt. Keine Wangenküsse, keine Schmeichelei, keine Anspielungen auf die Liebe oder Affären? Hat Vivien ihn tatsächlich so schnell umgedreht? Aus einem Leichtfuß einen verantwortungsvollen Vater gemacht?

»Wollen wir nicht Platz nehmen?« Einladend rückt er einen der zwölf Samtstühle zurecht, während er seine Tochter zärtlich betrachtet. »Vivien, komm, setz dich doch.«

Schließlich hat Philip neben Vivien an einer Längsseite des Tisches Platz genommen, Camilla und ich gegenüber.

»Bedient euch …« Camilla schiebt den Rucolasalat mit den gerösteten Walnüssen in die Mitte.

Ich versuche es mit Konversation. »Ist sicher alles eine große Umstellung für dich, Vivien. Neue Stadt, neue Schule, neues Zuhause. Ich hoffe, du hast nette Mitschüler«, beginne ich nicht besonders geistreich.

»Geht schon, ist ja ohnehin nicht für lange.« Sie häuft sich eine ordentliche Portion Salat auf den Teller und reicht die Schüssel an Philip weiter.

»Stimmt, ein Jahr geht schnell vorbei«, bestätige ich und seufze: »Je älter man wird, umso schneller rast die Zeit. Gestern war Weihnachten, und kaum dreht man sich dreimal um, ist es schon wieder so weit.«

Vivien hantiert eigenartig geziert mit dem Besteck, als fürchtete sie um ihre dunkelrot lackierten Nägel. Umständlich häuft sie Rucolablätter auf eine Gabel und spricht dann mit vollem Mund.

»Hmm … in England feiern sie super Weihnachten … Hmm … setzen sich lustige Hüte auf und machen Spiele und alles.«

Wie kommt sie denn jetzt auf England?, frage ich mich, sage aber nichts, ich spreche nicht mit vollem Mund.

»Aber Weihnachten würdest du nach Hause kommen?«, fragt Philip, der lustlos in seinen Salatblättern rumstochert.

Vivien schenkt ihm ein Zauberlächeln. »Na klar, Papilein, fest versprochen.«

Langsam ahne ich, was hier los ist und warum Camilla so miese Laune hat, aber ich verkneife mir eine direkte Frage und blicke meine Freundin nur mit großen Augen an.

»Vivien möchte für ein Jahr nach England in ein Internat«, erklärt Camilla.

Mir entschlüpft ein schockiertes »Neiiin!« Ich fühle mit meiner Freundin, als wäre es mir selbst passiert: Eben erst hat sie sich mit der Familienidee angefreundet, sich in ihre neue Rolle als Stiefmutter eingefühlt, Pläne gemacht, das Gästezimmer umgestaltet, und nun soll das alles umsonst gewesen sein.

Vivien legt ihr Besteck manierlich auf dem Teller ab. »Es ist nicht *irgendein* prolliges Internat, sondern das Top-Elite-Internat in London. Kleine Klassen, ambitionierte Lehrkräfte, megamäßiger Lehrplan. Wer dort war, schafft easy die Zulassung für die besten Unis in England und hat später megacoole Connections in der ganzen Welt. Aber der Oberhammer sind die außerschulischen Aktivitäten. Gesang, Film oder Fotografie.« Schwärmerisch fährt sie sich durch ihr Haar, als würde sie bereits fotografiert. »Ich will unbedingt was mit Kunst studieren.«

»Aber dafür brauchst du doch nicht ins Ausland, Schätzchen«, wendet Camilla mit sanfter Stimme ein. »München hat eine über die Stadtgrenzen hinaus renommierte Kunsthochschule.«

Vivien zieht einen Flunsch, betrachtet ihre hochglänzenden Nägel und mault: »München ist doch voll die öde Provinz. Total verschnarcht.«

»Na klar, megaprovinziell«, entgegnet Camilla nun zynisch und räumt geräuschvoll die Salatteller ab.

Ich schnappe mir die Schüssel und folge ihr in die Küche, wo ich leise frage: »Hast du wegen England so miese Laune?«

»Nicht nur, aber hauptsächlich.« Sie öffnet die Spülmaschine und ordnet Teller und Besteck in die Körbe. »Ich darf nicht mehr so oft baden, wegen der Wasserknappheit, sagt Vivien. Wir würden alle viel zu viel Wasser verbrauchen. Und heute kommt sie mit diesem Superinternat daher.«

Oh, wenn Camilla nicht mehr ins Wasser gehen kann, liegt einiges im Argen. Ich kommentiere das lieber nicht und sage stattdessen: »Elite-Einrichtungen sind nicht ganz billig, soweit ich weiß.«

»Schweinemäßig teuer trifft es genauer. Die Kosten für Unterbringung und Unterricht belaufen sich auf um die vierzigtausend Euro, pro Schuljahr wohlgemerkt. Und garantiert benötigt unser herzallerliebstes *Töchterlein* auch noch ein Taschengeld, von dem eine vierköpfige Familie locker einen Monat leben könnte. Was an Extras obendrauf kommt, möchte ich gar nicht wissen: Lehrbücher, Klamotten, Sportsachen …« Wütend knallt sie die Spülmaschine zu.

»Das klingt schon fast nach Bankrott.«

»Du sagst es.«

Mir schießt eine Ladung Adrenalin durch die Adern, und ich fühle Gänsehaut auf den Armen, trotz des herrlich warmen Sommerabends. Ich ahne, dass Viviens Plan sich auch auf mich auswirkt. »Ist es denn schon beschlossene Sache?«

»Nicht von meiner Seite, aber Philip ist Wachs in Viviens Händen. Die blinzelt mit den langen Wimpern, schnieft ein wenig, und schon rennt *Papilein* los, besorgt ihr zum Frühstück so einen *Schmusi*, du weißt schon, dieses pürierte Obst, sündteuren Schinken von Dallmayr, oder Steaks zum Abendessen.«

»Gute Güte, Dallmayr«, murmle ich betroffen, als wollte ich kondolieren. Allerdings ist es mir ein Rätsel, was ein englisches Internat und Fleisch von Münchens Feinkostapotheke gemeinsam haben.

»Ja, Dallmayr.« Sie spuckt den Namen förmlich aus.

»Aber du kaufst doch ohnehin nur bei einem Biometzger, der artgerechte Haltung der Tiere und sorgsame Schlachtung garantiert. Warum ist das plötzlich nicht mehr gut genug?«, stelle ich verwundert fest.

»Tja, meine Stieftochter verlangt Fleisch von Tieren, die im Paradies gelebt haben, die nicht getötet wurden, sondern nach einem Bussi aufs Kopfi und einer fetten Umarmung einfach ihren letzten Schnaufer tun und zack, tot umfallen. Zuerst habe ich mich so gefreut, eine Tochter und eine richtige Familie zu bekommen. Ich war auch positiv überrascht, dass sie überhaupt Fleisch und tierische Produkte zu sich nimmt. Wo so viele junge Menschen nichts essen, was ein Gesicht hat. Vivien hat aber noch mehr Argumente – Dallmayr würde die Karlheinz-Böhm-Stiftung Menschen für Menschen und das

Jane-Goodall-Institut unterstützen, und mit jedem Einkauf würde man *megamäßig* Gutes tun. Ob ich das nicht *megacool* fände. Ich weiß nicht, wie ich damit umgehen soll, auch wenn sie ihre Mutter verloren hat und ich Mitleid mit ihr habe, finde ich ihre Ansprüche ziemlich übertrieben.« Unwillig schüttelt sie sich und tritt zum Kühlschrank, aus dem sie eine Plastiktüte von eben jener »Apotheke« holt.

»Das ist doch alles sehr neu für euch, für dich ganz besonders. Philip weiß ja schon ewig von Vivien, du musst dich erst an den Gedanken gewöhnen«, versuche ich mich als Therapeutin.

»Meinst du?« Behutsam nimmt sie ein Papierpäckchen aus der Tüte.

»Ja, ganz sicher. Und ich an deiner Stelle wäre bestimmt nicht so gefasst, du benimmst dich einfach vorbildlich. Eben am Tisch hast du Vivien keine Vorwürfe wegen der Kosten gemacht …« Während ich das sage, wird mir die Tragweite von Viviens Entscheidung immer mehr bewusst. Camillas und Philips Rücklagen sowie ein Großteil ihrer Einkommen werden in einem britischen Elite-Internat versickern. Ich kann sie doch jetzt unmöglich fragen, ob ihr Angebot noch besteht.

»Übrigens …«, Camilla wickelt das Päckchen auf und hält mir zartrosa Geschnetzeltes unter die Nase. »Rate, wie viel das gekostet hat.«

»Weiß nicht, vielleicht zwanzig Euro.«

»So viel kosten hundert Gramm, und das sind vierhundert. Das Kind hat sich Pappardelle mit Kalbsragout gewünscht und mir auch gleich das Rezept aus dem Internet geholt. Aber ich wollte eigentlich was anderes sagen …« Sie legt das Ragout zur Seite und nimmt eine schwere Pfanne aus einer breiten Schublade unter dem Induktionsherd. »Wegen dieser Aufstellung, die du mir gemailt hast – unser finanzieller Spielraum ist … wie soll ich sagen, ziemlich …«

»Vergiss es«, unterbreche ich sie. »Kinder kosten eben Geld, je älter, desto mehr.«

Sichtlich erleichtert atmet sie auf. »Ehrlich?«

»Ganz ehrlich, mir wird schon was einfallen«, behaupte ich großspurig und füge launig hinzu: »Zur Not suche ich mir einen reichen alten Mann, der mich sponsert. Vielleicht gucke ich mir ja den Immobilienheini an, von dem Philip erzählt hat.«

22

Um mich herum ist nichts als eiskaltes Wasser. Es reicht mir bis zu den Waden. Nicht mehr lange, dann schwappt es über den Rand meiner Gummistiefel. Die Kälte dringt unerbittlich durch die Stiefel, meine Füße sind bereits auf Eiszapfenlevel runtergekühlt, doch ich kann nicht erkennen, wo das Leck in der Leitung ist, kann nur sehen, wie das Wasser steigt und steigt und steigt.

Ich schreie um Hilfe.

Doch niemand hört mich.

Moment. Handy. Notruf.

Panisch wähle ich eine Notdienstnummer, lande aber in einer Warteschleife, und in mein Ohr singt eine verzerrte Stimme: *Mit sechsundsechzig Jahren, da fängt das Leben an …* Nein, verdammt noch mal, nein, nicht dieses dämliche Lied, brülle ich dagegen an, als könnte mich jemand hören.

Udo trällert unbeirrt weiter. Vor Wut rutscht mir das Telefon aus der Hand und fällt platschend ins Wasser.

Verdammter Mist!

Jetzt erlöscht auch noch das Licht.

Was, wenn das Wasser die elektrischen Leitungen erreicht?

Natürlich ist es nun zu dunkel, ich kann das Handy nicht sehen. Vorsichtig taste ich um mich herum, als es plötzlich wie aus weiter Ferne klingelt. Der Notdienst ruft zurück! Endlich kommt Hilfe. Bis zum Ellbogen im kühlen Nass taste ich nach dem verdammten Telefon und kriege es einfach nicht zu fassen.

Es klingelt weiter, wird lauter, schmerzhaft laut.

Wo ist das verflixte Ding?

Mein Herz rast vor Nervosität.

Dann wache ich auf.

Ich blinzle ins Halbdunkel meines Schlafzimmers und realisiere, dass alles nur ein verstörender Traum war. Ich leide definitiv unter einem Wassertrauma! Erleichtert reibe ich mir die Augen. Kein kniehohes Wasser im Keller, keine Gummistiefel an meinen Füßen, eiskalt sind sie dennoch. Ich ziehe sie unter die Decke zurück und sehe auf den Wecker. Halb neun. Und das penetrante Läuten war kein Traum, es kommt vom Telefon auf dem Nachttisch. Wer zum Geier ruft denn um diese Zeit an? Träge greife ich nach dem Mobilteil und melde mich: »Buntschuh.«

Eine dunkle, schnell sprechende Stimme sprudelt atemlos einen Werbetext herunter: Telekom, Kundenbetreuung, Vertrag läuft aus, bessere Konditionen. Ich kann kaum folgen, frage mich aber die ganze Zeit, seit wann Dieter Thomas Heck bei der Telekom beschäftigt ist. Bis mir einfällt, dass Deutschlands bekanntester Schnellsprecher und Moderator der *ZDF-Hitparade* längst verstorben ist. Aber vielleicht telefoniere ich gerade mit seinem Sohn.

»Heißen Sie zufällig Heck?«, falle ich dem Telefonverkäufer ins Wort, als er endlich Luft holt.

»Ähm, nein, mein Name ist Bergmann.«

»Dann tut es mir leid«, sage ich und drücke grußlos auf die rote Taste. Das verdutzte Gesicht von Herrn Bergmann würde ich jetzt zu gerne sehen, aber man kann eben nicht alles haben. Der kleine Spaß muss ausreichen, um mir den Tag zu erhellen.

Entschlossen werfe ich die Decke zurück, stehe auf und strecke mich ausgiebig vor dem offenen Fenster, das zum Hinterhof liegt. Vor hier aus habe ich einen traumhaften Blick auf eine mächtige Kastanie. In den dicht belaubten Ästen sitzen zwei aufgeregt zwitschernde Amseln, und mir scheint, die lachen über mich.

So weit ist es also mit mir gekommen.

Unter der Dusche – heute vor dem Frühstück – wird mir plötzlich klar, was der Auslöser für diesen konfusen Traum war: eine Nachricht von Rico und Tillmann, die gestern auf dem AB war, als ich von Camilla nach Hause kam: »Die Trocknung im Keller geht leider nicht so flott voran, wie wir uns das vorgestellt haben. Soweit wir es beurteilen können, müsste sich das doch mal eine Spezialfirma ansehen.« Diese niederschmetternde und neue Kosten verursachende Botschaft habe ich offenbar mit in den Schlaf genommen.

Für ein entspanntes Frühstück mit Zeitung bin ich heute viel zu nervös. Stattdessen denke ich wieder einmal über Bankraub nach. Ohne Waffe würde ich da jedoch kaum etwas erbeuten, und Waffen bekommt man auch nicht geschenkt. Es ist wie verhext! Wieder einmal bewahrheitet sich der dümmste Kalenderspruch von allen: Geld regiert die Welt. Beim Frühstücksfernsehen löffle ich ein kleines Joghurt mit Haferflocken, schalte aber bald genervt aus. Da sitzt eine Alibifrau zwischen drei Alphamännchen, und sobald sie versucht, etwas zu sagen, quatschen diese Kerle über sie hinweg. Darüber ärgere ich mich dermaßen, dass ich wie schon so oft überlege, eine Mail an den Sender zu schreiben. Leider fehlt mir die Zeit, ich habe einen weitaus wichtigeren Punkt zu erledigen. Wie komme ich – ohne Bankraub – an finanzielle Mittel?

Inzwischen bin ich sogar bereit, Alberts »Grabstelle«, die wertvolle Biedermeierkommode aus Nussbaum mit den vier Schubladen aus dem Jahr 1820 und auch die etwa hundert Jahre alte Kaiser-Wilhelm-Büste bei eBay zu verscherbeln. »Tut mir sehr leid, Albert, aber es gibt keine andere Möglichkeit, du wirst exkommuniziert … Ähm … falsches Verb, exhumiert muss es heißen. Sobald ich einen Käufer gefunden habe, wirst du in eines der Bücherregale umgebettet, da hast du dann reichlich Lesestoff. In nächster Zeit komme ich vielleicht nicht mehr so häufig dazu, dir vorzulesen.«

Bei der Suche nach weiteren verkäuflichen Schätzen finde ich ganz oben in einem Bücherregal noch eine Kugel aus Metall, die aussieht wie ein kleiner Globus, in Wahrheit aber ein Zigarettenspender ist. Eine echte Rarität aus den Fünfzigern.

Und wo ist eigentlich das selten benutzte zwölfteilige Besteck, neunzig Gramm Silberauflage, mit dem zarten Perlrandmuster und aufgeprägtem Familienwappen derer von Buntschuh? Die Aufräumasiatin empfiehlt ja, man solle sich fragen, ob einen dieses oder jenes Teil glücklich mache. Es hat mich glücklich gemacht, als wir es von Alberts Eltern bekamen, doch mit längst vergangenen Gefühlen kann man kein Haus renovieren. Ich setze mich an den Computer und sehe in den Kleinanzeigenportalen nach, was es mir einbringen wird. Dann aber der Schock! Dort werden massenhaft ganz ähnliche Bestecke angeboten, deren Verhandlungspreise ich ungläubig bestaune. Eine unbenutzte Garnitur in einem mit Samt ausgeschlagenen Geschenkkasten kostet weniger als ein Wochenendtrip nach Berlin.

Nein, das kann ich den Schwiegereltern nicht antun, die würden sich im Grabe umdrehen. Als sie uns das Tafelsilber damals zur Hochzeit vererbten, wurden sie nicht müde zu erzählen, wie sie es vor den Russen gerettet und im Pferdewagen den weiten Weg von Masuren bis nach Bayern geschleppt hatten. Die letzten Stücke aus dem Familienschloss für ein paar läppische Euro zu verscherbeln wäre gemein.

Die antike Biedermeierkommode, zu der ich sogar eine Expertise bieten kann, könnte ein bis zwei Tausender einbringen – vorausgesetzt, jemand verliebt sich ausgerechnet in meine. Auch davon werden nämlich siebenundvierzig andere, ebenfalls originale Kommoden angeboten. Zu meinem Pech scheint der schnörkellose Biedermeierstil gerade nicht sehr *en vogue* zu sein.

Deshalb bezweifle ich auch, ob sich jemand für den ollen Wilhelm erwärmt. Eine Anzahl unterschiedlich großer Büsten vom Kaiser inseriert ein Profihändler, es scheint also noch Kaisertreue zu geben. Trotz der zahlreichen Konkurrenz werde ich meinen »Willi« und auch die anderen Kostbarkeiten bei den privaten Kleinanzeigen einstellen, alles etwas günstiger anbieten und damit hoffentlich ein paar Käufer anlocken.

Dennoch bin ich ernüchtert. Wir leben in einer Zeit, in der einbruchsichere Schaufensterfolien weitaus mehr wert sind als Erinnerungsstücke aus der Vergangenheit. Alle wollen nur Zukunft, dabei bringt sie uns nichts als mörderische Hitze und salztrockene Landschaften, sagen die Klimaforscher.

Nun denn, jammern hat noch nie etwas bewirkt. Legt das Leben dir Steine in den Weg, steige einfach drüber.

Also: Fotos schießen, hochladen, Text dazu, klick und klick, und schon klimpert die Kasse. Dass sich auf meine letzte Anzeige noch keiner gemeldet hat, blende ich einfach aus. Es kann ja nicht schaden, positiv zu denken. Nachdem ich alles erledigt habe, fällt mir ein, dass ich Rico und Tillmann zurückrufen wollte.

Ich erreiche jeweils nur die Mailbox, auf denen ich die Nachricht hinterlasse, mich wegen der Kellerproblematik wieder zu melden. Tatenlos auf der Couch herumzusitzen und einseitige Gespräche mit dem maulfaulen Albert zu führen würde nur miese Laune machen. Daher beschließe ich, Liza Minnelli auszuleihen und mich von der Mopshündin um die Häuser ziehen zu lassen. Laufen ist gesund und soll ja auch das Denken beschleunigen.

Die Sonne hat sich hinter eine Wolkenschicht verzogen, es ist nicht zu heiß, und ein Unwetter ist auch nicht in Sicht.

Gekleidet in dreiviertellange schlammfarbene Baumwollhosen und eine beige Bluse, das Haar mit der Sonnenbrille zurückgeschoben wie *anno dunnemals* in den Neunzigern, läute ich bei Müllers.

Das Ehepaar ist begeistert, Liza nicht weniger. Müllers legen ihr das Geschirr an, und als ich die Leine aus weichem rotem Leder in der Hand halte, stürmt die Mopshündin durchs Treppenhaus, als folgte sie einer frischen Fuchsfährte.

Liza zerrt mich zu ihren siebenundsiebzig Lieblingsecken, nicht zu verfehlen an den deutlichen Pinkelspuren, die vermutlich längst das Mauerwerk zerfressen. Seit ich selbst Hausbesitzerin bin, achte ich auf Verwitterungseinflüsse und ähnlich zerstörerische Mächte. Madame Minnelli hingegen saugt die Düfte mit halb offenem Maul ein und wedelt aufgeregt mit ihrem Ringelschwänzchen. Das sei wie Zeitunglesen für uns Menschen, hat Ignaz erklärt. Zu schade, dass wir Menschen nie erfahren werden, welch sensationelle Schlagzeilen die Hundezeitung vermeldet. Vielleicht ein gepinkeltes: *Hallo, du heiße Zuckerschnecke, ich würde gern deinen Hintern beschnüffeln.*

Liza Minnelli schnuppert jedenfalls ausgiebig die ewig gleichen Markierungen ab, bevor sie sich bequemt, weiterzulaufen.

Am nächsten Fußgängerübergang müssen wir warten. Neben uns eine Großmutter mit ihrem etwa dreijährigen Enkelsohn auf einem Laufrad, weshalb ich natürlich brav stehen bleibe. An der Ampel mahnen Tafeln: *Nur bei Grün, den Kindern ein Vorbild.* Ein ungeduldiger junger Mann marschiert dennoch bei Rot los.

»Oma, schau mal, das darf man nicht«, sagt der Kleine. »Ganz recht«, antwortet die Oma. »Wer bei Rot über die Straße läuft, bekommt keinen Nachtisch.«

Der Kleine nickt heftig und wiederholt ehrfürchtig: »Keinen Nachtisch.«

Wie beneidenswert unschuldig doch Kinder sind – solange sie nicht zum Teenager heranwachsen und nach England wollen. Dann mutieren sie zu Vernichtungswaffen, die in ihrem Wirkungsradius auch Unbeteiligte treffen, wie Camilla und letztlich auch mich. Arme Camilla, erst arrangiert sie sich mit der Stieftochter, freut sich aufs Familienleben, um sich dann mit Geldproblemen rumschlagen zu müssen. Mit dem Entzug von Nachtisch wird das nicht zu lösen sein.

Das launige Ampel-Zwischenspiel erinnert mich an den Grund des Spaziergangs: über mein Problem nachzudenken.

Arbeiten wäre eine Möglichkeit. Aber wir Oldies sind zu alt für die wirklich lukrativen Jobs, uns bleiben nur Vierhundertfünfzig-Euro-Anstellungen. Vielleicht als Taxichauffeuse, denke ich, als drei Droschken vorbeirauschen. Albert fuhr während seines Studiums an den Wochenenden Taxi, auch mit sechsundsechzig Jahren kann man sich noch hinters Steuer setzen, so man einen Führerschein besitzt. Ich habe leider keinen. Und seit Uber in der Personenbeförderung mitmischt, stehen die Kutschen ohnehin stundenlang auf den Standplätzen. Große Vermögen lassen sich da kaum »zusammenfahren«.

Mein Stammbäcker sucht eine Aushilfe. Brot und Brötchen zu verkaufen wäre ein schöner Job, aber reinstes Gift für meinen Winterkörper. Im Nu würde er wie ein Gugelhupf mit einer Überdosis Hefe aufgehen.

Hunde Gassi führen, ein Angebot fand ich neulich im Supermarkt an der Biete-oder-Suche-Tafel, wäre schon passender und setzt sich vor allem nicht an den Hüften fest. Mit zwei Hunden um die Häuser zu ziehen stünde mir als Etagenadlige doch ziemlich gut an – wenn ich nur meine Rente aufbessern wollte. Doch hier geht es weder um meine Rente noch um mich. Es geht um meine Erbschaft, in der selbst große Summen schneller versickern als Wasser (schon wieder Wasser!) in einem Weidenkorb. Und es geht um meine arglosen Mieter, die mir jedes vollmundige Versprechen zum Thema Dachreparatur glauben und denen gegenüber ich nun ein schlechtes Gewissen habe.

So weit, so unklar!

Seit ich mich auf das Projekt mit dem mietfreien Wohnen eingelassen habe, tauchen beinahe täglich neue Probleme auf. Es fühlt sich an, als kehrte ich Sand vom Strand. Dazu fällt mir auch ein Kalenderspruch ein: Geld wie Sand am Meer hat nur ein Millionär.

Eine der bequemsten Möglichkeiten überhaupt: reich heiraten! Leider warten wohlhabende Männer nicht an roten Ampeln auf eine bankrotte Balbina von Buntschuh. Aber dank der schönen neuen Onlinewelt schießen die Partnervermittlungen ihre Pfeile auch auf uns Senioren ab, via Werbung an den Infoscreens in U-Bahn-Stationen. Beim Warten auf die nächste Bahn haben einsame Oldies reichlich Muße zu lesen. Junge Singles würden darauf kaum reagieren, die starren doch nur auf die Telefone in ihren Händen, die angewachsen scheinen.

Ich frage mich, ob attraktive Millionäre von einer »verwelkten Blume« wie mich träumen. Ob sie sich für schrumpelige Alte mit Cellulitis, Hängebusen und Krampfadern erwärmen, wenn sie auch taufrische Nymphen mit Pfirsichhaut, Apfelbrüsten und Knackpopo kriegen können? Ausnahmen wird es sicher geben, doch auch ein Ausnahmemillionär möchte bewundert und betüddelt werden, da bin ich mir ganz sicher. Im Klartext: Man muss klaglos sein Leben und seine Leidenschaften teilen. Auf Berge oder Bäume steigen, auf einem Motorrad durch die Mongolei düsen, rastlos die berühmtesten Golfplätze der Welt bespielen oder in einer einsamen Villa versauern. Und wenn er sich dann auch noch gut gehalten hat, schluckt er womöglich diese kleinen blauen Pillen und erwartet ausgefallene Kunststücke auf der Matratze. Nein, danke, Beziehungen oder Ehe sind nichts mehr für mich. Sehr selten, wenn ich mich morgens nach dem Aufwachen mies fühle, vermisse ich Albert, der mir sagt, wie gut ich aussehe. Auch wenn es vielleicht nicht die Wahrheit ist, in solchen Stimmungen möchte ich angelogen werden, das würde meine Laune heben.

Madame Minnelli weigert sich plötzlich weiterzugehen und guckt mich vorwurfsvoll an, was bedeutet, sie möchte zurück. Da nützt kein »Feines Hundilein, nur noch ein kleines Stückchen« und auch kein An-der-Leine-Ziehen, sondern nur: Der Klügere gibt nach. Ich gebe gern nach, ich kann ohnehin keinen klaren Gedanken mehr fassen, und inzwischen gelüstet es mich nach einer Tasse Tee und einem Imbiss.

Zu Hause angekommen lasse ich Liza von der Leine. Freudig bellend stürmt sie die drei Stufen zur Erdgeschosswohnung hoch. Ehe ich oben bin, wird die Tür bereits geöffnet.

»Na, das war aber ein feines Gassigassi«, säuselt Ignaz, heute in kurzen hellen Hosen und einem klein karierten Hemd, dessen Ärmel hochgekrempelt sind.

Korbinian, in den gleichen Hosen, aber mit einfarbigem blauem Hemd, lockt mit einem feinen Happihappi.

Auch »die feine Tante Buntschuh« wird zu einer Brotzeit eingeladen. Gerne nehme ich an. Ignaz und Korbinian sind nach eigenen Angaben zwar miserable Köche, aber »begnadete Einkäufer von Spezereien«.

»Was macht die Immobilie?«, erkundigt sich Ignaz, als wir in der geräumigen Wohnküche auf der rustikalen Eckbank sitzen und er Radler oder Wasser anbietet.

Korbinian serviert eine Käse-Wurst-Platte, groß genug für eine ganze Maurerbrigade, verschwenderisch dekoriert mit Cornichons und blauen Weintrauben. Dazu stellt er einen Korb mit frischem Baguette und Walnussbrot auf den rot-weiß karierten Tischläufer, der die Mitte des blank gescheuerten Holztisches ziert.

Ich lasse mir ein Radler einschenken, schneide ein Stück Camembert ab, nehme eine Scheibe Baguette und einige Trauben, bevor ich antworte.

»Sie macht vor allem Probleme«, gestehe ich freimütig, spiele die Einzelheiten aber ein wenig herunter, um nicht wie eine jammernde Hausbesitzerin zu klingen.

»Wir kommen gern mal vorbei, vielleicht können wir helfen«, bieten Müllers an. »Am frühen Nachmittag sind wir ohnehin unterwegs zum Baumarkt, es fehlt einiges im Notfallsortiment. Da wäre ein Schlenker nach Thalkirchen kein großer Aufwand.«

Das Angebot nehme ich gerne an. Wenn Müllers mich in ihrem Wagen mitnehmen, bleiben mir Straßenbahn und U-Bahn erspart. Das sind zwar nur ein paar Euro, aber im Augenblick zählt jeder Cent.

23

Das Wetter ist extrem »bescheiden«, wie Albert es immer nannte, wenn sich ein Sommergewitter mit dunklen, regenschweren Wolken ankündigte, die tief über den Dächern hingen und jede Sekunde ihre Ladung abwerfen würden. Mir bereiten auch kleine Wölkchen sofort Magenkrämpfe. Was ein Gewitter oder gar ein Sturm anrichten können, macht mir noch größere Angst als die Möglichkeit, beim jährlichen Fensterputz von der Leiter zu fallen – eine häufige Todesursache bei Oldies.

Gegen zwei nehme ich in meiner Baustellenkluft auf der Rückbank von Doppelmüllers Kombi Platz, neben mir Liza, angeschnallt mit einem speziellen Hundegurt. Ignaz, wie Korbinian in blauen Latzhosen und weißem T-Shirt, sitzt am Steuer, Korbinian tippt die Adresse ins Navi ein. »Am Rosenberg«, wiederholt er schwärmerisch. »So ein Haus kann doch eigentlich nur Glück bringen.«

»Ja, der Straßenname ist wunderschön«, bestätige ich mit fester Stimme, ohne davon überzeugt zu sein. Am Tag der Testamentseröffnung dachte ich auch noch, ein Glückskind zu sein, inzwischen weiß ich es besser.

»Gar nicht übel«, findet Ignaz, als wir angekommen und ausgestiegen sind. Breitbeinig stehen er und sein Ehemann vor meinem maroden »Stadtschloss«, stecken die Hände in die Hosentaschen, legen die Köpfe in den Nacken und blicken zum Dach hinauf.

Ich halte Liza an der Leine, die Richtung Hausecke zerrt, und denke: Der aktuelle Zustand ist eher *ziemlich übel*. Genau wie die regenschweren Wolken, die auch hier in Thalkirchen über den Dächern schweben. Prompt zucken in der Ferne erste Blitze.

Ich stecke den Haustürschlüssel ins Schloss und warne scherzend: »Vorsicht, freilaufende Wasserpfützen.«

Aber die Treppen sind trocken und wirken wie frisch geputzt, Edwina Huber war offensichtlich schon am Werk. Ich freue mich über den sauberen Eindruck und empfinde mich gleichzeitig als totale Spießerin. Ich war noch nie eine perfekte Hausfrau, zähle mich eher zu den schlampigen und putze nur das Nötigste. Wenn mich bei Sonnenschein die schmutzigen Fensterscheiben mahnen, endlich mal wieder einen Lappen in die Hand zu nehmen, ich aber gerade ein spannendes Buch lese, ziehe ich eiskalt die Vorhänge zu. Schon während meiner Teenagerzeit hat meine Mutter erfolglos versucht, mich von meinen geliebten Büchern wegzuholen und mit Drohungen zu disziplinieren: »Mit diesem Verhalten jagst du jeden Mann in die Flucht. Du wirst noch als alte Jungfer sterben.« Sie hat sich getäuscht. Ich war vierzig Jahre verheiratet, wenn auch nicht in jeder Minute rauschhaft glücklich, aber zufrieden. In den ersten zwei Jahren unserer Ehe hatten wir noch keine Zugehfrau. Wenn die Wohnung mal wieder aussah, als wären wir erst eingezogen, hob Albert nur die Augenbrauen und packte selbst mit an; gesagt hätte er nie etwas. Wenn ich mich heute mal zu einem Putztag überwinden kann, denke ich oft an Alberts vorwurfsvolle Augenbrauen.

Ich gehe voraus in die erste Etage und läute bei Hubers, die meines Wissens an den Wochenenden renovieren. »Hier wird ein älteres Ehepaar einziehen, er ist Hausmeister an der Kunstakademie, geht aber demnächst in Rente«, erkläre ich den Müllers und dass Erich Huber die nassen Kellerwände entdeckt hat.

Edwina Huber, in einer klein gemusterten roten Kittelschürze, ein dunkelgrünes Tuch um den Kopf gebunden und einen nassen Lappen in der Hand, öffnet. »Ja, mei, die Frau Vermieterin, des is aber nett, dass S' vorbeischaun. 'tschuldigung, dass ich Ihnen keine Hand geben kann …« Sie hebt den Putzlappen leicht an, und mustert die Müllers.

»Hallo, Frau Huber, prima, dass ich Sie antreffe.« Ich stelle ihr meine Begleiter vor und frage nach ihrem Mann. »Wir wollten die aktuelle Situation im Keller begutachten.«

»Der verlegt grad den Küchenboden«, antwortet sie hörbar stolz, wendet sich dann aber gleich Liza Minnelli zu und fragt schmeichelnd: »Ja, wen haben wir denn da?«

Liza wedelt begeistert mit dem ganzen Hinterteil und will an Edwina hochspringen. Doch Korbinian nimmt sie auf den Arm. »Das ist Liza Minnelli.«

Edwina hält ihr die Hand hin, lässt die Hündin schnuppern und sagt: »Ah, wie die Sängerin. Kannst du auch so schön singen?«

Ignaz lacht. »Wenn die singen könnt', täten wir Eintritt verlangen und ihr Futter damit bezahlen.«

Das Eis ist gebrochen, und wir werden gebeten einzutreten.

Im Flur stehen, ordentlich aufgereiht, ein Werkzeugkasten nebst diversen Tüten vom Baumarkt, ein Campingtisch mit Kaffeetassen, Tellern, Thermoskanne und ein Napfkuchen, bereit für die Kaffeepause. Ein wenig beneide ich Edwina um ihre hausfraulichen Qualitäten, wobei mein saftiger Käsekuchen jeden noch so lockeren Napfkuchen das Fürchten lehrt. Sogar wenn er wie dieser hier im Puderzuckermantel daherkommt.

In der Küche kniet Erich Huber auf dem neuen grau-weiß gesprenkelten Bodenbelag, der an den Rändern einige Zentimeter übersteht. Schnaufend hantiert er mit Metallschiene und schwarzem Stift.

»Erich, schau, wer da ist«, meldet Edwina uns an.

Ächzend erhebt Herr Huber sich, wobei er sich an einer Wand abstützt. Dann dreht es sich zu uns, wischt die rechte Hand an der blauen Drillichhose ab und streckt sie mir entgegen.

»Grüß Gott, Frau von Buntschuh … Hab schon gehört, Sie woll'n in den Keller.«

Von wollen kann gar keine Rede sein.

»Ich habe Verstärkung mitgebracht«, sage ich launig. »Ignaz und Korbinian Müller, professionelle Handwerker, die sich den Schlamassel mal anschauen möchten.«

»Ich bin Installateur«, erklärt Ignaz und reicht Erich die Hand. »Vielleicht können Sie mir zeigen, wo die betreffenden Stellen sind, am Ende versteckt sich irgendwo ein defektes Rohr. Aber wenn es grad nicht passt …«

Erich versichert, es sei kein Problem. Mir scheint, er freut sich über die Unterbrechung.

Meine Abneigung gegen Keller, vor allem gegen feuchte Keller, ist der Grund, warum ich die Männer alleine nach unten steigen lasse. Ich drehe inzwischen mit Liza eine kurze Runde um den Block.

Zehn Minuten später treffen wir uns im Hausflur. Ignaz hat nichts Auffälliges entdecken können und meint, die Idee mit der Katzenstreu und dem Entfeuchtergranulat sei gar nicht so verkehrt. Es würde einfach etwas länger dauern, bis die Wände trocknen.

Die erste gute Nachricht seit Langem, denke ich erfreut und hoffe, mein Wassertrauma wird sich langsam legen.

Begleitet von den Hubers führe ich das mit einer dicken Plane und reichlich Werkzeug beladene Ehepaar Müller hinauf zur Hauptproblemzone.

»Wow und noch mal wow«, rufen Ignaz und Korbinian, als sie sich umsehen. »Das war bestimmt mal der Trockenboden. Der Wahnsinn, wie riesig der ist. Was meinen Sie, Frau von Buntschuh, vielleicht um die zweihundert Quadratmeter?« Gespannt blicken sie mich an.

Madame Minnelli rast derweil im Kreis durch den Dachboden.

Ich muss leider gestehen, dass ich die Frage nicht beantworten kann. Alles, was mich an dieser letzten Etage meines Anwesens interessiert, ist die undichte Abdeckung.

»So was habe ich mir immer als Loft vorgestellt«, schwärmt Ignaz, und Korbinian nickt bestätigend. »Haben Sie vor, es zu nutzen?«

»Na ja …«, sage ich nachdenklich. »Ich könnte zwei Dutzend Eimer zum Wassertreten aufstellen. Mit dem seidenweichen Regenwasser ergibt das eine Kneippkur *de luxe*.«

Ignaz reibt sich die Hände. »Des ham wir gleich.«

»Dann pack mas«, sagt Korbinian und lässt den Werkzeugkasten fallen. Dem Aufprall des Kastens folgt ein heftiger Donnerschlag; das Gewitter ist direkt über uns. »Au weh, jetzt pressiert's aber gewaltig.«

Mir fährt die Angst durch die Glieder, schmerzhaft wie ein Stromschlag.

Müllers scheinen unbeeindruckt von der nahenden Gefahr, öffnen in aller Ruhe eine Dachluke nach der anderen und stecken wie Dörzbacher ihre Köpfe durch.

»Man kann bis zur Isar rüberschauen«, verkündet Ignaz verzückt. »Und ich habe eine Problemstelle gefunden, die wir provisorisch mit der Plane abdecken können. Korbi, haben wir Seile?«

»Im Auto müsste …«

»Moment«, gehe ich alarmiert dazwischen. »Sie wollen doch nicht da rausklettern?«

»Aber so was von«, lacht Ignaz. »Auf den Laufrostgittern und Dachtritten ist das ein lockerer Spaziergang.«

Korbinian saust los. Schritte aus dem Hausflur sind zu hören, kurz darauf taucht der Professor in einem gut sitzenden hellgrauen Anzug aus dem Halbdunkel des Treppenhauses auf. Hinter ihm der lässig gekleidete Rico, in knielangen Hosen und einem türkisblauen Trägershirt.

»Hallo, zusammen«, grüßt Pape, mustert die Müllers in ihren blauen Latzhosen und nickt ihnen freundlich lächelnd zu. »Die Herren Dachdecker.«

»Cool«, sagt Rico, »dann sind die Farbeimer bald Geschichte? Ich war doch etwas in Sorge, wegen …«

Was immer Rico sagen wollte, es wird vom nächsten Donner übertönt. Und es kracht dermaßen laut, dass sich Liza an meine Beine drückt.

Korbinian kehrt tatsächlich mit einem Seil zurück. »Leider ziemlich kurz«, sagt er bedauernd.

Ignaz deutet in eine dunkle Ecke. »Da hinten hängen noch ein paar Wäscheleinen.«

Draußen heult der Sturm ums Haus. Drinnen ist es

düster, die einsame nackte Glühbirne spendet nicht genug Licht. Die Stimmung ähnelt einer Geisterkomödie, in der Edwina und ich bibbernd in einer Ecke kauern, während die mutigen Männer alle verfügbaren Seile verknoten, um das wütende Gespenst zu fesseln. *Mein* Gespenst ist der Regen, aber Wasser hat bekanntlich keine Balken, mit ein paar Stricken lässt sich da nichts ausrichten. Doch Doppelmüllers sind wild entschlossen. Ignaz bindet sich den dickeren Strick um den Bauch, Korbi verknotet die Wäscheleinen und knüpft sie an den Strick.

»Auf geht's«, kommandiert Ignaz, und schon steht er an einem der Dachlukenfenster.

In meinem Magen läuten die Alarmglocken Sturm, ich versuche ihn zurückzuhalten.

»Nein, Herr Müller, bitte, das ist nicht nötig und bei diesem Wetter viel zu gefährlich.«

»Keine Sorge, ich lass ihn schon nicht los. Noch will ich nicht zum Witwer werden«, lacht Korbinian.

Der Professor und Rico greifen nach dem restlichen Strick. »Wir helfen mit, zu dritt sollte es keine Probleme geben.«

Leider ist Ignaz' Bauch größer als sein guter Wille, es gelingt ihm nicht, sich durch das schmale Fenster zu quetschen. Er löst den Knoten des Seils und klopft sich auf den Bauch: »Tja, der Brotzeitfriedhof ist im Weg.«

Ich bin erleichtert, denn ich höre bereits einige Tropfen aufs Dach fallen. Und auf einem nassen Dach herumzuklettern ist kein Kaffeeklatsch. In der Not behaupte ich, der Dachdecker würde den Schaden morgen oder spätesten übermorgen beheben.

Da schnappt sich Rico das Seil. »Ich mache es.«

»Kommt nicht infrage«, protestiere ich, doch da hat er sich bereits das Seil in raffinierten Schlingen um Beine und Po gebunden und erklärt mit karibischer Fröhlichkeit: »Ich kann Wellenreiten und Windsurfen und bin ein Ass auf wackeligen Brettern.«

Mein strenges »Nein!« wird ignoriert.

Solidarisch erklären alle anwesenden Männer, dass sie dieses »schmale Handtuch« doch wohl werden festhalten können.

Rico streckt mir noch einen Fuß entgegen, erklärt: »Die Sneakers sind rutschfest«, und klettert flink wie ein Eichhörnchen durch das schmale Fenster.

Ich lausche mit angehaltenem Atem den kaum vernehmbaren Trittgeräuschen und rede mir ein, drei kräftige Männer wären genug, um den Wahnsinnigen da draußen festzuhalten.

Ein Schrei lässt mich zusammenzucken: »Scheiiißeee … verdammte Scheiiißeee …«

Ruckartig werden Ignaz, Korbinian und der Professor einige Schritte vorwärts gezogen. Mir und auch dem Ehepaar Huber stockt der Atem, aber die beiden Männer halten das Seil fest umklammert. Kurz darauf taucht Ricos regennasses Gesicht im Fenster auf, und einen erleichterten Atemzug später steht er klatschnass, aber sicher auf den Holzbohlen des Dachbodens.

Ignaz und Korbinian lassen das Seil fallen, heben die Hände und klatschen lachend ab. Der Professor hält immer noch das Seilende umklammert, ist aber so weiß im Gesicht, dass er fast im Dunkeln leuchtet. Erich Huber starrt den Dachkletterer mit offenem Mund an, und Edwina hält immer noch die Hand auf den Mund gepresst.

»Puhhh, das war knapp!«, keucht Rico beim Entknoten

des Seils, das natürlich auch nass geworden ist und nur schwer nachgibt.

»Ausgerutscht, gell?«, stellt Korbinian unnötigerweise fest.

»Ein Holztritt war morsch und ist unter meinem Fuß zerbröselt.« Fluchend schüttelt Rico die Regentropfen aus seinen Rastazöpfen. »Tut mir leid, Frau von Buntschuh, aber es gießt inzwischen wie aus Kübeln, und ohne professionelle Ausrüstung ist es einfach zu gefährlich da draußen.«

»Nicht doch«, sage ich. »Mir fällt eine ganze Ladung Dachziegel vom Herzen, so froh bin ich, dass nichts passiert ist.« Mehr muss ich nicht sagen, alle verstehen und nicken zustimmend. Und mir wird erst jetzt so richtig bewusst, dass ich um Haaresbreite der absoluten Katastrophe entkommen bin. Ein winziger Schritt daneben, und Julia wäre durch meine Schuld zur Witwe und das Baby noch vor der Geburt zur Halbwaise geworden.

»Der Bub muss aus den nassen Sachen raus«, ertönt nun die resolute Stimme von Frau Huber. »Sonst hat er morgen einen saumäßigen Katarrh.«

Wie zur Bestätigung muss Rico heftig niesen.

Obwohl wir nichts erreicht haben, bedanke ich mich bei der »Seilschaft« für die Hilfe und nehme ihnen das Versprechen ab, keine riskanten Klettertouren mehr zu unternehmen.

»Der Dachdecker ist bestellt, und ich werde nochmals nachhaken.«

Wieder zu Hause, berichte ich Albert in allen Einzelheiten von dem waghalsigen Abenteuer, und das hilft mir, mich abzuregen. Nach einer Weile bilde ich mir ein, er würde sagen: »Balbina, hör auf zu jammern, verkauf die Ruine und mach dir ein schönes Leben. Du hast es verdient.«

Natürlich weiß ich, dass Asche-Albert noch nie mit mir gesprochen hat, ich bin ja nicht plemplem, obwohl das bei dem Chaos, den Sorgen und vor allem nach dem heutigen Tag kein Wunder wäre. Vermutlich war es einfach ein besonders klarer Gedanke oder eine Warnung meines Unterbewusstseins.

Später liege ich grübelnd im Bett. Schweißausbrüche quälen mich wie in den ersten Jahren meiner Menopause. Ich kann nicht schlafen, wälze ich mich in den Kissen, drehe die warme Seite auf die kühle, wäge das Für und Wider ab, setze mich an den Schreibtisch, liste die anstehenden Kosten auf, schlurfe zurück ins Bett, stehe wieder auf, trinke Unmengen lauwarmes Wasser, das mich mehrmals auf die Keramik treibt, und dann, im Morgengrauen, ringe ich mich zu einer Entscheidung durch. Danach schlafe ich endlich ein.

24

Mittags wache ich auf und bin vollkommen neben der Spur. Es dauert eine Weile, ehe ich realisiere, nicht geträumt zu haben, dass Rico gestern tatsächlich aufs Dach geklettert, zum Glück aber nicht abgestürzt ist. Nachträglich läuft es mir eiskalt über den Rücken. Ich bin eindeutig traumatisiert und habe große Schwierigkeiten, die Vorstellung eines fallenden Ricos zu verdrängen. Mein Herzschlag verdoppelt sich. Und in meinen Ohren klingelt es unablässig, als raste ein Notarzt durch meinen Gehörgang.

Eine gute halbe Stunde bleibe ich noch liegen und überdenke den vorm Einschlafen gefassten Entschluss. Ich bleibe dabei. Es gibt keine andere Möglichkeit.

Bei einem sehr späten Frühstück aus zwei Tassen Kaffee, zwei Rühreiern und einem Butterbrot erinnere ich mich an den Kalenderspruch: Veränderungen sind immer eine Herausforderung, und auch daran, dass ich es dick habe, wenn mein Leben durch Unvorhergesehenes auf den Kopf gestellt wird.

Wie zum Beispiel durch eine unerwartete Erbschaft.

Oder durch mein Mitgefühl, das mich irrational handeln lässt. Weswegen ich von der Not ins Elend geraten bin.

In den Jahren zwischen Alberts Tod und dieser Erbschaft war ich lediglich eine verarmte Etagenadlige, deren Wohnungseinrichtung mit viel Wohlwollen als *Shabby Chic* durchgeht. Mein Boden der Tatsachen war nicht gerade mit Glitzerstaub bedeckt, aber an den meisten Tagen war ich zufrieden. Dann stirbt die angeheiratete Tante, ich bin plötzlich Erbin, mein Witwendasein versinkt im Chaos, und binnen weniger Wochen mutiere ich zu einem Nervenbündel. Ich hatte ja keine Ahnung, wie viel Sorgen und Stress eine Erbschaft bedeutet. Damit ist jetzt Schluss. Alte Probleme lassen sich nicht mit neuen Fragen nach Geldbeschaffung lösen, hat Albert einmal gesagt, während wir uns durch den Konkurs quälten.

Wild entschlossen suche ich Fabers Visitenkarte, finde das ziemlich zerfledderte Kärtchen in meiner Handtasche und wähle seine Handynummer.

Faber telefoniert. Er scheint auch sonntags nicht zu ruhen, denn es ist ewig besetzt, dann meldet er sich: »Willi Faber am Apparat.«

»Buntschuh«, entgegne ich knapp.

»Gnädige Frau, welch eine Freude«, flötet er verbindlich. »Womit kann ich dienen?«

»Ich habe ein Problem, bei dem Sie mir vielleicht helfen können«, falle ich direkt mit der Tür ins Haus – eine passende Metapher im Gespräch mit einem Immobilienhai.

»Wo auch immer der Schuh drückt, ich helfe mit dem größten Vergnügen. Wie wäre es, wenn wir Ihr Problem gleich persönlich besprechen?«

Faber möchte mich Am Rosenberg treffen, anscheinend ahnt er, dass ich nun doch verkaufen möchte und er die Immobilie sofort »mitnehmen« kann. Ich hingegen schlage ein Eiscafé vor, das in der Nähe meiner Wohnung liegt.

Ich wähle meine beste »Hochsommerpelle«, das schwarze Popelinekleid mit den kleinen Ärmeln. Seltsam, denke ich beim Schließen des seitlichen Reißverschlusses, im Frühling war das Kleid fast zu eng, heute sitzt es ziemlich locker. Ich habe abgenommen!

Vergnügt schminke ich mein Gesicht, so gut es eben geht. Das leider nicht mehr frisch gefärbte Haar stecke ich hoch, und die schon sichtbaren Ansätze verdecke ich geschickt mit den grauen Strähnen. Das Ergebnis betoniere ich mit einer Überdosis Haarspray.

Die Frisur sitzt.

Auf der Terrasse des Eiscafés an einem Zweiertisch wartet Faber, heute im hellen Anzug, schwarzem Shirt und schwarzen Slippern. Auf der Nase sitzt eine verspiegelte Pilotenbrille.

Höflich erhebt er sich. »Ein interessanter Meetingpoint«, sagt er nach dem Händeschütteln und rückt mir den Stuhl zurecht. »Hitzige Diskussionen lassen sich mit kühler Eiscreme besänftigen, und danach laufen die Verhandlungen friedlich. Was darf ich Ihnen bestellen?«

»Einen großen Eisbecher mit Früchten und Sahne, bitte.« Die kleine Völlerei kann ich mir heute leisten. Im Stillen freue ich mich über meine verlorenen Pfunde, aber auch auf den Beginn meines Luxuslebens, in das ich mit diesem Eisbecher starte.

Das Café ist gut besucht. Ein junger Kellner hat die Gästeschar dennoch gut im Griff und ist schnell zur Stelle, um nach unseren Wünschen zu fragen. Faber ordert meinen Eisbecher, fügt launig hinzu: »Vergessen Sie das Schirmchen nicht«, und bestellt für sich Espresso und Kognak.

»Ich muss gestehen, dass ich sehr gespannt bin, bei

welchem Problem Sie ausgerechnet *meine* Hilfe benötigen«, eröffnet er das Gespräch mit zweideutigem Grinsen.

Ich weiß natürlich, worauf er anspielt. Meine Bemerkung, ihn niemals mit dem Verkauf meines Hauses zu beauftragen, hat offensichtlich seine Maklerehre verletzt. Aber eine unterwürfige Entschuldigung würde das Gesagte auch nicht aus der Welt schaffen. »Sie sind hoffentlich nicht nachtragend«, sage ich mit verbindlichem Lächeln.

»Sie wollen also verkaufen?«, schließt er aus meiner Frage.

»Ja und nein«, antworte ich, muss aber unterbrechen, weil in der Sekunde unsere Bestellung serviert wird.

Faber kippt drei Löffel Zucker in seinen Espresso. »Wie darf ich denn das verstehen?«

Bevor ich antworte, probiere ich einen Löffel von der Sahne, auf der eine kandierte Kirsche thront. »Es kommt darauf an, ob Sie meine Bedingungen akzeptieren.«

»Das kommt auf die Bedingungen an«, kontert er, wobei er eine Schachtel Zigaretten aus der Jacketttasche fischt. »Darf ich?«

»Bitte schön.« Eigentlich ist es unhöflich zu rauchen, während ich noch esse. Aber Benimmregeln sind mir grad schnuppe, jetzt geht es um Wichtigeres. »Für einen cleveren Makler sind ein paar lächerliche Bedingungen doch nur ein Ansporn.«

»Dann lassen Sie mal hören.« Er zündet sich die Zigarette an und nimmt einen tiefen Zug.

»Die Mieter müssen bleiben, und zwar zu den schriftlich vereinbarten Konditionen.« Ausführlich erkläre ich ihm die Vereinbarung mit den »Nichtmietern«, die ja erst nach vollendeten Renovierungen offiziell zu Mietern werden. »Der Wert des Hauses steigt durch die Sanierungen, und das völlig kostenfrei für den Käufer.«

Faber verschluckt sich an seinem Espresso. Als er wieder zu Atem kommt, lacht er. »Ich habe mich ja die ganze Zeit gefragt, wie es sich mit diesen ›Künstlern‹ verhält. Auf so einen raffinierten Trick, Wohnungen ohne Handwerkerstress zu renovieren, wäre ich niemals gekommen. Alle Achtung«, bemerkt er mit einem Augenzwinkern, während er den Kognakschwenker zur Hand nimmt.

»Freut mich, dass Ihnen mein Arrangement gefällt.« Auch wenn ich mein Erbe loswerden möchte, meine Mieter sollen nicht unter meiner Unfähigkeit leiden, und davon muss ich Faber überzeugen. »Nun zu meinen Bedingungen: Der Käufer muss das Dach reparieren lassen, die Mietverträge übernehmen und die Vereinbarungen schriftlich akzeptieren. Die Mieten dürfen zehn Jahre lang nicht erhöht werden. Es sei denn, ein Mieter kündigt von sich aus die Wohnung, dann verfällt die Bedingung.«

Faber stößt einen leisen Pfiff aus. »Zehn Jahre und ein löchriges Dach! War nicht auch der Keller feucht?«

Ich ziehe es vor, diese Frage mit einem Schulterzucken und einem lässigen »Kaum der Rede wert« zu beantworten.

»Wie auch immer. Das Ganze entpuppt sich gerade als echtes Schnäppchen. Wer könnte da ablehnen? Ich schätze, wir werden uns vor Angeboten kaum retten können.« Der Sarkasmus in Fabers Stimme ist nicht zu überhören.

Genüsslich widme ich mich wieder meinem Eisbecher. »Eigentum verpflichtet, besagt …«

»Artikel vierzehn, Absatz zwei des Grundgesetzes«, unterbricht er mich gelangweilt. »Völlig ungeeignet als Verkaufsargument, verehrte Frau von Buntschuh. Wenn man ordentliche Preise für Immobilien erzielen möchte, ist ein marodes Haus, besetzt mit unkündbaren Mietern, ein noch größeres Hindernis als der lästige Denkmalschutz. Investoren wollen sich weder mit unkündbaren Mietern noch mit Gesetzen rumärgern, sondern fette Gewinne erwirtschaften.« Er zündet sich die nächste Zigarette an.

Ich lege den Eislöffel zur Seite. »Was ist mit diesen Asiaten? Die schienen doch äußerst interessiert.«

»Ja, aber nicht am Gebäude«, gesteht er. »Die Herren sind Vorstände eines Immobilienfonds und suchen ausschließlich nach Grundstücken, um Luxuswohnungen zu bauen. Bewohnte Objekte fürchten sie so sehr wie einen Börsensturz, es sei denn, man kann den Mietern in absehbarer Zeit kündigen und die Hütten abreißen. Zehn Jahre würde ich allerdings nicht als *absehbar* einstufen.«

Fabers negative Argumente ordne ich als typisches Maklergeschwätz ein, im Moment frustrieren sie mich dennoch. Ich schlucke meinen Protest mit dem letzten Löffel Eiscreme hinunter und lasse mir nichts anmerken. Lächelnd – dank meiner durch jahrelange Verkaufsroutine erworbenen Fähigkeit – sage ich: »Ich habe Sie als einen Mann eingeschätzt, der Herausforderungen liebt. So kann man sich täuschen.«

»Moment, Moment, immer langsam«, protestiert Faber, der den Köder offensichtlich geschluckt hat. »Ich kann zwar keinen Interessenten aus dem Ärmel schütteln und auch nichts versprechen, aber ich werde mich anstrengen, weil Sie es sind. Wer weiß, vielleicht findet sich jemand mit sozialem Gewissen.«

Geht doch, denke ich zufrieden. Ein kurzer Handschlag, der Deal steht, und Faber meint: »Ich werde das Objekt online stellen, Fotos habe ich, und meine Kartei durchforsten. Sie hören von mir.«

Als ich Albert vom Treffen mit Faber berichte, gelüstet es mich nach einem Schluck Alkohol zur Entspannung. Das Gespräch mit dem Makler war doch recht anstrengend. Leider habe ich nach dem Trinkgelage mit Camilla vergessen, neuen Rotwein zu kaufen. Im Kühlschrank finde ich noch einen Rest selbst gemachten Eierlikör (auch ein altes Familienrezept von Alberts Mutter), zu wenig für einen Beruhigungsschluck. Zusammen mit einem in der Mikrowelle aufgetauten Stück Käsekuchen sollte er jedoch wirken.

Die Kombination schmeckt dermaßen köstlich, dass ich beschließe, sie in meinem Büchertauschcafé anzubieten. Beim letzten Bissen fällt mir ein, dass es ja gar kein Café geben wird und ich vergessen habe, Faber von dem nicht vermieteten Laden und der Wohnung zu erzählen, die ich nun nicht beziehen werde.

Wenn ich Zeit hätte, würde ich heulen. Aber das kann warten, jetzt muss ich meine Mieter zusammentrommeln und von der neuen Situation unterrichten. Wie ich Veränderungen hasse.

Sonntagabend versammeln wir uns in Ugos Küche. Der Raum ist mittlerweile fertig renoviert, und ich bewundere die geradlinigen Elemente aus matt glänzendem Edelstahl. Gleichzeitig wird mir bewusst, zum letzten

Mal hier zu sein. Nicht nur Ugos köstliche Pasta werde ich sehr vermissen.

Von meinen geänderten Plänen zu berichten ist mir eine bittere Pille. Um die schlechten Neuigkeiten etwas abzumildern, habe ich Käsekuchen gebacken. Aber ich muss mehrmals Luft holen, ehe ich die vorbereitete Ansprache zustande bringe. »Ich bedauere es unendlich«, lautet mein Schlusswort, danach herrscht sekundenlanges ungläubiges Schweigen. Skeptische Blicke treffen mich. Dann überschlagen sich die panischen Fragen.

»Verkaufen?«

»Sie scherzen?«

»Warum?«

»An wen?«

»Nicht Ihr Ernst?«

»Sie wollen wirklich aufgeben?«

»Wegen ein paar Löchern im Dach?«

»Und wer hat uns gekauft?«

»Es gibt noch keinen ernsthaften Interessenten, und ich verkaufe nur unter der Bedingung, dass die Verträge unangetastet bleiben und selbstverständlich alles notariell beglaubigt wird«, verspreche ich erneut, wie schon vorhin.

»Wie wäre es, wenn wir sammeln?«, fragt Professor Pape in die Runde und schaut nacheinander jedem ins Gesicht.

Ich schlucke gerührt, lehne aber entschieden ab. Das ist doch wieder nur eine neue Frage, mit der das alte Problem nicht zu lösen ist. Neben den Kautionen noch ein weiteres Darlehen von meinen Mietern anzunehmen hieße nämlich, noch mehr in ihrer Schuld zu stehen und noch mehr Schulden auf dem Buckel zu haben, die ich ohne Mieteinnahmen niemals zurückzahlen kann. Nicht zu vergessen die Kosten für die Entfeuchterfirma, den Glasermeister und die leidigen Versicherungen, die sich nicht in Luft auflösen.

Der Professor erntet auf seine Spendenidee nur bedauerndes Gemurmel. Niemand hat ein dickes Bankkonto, und jeder, außer Pape, finanziert seine Renovierungen mit der ersparten Miete. Da bleibt nichts übrig, womit man ein löchriges Dach erneuern könnte.

Ugo unterbricht die anschließende, unangenehm lange Pause. »Mein alter Chef hat immer gesagt: Nichts wird so heiß gegessen, wie es gekocht wird. Ich schlage vor, wir füllen gemeinsam einen Lottoschein aus, vielleicht rettet uns ein Gewinn.« Er holt eine Flasche Grappa aus einem der Schränke. »Verdauungsschnaps?«

Mia cara nickt. »Ja, unbedingt, mir ist speiübel.«

Auch von den anderen höre ich nur zustimmendes Gemurmel. Und mir fällt siedend heiß ein, dass ich schon wieder vergessen habe, den Tippschein zu erneuern.

»Macht euch keine Sorgen, alles wird gut«, verkündet Laura Roth.

»Wer sagt das?«, möchte Herr Huber wissen.

»Die Tarotkarte, die wir nach der Unterzeichnung des Mietervertrages gezogen haben«, antwortet Laura, und ihre Schwester bekräftigt es: »Stimmt genau.«

Alle Köpfe drehen sich zu den blonden Mädchen um, die heute das Haar zu einem hohen Knoten gezwirbelt haben.

»Welcher Hirni glaubt denn an Karten?«, höre ich Tillmann murmeln, der mit beiden Händen seine knallroten Hosenträger umklammert, als müsste er sich irgendwo festhalten.

»Abwarten«, sagt Laura und erklärt: »Es war die Stern-

Karte, die steht für Hoffnung und Vertrauen in die Zukunft und dass die begonnenen Aktivitäten oder neue Freundschaften unter einem guten Stern stehen. Ich vertraue der Deutung. Frau von Buntschuh findet ganz überraschend einen Weg, das Haus zu behalten.« Als wartete sie auf meine Zustimmung, blickt sie mich mit ihren hellgrauen Augen an.

»Nichts wäre mir lieber«, versichere ich, ohne daran zu glauben. Die Esoterik hat schon in den Siebzigern komplett versagt, als die Hippies das Thema gesellschaftsfähig machten und es unerlässlich war, sein Leben von Horoskopen, Tarotkarten oder Pendeln bestimmen zu lassen. Auf Ibiza hat uns ein selbst ernannter Schamane großes Glück verhießen, und wir sollten niemandem vertrauen, der etwas anderes behauptet. Tja, der »weise Mann« lag komplett daneben.

»Wann auch immer euer Tarotstern aufgeht, Fakt ist, dass wir bei Starkregen die Farbeimer regelmäßig kontrollieren müssen«, unterbricht Tillmann meine Rückblenden und lässt, wie zur Bestätigung, seine roten Hosenträger schnalzen.

»Vielleicht wäre es sinnvoll, die Schäden am Dach täglich zu kontrollieren«, meint Hausmeister Huber.

»Wozu sich unnötig Arbeit machen?«, winkt Rico lässig ab. »Wenn's regnet, schauen wir nach, und wenn's nicht regnet, entspannen wir uns.« Rico erntet amüsiertes Gelächter, und ich bin traurig, meine Ersatzfamilie und den Traum vom Büchercafé wegen des schnöden Mammons aufgeben zu müssen. Ich wollte, ich könnte mein Drama auch mit karibischer Leichtigkeit betrachten. Mein einziger Trost ist die Gewissheit, dass sich nach einem Verkauf für die Mieter nichts ändern wird.

Faber hat sein Versprechen gehalten, das Anwesen beim größten Onlineportal für Immobilien eingestellt, und wenn wir es zum angegebenen Verkaufspreis an den Mann oder die Frau bringen, gibt es auch für mich ein Happy End mit Wermutstropfen. Mein Büchercafé werde ich nämlich nicht so schnell vergessen. Es sei denn … Faber findet einen sozial denkenden Investor, der mir den Laden vermieten würde. Hör auf zu träumen, ermahne ich mich und konzentriere dich auf die Realität.

Dann los: Die Unterlagen vom Anwesen liegen griffbereit neben dem Telefon, das leider nicht klingelt. Und je länger ich warte, umso nervöser werde ich. Kein Roman und nicht mal ein frisch gebackener Käsekuchen mit frisch gerührtem Eierlikör können mich beruhigen.

Es vergeht eine weitere Woche, in der ich wie eine Süchtige den Wetterbericht verfolge und jedes Mal aufatme, wenn sich über dem Atlantik kein Unwetter zusammenbraut.

Mich nervt es, auf Fabers Anruf zu warten, und aus lauter Verzweiflung fange ich sogar an, Fenster zu putzen. Keine gute Idee bei Sonnenschein, das Ergebnis sind Scheiben voller Schlieren. Als Putzfrau bin ich genauso eine Niete wie als Hausbesitzerin. Ich kehre zurück zu meinen Büchern. Aus einem vor Wochen begonnenen Roman fällt mir ein Brief als Lesezeichen entgegen. Darin das erste Schreiben vom Notar, mit dem er mich von Tante Theodoras Ableben unterrichtet und zur Testamentseröffnung eingeladen hat. Ich habe es aufgehoben, um diesen denkwürdigen Tag nicht zu vergessen. Die ganze Angelegenheit ist zwar nicht wie gewünscht verlaufen, aber wenn demnächst ein warmer Geldregen auf mich niederprasselt, dann wird doch noch alles gut werden.

Endlich meldet Faber sich und präsentiert – schier unglaublich – einen ernsthaften Interessenten. Herr Dekker, ein holländischer Investor mit Herz, hat allen Forderungen zugestimmt.

»Den größten Spaß hatte Dekker, als ich von dem desolaten Dach sprach, denn sein Familienname bedeutet sinngemäß Dachdecker«, berichtet Faber und dass Dekker den Kaufpreis etwas unterboten habe.

Kein Drama, wir hatten natürlich eine Handelsspanne eingeplant. Sofort vereinbare ich einen Notartermin und kreuze überglücklich den Tag im Kalender rot an.

Happy End.

Noch nicht ganz.

Ich habe mal wieder nichts anzuziehen.

In meinem Kleiderschrank hat sich nämlich überhaupt nichts verändert. Auf den Bügeln hängen nach wie vor die abgetragenen Fummel aus dem letzten Jahrhundert. Darin kann ich unmöglich ein neues Leben beginnen. Am Ende kommt Dekker auf die Idee, ich wäre eine verarmte Adlige, die es nötig hat, und drückt den Kaufpreis ein weiteres Mal. Kleider machen Leute, edle Kleider machen Edelleute und aus mir auch optisch eine Edelfrau.

Tollkühn überziehe ich mein Konto und gehe shoppen. Als wir noch in der Villa mit eigenem Strandabschnitt am Starnberger See residierten, war ich Stammkundin bei einem Edelkaufhaus am Münchner Marienplatz, wo man echte Schnäppchenpreise für vulgär hält. Ich war ewig nicht mehr dort, denn nachdem wir praktisch verarmt waren, habe ich mir selbst Hausverbot erteilt. Nichts kaufen zu können und »nur mal zu gucken« finde ich würdelos.

Das Nobelkaufhaus hat nicht nur ausgesucht edle Kollektionen von namhaften Designern, deren Qualität ebenso exquisit ist wie die Schnitte, sondern auch fachkundiges Personal, das in anderen Kaufhäusern längst ausgestorben ist. Dort trifft man höchstens noch die Damen an den Kassen, die sich ungern mit störenden Kunden abgeben. Viel lieber plaudern sie mit der Kollegin über die nächste Pause. Einmal habe ich gewagt zu fragen, ob ich störe; sofort wurde ich mit einem genervten »Einen Moooment werden Sie ja wohl warten können« zum Schweigen gebracht.

Bei meinem Lieblingskaufhaus kann mir das nicht passieren.

Glaube ich.

Und bin überrascht.

Das kompetente Personal ist leider auch hier auf »unsichtbar« geschrumpft. Nach langem Umherirren entdecke ich einen zwirnsfadendünnen jungen Mann, den ich eine unhöfliche Sekunde zu lange anstarre. Wie kommt der nur in diese Hose? Die ist so eng, als säße sie unter der Haut.

»Ich suche etwas für einen offiziellen Anlass«, antworte ich auf seine Frage, ob er helfen könne.

Sein »Selbstverständlich« zaubert mir ein breites Lächeln ins faltige Gesicht. Danach durchsucht er beflissen die übers ganze Geschoss verteilten Kollektionen.

Noch vor wenigen Jahren fand man Hosen, Kleider, Röcke, Jacken oder Mäntel gesammelt an Kleiderständern. Heute vermieten die Ladeninhaber Verkaufsflächen an unterschiedliche Hersteller, das nennt sich dann »Shop im Shop«, und die doofe Kundin ist gezwungen, die gesamte Etage systematisch zu durchwühlen. Ich empfinde das als »Kundenquälen«. Meinen schnuckeligen Verkäufer scheint das wenig zu beeindrucken. Eifrig präsentiert er mir bonbonbunte Jacken in »figurgünstiger« Länge, die jede Hose oder jeden Rock »aufpeppen« würden. Seltsam nur, dass ich an Angela Merkel denken muss, die auch das nötige Kleingeld dafür hätte. Er hingegen betont unablässig: »Das hebt.« Den Umsatz des Ladens garantiert, meine Laune eher nicht. »Leider ist das Angebot in Größe zweiundvierzig überschaubar«, bedauert er, als ich zwei Stunden später sämtliche »Kanzlerinnenjacken« des Ladens anprobiert habe. Wirklich schade, dass ich die Beziehung zu meinem Lieblingsladen beenden muss.

Mutig stürme ich ein ebenfalls alteingesessenes Modehaus im Tal, finde aber wieder nichts in meiner Größe. Tja, in Zeiten von Diätenwahn will eben niemand mehr kurvige Figuren bekleiden. Irgendwo habe ich einmal gelesen, dass die meisten Firmen ihre Mode nur an der trendigen jungen Kundschaft sehen wollen, die angeblich auch das meiste Geld für ihre Kleidung ausgibt. Totaler Quatsch. Wir Oldies haben Geld – sogar ich werde demnächst flüssig sein – und würden es liebend gerne ausgeben, aber nicht für Hässlichkeiten, in denen wir nicht mal begraben werden möchten. Camilla ärgert sich längst nicht mehr über scheußliche Konfektionsklamotten. Schon vor Jahren hat sie erklärt: »Ich quetsche mich doch nicht in eine dieser Mini-Umkleidekabinen, lasse mich von der eiskalten Beleuchtung und einer Verkäuferin mit Tiefkühlcharme deprimieren und darf am Ende auch noch dafür bezahlen.« Sie lässt ihre farbenfrohen Zelte bei einer Schneiderin anfertigen, die ganz bequem zu ihr nach Hause kommt.

Dummerweise ist über Nacht kein maßgefertigtes Outfit mehr anzufertigen. Mir bleibt nur die Notlösung: eine neue Handtasche und ein paar neue Pumps, beides in Brombeerfarben, die das schwarze Popelinekleid beträchtlich aufwerten. Obendrein machen Accessoires nicht dick. Ein paar Euro bleiben übrig, um mir die Haarfarbe beim Friseur auffrischen zu lassen.

Donnerstag um zehn ist dann der Termin bei Nolte angesetzt. Mindestens drei Stunden zu früh für eine Mittsechzigerin, die frühestens um elf Uhr vorzeigbar aussieht. Aber das Zeitfenster des niederländischen Käsekönigs – vielleicht ist er auch ein Tulpenfürst – schließt sich mittags, wie Faber mich informiert hat. Danach muss Herr »Dachdecker« zum Airport düsen. Sofort fallen mir »Der fliegende Holländer« und die lang vermissten Opernbesuche ein, die ich mir dank des Investors bald wieder leisten kann. Oder auch mal eine Reise nach den Niederlanden … Eine Veränderung, die mir gefallen würde.

Am Donnerstagmorgen stehe ich unausgeschlafen vor meinem Vergrößerungsspiegel im Badezimmer und trage Make-up auf. Als ich gerade die Wimpern tusche, klingelt es Sturm. Vor Schreck steche ich mir mit dem Tuschebürstchen ins Auge, das sofort zu tränen beginnt und alles ruiniert. Fluchend taste ich nach dem Toilettenpapier, während es weiterklingelt, als stünde das Haus in Flammen.

»Jaaa, ich komme schon«, brülle ich auf dem Weg zur Tür und reiße sie genervt auf.

Davor stehen Müller & Müller, beide in blauen Latzhosen, die reichlich verdreckt aussehen, und in Gummistiefeln. Ohne Liza Minnelli. Sehr ungewöhnlich.

»Frau von Buntschuh, schnell, kommen Sie in den Keller!«

»Gute Güte, was ist denn los?« Der fehlende Mops deutet auf eine mittlere Katastrophe hin.

»Haben Sie Gummistiefel?«

»Nein«, schwindle ich genervt. Die Dinger habe ich in die Besenkammer verbannt, allein der Anblick macht mich aggressiv. »Im Moment passt es mir gar nicht, ich habe einen wichtigen Termin. Kann das nicht warten?«

»Nein!«, keucht Ignaz. »Es gab wohl heute Nacht einen Wasserrohrbruch …«

»Ein Nachbar hat es eben bemerkt und uns verständigt, das Wasser steht schon knöcheltief …«, drängt Korbinian. »Sie sollten das Abteil sofort ausräumen.«

»Totale Katastrophe … Untergang der Titanic«, dramatisiert Ignaz mit besorgter Miene.

»Wasser?« Meine Stimme kippt. Hatte ich nicht erst vor Kurzem genau diesen Albtraum? Offensichtlich haben sich sämtliche Wassergeister gegen mich verschworen. Der Schreck verblasst, als ich mich erinnere, dass es in meinem Kellerabteil nichts Wertvolles gibt. »Da steht doch nur der kleine Kühlschrank aus unserem alten Antiquitätenladen«, erkläre ich dem aufgelösten Hausmeisterpaar. »Den wollte ich vom Sperrmüll abholen lassen, hab's nur vergessen.«

»Und der Umzugskarton?«

»Welcher Karton?«

Ignaz schwört auf seinen geheiligten Werkzeugkasten, dass in meinem Kellerabteil ein Umzugskarton im Wasser stünde. »So ein ganz normaler … der ist schon halb durchgeweicht.«

Ich kann mich an keinen Karton erinnern. Als wir damals hier eingezogen sind, haben wir absichtlich nichts im Keller verstaut. Alberts Meinung nach ist jeder Keller wie ein schwarzes Loch – was dort landet, vergisst man bald. Das erkläre ich auch den Müllers und dass es mir grad überhaupt nicht passt, den alten Kühlschrank zu retten.

Korbinian mustert mein schwarzes Kleid und die Tränenspur über meiner Wange. »Müssen S' zu einer Beerdigung?«

»So ähnlich, und genau deshalb pressiert es mir auch so.«

»Dann geben Sie uns doch den Kellerschlüssel«, schlägt er vor.

Nichts lieber als das. »Einfach den Karton auf den Kühlschrank stellen«, sage ich und sause zurück vor den Spiegel. Kaum habe ich die verschmierte Tusche entfernt und tusche die Wimpern konzentriert nach, klingelt es wieder Sturm. Ich rutsche vor Schreck mit dem Bürstchen ab, und mit einem dicken schwarzen Fahrer über der Wange laufe ich an die Tür.

Doppelmüller haben den Karton tatsächlich hochgeschleppt. »Sehr liebenswürdig, aber auf dem Kühlschrank wäre er doch nicht weiter nass geworden.«

»Das nicht, aber ...« Ignaz stellt den ziemlich feucht wirkenden Pappkarton, der nur noch von breitem Klebeband zusammengehalten wird, auf der Fußmatte ab und guckt mich mit großen Augen an. »Schaun'S, was da draufsteht!«

Mein Blick folgt seinem Fingerzeig. *Balbina* hat jemand auf den Deckel geschrieben und ein Herz drum herum gemalt. Sehr mysteriös. Und spannend!

25

Die Müllers schleppen den Karton in die Küche, wuchten ihn auf den Tisch und verabschieden sich eilig, um den »Untergang der Titanic« zu stoppen.

Ich greife nach der Brille und starre meinen Namen auf dem Pappdeckel an. Das ist doch Alberts Schrift, zu erkennen an dem großen schwungvollen B. Aber was soll dieses Herz drum herum? Albert Freiherr von Buntschuh hatte durchaus romantische Momente, wie damals im Park, als er mir seine Liebe erklärte. Aber wir haben uns keine Liebesbriefe geschrieben, schmachtende Grüße meines Verstorbenen werden also kaum drin sein.

Dennoch bin ich viel zu neugierig, um mit dem Öffnen bis nach dem Notartermin zu warten. Ein paar Minuten habe ich noch Zeit, mir diesen geheimnisvollen Fund anzusehen. Ungeduldig reiße ich das Klebeband ab. Die feuchte Pappe sackt in sich zusammen wie ein nasser Lappen. Was zum Vorschein kommt, lässt mich vor Schreck aufschreien.

Ein Armband aus bunt schimmernden Glasperlen!

Es hängt an einem dicken Gummiband, das eine ramponierte Aktenmappe aus grün vergilbter Pappe zusammenhält. Dasselbe Armband, das ich damals Tom bei unserem Abschied um das Handgelenk gelegt habe, ich erkenne es ohne jeden Zweifel wieder. »Nichts kann uns

mehr trennen«, hat Tom geflüstert, sobald ich es zuge-
knotet hatte.

Ich erinnere mich an jedes einzelne Wort, jeden Blick,
jede Geste. Wenn ich daran denke, wird mir immer noch
ein wenig schwindelig. Ich war so unendlich glücklich
mit Tom, der wie der junge Jean-Paul Belmondo aussah.
Der jede haben konnte, wie ich auf dem Hippiemarkt
an den begehrlichen Blicken der anderen Frauen be-
merkte. Aber er wollte mich, nur mich und beschwor jeden Tag aufs Neue unsere Liebe. An dem Tag auf dem
Markt planten wir unsere gemeinsame Zukunft. Träumten von einer Familie mit Kindern und einem Mehrgenerationenhaus. Ein wunderschöner Traum, aus dem ich
nie wieder aufwachen wollte.

Doch ich bin aufgewacht, in einer schmerzhaften Realität. Und so ein verhexter Wasserrohrbruch fördert nun
eine Botschaft aus der erfolgreich verdrängten Vergangenheit zutage. Das brauche ich so dringend wie einen
Gewittersturm. Seltsam ist es aber doch. Seit Wochen erinnere ich mich immer wieder an Tom, an seine Lügen
und sein spurloses Verschwinden. Und nun taucht auch
noch dieses Perlenband auf. Aber wie kommt es in diesen Karton? Und was hat Albert damit zu tun?

Verdammt, das passt mir jetzt überhaupt nicht in
den Kram, fluche ich und verpasse der Aktenmappe einen kräftigen Stoß. Das Gummi reißt, und während die
Mappe mit einem dumpfen Platsch zu Boden fällt, flat-
tern unzählige beschriebene Blätter heraus und verteilen
sich über den Küchenboden.

Gute Güte, jetzt auch noch Frühsport, schimpfe ich
genervt und gehe in die Hocke, um die Blätter einzu-
sammeln.

Der Text wurde mit Schreibmaschine getippt, und ich frage mich, ob Albert vielleicht heimlich seinen Doktor machen wollte. Zum Lesen habe ich jetzt aber keine Zeit, denke ich noch, als mein Blick auf Blatt eins fällt, und stutze. Das ist keine Doktorarbeit, das ist ein Roman. Der Titel packt mich sofort, und ich kann einfach nicht anders, ich muss einen Blick auf den Text werfen.

Die Nacht flüstert deinen Namen
von Tom Baranski

Baranski? Der Name kommt mir bekannt vor, das ist doch dieser bekannte Krimiautor … Ich eile in meine Bibliothek, suche im Krimiregal nach Baranski. In meiner Büchersammlung findet sich leider kein Exemplar, aber ich bin hundertprozentig sicher. Mein Vater war ein großer Fan des Autors. Fragt sich nur: Wie kommt ein Roman von Baranski in unseren Keller? Mit dem Packen Papier setze ich mich auf einen Stuhl an den Küchentisch und beginne zu lesen.

München, Mai 1976
Bücher sind mein Schicksal, dachte er, als sein Blick auf die Buchhandlung gegenüber von seinem Stammcafé fiel, in dem er bei einem Kaffee saß. Dabei glaubte er weder an Schicksal noch an Vorsehung. Er war Realist, ein Mann des Verstandes. Seiner Meinung nach war Fatalismus nur etwas für Esoteriker und Hippies, die jedes Ereignis hinnahmen und es als ihre Bestimmung akzeptierten. Diese Lebenseinstellung war ihm ebenso fremd wie in-

dische Gottheiten, Horoskope oder sich die Zukunft von Tarotkarten weissagen zu lassen.

Sein Leben verlief in geordneten Bahnen, und nun, nach dem Abschluss seines Studiums der Betriebswirtschaft, durfte er ein »Jubeljahr« einlegen, bevor er als einziger Sohn das Familienunternehmen weiterführen würde. Die Pause nach dem Studium war Tradition für die Söhne seiner erzkonservativen Sippe. Sein Vater war der Überzeugung, Männer müssten sich »die Hörner abstoßen«. Unter welchem Etikett auch immer, er genoss seine Freiheit in vollen Zügen, schlief bis Mittag, verbrachte die Nachmittage in Biergärten und die Abende mit Freunden. Er flatterte von einer kurzen Liebschaft zur anderen, bis zu jenem Donnerstagabend, als drei Ereignisse zusammentrafen, die seine Pläne und die seiner Familie für immer verändern sollten ...

Das Lächeln der rotblonden Kellnerin, die ihm noch einen frischen Orangensaft servierte, war eine Spur zu liebevoll, um es als professionell einzustufen. Es erinnerte ihn an das betrunkene Mädchen auf dieser todlangweiligen Party. Sie hatte partout nicht akzeptieren wollen, dass aus ihr und ihm kein Paar werden würde, und ihm war nur die Flucht geblieben.

Doch sein unbekümmert geparktes Cabriolet war abgeschleppt worden, ein Gewitter hatte direkt über ihm gehangen, und die ersten dicken Tropfen waren bereits auf das Pflaster gefallen. Wie oft in solchen Situationen war kein Taxistand in Sichtweite und längst Ladenschluss gewesen. Nur eine Buchhandlung gegenüber, in der in wenigen Minuten eine Lesung beginnen sollte, wie das Plakat im Schaufenster verkündete. Spontan betrat er den Laden. Bis dato bedeutete Lesen für ihn Studium, nie Vergnügen, allein schon wegen einiger Klassiker, die er in der Schule hatte durchackern müssen, war Belletristik erst recht nicht sein Genre. Aber der Titel des Buches — *Um jeden Preis* — weckte durchaus seine Neugier. Er bezahlte fünf Mark Eintritt und stellte erfreut fest, dass der Autor beim jungen Publikum beliebt war. Hübsche Mädchen und intellektuell wirkende junge Männer saßen in den Stuhlreihen, einige unterhielten sich oder blätterten in Büchern.

Neugierig schlenderte er durch das Publikum und blieb wie elektrisiert stehen, als er ein zierliches Mädchen, das ihn an die junge Lauren Bacall erinnerte, an einem Büchertisch erblickte. Konzentriert ordnete sie einen Stapel des Werks, das vorgelesen werden würde, schob die Kanten zurecht, strich mit der Hand über das Cover. Jede ihrer Bewegungen war ruhig, beinahe zärtlich, und es schien, als wären Bücher etwas sehr Kostbares für sie. Nie zuvor hatte er solche

Anmut gesehen, und auf seiner ganz persönlichen Skala von Grazie und Schönheit erreichte sie mühelos die höchste Punktzahl.

Gebannt haftete sein Blick auf diesem betörenden Wesen. Ihr dunkles Haar fiel in weichen Wellen auf die zarten Schultern. Ihre Haut wirkte auch aus der Distanz wie Porzellan, und soweit er es erkennen konnte, waren ihre Augen blau. Als er beschloss, ein Buch zu kaufen, um mit diesem Zauberwesen ins Gespräch zu kommen, klopfte ihm jemand auf die Schulter.

»Hey, Pape, alter Schwerenöter, hast du dich verlaufen?«

Es war sein Studienfreund Albert von Buntschuh, der sich zu Recht über seine Anwesenheit in einem Buchgeschäft wunderte.

»Mich hat der Regen überrascht. Und was hast du hier verloren, alter Freund und Ritter ohne Furcht und Tadel?«, entgegnete er flapsig, obgleich eine Leseratte wie Albert in seinem tadellosen Anzug so perfekt in einen Buchladen passte wie seine adlige Sippschaft auf eine Fuchsjagd.

»Ich bin verabredet – mit Balbina.« Mit einer lässigen Kopfbewegung wies Albert in Richtung Büchertisch.

»Du kennst dieses Mädchen?« Unglaublich, dachte er, ausgerechnet Buntschuh, dieser langweilige Schnösel.

»Ja, sie ist die Tochter des Buchhändlers, und wir sind befreundet.«

Beinahe atemlos habe ich diese Zeilen gelesen, die womöglich der Entwurf eines Romans sind. Ich erinnere mich so deutlich an diesen Abend in der Buchhandlung meiner Eltern, als wäre es gestern gewesen. An die Lesung dieses talentfreien Autors, dessen Namen ich vergessen habe und von dem danach nie wieder etwas erschienen ist. Ich erinnere mich auch daran, dass ich bis zur Begegnung mit Tom gedacht habe, es würde ein ganz normaler, ja, sogar langweiliger Abend werden. Bis zu der Sekunde, als ich ihn gesehen habe. Leider ist er nach der Lesung verschwunden, und als ich Albert fragte, wer sein Freund gewesen sei, antwortete er: »Nur ein Studienkollege.« Wie wenig Albert ihn mochte, musste er nicht betonen, der abfällige Tonfall war überdeutlich, obwohl ihm dergleichen gar nicht ähnlich sah – gute Manieren gingen ihm über alles. Später hat Tom mir erzählt, dass Albert ihn für einen Faulpelz halte und von daher die Abneigung stamme.

Tom Baranski, murmle ich, entsinne mich aber nicht, dass er je von einem Pseudonym gesprochen hätte. Aber warum die Namensänderung, warum hat er nicht unter Pape veröffentlicht? Könnte an seiner spießigen Familie liegen. Womöglich wäre die Papierfabrik pleite gegangen, wenn der Filius lieber Papier beschrieb, statt sich um die Herstellung zu kümmern.

Ich düse an meinen Schreibtisch, schalte den Computer ein und trommle ungeduldig mit den Fingern, bis der alte Kasten sich bequemt hochzufahren. Dann endlich kann ich den Namen in die Suchmaske eintippen.

Unzählige Suchergebnisse erscheinen, ich klicke kurzerhand das von Wikipedia an, lese und staune: Tom Baranski ist der Verfasser einer Reihe von Krimis, die allesamt sehr erfolgreich waren und sich nach wie vor gut verkaufen. Die Heldin, eine Marga Maus, ist professionelle Fotografin, fünfzig Jahre alt und klärt Morde auf. Insgesamt sind bisher über zwanzig Bücher erschienen, das letzte vor fünf Jahren. Stutzig macht mich die Hauptfigur. Eine alte Frau und Tom, das passt für mich nicht zusammen. Ich kann mich nicht mal erinnern, dass er überhaupt Krimis gelesen hat.

Ich recherchiere weiter, finde massenhaft Buchblogs, die seine Werke empfehlen, begeisterte Rezensionen, kurze Interviews und zu meinem Schreck auch noch Spekulationen über den Tod des Autors. In einem später erschienenen Artikel wird berichtet, er lebe seit etlichen Jahren im Ausland. Fotos finde ich keine, der Mann ist ein Phantom wie Patrick Süskind.

Ich ergänze das Pseudonym mit *Ibiza*, ist zwar Europa, aber auf jeden Fall Ausland. Null Ergebnisse, *nada*, wie man in Spanien sagen würde.

Dennoch schleudert mich die Erinnerung so schnell zurück nach *damals*, als gäbe es dafür eine Fernbedienung: Ich liege in Toms Armen im kühlen Schatten eines mächtigen Sonnenschirms, der sich im perfekten Winkel gegen die Sonne neigt. Die Luft riecht nach dem nussigen Sonnenöl auf unserer Haut, das schrille Kreischen der Möwen vermischt sich mit dem gleichmäßigen Singsang des Meeresrauschens, und der Wind trägt Klangfetzen eines Bob-Marley-Songs über den Strand. Das Meer glitzert türkisblau im späten Nachmittagslicht wie das paillettenbestickte Partykleid einer der reichen Erbinnen, die bis zum Morgengrauen in den hippen Clubs von Ibiza tanzen. Sanft gekräuselte Wellen versickern im weißen Puderzuckerstrand. Und ein leiser Wind spielt zärtlich mit den Palmblättern wie Toms Hände mit meinem Haar. Okay, die Palmen sind keine Palmen, sondern Pinien, die im Norden von Ibiza auf den leicht ansteigenden Hügeln hinter dem sichelförmigen Strand wachsen. Aber das ist unwichtig, denn ich bin trunken vor Glück, so wie nie zuvor in meinem zwanzigjährigen Leben. Dieser attraktive Mann mit dem wirren Strubbelkopf, dem weichen Mund und den dichten Wimpern um die graugrünen Augen ist die große Liebe meines Lebens. In seinen Armen verwandeln sich Pinien in Palmen, Gewitterwolken in traumhafte Naturschauspiele und kreischende Möwen in singende Paradiesvögel.

Plötzlich wechselt meine Stimmung, als hätte jemand an der Fernbedienung für die Vergangenheit den *Ausknopf* gedrückt, und ich erinnere mich an Toms Lügen. Heute weiß ich, dass ich für ihn nichts weiter war als eine Kerbe in seinem Bettpfosten. Ich gieße den Rest Kaffee in die Tasse, der genauso abgestanden schmeckt wie die Erinnerungen an eine enttäuschte Liebe.

Ich blicke auf die Uhr und zucke zusammen. Verdammt, ich habe getrödelt. Wenn ich jetzt nicht einen Gang zulege, komme ich zu spät, selbst wenn ich in der nächsten Minute in ein Taxi steigen würde. Was gar nicht möglich wäre, mein Gesicht ist immer noch mit Wimperntusche verschmiert.

Aber dieses Manuskript hat mich zum Nachdenken gebracht. Und mein Bauchgefühl hört nicht auf zu fragen: Warum tauchen Toms Roman und dieses Perlenband genau in dem Moment auf, als ich einen wichtigen Termin habe? Was hat das zu bedeuten? Alles Quatsch, ich glaube nicht an Zufälle, esoterische Wendungen oder schicksalhafte Zeichen. Die falsche Vorhersage des Hippie-Schamanen ist ein felsenfester Beweis. Trotzdem will mein Bauchgefühl nicht verstummen.

Asche-Albert verrät mir natürlich nicht, was es mit dem Karton und dem Herzen um meinen Namen auf sich hat, oder wie ich Tom kontaktieren kann. Vielleicht werde ich es bereuen, aber ich kann mich jetzt unmöglich auf den Notartermin konzentrieren, ich muss das Geheimnis dieser Mappe lüften. Wie kam das Manuskript in Alberts Hände? Warum hat er es vor mir versteckt? Warum hat er es nicht entsorgt? Die einzige Erklärung, die mir auf all diese Fragen einfällt, lautet: Ich sollte es finden! Und er kannte mich gut genug, um vorauszuahnen, dass ich nachforschen würde.

Aufgeregt wähle ich die Handynummer des Maklers.

»Faber.« Trotz der knappen Ansage höre ich Verwunderung in seiner Stimme, als ich mich melde.

»Es tut mir sehr leid, können wir den Notartermin verschieben? Es gab einen Rohrbruch in meiner Wohnung, ich stehe bis zu den Knöcheln im Wasser …«

»Oh, schon wieder Wasser …«

»Sehr treffend, ich werde quasi verfolgt von Überschwemmungen …«, seufze ich und frage, ob es möglich wäre, den Interessenten zu vertrösten.

»Das kann ich nicht sagen, erfreut wird er bestimmt nicht sein über diese kurzfristige Absage«, antwortet Faber.

»Ich bedauere unendlich«, versichere ich erneut. »Aber ich kann unmöglich hier weg.«

»Wie auch immer«, entgegnet Faber, der mir anscheinend nicht wirklich glaubt. »Ich werde versuchen, den Termin zu verschieben. Allerdings weiß ich, dass Dekker erst nächsten Monat wieder nach Deutschland kommt. Ich gebe Ihnen Bescheid, sobald ich ihn erreicht habe.«

Tja, das kühle Nass hat all meine Pläne über den Haufen geworfen. Wieder einmal. Zugegeben, das stimmt nicht ganz, genau genommen war es Tom. Nach Jahrzehnten taucht er in meinem Leben auf und bringt es erneut durcheinander. Und das nicht einmal persönlich.

Ich setze mich wieder an den Computer, um weiter nach Lebenszeichen des mysteriösen Tom Baranski zu suchen. Dieses Manuskript, das nach über vierzig Jahren in meine Hände fällt, kann ich einfach nicht ignorieren. Aberglaube hin oder her, es kann kein Zufall sein. Deshalb werde ich nicht so schnell aufgeben, denn »Wer schreibt, der bleibt«, besagt ein altes Sprichwort. Wer schreibt, hinterlässt Spuren, anhand derer ich Tom finden werde.

Wild entschlossen klicke ich mich durch das Meer der Links. Leider ohne Ergebnis. Erst gegen Mittag, als mein rechtes Handgelenk von der ungewohnten Bewegung zu schmerzen beginnt, weiß ich plötzlich, wo ich den verschwundenen Schriftsteller aufstöbern kann: über den Verlag! Als gelernte Buchhändlerin hätte ich eigentlich sofort darauf kommen müssen. Meine kleinen grauen Zellen sind wohl ziemlich eingerostet.

Ich rufe die Website des in Berlin ansässigen Verlags auf und finde die Lektorin für Belletristik/Krimis, eine Frau Fuchs. Ich wähle die Nummer, lege aber bei der letzten Zahl wieder auf. Zuerst muss ich überlegen, was genau ich der Frau erzähle, damit sie mir verrät, wie ich Baranski erreiche.

Nach langem Grübeln entsteht eine – hoffentlich – glaubwürdige Story von einem jungen Schriftsteller namens Tom Pape, der Ende der Siebzigerjahre einen Karton in meinem Keller untergestellt hat. Dieser kam nun durch meinen Umzug zum Vorschein. Leider habe ich keine aktuelle Telefonnummer, aber ich weiß, dass Tom unter dem Pseudonym Baranski veröffentlicht, deshalb dachte ich, der Verlag würde den Kontakt herstellen, damit ich Tom den Inhalt zukommen lassen kann. An dieser Stelle werde ich eine kleine Kunstpause einlegen, bevor ich das unveröffentlichte Manuskript aus dem Jahr 1976 erwähne. Dass ich Toms Klarnamen kenne, macht meine Story glaubhaft und lässt sie garantiert neugierig werden. Die Lektorin wird vor Freude vom Stuhl kippen. Denn der Erfolgsautor Baranski leidet offensichtlich an einer Schreibblockade, warum sonst hat er seit fünf Jahren nichts mehr veröffentlicht?

Frau Fuchs hört sich meinen kleinen Vortrag völlig ruhig an, kein »Wow« oder »großartig«, nicht mal ein lahmes »interessant« kommt aus ihrem Munde. Und nicht die kleinste Reaktion auf die Erwähnung von Toms Familiennamen. Entweder ist sie kein Jubeltyp, oder sie kann ihre Freude gut verbergen.

»Es tut mir sehr leid«, bedauert sie in freundlichem Tonfall. »Kontaktdaten unserer Autoren geben wir grundsätzlich nicht heraus. Aber wenn Sie mir das Manuskript zusenden, werden wir es gern prüfen.«

Die einzige Verbindung zu Tom aus der Hand geben? Niemals. Wenn es nicht in den unendlichen Weiten der postalischen Förderbänder verschwindet, dann liegt es ewig lange auf dem Schreibtisch der Lektorin herum. Lichtjahre später schickt es irgendein Praktikant mit einem Formbrief zurück, in dem steht, es würde nicht ins »Programm« passen. Genau solche Schreiben haben mir junge Autoren gezeigt, wenn sie in unsere Buchhandlung kamen und sich von einer Branchenkennerin erfolgversprechende Tipps erhofften. Nein, verschicken fällt definitiv flach, ich muss mir etwas anderes einfallen lassen.

Doch zuerst muss ich meinen Mietern erklären, dass der Verkauf verschoben wurde.

26

»Das Schicksal will verhindern, dass Sie verkaufen«, sagt Laura Roth mit beschwörend leiser Stimme, als wir uns alle in Ugos Küche einfinden.

»Die Karten lügen nicht, und wir wollen nicht nach Holland verkauft werden, sondern Sie als Vermieterin behalten«, ergänzt ihre Schwester Marie, und dann klatschen beide vergnügt ab.

»Da kann ich nur zustimmen«, mischt Pape sich ein, der in seinem sandfarbenen Anzug mit weißem Hemd, ohne Krawatte und mit den roten Slippern wieder mal wie ein Dandy aussieht. »Wir haben es Ihrem Mut zu verdanken, dass dieses Projekt überhaupt zustande kam.« Aufmunternd lächelt er mir zu.

»Es müsste schon Geldscheine regnen, damit ich das Haus behalten kann. Für euch ändert sich ja nichts, und der Termin wurde nur verschoben, nicht komplett abgesagt«, wiederhole ich mit Nachdruck. Den wahren Grund habe ich verheimlicht und eine dringende Familienangelegenheit vorgetäuscht. Was nicht komplett gelogen ist.

»Abwarten, der Lotto-Gemeinschaftstipp läuft«, verkündet Ugo, der in hellen Shorts und einem schwarzen T-Shirt, lässig die Arme vor der Brust verschränkt, an einem seiner neuen Hochglanzschränke lehnt.

Ganz der gesellige Italiener, hat er vorgeschlagen,

dass wir uns einfach wieder in seiner Küche treffen. Nur zu gern habe ich den Vorschlag angenommen – in meiner Behausung würden sich fünfzehn Erwachsene und zwei quirlige Kinder garantiert auf die Füße treten.

Tillmann zieht unwillig die dichten Augenbrauen zusammen. »Die Hoffnung stirbt zuletzt. Deshalb *hoffe* ich, genau wie alle hier, auf einen fetten Lottogewinn.«

Edwina und Erwin Huber vertrauen der Schwarzen Madonna in Altötting, der sie zur Sicherheit eine Kerze gestiftet haben, damit sie ein Wunder bewirkt. »Weil's doch schon ein halbes Wunder ist, wenn jemand so ein Haus *nicht* abreißt.«

Leider sind halbe Wunder genauso effektiv gegen meinen Geldmangel wie undichte Dächer gegen Regengüsse. Und ich wünsche mir nichts mehr als ein riesengroßes Wunder, damit ich meinen Traum vom Büchercafé und der Ersatzfamilie nicht an einen Holländer verkaufen muss.

»Also, ich glaube weder an Tarotkarten noch an irgendwelche Heiligen, bin aber optimistisch und hoffe auch, dass vielleicht doch noch alles gut wird«, sagt Kristin, und ihre Mutter Irma meint: »Man sollte nicht so schnell aufgeben. Unser Möbelrettungsladen war anfangs auch ein Minusgeschäft, jetzt läuft er. Ich kann nur bestätigen, dass es sich lohnt durchzuhalten.«

»Wann genau ist der neue Notartermin?«, möchte Pape wissen.

»Der Interessent ist erst in vier Wochen wieder im Lande«, antworte ich und drücke mir selbst die Daumen, dass der Mann inzwischen nicht abspringt – oder dass es mit dem Lottogewinn klappt.

Pape strahlt mich an. »Hervorragend.«

Der Grund seiner Begeisterung ist mir schleierhaft. Verwundert sehe ich ihn an.

»Nun«, beginnt er und strafft die Schultern, als wollte er einen wichtigen Vortrag halten. »Bitte denken Sie nicht, dass ich mich in Ihre Entscheidungen einmischen möchte – dennoch habe ich mir erlaubt, ein wenig über Dachziegel und Dachpfannen zu recherchieren, und siehe da, auch diese werden kostengünstig angeboten. Mit etwas Fortune kann man da echte Schnäppchen machen.«

»Schnäppchen?«, murmle ich verständnislos.

Tillmann schlägt sich mit der flachen Hand auf die Stirn. »Ich Depp, warum ist *mir* das nicht eingefallen, ich hätte es wissen müssen. Der Professor hat nämlich recht. Manchmal gibt's günstige Restposten. Schon für fünf Euro pro Quadratmeter.«

»Interessant«, entgegne ich verhalten. Sekunden später dämmert mir, was die Männer umtreibt. »Falls jemand auf die Idee kommt, die Schnäppchenziegel selbst zu verlegen … auf gar keinen Fall! Sogar bei schönstem Sonnenschein ist das viel zu gefährlich.« Obwohl ich bei fünf Euro sofort zuschlagen müsste. Dann hätte ich schon mal die Ziegel, aber immer noch keinen Fachmann, der nicht abstürzt.

»Für einen Feuerwehrmann wäre es ein Klacks, da hochzusteigen«, erklärt Pape.

»Seit wann wohnt hier im Haus ein Feuerwehrmann?« Edwina Huber verdreht den Hals, als suchte sie ihn unter den Anwesenden.

Professor Pape klärt auf: »Er ist der Freund eines Freundes, den ich bei einer Geburtstagseinladung kennengelernt habe. Zufällig ergab sich ein Gespräch über Klettereien auf Dächern, und ich konnte nicht widerstehen, von Ricos waghalsigem Ausflug bei Sturm zu erzählen, und wie er beinahe …« Er stockt, als er Julias irritierten Blick sieht.

Kristin hat mit glänzenden Augen zugehört. Vermutlich stellt sie sich einen dieser Bilderbuchfeuerwehrmänner vor, so ein knackiges Muskelpaket in schicker Uniform, das ihr kurz zuzwinkert, bevor es sich durch die Dachluke abseilt.

»Welcher Ausflug?«, wendet Julia sich an Rico.

»Keine Sorge, es ist nichts passiert«, wiegelt Rico eilig ab und küsst sie auf die Wange. »Ich würde mich doch niemals in Gefahr begeben.«

»Und dieser Feuerwehrmann wäre bereit, uns zu helfen?«, erkundigt sich Nikolai, der mit Baby Jessica im Tragetuch durch die Küche spaziert, damit die Kleine nicht aufwacht.

»Falls *du* da mitmachen willst, vergiss es«, faucht Viola, seine Frau, ihn an, die den zweijährigen Lukas mit Legosteinen bei Laune hält. »Ich kriege schon Albträume, wenn ich mir vorstelle, wie du mit diesem gruseligen Schneidbrenner hantierst.«

Nikolai grinst seine Frau an wie ein Lausbub, der routiniert schwindelt. »Ich würde doch nie auf ein Dach klettern.«

»Vergiss es bloß nicht«, entgegnet Viola streng und widmet sich wieder Lukas, der konzentriert einen Turm baut.

Ich beeile mich, Viola und auch Julia zu beruhigen: »Um das Dach wird sich ein Profi kümmern und sonst niemand.«

»Oder der Feuerwehrmann«, hakt Pape wieder ein. »Ich könnte eruieren, ob er für ein paar Stunden mit einer dieser Hebekabinen hier vorbeifahren würde.«

Tillmann klopft dem Professor kumpelhaft auf die Schulter. »Saucoole Idee, wenn das hinhaut, besorge ich, was noch an Material nötig ist, und den Rest schaffen wir allein.«

Gerührt schlucke ich den dicken Kloß im Hals hinunter, kann die allgemeine Begeisterung aber nicht teilen. Während in Ugos Küche lautstark darüber diskutiert wird, ob man das nicht fürs nächste Wochenende planen solle, schweifen meine Gedanken ab: Kann man einen defekten Ziegel einfach so rausziehen? Meines Wissens sind die übereinandergeschichtet – müsste dann nicht das ganze System auseinanderfallen? Ein Feuerwehrmann im Hebekorb wird das kaum verhindern können. Nicht auszudenken, wenn etwas passiert. Eine Grundbesitzerhaftpflichtversicherung habe ich nämlich immer noch nicht abgeschlossen.

Edwina hat mit düsterer Miene zugehört. »Wenn die Feuerwehr hier einrückt, bringt das bestimmt Unglück«, unkt sie. Doch Pape hat bereits sein Handy gezückt, auf dem flachen Teil herumgewischt und hält sich den Apparat ans Ohr. Das Gespräch verläuft in vertrautem Plauderton, als würde er denjenigen am anderen Ende schon ewig kennen. Als er auflegt, verdüstert sich sein Gesicht. »Ich war etwas voreilig …« Er steckt das Handy in die Jackentasche. »Bernd würde uns zwar gern helfen, aber das Feuerwehrauto gehört ihm ja nicht und darf privat nicht benutzt werden. Daran habe ich natürlich nicht gedacht, mein Fehler.« Verlegen vergräbt er die Hände in den Taschen seiner sandfarbenen Hose.

Edwina Huber hebt den Blick gegen die Decke und lächelt erleichtert. Vermutlich hat sie die Schwarze Madonna wieder um Hilfe angefleht und bedankt sich nun.

»Wäre ja auch zu schön gewesen«, sage ich traurig, aber auch erleichtert. In Bezug auf das Erbe scheine ich zwar kein Glück zu haben, doch die Gefahr, dass jemand aufs Dach steigt und abstürzt, ist damit gebannt.

»Saublöd«, findet mein Wikinger und starrt eine Weile ins Leere, als hielte er Ausschau nach einem Geistesblitz. Tatsächlich wendet er sich kurz darauf an seine Nachbarn: »Und wenn ich jemanden auftreibe, der's privat macht?«

»Doch nicht in Schwarzarbeit?«, entfährt es mir empört. Mir reicht schon der Trick mit der Steuervermeidung, die kann man vielleicht noch glaubwürdig begründen. Aber Schwarzarbeit lässt sich nicht erklären.

»Das fände ich allerdings auch unethisch«, pflichtet der Professor mir bei. »Schwarzarbeit schädigt die Allgemeinheit und belastet die Sozialkassen, ganz zu schweigen von Steuerausfällen und Arbeitsplätzen, die dadurch verloren gehen. Letztlich werden auch ehrliche Unternehmer in ihrer Existenz bedroht.«

»Genau, so was würde ich doch niemals unterstützen«, erwidert Tillmann übertrieben entrüstet. »Aber ich kenne einen, der einen kennt, und wenn der uns einen Freundschaftsdienst erweist …« Er sieht herausfordernd in die Runde.

»Ist es rechtlich keine Schwarzarbeit!«, vollendet Pape schmunzelnd Tillmanns raffinierte Auslegung.

Wie kann ich mich gegen so viel Solidarität wehren?

»Nun gut, wenn man den Freund von dem Freund mal fragen würde, ist das völlig unverfänglich. Vorausgesetzt, man kann eine Hebebühne ausleihen, ganz offiziell und mit Rechnung.«

Allgemeine Zustimmung und Tillmanns Versicherung – »Logo, die organisiere ich« – lassen auch bei mir wieder Hoffnung aufkeimen.

Als ich Albert von meinen wundervollen Mietern und ihrer nicht zu bremsenden Hilfsbereitschaft erzähle, schäme ich mich. Wie kann ich jetzt noch verkaufen wollen? Ich komme mir richtig gemein und schäbig vor. Wenn ich nur einen Ausweg wüsste.

Ich überlege, ob die Karten recht haben und das »Schicksal« tatsächlich den Verkauf verhindern will, wie Laura es so blumig ausgedrückt hat. Im Umkehrschluss würde das bedeuten, es existiert eine höhere Macht, die im Keller einen Wasserschaden verursacht hat, um mir diesen Karton zuspielen zu können. Somit gäbe es für jeden Menschen ein vorbestimmtes Schicksal, und niemand hätte eine Wahl. Aber verdammt noch mal, wo bleibt die Anweisung, wie es jetzt weitergeht? Vielleicht steht die Antwort in Toms Roman …

Normalerweise hätte er dieses zauberhafte Mädchen am Büchertisch angesprochen, aber der Tonfall, mit dem Buntschuh »Wir sind befreundet« gesagt hatte, klang wie die Drohung eines Mannes, der ältere Rechte anmelden wollte.

»Wie heißt denn der Star des Abends?«, erkundigte er sich daher beiläufig.

»Sein Name ist Friedrich Baranski«, antwortete Buntschuh und brüstete sich damit, den übernächtigt wirkenden, dürren jungen Mann im schwarzen Pastorenanzug und der eckigen Hornbrille persönlich zu kennen.

Stimmt, dieser Hänfling hieß Baranski, und weil man später nie wieder etwas von dem gehört hat, habe ich den Namen wohl vergessen. Aber was hat Tom veranlasst, Baranski als Pseudonym anzunehmen? Sehr mysteriös! Gespannt lese ich weiter.

Keine zwei Minuten später stürmte der Star des Abends auf Buntschuh zu und schüttelte ihm überschwänglich die Hände. Anschließend dozierte der Dichter über seinen nicht zu stoppenden Aufstieg an die Spitze der deutschen Literaten.

Er beschloss, sich heimlich davonzumachen und am nächsten Tag wiederzukommen, um die Aufmerksamkeit dieses Zauberwesens zu erlangen. Ohne gegen Ritter Buntschuh antreten zu müssen, obgleich er ihn nicht für einen ebenbürtigen Gegner hielt.

Ich erinnere mich genau, Tom mit Albert im Gespräch beobachtet zu haben, und wie traurig ich über sein Verschwinden war. Inständig hoffte ich, er möge wieder in unserer Buchhandlung auftauchen.

Es ist, als befände ich mich auf einer Zeitreise.

Wie komme ich auf »Reise«? Moment … wenn ich das Manuskript nicht allein auf Reisen schicken möchte, gibt es nur eine Lösung: Ich fahre selbst nach Berlin! Doch die Zeiten, wo ich mich mit erhobenem Daumen an die Autobahn stellen konnte und binnen kürzester Zeit eine Mitfahrgelegenheit fand, sind längst vorbei. Die Bahn nimmt keine Anhalter mit, und mein Konto ist bereits bis zum Anschlag überzogen.

Ich rufe Camilla an. Nachdem ich ihr von dem Keller-fund und dem verschobenen Notartermin erzählt habe, ist sie einige Sekunden lang sprachlos. Dann schnauft sie hörbar: »Was für eine erdrutschartige Neuigkeit. Der Wahnsinn!«

»Du sagst es«, erwidere ich. »Und jetzt möchte ich na-türlich herausfinden, wie Albert zu diesem Manuskript und dem Armband kam. Ich finde nämlich keine Erklä-rung dafür.«

»Falls du glaubst, ich wüsste etwas darüber …«

»Nein, nein«, beeile ich mich zu versichern. »Ich wollte dir nur davon erzählen. Du hast das ganze Drama ja hautnah miterlebt und kannst dir vielleicht vorstellen, wie ich mich gerade fühle.«

»Nur zu gut. Ungewissheit ist unsagbar quälend. Auch wenn die Wahrheit vielleicht wehtut, wird der Schmerz eines Tages vergehen. Also, was hast du vor? Wenn ich dir irgendwie helfen kann, jederzeit.«

Auf diese Frage habe ich gehofft. Möglichst unaufge-regt erzähle ich ihr von dem Telefonat mit der Verlags-lektorin und meinem Plan, nach Berlin zu fahren. Ab-schließend füge ich hinzu: »Verstehst du, dass ich dieses Manuskript nicht aus der Hand geben möchte?«

»Natürlich verstehe ich das, aber du kannst dir die Reise nicht leisten, oder?«

»Du kennst ja meine finanzielle Situation. Ich wollte dich um ein paar Hunderter anpumpen, nur für kurze Zeit. Sobald der Hausverkauf unter Dach und Fach ist, bekommst du es sofort zurück.«

»Wie viel brauchst du? Und mach dir bitte keine Ge-danken übers Zurückzahlen.«

»Danke, du bist eine echte Freundin.«

»Schon gut, ich bin ja genauso neugierig, welche Schandtaten Albert da im Keller versteckt hat.«

»Schandtaten? Wie kommst du auf die Idee?«

»Denk doch mal nach, Balbina. Warum hat Albert diese Mappe im Keller versteckt? Was hat das Herz um deinen Namen zu bedeuten? Und wie kam er an Toms Armband? Da du deines vernichtet hast, muss es Tom gehört haben. Da steckt ein großes Geheimnis dahinter, das stinkt stärker als eine verweste Leiche.«

»Über Tote soll man nicht schlecht reden«, erwidere ich und scheue mich, Albert irgendwelcher böser Taten zu verdächtigen. Es heißt zwar, niemand könne in die Seele eines anderen schauen, und jeder Mensch habe dunkle Seiten. Aber ich kann mir meinen Ehemann nicht als gespaltene Persönlichkeit à la Dr. Jekyll und Mr. Hyde vorstellen. Albert war *mein* Ritter ohne Furcht und Tadel, genau wie es in dem Roman steht. Offensichtlich war Tom auch dieser Meinung.

»Ich werde dich für ein paar Tage verlassen«, erkläre ich Asche-Albert kurze Zeit später. »Und ich hoffe sehr, Camilla hat unrecht mit ihren Verdächtigungen. Ansonsten mach dich auf meine Rache gefasst.«

Online finde ich ein günstiges Komplettpaket: Erste-Klasse-Bahnfahrt plus drei Übernachtungen in einem ordentlichen Hotel.

Voller Vorfreude packe ich den Koffer, informiere Rico telefonisch, dass ich ein paar Tage verreise, und sitze am nächsten Tag im Zug. Doppelknüller-Müller haben den Ersatzschlüssel zu meiner Wohnung, kümmern sich um die Post und waren begeistert, als ich sie bat, die reifen Balkontomaten zu ernten.

27

Während der ICE die Bahnhofshalle verlässt, muss ich an die Berlinreise mit Albert denken. Es war 1975, ungefähr ein Jahr nach Toms Verschwinden, als Albert und ich in einem geliehenen VW-Bus in die seinerzeit noch geteilte Stadt unterwegs waren. Nach einer langen, aber kurzweiligen Fahrt fuhren wir von der Autobahn direkt auf den quirligen Ku'damm. Das ist eine echte Großstadt, dachte ich und war beeindruckt von den Prachtgebäuden, die in ihrer verschmutzten Eleganz weitaus imposanter wirkten als die schönsten Münchner Altbauten. Noch mehr staunte ich über den schier endlosen Flohmarkt auf der Straße des 17. Juni, wo unsere Suche nach wertvollen, aber günstigen Antiquitäten begann.

Spannend wird diese Reise ebenso werden, wenn auch ohne Küsse in einem nächtlichen Park, so viel ist schon mal sicher.

Ich mache es mir in meinem Erster-Klasse-Sitz bequem, klappe die Ablage herunter, packe die Thermoskanne mit dem Tee, meine Lesebrille und die Reiselektüre aus: Toms Roman.

Als er am folgenden Tag die Buchhandlung betrat, unterhielt sich Balbina gerade mit einer Kundin.
Balbina.

Er liebte es, ihren Namen gedanklich zu formulieren. Es war wie eine Beschwörung, fast schon ein stilles Gebet. Lange hatte er überlegt, womit er ihr Interesse wecken oder worüber er sich mit ihr unterhalten könnte. Von Literatur hatte er wenig Ahnung, aber vielleicht würde ihr eine Spritztour mit seiner Harley gefallen. Lässig steuerte er auf das Regal mit den Reiseführern zu.

Aus den Augenwinkeln beobachtete er, wie die Kundin den Laden verließ. Balbina entdeckte ihn und kam auf ihn zu.

»Kann ich helfen?« Ihr Blick schien amüsiert, als wäre er in der schwarzen Motorradjacke und den passenden Stiefeln ebenso gefährlich für eine Buchhandlung wie der bekannte Elefant für einen Porzellanladen.

Er sah ihr direkt in die dunkelblauen, mit dichten schwarzen Wimpern umrahmten Augen und nahm einen zarten Duft nach Zitrone wahr.

»Mögen Sie Motorräder?«

»Keine Ahnung«, antwortete sie und zog die Stirn kraus. Anscheinend überraschte sie die Frage.

»Das heißt, Sie sind noch nie auf einem mitgefahren.«

Ein sanftes Lächeln umspielte ihren vollen Mund. »Wieso glauben Sie das?«

»Ihre Antwort wäre konkreter gewesen«, antwortete er.

»Erwischt«, lachte sie, strich sich verlegen eine Haarsträhne aus der Stirn und wiederholte ihre Frage, wie sie helfen könne.

Er blickte auf die Reiseführer in seiner Hand. Wahllos hatte er ins Regal gegriffen, einen von Gran Canaria und einen von Ibiza erwischt.

»Ich würde Sie gern zu einem Ausflug auf meinem Motorrad einladen«, sagte er ohne lange Vorrede und fügte nach einer Minipause hinzu: »Wohin würden Sie am liebsten fahren?« Provozierend hielt er ihr die dünnen Hefte entgegen.

Sie betrachtete die Büchlein einen Moment und lachte dann. »Ibiza soll interessant sein, ein Hippie-Treffpunkt, da wollte ich immer schon hin. Aber das wäre wohl eher ein großes Abenteuer als ein kleiner Ausflug.«

Er senkte den Blick in ihre tiefblauen Augen.

»Mit Ihnen würde ich mich mit verbundenen Augen in jedes Abenteuer stürzen.«

Ich weiß noch genau, wie elektrisiert ich von Toms graugrünen Augen war. Und dann dieser Blick – sensibel und verwegen wie der des jungen Jean-Paul Belmondo, für den ich damals so schwärmte. Mein Herz schlug so laut, dass ich fürchtete, er könne es hören, und mir sehnlichst wünschte, die Unterhaltung möge ewig dauern …

Ich lasse das Manuskript sinken und sehe aus dem Fenster. Draußen fliegt die hochsommerliche Landschaft vorbei. Grüne Weiden mit grasenden Kühen wechseln sich mit erntereifen Kornfeldern und frisch

gepflügten braunen Flächen ab. Mich drückt die Geschwindigkeit in den Sitz, wir haben Nürnberg hinter uns gelassen, der Zug rast mit zweihundertneunzig
Stundenkilometern durch Franken, und ich fühle mich
etwas benommen.

Auch Toms direkte Art fand ich atemberaubend, und
wenn ich daran denke, bin ich noch heute sprachlos wegen seiner Formulierung »mit verbundenen Augen«. Mit
meinen zwanzig Jahren war ich zwar keine naive Jung-
frau mehr, ein so ungewöhnlicher Mann war mir aber
noch nie begegnet. Ich war vom ersten Augenblick an in
diesen Fremden verliebt.

Es dauerte drei volle Wochen, in denen er
täglich Unmengen von Büchern bei ihr erwarb,
bis sie einwilligte, mit ihm an die Isar zu
fahren. Dort, wo der hellgrüne Gebirgsfluss
sich noch in seinem ursprünglichen Stein-
bett durch die naturbelassene Landschaft
schlängelte und man ungestört den Tag vertrödeln konnte.

Im Schatten einer Gruppe von Weidenbü-
schen breiteten sie ihre Decke auf kleineren Kieseln aus und stellten die Getränke
zwischen Steinen in das eiskalte Gletscher-
wasser.

»Erzähl mir von deiner Arbeit, Balbina«,
bat er, nach Gesprächsstoff suchend, und
schleuderte gleichzeitig einen schneeweißen Stein in die sonnenflimmernde Isar. Viel
lieber hätte er Balbina einfach nur angesehen, ihre zierliche Figur und die vollkom-

menen Rundungen bewundert, die ihr orange-
farbener Bikini nur knapp verdeckte.

»Was möchtest du wissen?«

»Welches ist dein Lieblingsbuch?«

»Zuletzt hat mich *On the road* von Jack Kerouac begeistert«, antwortete sie und erklärte auf sein Nachfragen hin: »Ein Kult-
roman aus den Fünfzigerjahren, der vor ein
paar Jahren von den Hippies wiederentdeckt
wurde. Vielleicht kennst du ihn ja schon,
der deutsche Titel lautet *Unterwegs*.«

»Nein, den kenne ich nicht. Wie ist die
Story, würdest du mir das Buch empfehlen?
Ich meine, wenn ich ein neuer Kunde wäre,
der Lesestoff für den Urlaub sucht.«

Zwischen ihren wohlgeformten Augenbrauen
entstand eine steile Falte, und er glaubte
Verwunderung in ihren dunkelblauen Augen zu
erkennen.

»Ich lese nicht nur Studienbücher, wie du
eigentlich wissen müsstest«, erinnerte er
sie an seine Buchkäufe.

»Es geht um junge Männer, die ohne Ziel
quer durch Amerika fahren, immer auf der
Suche nach Freiheit, dem Glück und …« Sie
wandte sich ab, zog die Beine an und umfing
sie mit den Armen.

»… auf der Jagd nach der großen Liebe«, be-
endete er den Satz.

»Stimmt, du kennst das Buch. Ich hab's dir
ja selbst verkauft.« Lachend verpasste sie
ihm einen Schubs.

Reflexartig packte er ihre Hand, zog sie
in seine Arme und küsste sie sanft.

Ich lehne mich zurück, schließe die Augen und erinnere
mich wehmütig an diesen ersten Kuss. Er war der Anfang
eines schmerzhaften Endes, das nun plötzlich wieder le-
bendig wird. Gute Güte, reiß dich zusammen, sage ich
mir, du hast es überlebt. Und die Gefahr, mich noch einmal derart leidenschaftlich zu verlieben, geht gegen null.
Mit sechsundsechzig Jahren sind die Zeiten von Liebes-
geflüster und Bauchschmetterlingen nämlich längst vorbei. Wer träumt schon von einer Witwe in meinem Alter?
Wie auch immer, ich träume auch nicht von einem alten
Tattergreis, den ich in absehbarer Zeit im Rollstuhl durch
die Gegend karren müsste.
    Ich greife wieder zur Brille und schlage das Manu-
skript auf.

Den Liebkosungen an der Isar folgten zehn
Wochen voller Leidenschaft, wilder Nächte,
zärtlicher Morgenstunden und als Höhepunkt
ein dreiwöchiger Urlaub auf Ibiza.
    Längst hatte er sich für ein Studium der
Literatur eingeschrieben. Das Zusammensein
mit Balbina hatte ihn verändert. Partys fand
er inzwischen ermüdend, Belletristik dagegen aufregend. Unterhielten sie sich über
Bücher, spürte er ihre Bewunderung für Autoren. Nach und nach war der Entschluss in
ihm gereift zu schreiben. Etwas zu Papier
zu bringen, womit er ihre Anerkennung er-
hielt. Papier herzustellen, wie es seine Fa-

milie von ihm erwartete, interessierte ihn nicht im Geringsten. Er wollte Papier beschreiben, seine Gedanken und Gefühle in Worte fassen und das Ergebnis eines Tages zwischen zwei Buchdeckeln in Händen halten. Noch scheute er sich, seine hochfliegenden Träume laut auszusprechen, wollte abwarten, bis er zufrieden war mit seinem Text.

Nach einhundert Seiten drängte es ihn, mit Balbina darüber zu reden, ihre Reaktion auf seine Ambitionen zu testen.

Wie an allen anderen Tagen während ihres Ibiza-Urlaubs wehte ein sanfter Wind das Geschrei der Möwen über das Meer, wirbelte den Sand auf und brachte Kühlung für ihre erhitzten Körper.

»Habe ich dir schon von meiner Hommage an unsere Liebe erzählt, meine süße Balbina?« Liebkosend streichelte er ihren nackten Bauch.

»Nein«, lachte sie glücklich-überdreht.

»Ich werde einen Roman über uns verfassen und hoffe, so berühmt zu werden wie Kerouac mit *On the road*«, erklärte er.

»Wann ist er fertig?«

»Ich grüble noch über das Ende. Wird es ein Happy End werden?« Durchdringend sah er sie an, hoffte, sie verstünde seine Anspielung.

»Vollkommen egal, du wirst damit bestimmt weltberühmt werden.«

Er zog den Arm unter ihrem Kopf hervor, drehte sich mit dem Oberkörper zu ihr und sah sie ernst an. »Glaubst du wirklich, dass ich so viel Glück habe?«

»Glauben ist was für Unwissende, für Zweifler. Ich dagegen bin tausendprozentig sicher, schließlich kenne ich die Branche aus eigener Erfahrung.«

Nie im Leben habe ich so einen Schwachsinn verzapft. Warum sollte ich, ohne auch nur eine Zeile gelesen zu haben, Tom Erfolg versprochen haben? Oder ist der Absatz der dichterischen Freiheit zuzuschreiben? Gespannt lese ich weiter.

Er seufzte leise. »Selbst wenn mein Traum platzt, du bist mein allergrößtes Glück, meine zauberhafte Büchermaus. Ich kann dir gar nicht oft genug sagen, was du mir bedeutest. Du inspirierst mich, verleihst meiner Fantasie Flügel.« Stürmisch nahm er sie in die Arme und küsste sie leidenschaftlich.

Als er sie schließlich aus seiner Umarmung entließ, fragte sie: »Wie lange wirst du noch daran schreiben?«

»Ungefähr drei Monate, inklusive der Überarbeitung. Danach düse ich zu meinen Eltern und erkläre ihnen unwiderruflich, dass mir ihre dämliche Fabrik am Arsch vorbeigeht.« Er setzte sich abrupt auf und blickte angestrengt übers Meer, als könnte er am Horizont den verhassten Familienbetrieb sehen. »Es kümmert mich einen Dreck, dass die Papierwerke Pape über einhundert Jahre alt sind, und egal, wie sehr sie auch protestieren werden, sie müssen sich einen anderen Nachfolger suchen. Meinen Cousin beispielsweise, der ist schon mit Anzug und Krawatte aus dem Mutterleib geschlüpft. Seit ich dich kenne, hat sich alles verändert. Allein die Vorstellung, täglich in Schlips und Kragen in einem Büro zu versauern, macht mich depressiv. Ich will schreiben, schreiben, schreiben.«

»Bitte, Liebling, tu nichts Unüberlegtes, du könntest es bereuen«, mahnte sie leise. »Man hat doch nur eine Familie.«

Er fuhr mit der Hand durch die Luft, als wollte er ihren Einwand wegwischen. »Als Kind hat man nur eine. Als Erwachsener gründet man seine eigene, und das will ich mit dir tun. Aber nicht in dieser spießigen Urform, Eltern und Kinder, sondern wie wir es hier auf der Insel gesehen haben. Du warst doch von dieser Kommune und dem von allen Zwängen befreiten Leben genauso begeistert wie ich. Oder hast du es dir etwa anders überlegt? Bitte, meine süße Bina, tu mir das nicht an.« Er zog sie an sich.

»Nein, ich habe es mir nicht anders überlegt«, sagte sie und schmiegte sich an seine Schulter. »Ich will mit dir zusammen sein, mit dir leben und Kinder haben. Aber ich habe keine Ahnung, wie meine Eltern darauf reagieren werden, wenn ich den Buchladen nicht übernehmen würde. Ich bin das einzige Kind, und sie rechnen mit mir.«

An dieser Stelle erinnere ich mich wieder, dass Tom mehrmals gedroht hatte, das von seiner Familie für ihn vorgesehene Leben nicht führen zu wollen und keinesfalls die Leitung des traditionellen Unternehmens anzutreten. Und nicht einmal im Traum daran zu denken, die Tochter aus einem ebenso reichen befreundeten Familienclan zu heiraten. Es behauptete, es sogar auf einen Bruch mit der Familie ankommen zu lassen.

Tja, seine angeblich so große Liebe zu mir hat diese Prüfung jedenfalls nicht überstanden. Sonst wäre er nicht ohne Erklärung einfach verschwunden.

Er riss die Polaroidpackung auf, die er tags zuvor gekauft hatte, um die letzten Stunden ihres gemeinsamen Urlaubs für immer festzuhalten. Routiniert schob er die Kassette in das schmale Fach der neuartigen Kamera, die sofort nach der Belichtung das Foto ausspuckte.

»Bina, my Love, sieh mich an«, sagte er.

Sie stützte sich auf die Arme, hob den Kopf und versank in seinem zärtlichen Blick. »Ich muss dir etwas sagen.«

Er richtete die Kamera auf mich. »Ja?«

»Ich bin schwanger.«

In dieser Sekunde drückte er auf den Auslöser. Schnurrend kam das Polaroidbild zum Vorschein. Er ließ die Kamera sinken und sah sie erstaunt an.

»Du meinst ... wir ...« Er atmete schwer. »Wir bekommen ein Baby?«

Lachend ließ sie sich in den Sand fallen. »Genau das bedeutet es, schwanger zu sein.«

Er wedelte mit dem Foto vor ihrem Gesicht herum. Irgendjemand hatte ihm erklärt, das Motiv würde sich dadurch schneller entwickeln. »Meine süße, über alles geliebte Bina, ich habe den berauschendsten Moment meines Lebens eingefangen.« Achtlos ließ er das Bild fallen, zog sie an sich und flüsterte ihr zärtlich ins Ohr: »Was hältst du davon, wenn wir einfach hierbleiben?«

»Ach, mein Liebling«, seufzte sie. »Wenn du wüsstest, wie gern ich bleiben würde, aber mein Urlaub ist zu Ende, ich muss zurück nach München und wieder arbeiten.«

»Du kannst mich doch jetzt nicht verlassen. Wir werden Eltern! Und ich rede nicht von ein paar Tagen, Bina, ich rede von immer. Wir zwei für alle Zeiten. Bis dass der Tod uns scheidet, so sagt man doch. Ich lasse mir mein Erbe ausbezahlen, davon kaufe ich uns eine Finca mit Mandel- oder Olivenbäumen, wir gründen unsere eigene Großfamilie und werden Landwirte.«

»Du bist verrückt«, versuchte sie ihrerseits zu scherzen.

Er schwieg eine Weile, dann fragte er: »Liebst du mich?«

Sie antwortete, ohne zu zögern: »Mehr, als ich je glaubte, jemanden lieben zu können.«

»Dann vergiss alles andere, und lass uns

zusammen das Unmögliche wagen. Glücklich werden. Für den Rest unseres Lebens.«

Wie kommt er nur auf ein Baby? Ich bin ganz sicher, ihm nichts von einer möglichen Schwangerschaft erzählt zu haben. Jeder, der das liest, erwartet ein Happy End, aber damit hat es nicht geklappt. Obwohl weit über vierzig Jahre vergangen sind, kann ich jede Minute der letzten gemeinsamen Stunden rekonstruieren. Tom hat mich zum Flieger nach München gebracht und ist auf Ibiza geblieben, um seinen Roman zu schreiben. »Vergiss mich nicht … bleib mir treu … ich liebe, liebe, liebe dich …« Das war's dann. Ich habe nie wieder etwas von ihm gehört.

Rückblickend frage ich mich, wie ich auf sein Süßholz- geraspel reinfallen konnte. Ob ich warnende Anzeichen übersehen habe. Nachträglich weiß ich aber, wie sehr mich seine Hartnäckigkeit und die unzähligen Buch- käufe geblendet haben, und zack, war ich rettungslos verliebt. Liebe macht ja bekanntlich blind. Anscheinend auch komplett gaga. Wer, mit klarem Verstand, glaubt denn, dass ein attraktiver, von Frauen umschwärmter rei- cher Erbe sein privilegiertes Leben gegen das harte Da- sein als Olivenbauer auf Ibiza eintauscht? Nur ein liebes- trunkenes Mädchen, das hoch hinauswill. Allerdings war ich vor Tom nur einmal verliebt und fünf oder sechs Mo- nate liiert. Ansonsten hatte es kurze, aber heftige Flirts gegeben. Es waren die Siebziger, die wilden Zeiten ohne Aids. Als ich in München vergeblich auf Nachricht war- tete und mir die Augen ausweinte, habe ich mich erin- nert, wie umschwärmt er war. Wie charmant er mit jeder Frau geflirtet und dabei immer den Arm um mich gelegt hat, als wollte er demonstrieren, wie glücklich wir sind.

Schwamm drüber. Schnee von vorgestern. Es gibt kein Zurück. Nur eine Zukunft oder zumindest ein Morgen für eine Frau im letzten Drittel ihres Lebens. Und in diesem werde ich endlich das Rätsel des »Warum« lösen.

Wäre doch gelacht, wenn ich das nicht hinkriege. Jetzt, wo mir der Zufall – oder ein verdammter Wasserrohrbruch – dieses Manuskript zugespielt hat, werde ich das Schicksal herausfordern. Es ist mir nämlich eine Erklärung schuldig.

»Entschuldigung.«

Nicht gerade erfreut über die Störung, blicke ich auf. Eine hektisch wirkende Frau um die vierzig wuchtet schnaufend einen fetten Rucksack auf den Sitz neben mir. Dann entledigt sie sich ihrer wetterfesten Outdoorjacke, verstaut sie auf der Gepäckablage, schnappt sich den Rucksack wieder und lässt sich auf den Sitz fallen. »Puh, ist das heiß.«

»Hmm«, grummle ich und verkneife mir die Bemerkung, dass wind- und wasserdichte Jacken bei hochsommerlichen Temperaturen zu warm sein können.

»Ein freier Sitzplatz in einem voll besetzten Zug, was für ein Glück«, sagt sie fröhlich und wendet sich mir zu. »Wissen Sie, was der griechische Philosoph Aristoteles über Glück sagt? Glück ist Selbstgenügsamkeit«, beantwortet sie ihre Frage auch gleich selbst.

Super, eine Plaudertasche, die Kalendersprüche zum Besten gibt, denke ich, gar nicht glücklich über die Reisegefährtin. Und bevor sie mir ein Gespräch zum Manuskript aufdrängt, verstaue ich es eilig in meiner Handtasche. In etwa einer halben Stunde erreicht der Zug Berlin, und ich kann es kaum erwarten, den Verlag zu stürmen.

28

Berlin empfängt mich mit dunklen Wolken. Kaum habe ich mich durch die Menschenmenge in der Bahnhofshalle gekämpft und den Taxistand erspäht, beginnt es zu schütten. Hier bin ich richtig, Wasser ist mein Karma. Doch dank Camillas Leihgabe reicht mein »Taschengeld« fürs Taxi, ich werde also nicht durch den Regen zu einer Straßenbahn rennen müssen. Sie hat mir eingebläut, nicht zu geizen, in unserem Alter seien Droschken die einzig legitime Art, sich in fremder Umgebung fortzubewegen.

Am Steuer des ersten Wagens in der Schlange sitzt ein älterer Mann, der sich nicht bequemt auszusteigen. Ist wohl auch nicht sein Wetter. Ich werfe mein Gepäck auf die Rückbank und nehme auf dem Beifahrersitz Platz, weil ich mich gern mit den »Eingeborenen« unterhalte.

»Schönet Wetter hamse mitjebracht«, berlinert der Fahrer dann auch prompt auf dem Weg ins Hotel, das in einer Seitenstraße des Ku'damms liegt.

»Regen bringt Segen und neue Fahrgäste, außer, man hat ein undichtes Dach«, scherze ich und sende ein stilles Bittgebet an den übermächtigen Wettergott, München zu verschonen.

»Oder een nassen Hund im Wagen …«

Wie kommt er jetzt auf nasse Hunde, frage ich mich und überlege, ob ich nach Liza Minnelli müffle, doch da klärt er mich auch schon auf: »Hatte ick erst unlängst, der Jestank is so penetrant, danach will keener mehr einsteijen.«

Die Strecke zum Hotel Berlin am Lützowplatz führt über die Spree-Lutherbrücke, vorbei am großen Stern durch die Hofgartenalle, der Siegessäule und eindrucksvollen Botschaftsgebäuden. Und nichts davon erinnert mich an das Berlin von 1975, als ich mit Albert hier war. Heute, über vierzig Jahre später, leuchten die einst verschmutzten Gebäude in Schneeweiß oder zart-pastellig. Die Stadt hat sich herausgeputzt, ist zur strahlenden Metropole geworden, deren unzählige Baustellen mit ihren himmelhohen Kränen mich prompt wieder an mein löchriges Dach denken lassen.

Als wir ankommen und ich den Fahrpreis großzügig aufrunde, trägt der Taxler mein Gepäck direkt in die Lobby.

Worauf die junge Frau am Empfang vor Liebenswürdigkeit fast eine Pirouette dreht.

»Es ist uns eine große Freude, Frau von Buntschuh, Sie in unserem Hause begrüßen zu dürfen«, säuselt sie klebrig süß und wünscht mir einen besonders angenehmen Aufenthalt. Wenn die Gute wüsste, dass ich arme Etagenadlige hier auf Pump lebe, würde sie der Hausdame vermutlich eine Notiz zukommen lassen: *Bei Abreise Handtücher abzählen.* Gleichzeitig muss ich an Albert denken und wie er mit diesem Phänomen der übertriebenen Freundlichkeit umgegangen ist: Es hat keinen Sinn, daran etwas ändern zu wollen, einfach genießen!

Also freue ich mich über das traumhafte Zimmer, gestaltet in Schokoladenbraun mit Bettwäsche in Vanillegelb und einem pinkfarbenen Sessel neben einem zierlichen Glastisch. Ich bin leicht erschöpft von der Reise und genieße als Erstes ein heißes Schaumbad, obwohl der plüschige Duft die Freude etwas dämpft und er sich auch nach dem Abduschen hartnäckig hält. Den Gang ins Restaurant streiche ich. Als alte alleinstehende Frau mit einer Wolke »Puffbenzin« im Schlepptau würde ich womöglich nahe der Toilette platziert und am Ende noch mit der Klofrau verwechselt werden. Es regnet auch immer noch, deshalb ordere ich beim Zimmerservice eine kalte Aufschnittplatte, dazu ein Gläschen Wein und mache es mir mit dem Tablett in dem breiten Bett gemütlich.

Während ich an einem Toastbrot mit Blauschimmelkäse knabbere, überlege ich, mit welchem Argument ich morgen den Verlag stürme. In jeder größeren Firma verhindert ein Concierge oder Empfangsfräulein, dass x-Beliebige einfach so reinspazieren. Ein plausibler Vorwand muss her, etwas Hochdramatisches, das die Lektorin neugierig genug macht, um mich zu empfangen.

Am nächsten Morgen bin ich immer noch ratlos. Auch ein in die Länge gezogenes Frühstück mit Rührei und einer Kanne Tee bringt keine Erleuchtung. Nicht mal Orangensaft bewirkt etwas. Dabei soll Vitamin C doch so gut für die kleinen grauen Zellen sein.

Es regnet nicht mehr, und am Himmel über Berlin tummeln sich weiße Schlagsahnewolken. Ich schlüpfe in mein schwarzes Popelinekleid, dazu die neuen brombeerfarbenen Pumps mit der Handtasche und beginne den Tag mit einem Bummel über Berlins berühmte Prachtmeile. Die Hauptstadt meiner Erinnerung ist provinzieller, doch auch damals war es schon problematisch, hier eine bezahlbare Wohnung zu finden. In dieser Zeit begannen Immobilienhaie mit Luxussanierungen, und junge Menschen besetzten leer stehende Häuser, um den Mietwucher zu stoppen. Auch die Mauer stand noch, internationale Gäste waren in der Minderheit. Heute laufen mehr Touristen aus aller Herren Länder übern Damm als Berliner. Deutlich zu hören am bunten Sprachengewirr, das ein laues Berliner Lüftchen zu mir weht. Und ich staune über die Vielfalt der Frauen, die Berlin zur weltoffenen Metropole erheben. Übergewichtige, mit XXL-Hamburgern gemästete Amerikanerinnen wackeln vorbei an tief verschleierten Strenggläubigen oder kichernden Asiatinnen, und alle gemeinsam verehren sie die globale Göttin der Designerhandtasche.

Ich persönlich verehre im Moment eher den großmächtigen Kaffeegott und genehmige mir einen Cappuccino beim Einstein Kaffee. Möge mir der geniale Einstein zu einem Geistesblitz verhelfen.

Am Nebentisch hantieren zwei junge Männer mit irgendwelchen Papieren. »Du kannst sie gerne mitnehmen und kopieren, aber ich brauche sie unbedingt heute zurück.«

Da macht es bei mir Klick!

Die beiden erklären mir den Weg zum nächsten Papierladen mit Kopiergerät. Ich bezahle meinen Kaffee und düse los, um die ersten drei Kapitel des Manuskripts kopieren zu lassen. Wieso ist mir das nicht schon in München eingefallen? Es hätte mir die Reise erspart. Aber nun bin ich schon mal hier, also weiter im Plan. Ich erstehe noch ein großes Kuvert und beschrifte es mit »Frau Fuchs«. Darüber schreibe ich DRINGEND, PERSÖNLICH, unten links setze ich meinen Namen, meine Handynummer und den Namen des Hotels dazu. Per Taxi fahre ich zum Verlag, der in Mitte sitzt.

Das Ganze läuft dermaßen reibungslos, dass ich mich ständig umsehe, als folgte mir der nächste Wolkenbruch, der das Taxi, mich und meine kostbare Fracht in den nächsten Gully spülen will.

Aber der strahlend blaue Himmel über Berlin hat ein Einsehen. Trocken erreichen wir am frühen Nachmittag das Verlagshaus, ein Neubau aus Glas und Stahl, vereint zu einem strengen Gebilde in Kastenform. Von außen betrachtet erscheint es mir kalt und abweisend, hoffentlich sind die darin arbeitenden Menschen freundlicher.

Entschlossen stemme ich mich durch eine schwere Drehtür ins Entree, wo ich von einer dunkelhaarigen Mittvierzigerin in schneeweißer Bluse und nachtblauer Jacke empfangen werde.

Die Besucher freundlich anzulächeln stand wohl nicht in der Stellenbeschreibung, denn sie mustert mich mit tiefgekühlter Miene. Sollte es jemals dazu kommen, dass wir von künstlicher Intelligenz verwaltet werden, wünsche ich mir freundliche Visagen.

Ich grüße mit einer Extraportion Höflichkeit – auch Etagenadel verpflichtet. »Guten Tag, wie schön, hier von einem lebenden Menschen begrüßt zu werden.«

Es folgt ein Moment der Irritation. »Sie wünschen?«

»Das hier für Frau Fuchs abgeben.« Ich halte ihr den Umschlag entgegen. Sie greift danach, doch ich ziehe ihn schnell zurück. »Persönlich. Und es ist dringend.«

Sie grummelt »Moment«, wobei sie auf den vor ihr stehenden Monitor blickt. Schließlich greift sie nach einem Telefonhörer, wählt, wartet und vermeldet dann in gleichgültigem Tonfall: »Hier ist ein Bote für Sie … eine dringende Lieferung abgeben … Nein … ein Umschlag … persönlich.« Sie wendet sich an mich: »Was ist es?«

Ich öffne das Kuvert, es ist nicht zugeklebt, und lasse sie hineinsehen. »Keine Bombe, nur Kopien, etwa fünfzig Seiten.«

»Kopien«, sagt sie in den Hörer und legt dann mit einem Kopfnicken auf.

»Danke für die Beförderung zum Boten«, sage ich breit grinsend.

Mein Scherz prallt an ihrem frostigen Gesichtsausdruck ab, der vermutlich den Teil in ihrem Gehirn vereist hat, der Späße erkennt. Mit einer Kopfbewegung weist sie auf drei Armlehnstühle. »Sie können dort drüben warten.«

»Das mache ich doch glatt«, entgegne ich.

Warten ist unwürdig, fand Albert. Setzt man aber ein *er-* davor, sieht die Sache schon ganz anders aus. Dann *erwartet* man entweder Besuch, eine freudige Nachricht oder auch nur die Post, die gleichfalls Positives bringen kann.

Nun denn, ich *erwarte*, dass diese Lektorin gleich vor Freude aus den Pumps kippt, wenn ich ihr die kopierten Seiten überreiche. Die darf sie dann prüfen solange sie möchte, dafür *erwarte* ich aber einen Hinweis auf den Oberschurken Tom. Lebt der Mann noch, wenn ja, wo finde ich ihn?

Meine Erwartungs-Geduld wird auf eine harte Probe gestellt. Nervös knete ich die Hände. Die Aufregung steigt aus meinem Magen langsam nach oben und formt einen dicken Kloß in meinem Hals. Unkonzentriert beobachte ich das Kommen und Gehen von allen möglichen Boten in farbigen Uniformen, verändere mehrmals meine Position auf dem unbequemen Stuhl und frage mich, ob diese Verlagsmenschen wissen, in was für grässliche Sitzgelegenheiten sie ihre Besucher nötigen.

Kurz bevor meine Sitzfläche einschläft, schreitet eine junge Frau auf mich zu. Langes dunkelblondes Haar bis zur Taille, Hornbrille, Modelfigur.

»Sie haben etwas für Frau Fuchs?« Sie lächelt.

Sie ist also nicht die Lektorin, deshalb drücke ich das Kuvert an meine Brust. »Ich muss es persönlich abgeben, direkt in ihre Hand.«

»Frau Fuchs ist in einem Meeting, ich bin ihre Assistentin«, erklärt sie und versichert mir, den Umschlag bei niemand anderem als der gewünschten Empfängerin abzuliefern. »Versprochen.«

»Tut mir leid, ich habe zugesagt, das Kuvert persönlich zu übergeben. Dann warte ich, bis das Meeting vorbei ist«, sage ich, ohne eine Miene zu verziehen. Ich fahre doch nicht durchs ganze Land, um dann mit einer Assistentin zu verhandeln.

Sie sagt kein Wort, schaut mich aber an, als wäre ich nicht ganz bei Trost. Meine Entschlossenheit macht sie offensichtlich sprachlos. Ohne Antwort geht sie hinüber zum Empfangsroboter.

Ich beobachte, wie sie das Telefon verlangt, kurz redet, sich dann zu mir umdreht und winkt.

Nicht schwer zu verstehen, was sie möchte. Ich erhebe mich, gehe zu ihr.

Die Modelassistentin hält mir den Hörer hin. »Frau Fuchs möchte mit Ihnen sprechen.«

»Von Buntschuh«, melde ich mich und sage: »Wir haben vor Kurzem wegen eines Manuskripts von Tom Baranski miteinander telefoniert.«

»Ja, ich erinnere mich«, sagt sie freundlich und bittet

mich, das Kuvert doch ihrer Assistentin zu übergeben. »Ich melde mich so schnell wie möglich. Trotz Ihres persönlichen Erscheinens kann ich Ihnen nicht sagen, wo Baranski sich aufhält oder wie er zu erreichen ist. Und es ist ja auch nicht sicher, ob es sich bei dem Manuskript tatsächlich um ein Werk von ihm handelt.«

»Darauf verwette ich mein gesamtes Vermögen, denn ich habe es gelesen, und bei einigen Gegebenheiten war ich selbst dabei«, entgegne ich.

Frau Fuchs bleibt steinhart, rückt nicht mal Toms Handynummer raus und betont nochmals, sie würden grundsätzlich keine privaten Daten ihrer Autoren herausgeben.

Ich kapituliere und reiche der Assistentin den Umschlag, die sich überaus freundlich bedankt.

»Wir werden das Manuskript zeitnah prüfen und uns dann bei Ihnen melden. Versprochen!«

Zurück im Hotel sage ich mir, dass ich vor morgen nichts *erwarten* kann, und überlege, wie ich meinen Abend gestalten könnte. Heute bin ich unternehmungslustig, und eine weltoffene Stadt wie Berlin hat sicher auch einer Witwe etwas zu bieten. Gegen sieben entscheide ich mich erst mal für ein Abendessen. Allein in ein Restaurant? Mochte ich noch nie. Kino schon eher. Doch am liebsten würde ich eine Lesung besuchen. Ich telefoniere mit der Rezeption, frage: »Haben Sie vielleicht einen Veranstaltungskalender, in dem ich auch eine Lesung finde?«

»Selbstverständlich, Frau von Buntschuh«, flötet der Rezeptionist beflissen. »Ich schicke einen Pagen.«

Ich genehmige mir einen Beutel Erdnüsse aus der Minibar, dazu eine kalte Cola und schalte den Fernseher ein. Beim Zappen bleibe ich an einem Nachrichtensender hängen, dessen Sprecher eine trockene Nacht verspricht. Wenn ich jetzt noch eine passende Lesung finde, steht dem Amüsement nichts mehr im Wege.

Berlin, ich komme.

Als ich die Tüte mit Nüssen öffnen will, klingelt überraschend mein Handy. In vorfreudigem Schreck – die Lektorin meldet sich! – reiße ich die Packung zu stürmisch auf, und die Hälfte der Nüsse kullert über den Teppichboden. Na, hoffentlich ist der sauber abgesaugt.

Bevor ich die Dinger wieder einsammle, fische ich das Telefon aus der Handtasche. Doch es ist nicht der ersehnte Anruf von Frau Fuchs, sondern Camilla.

»Hallihallo, ich wollte hören, wie es dir geht. Hast du was erreicht? Vielleicht schon mit Tom gesprochen?«

Ich setze mich an den kleinen Schreibtisch und berichte von meinem Nichterfolg.

»Diese Verlagsfrau war unnachgiebig wie ein Felsbrocken«, seufze ich und frage nach dem Wetter in München.

»Trocken, kein Wölkchen weit und breit, und es ist auch kein Unwetter im Anmarsch. Du kannst dich also entspannen und deinen Abenteuerausflug genießen«, antwortet sie fröhlich.

Ich lache. »Abenteuerausflug trifft es genau.« Aber da ist so eine extreme Übermütigkeit in Camillas Stimme, die mir verdächtig vorkommt. »Was ist los, du klingst irgendwie so … mopsfidel.«

»Nun, wie das Leben so spielt … Du kennst ja das launige Sprichwort: Erstens kommt es anders und zweitens als man denkt«, sagt sie rätselhaft.

»Camilla, sag sofort, was los ist«, fahre ich sie ungeduldig an. »Mein Fass für Ungewissheiten ist schon bis zum Rand gefüllt.«

»Vivien möchte nun doch nicht auf das englische Elite-Internat«, sagt sie ruhig.

»Was, wieso auf einmal? Los, erzähl schon.« Ich nehme einen Schluck Cola und höre gespannt zu.

»Ich glaube, das Kind hat sich verliebt. In einen zwei Jahre älteren Jungen, den sie aus Nürnberg kennt. Der studiert in München, hat sich über dieses Instant oder wie das heißt bei ihr gemeldet und sie zu einer Party eingeladen. Danach war sie wie ausgewechselt. Plötzlich findet sie München gar nicht mehr so verschnarcht, auch die Unis sollen ja einiges zu bieten haben, sie hat sich mal online informiert, und eigentlich wäre so ein Internat doch unverschämt teuer …« Camilla kichert albern, bevor sie weiterspricht. »Du kannst dir sicher vorstellen, wie happy Philip jetzt ist. Er schäumt geradezu vor Glück! Wenn sein Schätzchen in München bleibt, bekommt sie ein kleines Auto zum Studienstart, was um Längen billiger ist als die ganze Englandnummer. Ich bin natürlich auch nicht unglücklich, jetzt kann ich doch noch ein bisschen Mama spielen.«

»Was für tolle Neuigkeiten, Camilla, ich freue mich riesig für dich. Und wer weiß, vielleicht kriegst du dann auch bald einen Schwiegersohn …«

»Du übertreibst mal wieder, Balbina. Die Kinder waren doch erst *einmal* gemeinsam auf einer Party, Vivien hat mir zwar von ihm erzählt, was ich als echten Vertrauensbeweis empfinde, aber sie hat ihn uns noch nicht vorgestellt, bis zur Hochzeit ist es also noch 'ne ganze Weile hin. Aber was hast du heute noch vor?«

»Ich würde gern zu einer Lesung gehen. Moment, es hat gerade geklopft, das ist sicher der Page mit dem Veranstaltungskalender.«

»Okay, dann viel Spaß, und melde dich, wenn diese Lektorin endlich mit einer Handynummer rausrückt.«

»Wird gemacht … bis dann.«

Barfuß und den immer noch herumliegenden Nüssen ausweichend, eile ich zur Tür.

Draußen steht kein hübscher Page in kleidsamer Uniform mit schmuckem Käppi auf dem Kopf, wie man es erwarten würde, sondern ein älterer, schlecht rasierter Mann, mit ungepflegter Frisur, in ausgewaschener Jeans und einer abgetragenen Lederjacke, unter der ein graues Shirt hervorlugt. Er sagt kein Wort und durchbohrt mich nur mit Blicken.

Also, ich wusste ja, dass Berlin anders ist, aber sich derart unansehnliches Personal zu halten finde ich übertrieben. Man erschrickt ja bis aufs Blut. Wenn man schon schwer zu vermittelnde Personen einstellt, sollte zumindest die Frage der äußeren Erscheinung besprochen werden. Oder ist das eine sogenannte Arbeitsbeschaffungsmaßnahme? Ich bin ja auch dafür, die Menschen in Beschäftigung zu bringen, aber als Pagen stellt man sich eben einen schnuckeligen Milchbubi vor, mit glattem Gesicht, und keinen älteren Mann mit graublondem Strubbelkopf in verlotterten Klamotten. Einen Veranstaltungskalender hat er auch nicht dabei. Womöglich nur ein Besucher, der an die falsche Zimmertür geklopft hat?

Zu allem Übel ist er auch noch einen Kopf größer, und ich muss zu ihm aufblicken. »Kann ich helfen?«

»Balbina?«

29

Hat mich diese seltsame Erscheinung gerade bei meinem Vornamen genannt? Das ist ja wohl die Höhe. Feindselig starre ich ihn an, überlege, ob ich ihm einfach die Tür vor der Nase zuschlagen soll, doch da lächelte er.

»Bina, erkennst du mich denn nicht?«

Schockartig durchläuft meinen Körper eine heiße Welle. Nur ein Mann hat mich Bina genannt.

»Tom?« Ungläubig und gleichermaßen erschrocken weiche ich einen halben Schritt zurück. Das kann doch gar nicht sein. Verschwindet auf Nimmerwiedersehen und taucht nach über vier Jahrzehnten einfach so auf. Ohne Vorwarnung. Als mir das bewusst wird, platzt es aus mir heraus. Zornbebend schreie ich ihn an: »Was fällt dir ein, du Schuft, lässt mich quasi vor dem Traualtar sitzen, verschwindest, ohne eine einzige Spur zu hinterlassen, und stehst jetzt plötzlich vor der Tür? Wie kommst du überhaupt hierher, und woher ...«

»Frau Fuchs rief mich an, kurz nachdem du ihr das Manuskript überlassen hast ... Ich lebe in Berlin ... Oh, Balbina, ich kann es immer noch nicht fassen ...« Er wagt sich einen Minischritt vorwärts. »Darf ich reinkommen?«

»Wozu?«, sage ich abweisend, obwohl das überhaupt keinen Sinn macht. Aber ich bin vollkommen durcheinander, weiß nicht mehr, was ich rede.

»Um zu erfahren, warum du erst jetzt ...«

»Erst jetzt? Was soll das denn heißen?«, fahre ich ihn an und könnte platzen vor Erregung, vor Wut und Zorn.

Der nahe liegende Aufzug öffnet sich, ein junges Pärchen tritt heraus, das Hand in Hand an uns vorbeiläuft. Sie stecken die Köpfe zusammen, kichern, wie Verliebte es tun.

»Na gut, komm rein …« Im Umdrehen sage ich: »Mach die Tür zu.« Ziemlich albern, aber das ist jetzt auch schon egal, die ganze Situation ist ohnehin so grotesk, als stammte sie aus einem kitschigen Roman. In dem die Heldin nach einer abenteuerlichen Odyssee glückselig-seufzend in die Arme ihres Geliebten sinken kann. Mir hingegen ist nicht nach Schmachtseufzern. In mir tobt ein Sturm aus lange verdrängten Gefühlen, vermischt mit akuter Verwirrung und totaler Überraschung.

»Ich bin sehr neugierig, zu erfahren …« Er sieht die verstreuten Nüsse, bleibt stehen, schaut mich fragend an.

Ich ignoriere seine unausgesprochene Frage, deute auf den Stuhl am Schreibtisch. »Wenn du willst, kannst du dich setzen …«, und nehme selbst auf dem Bett Platz.

Er dreht den Stuhl in Richtung Bett, lässt sich aufseufzend fallen und lehnt sich zurück. »Balbina, verdammt noch mal, ich kann es immer noch nicht fassen.« Er betrachtet mich für mein Empfinden einige Sekunden zu lang. »Du hast dich überhaupt nicht verändert, bist noch genauso schön wie damals.«

»Lass das Gesäusel«, fauche ich und ziehe die Beine an. »Interessiert mich nicht die Bohne, ich bin einzig und allein nach Berlin gefahren, um dich über deinen Verlag ausfindig zu machen und endlich zu erfahren, was damals geschehen ist. Wurdest du gekidnappt, warst du jahrzehntelang in einen Keller eingesperrt, konntest du niemanden benachrichtigen?«

Er lacht, seine graugrünen Augen blitzen, und unter all dem Bartgestrüpp erkenne ich seinen weichen Mund. Ein kurzer, wohliger Schauer erfasst mich. Unwillig zucke ich die Schultern, greife nach der Cola auf dem Nachttisch und spüle die Erinnerung mit einem großen Schluck süßer Brause weg.

»Das habe ich schon verstanden«, sagt er. »Was ich aber nicht kapiere, ist, warum du das Manuskript erst jetzt gefunden haben willst.«

»Es gab einen Wasserschaden in unserem Keller«, antworte ich und berichte, wie der Umzugskarton auf meinem Küchentisch gelandet ist. »An der Mappe war das Armband festgebunden.«

Tom hat mir sehr konzentriert zugehört. »Eigenartig …«, sagt er nachdenklich, steht auf, geht zum Fenster und blickt hinaus. Nach einigen Sekunden dreht er sich um und meint: »Ich kapiere nicht, warum Albert es im Keller versteckt hat.«

»Genau das hoffte ich von dir zu erfahren.«

Tom scheint immer noch nicht zu verstehen. »Wie hat Albert denn erklärt, warum er dir das Manuskript seinerzeit nicht übergeben hat?«

»Was meinst du mit ›seinerzeit übergeben‹?« Ich ahne, was er andeutet, aber das kann und darf nicht sein. Das wäre … Das würde bedeuten, dass Albert absichtlich … Ich darf gar nicht daran denken.

»Nun, Albert war seinerzeit bei mir, und ich habe ihm die Mappe und das Armband gegeben, damit er es dir …« Tom bricht ab, zieht grübelnd die Stirn kraus. »Er hat es nicht getan, einfach unglaublich.«

Es ist also tatsächlich wahr. Albert, mein lieber, fürsorglicher Ehemann, hat die Mappe absichtlich versteckt. Ich sollte Toms Werk nicht lesen. Aber warum?

»Ich kann Albert leider nicht fragen, was er für Gründe hatte, weil ... er vor zehn Jahren gestorben ist.« Von der Urne auf der Kommode werde ich natürlich nichts verraten.

»Tut mir sehr leid, das zu hören«, kondoliert Tom und schaut auf meine rechte Hand. »Deshalb sehe ich keinen Ehering. Natürlich habe ich seinerzeit von eurer Heirat erfahren ...«

Ich spüre, wie er meinen Blick sucht, auf eine Erklärung für meine Ehe mit Albert hofft, aber ich sehe an ihm vorbei ins Leere. Es schmerzt, dass Albert tatsächlich in die ganze Sache verstrickt ist. Fragt sich nur, wie sehr. »Hättest du vielleicht die Güte, mir zu erzählen, wie es sich ganz genau verhält? Und zwar von Anfang an, oder auch vom Ende an, das am Flughafen auf Ibiza begann. Wenn du dich erinnern magst, hast du mir damals versprochen, in spätestens drei Monaten ...« Ich breche ab. Die Erinnerung an diesen Moment macht mich unendlich traurig.

»Ich weiß vor allem noch, wie hübsch du ausgesehen hast«, beginnt er zu schwärmen. »In diesem bunten Blumenkleid, das wir auf dem Hippiemarkt gekauft haben. Dein Haar fiel auf die Schultern, und du warst braun gebrannt wie eine Inselprinzessin. Und als du durch die Passkontrolle gingst, hast du dich noch einmal umgedreht und mir zugewunken. Dieses Bild habe ich nie vergessen, es ist hier drin ...« Er legt die Hand auf sein Herz.

In mir erwacht die junge, naive Balbina, die zutiefst gerührt ist von dieser Geste, ihm so gern glauben und einfach um den Hals fallen möchte. Die zu gern vergessen und vergeben würde. Aber da ist auch die erwachsene, lebenserfahrene Balbina, die fürchtet, er könne bloß nach Ausreden suchen. Die ihm kein Wort glaubt und ihm sagen will: Spar dir den romantischen Schmus für deine Bücher auf, liefere mir Fakten oder irgendwelche Tatsachen, die eine logische Erklärung ergeben.

»Es tut mir leid, wenn du glaubst, ich hätte dich, hätte unsere Liebe verraten«, redet er weiter. »Ich habe versucht, alles in diesem Brief …«

»Was für ein Brief? Ich habe keinen bekommen«, unterbreche ich ihn.

»In dem ich schrieb, warum ich nicht wie versprochen sofort von Ibiza nach München fliege, sondern zu meinen Eltern, um bezüglich der Firma einiges zu ordnen. Den habe ich Albert zusammen mit der Mappe und dem Armband gegeben.« Tom schüttelt fast unmerklich den Kopf. »Wie hinterhältig. Offensichtlich habe ich Ritter Buntschuh gründlich unterschätzt.«

»So, so, Firmenangelegenheiten ordnen! Oder war es eher eine neue Ibiza-Liebe, die dir ordentlich den Kopf verdreht hat? Du hattest ja freie Auswahl unter den Schönen der Insel, wenn ich mich recht entsinne.«

Er lächelt und sagt leise: »Du bist ja …«

»Bin ich nicht«, falle ich ihm sofort ins Wort, weil Tom zu glauben scheint, ich wäre eifersüchtig. Lächerlich, nach so langer Zeit, obwohl ich merke, wie längst verschüttete Gefühle an die Oberfläche drängen. »Und lenke nicht vom Thema ab. Du warst also bei deinen Eltern, und weiter?«

»Erinnerst du dich, dass ich die Geschäftsleitung übernehmen sollte, aber das keinesfalls vorhatte?«

Ich nicke wortlos.

»Wenige Tage vor meiner bereits gebuchten Abreise nach München kam ein Telegramm von meiner Mutter: *Vater mit Herzinfarkt in Klinik.* Nur diese kurze Botschaft, aber ich war natürlich in heller Aufregung und habe dementsprechend kopflos reagiert. Trotz meines angespannten Verhältnisses zu meinem Vater wollte ich so schnell wie möglich zu ihm, um mich mit ihm zu versöhnen.«

»Hmm«, murmle ich verstehend. »Aber warum hast du mich nicht angerufen oder mir von Ibiza aus geschrieben?«

»Das habe ich«, behauptet er entrüstet. »Noch in derselben Stunde habe ich versucht, in München anzurufen, aber es gab keine Leitung. Vielleicht erinnerst du dich, dass man damals nicht direkt wählen konnte. Heute hat man Handys, mit denen man aus jedem Winkel der Welt telefonieren oder zumindest eine Nachricht schicken kann. Damals ging das leider nicht, deshalb habe ich einen langen Brief geschrieben und ihn an der Hotelrezeption abgegeben, damit die ihn wegschicken …«

»Kam nie an«, versichere ich.

Hilflos zuckt er die Schultern. »Womöglich ging er verloren, oder der Portier hat den Extraschein fürs Porto in die eigene Tasche gesteckt und den Brief vernichtet. Anders ergibt das keinen Sinn.«

»Alles ist möglich«, stimme ich seiner Rechtfertigung vage zu und erinnere mich, dass Camilla damals ähnliche Verdächtigungen geäußert hat. »Aber das erklärt noch lange nicht, warum du dich später nicht gemeldet hast. Du hättest anrufen können. In Deutschland war das problemlos möglich, wenn du dich erinnern magst.« Die kleine Spitze kann ich mir nicht verkneifen.

»Ich *habe* angerufen, in der Buchhandlung deiner Eltern, und dort die Nummer hinterlassen, wo ich zu erreichen bin. Ich weiß noch genau, wie ich mit einem Mann gesprochen und ihn gebeten habe, dir die Nachricht zu übergeben.« Er blickt auf seine Armbanduhr, die, wie ich bemerke, ziemlich billig aussieht.

»Lass dich nicht aufhalten«, sage ich leise. Offensichtlich fühlt er sich unwohl bei seiner Beichte und sucht einen Grund abzuhauen.

»Quatsch, ich will doch nicht weg. Ich überlege nur … Es ist Abendessenszeit … ich habe Hunger …« Ein fragender Blick trifft mich. »Darf ich dich zum Essen einladen? Dann erzähle ich dir den Rest des Dramas. Bei einem Glas Wein redet es sich leichter. Ich habe nämlich auch …« Er wird vom Klopfen an der Tür unterbrochen.

Ich rutsche vom Bett, umrunde vorsichtig die verstreuten Erdnüsse und gehe öffnen. Es ist der erwartete Page, allerdings kein blutjunger, sondern einer in den Dreißigern mit Kinnbart – wieso rasiert sich eigentlich keiner mehr? Seine Uniform besteht lediglich aus einer schwarzen Hose und einer Weste über einem weißen Oberhemd, dessen Kragen eine schwarze Fliege ziert. Er hält mir eine Broschüre entgegen. »Bitte schön, Ihr Veranstaltungskalender.«

Ich bedanke mich und bitte ihn, einen Moment zu warten. Auch kleine Dienste entlohne ich grundsätzlich mit einem Trinkgeld. Zurück im Zimmer angle ich meine Geldbörse aus der neuen Handtasche und suche nach Münzen.

Tom steht vom Stuhl auf, greift in seine Hosentasche und hält mir eine Handvoll Münzen entgegen. »Wenn du Kleingeld brauchst, bitte bedien dich.«

Verwundert mustere ich die Geldstücke. »Arbeitest du als Kellner?«, frage ich zweifelnd, weil ich mir Tom einfach nicht mit einem Tablett voller Tassen oder Gläser vorstellen kann.

»Nein, als Taxifahrer!«

Ich starre ihn an, als sähe ich ihn heute zum ersten Mal. Das wird ja immer besser. Jahrzehntelang untertauchen, um dann als Taxichauffeur wieder hochzukommen. Was für ein begabter Lügner er doch ist. Dass er als leidenschaftlicher Motorradfahrer jetzt Taxi fährt, kann er mir nicht weismachen.

Tom findet die Szenerie scheinbar höchst amüsant, jedenfalls schreitet er grinsend – und den Nüssen ausweichend – zur Tür. Den Pagen entlohnt er mit einem fürstlichen Trinkgeld, was ich dem hocherfreuten »Allerherzlichsten Dank, der Herr« entnehme.

Als Tom zurückkommt, sitze ich wieder auf dem Bett. »Wieso fährst du Taxi? Bringen deine Bücher nichts mehr ein? Bist du spiel- oder drogensüchtig?«

»Ich sammle Stoff für neue Bücher. Du machst dir keine Vorstellung, was man in einem Taxi zu hören und auch zu sehen kriegt. Den Bart habe ich mir nur wachsen lassen, um jegliche Mimik zu verdecken …« Er kratzt sich am Kinn. »Wie auch immer. Was hältst du davon, wenn wir bei einem Essen weiterreden? Hast du keinen Hunger?«

Natürlich habe ich Hunger, ziemlich großen sogar, außer dem Frühstück habe ich heute noch nichts gegessen. Und in einer weniger intimen Umgebung als hier im Hotelzimmer könnte ich auch klarer denken. Aber so leicht will ich es ihm nicht machen.

»Eigentlich wollte ich mir eine der berühmten Berliner

Currywürste gönnen, danach stand eine Lesung auf meinem Plan.« Ich nehme den Prospekt zur Hand und greife nach der Lesebrille.

»Oh, Bina …« Tom seufzt aus tiefster Brust. »Als ich dich bei dieser Veranstaltung zum ersten Mal gesehen habe, war es sofort um mich geschehen. Wusstest du, dass Baranski bei einem Badeurlaub ertrunken ist? Als ich davon erfahren habe, beschloss ich, seinen Namen als Pseudonym zu verwenden. Ohne Baranskis Lesung wäre eure Buchhandlung an jenem Abend nicht offen gewesen, ich hätte dich vielleicht nie kennengelernt und sicher nicht zu schreiben begonnen.« Er steht auf, schiebt den Stuhl ordentlich an den kleinen Schreibtisch, kommt auf mich zu und hält mir die Hand hin. »Ich hab das Taxi unten stehen, ich fahre dich, wohin du möchtest.«

»Ich weiß nicht«, sage ich unentschlossen und betrachte die Erdnüsse.

Er bemerkt meinen Blick. »Sag nicht, dein Zögern hat was mit diesen Nüssen zu tun? Ich wundere mich schon die ganze Zeit, warum die auf dem Fußboden liegen. Obwohl sie auf dem milchkaffeebraunen Teppichboden hübsch aussehen.«

»Könnte auch eine spezielle Diät sein. Für jede einzelne Nuss eine Kniebeuge oder so«, sage ich und freue mich über die spontane Eingebung, die mir ein wenig Zeit zum Überlegen gibt. Einerseits würde die »junge naive Balbina« nichts lieber tun, als sofort mit Tom essen zu gehen, andererseits findet die »Witwe Buntschuh« er macht es sich zu einfach.

Er lacht lauthals auf. »Herrlich, das muss ich mir unbedingt merken. Wenn du erlaubst …« Lässig schiebt er die Nüsse mit den Füßen zusammen. »Du hast keine Diät nötig, Bina …« Er mustert mich, wie mir scheint, sehr liebevoll. »Was ich sehe, ist perfekt. Du siehst hinreißend aus in diesem schwarzen schmalen Kleid, ganz ehrlich, und ich mag die grauen Strähnen in deinem Haar. Ähnlich sah doch auch Audrey Hepburn in *Frühstück bei Tiffany* aus. Die Frisur sollten wir unbedingt ausführen.« Er strahlt mich an, als gäbe es kein Gegenargument. »Komm schon, lass uns ein Glas auf unser Wiedersehen trinken – und eines auf die alten Zeiten.«

Hmm, allein zu einer Lesung oder lieber mit einer verflossenen Liebe auf alte Zeiten anstoßen? Vielleicht kommt nichts Sinnvolles dabei raus, aber ich bin schließlich nach Berlin gekommen, um die volle Wahrheit zu erfahren, deshalb nehme ich seine Einladung an.

»Gut, gehen wir essen.« Ich rutsche vom Bett und schlüpfe in die bereitstehenden Pumps. »Hast du ein Stammrestaurant?« Gewöhnlich erfährt man über einen Menschen viel mehr in seiner gewohnten Umgebung, dort fühlt er sich sicher und benimmt sich ungezwungen, das jedenfalls hat Camilla einmal gesagt.

»Hab ich, und es wird dir gefallen«, sagt er mit verschmitztem Zwinkern.

»Bist du zum ersten Mal in Berlin?«, erkundigt Tom sich, als wir im Wagen sitzen, er den Motor anlässt und dann gemächlich losfährt.

»Vor Ewigkeiten war ich schon mal hier«, antworte ich und füge nach einer Pause hinzu: »Mit Albert, über ein langes Wochenende. Wir sind über die Flohmärkte gebummelt …« Ich lasse den Satz unvollendet stehen – unnötig, Tom alles zu erzählen.

»Verstehe«, entgegnet er leise.

»Du verstehst gar nichts«, widerspreche ich. »Es war ungefähr ein Jahr, nachdem *du* mich sitzen gelassen …«

Das Handy in meiner Handtasche klingelt. Ich angle es heraus. Es ist Rico. Augenblicklich beschleunigt sich mein Pulsschlag. Wenn er mich anruft, ist sicher etwas Schreckliches geschehen. Das Dach ist weggeflogen, oder im Keller steht das Wasser bis zur Decke. Mit banger Sorge melde ich mich. Doch Ricos Stimme klingt heiter, als er berichtet, zusammen mit Tillmann und einem professionellen Dachdecker hätten sie den Schaden repariert, und das Dach wäre jetzt dicht.

»Wie wunderbar!«, sage ich erleichtert. Mir fällt eine ungeheure Last, schwer wie eine Ladung Dachziegel, von den Schultern. »Ich habe gerade in Berlin zu tun, bin morgen wieder zurück und werde mich dann melden.« Als ich das Gespräch beende, hält Tom vor einem Restaurant, das Don Quichotte heißt. »Das ist also dein Stammlokal?« Denkt er, ich durchschaue nicht, dass er mich mit nostalgischen Erinnerungen mild stimmen möchte? Das ist mir ein bisschen zu plump.

»Seit über zehn Jahren. Ich wohne schräg gegenüber, es ergab sich einfach, und sie kochen hervorragend. Weiß du noch, diese köstlichen *Gambas al ajillo* …«

Na bitte, da ist sie ja, die ganz große Nostalgiekeule. Und natürlich erinnere ich mich an diese köstlichen Garnelen in Knoblauchöl. Mir läuft sofort das Wasser im Mund zusammen, wenn ich daran denke. Stopp. Nicht die rosarote Brille einer Urlaubsliebe aufsetzen, sondern ruhig bleiben, nach der Wahrheit forschen und vor allem diesem bärtigen Mann nicht in die Augen sehen. Seine Blicke wirken nach wie vor magisch auf mich.

Wir steigen aus, und auf dem Weg ins Lokal fragt er: »Willst du wirklich so schnell wieder zurückfahren, wie du eben am Telefon gesagt hast?«

»Wechsle nicht das Thema«, mahne ich, weil ich fürchte, er möchte sich vor der Aussprache drücken.

Er hält mir die dunkel gebeizte Holztür auf. »Kein Gedanke. Wie versprochen werde ich dir haarklein alles erzählen.«

Das Lokal ist nicht besonders groß, und die dunkelbraunen Zweier- und Vierertische sind etwa zur Hälfte besetzt. An der Stirnseite sitzen sechs Gäste an einem langen Tisch. Die Stühle verfügen über gepolsterte Sitzflächen. Scheint, als ließe es sich darauf etwas länger aushalten.

Ein südländischer Mann um die fünfzig kommt uns mit ausgestreckten Händen entgegen.

»*Hola*, Tom. Wie geht's, schön dich zu sehen. Wo wollt ihr sitzen?«

»*Hola*, Juan.« Tom schüttelt ihm die Hand und bittet um einen ruhigen Tisch.

Juan führt uns zu einem Ecktisch, von dem aus man das Lokal gut im Blick hat.

Die nächsten Minuten verstreichen mit einem nichtssagenden »Null-Kalorien-Geplauder« und den üblichen Ritualen, wie es die ungeschriebene Restaurantetikette erfordert: Stühle rücken. Hinsetzen. Speisekarten entgegennehmen. Lesebrillen aufsetzen, sich über den Brillenrand fragende Blicke zuwerfen. Unschlüssig die Karten studieren. Erst mal Getränke bestellen – eine Flasche Wasser und Rotwein, *Garnacha*, ein fruchtiger Alleskönner, wie Juan ihn beschreibt.

Wir einigen uns schließlich auf Tapas, die wir schon

auf Ibiza gerne gegessen haben, und zwei Portionen Gambas in Knoblauchöl. Die Nostalgiefalle hat zugeschnappt.

»Es ist nicht Ibiza, aber in besonders heißen Nächten fühlt es sich …«, sagt Tom und wird von Juan unterbrochen, der Wasser und Wein bringt.

Ich höre Tom nicht weiter zu. Solange ich nicht die volle Wahrheit kenne, habe ich kein Verlangen nach dem Aufwärmen längst vergessener Nächte. Auch wenn irgendwo tief in mir drin eine leise Sehnsucht erwacht, als Tom sein Glas erhebt und mir in die Augen blickt: »Auf die alten Zeiten.«

Eilig sehe ich zur Seite, und nachdem wir den Rotwein gekostet haben, greife ich das im Hotel abgebrochene Gespräch wieder auf: »Du bist also zu deinen Eltern gefahren, weil dein Vater krank war, du aber die Papierfabrik trotz allem ablehnen wolltest?«

Juan und ein weiterer Kellner servieren die köstlich aussehenden Tapas: Datteln im Speckmantel, frittierte Scampis, kleine Tortillastücke, Papas arrugadas und dazu drei köstliche Saucen.

»Ich wünschte, es wäre so einfach gewesen, wie dieser Satz sich anhört«, antwortet er seufzend. »Mein Vater lag tatsächlich mit einem Infarkt in der Klinik, und meine Mutter war völlig aufgelöst. Sie hatte sich nie um die Belange unseres Betriebs gekümmert und bestand darauf, dass ich die Firmenleitung übernehme. Eine Weigerung würde mein Vater nicht überleben, meinte sie. Das war glatte Erpressung, und obwohl ich nicht vollends überzeugt war, wollte ich nicht riskieren, am Tod meines Vaters schuld zu sein – falls meine Mutter recht behalten hätte. Und da ich von dir nichts gehört hatte, fügte ich mich in mein Schicksal, jedenfalls für ein paar Wochen. Im Grunde war es eine Flucht in die Arbeit; ich dachte doch, du hättest mich längst vergessen. Wie sollte ich ahnen, dass mein Brief dich nie erreicht hat und niemand dir meinen Anruf ausgerichtet hat?«

»Das verstehe ich nicht. Albert hat im Herbst 1974, ungefähr drei Monate nach Ibiza, bei deinen Eltern nach dir gefragt und mir dann berichtet, du wärst verreist, sie wüssten nicht wohin.« Ich steche mit der Gabel in eine Dattel und probiere. Köstlich. Eine Mischung aus süß und salzig, wie Tränen des Glücks, die mir damals auf Ibiza über die Wangen liefen.

»Albert ist sogar höchstpersönlich bei uns aufgetaucht!«

»Was?« Ich verschlucke mich an der Speckdattel und muss kräftig husten.

»Alles in Ordnung?«, erkundigt Tom sich besorgt. Als ich nicke, fragt er, ob ich nichts davon wüsste.

Nach einem großen Schluck Wasser bin ich wieder bei Stimme. »Nein, woher?« Ich bin laut geworden, einige Gäste recken die Köpfe, hoffen wohl auf ein prickelndes Eifersuchtsdrama.

»Beruhige dich. Wir werden es schon herausfinden.« Er trinkt einen Schluck Wein, als wollte er Normalität herstellen. »Wie schmeckt er dir?«

»Gut«, antworte ich, obwohl ich ihn nicht genießen kann. Das Gespräch wühlt mich zu sehr auf, und je mehr Einzelheiten ans Licht kommen, umso mehr bröckelt meine bislang so gefestigte Meinung über Tom. »Bitte, sprich weiter.«

»Also, Albert hat mir berichtet, du hättest das Baby, unser Baby, verloren, und ich sei schuld, weil ich mich nicht gemeldet hätte. Nun wärst du zutiefst traumatisiert und wolltest mich nie wiedersehen.«

»Wie bitte?«

»Genau so hat er es gesagt. Ich habe kein einziges Wort vergessen, und glaube mir, ich habe lange gebraucht, um die Botschaft dahinter zu akzeptieren.« Er schiebt seine Hand über den Tisch und berührt flüchtig meine, die am Weinglas liegt. »Es tut mir so leid, was du durchmachen musstest.«

Es dauert einige Atemzüge, ehe ich begreife und es auch aussprechen kann. »Albert hat dich angelogen, hat mich belogen, hat *uns* belogen.«

»Wie meinst du das?«

»Auf Ibiza habe ich dir nichts von einer möglichen Schwangerschaft erzählt, da bin ich mir vollkommen sicher. Deshalb hat es mich auch gewundert, davon im Roman zu lesen …«

»Ähm …« Nachdenklich blickt er mich an, bevor er weiterredet. »Nein, ich habe erst durch Albert davon erfahren, und ein Roman braucht nun mal dramatische Höhepunkte, deshalb …«

»Er hat gelogen«, unterbreche ich ihn. »Auf Ibiza hatte ich zwar den Verdacht, aber ich war nicht schwanger. Falscher Alarm. Das stellte sich jedoch erst heraus, als ich in München bei meiner Ärztin war.«

»Aber …« Tom schluckt, leert schnell sein Glas und sieht mich dann eindringlich an. »Bina, warum hast du auf Ibiza kein Wort darüber verloren?«

»Weil ich eben nicht sicher war, mich nur meiner Frauenärztin anvertrauen und mich nicht von einem spanischen Arzt untersuchen lassen wollte, das sind doch alles Machos, damals jedenfalls.« Auch jetzt, wo ich diese

Situation in Worte fasse, fühle ich erneut diese Abscheu vor den Männern in der Frauenheilkunde. Schon als junges Mädchen kam es für mich nie infrage, einen fremden Mann an meine Mumu zu lassen.

»Unfassbar …« Zwischen Toms Augenbrauen bildet sich eine steile Falte. »Dann hat Albert sich diese dramatische Story nur ausgedacht, um uns auseinanderzubringen. Er war in dich verliebt. So sehr, dass er bereit war, alles dafür zu tun.«

»Ja«, sage ich leise, und beim Gedanken an die nächtliche Liebeserklärung in dem kleinen Park läuft ein unangenehmer Schauer über meinen Rücken.

»Dann ist mir klar, warum er dir weder den Brief noch das Manuskript mit dem Armband übergeben hat. Darum hatte ich ihn nämlich gebeten …« Tom bricht ab, nimmt einen großen Schluck Wein, stellt das Glas wieder ab, und als er mich ansieht, spüre ich, er sagt die Wahrheit.

»Wie ging es weiter?«

»Zwei oder drei Tage später rief Albert mich an, um eine Botschaft von *dir* zu überbringen: Du hättest alles verbrannt, ohne auch nur einen Blick darauf zu werfen, und wolltest mich nie wiedersehen.«

Fassungslos starre ich Tom an. Ich weiß nicht, was ich sagen soll. Meine Ehe mit Albert ist nur durch eine Lüge zustande gekommen. Ich bin bestürzt, schockiert und auch verwirrt. Wie konnte ich mich nur so täuschen lassen. Nicht Tom hat mich verraten, sondern Albert, mein Ehemann, mit dem ich die meiste Zeit meines Lebens verbracht habe.

»Das klingt alles so absolut unglaublich. Nie im Leben hätte ich Albert solch eine Gemeinheit zugetraut.« Laut ausgesprochen schmerzt diese Erkenntnis umso mehr. Ich falle in einen reißenden Gefühlsstrudel, blicke suchend auf dem Tisch umher, als könnte ich mich an irgendetwas festhalten. Doch da ist nur ein leeres Glas.

Tom scheint meinen starren Blick zu bemerken. »Noch Wein?« Als ich nicke, gibt er Juan ein Handzeichen, der binnen Kürze eine zweite Flasche serviert. Tom schenkt uns beiden nach.

Gierig trinke ich, als könnte Wein meinen Schmerz betäuben. »Nachdem ich von deinem Verschwinden erfahren habe, war ich überzeugt, nur ein Abenteuer für dich gewesen zu sein und du wärst deshalb untergetaucht.« Ich fühle, wie mir die Tränen kommen. Mit dem Rest des Weins in meinem Glas gelingt es mir, sie wegzuspülen.

»Bina, um Himmels willen, nein.« Tom klingt bestürzt. »Ibiza war die schönste, die wichtigste Zeit meines Lebens. Nicht eine Sekunde davon könnte ich bereuen. Ich bin selbst fassungslos, mich so in Albert getäuscht zu haben, habe ihn immer für einen Ehrenmann gehalten, aber es heißt auch: Der erste Eindruck ist wichtig, der zweite enthüllt die Wahrheit. Und ich bereue zutiefst, kapituliert und keinen weiteren Versuch gewagt zu haben.«

»Du hättest doch einfach in den Buchladen kommen können. Hättest verlangen können, dass ich dir das alles persönlich sage. Warum hast du nicht?«

»Weil ich Albert geglaubt habe. Und die Annahme, du würdest mich nie wiedersehen wollen, hat mich zutiefst verletzt. Aus falscher Eitelkeit habe ich mich entschieden, deinen vermeintlichen Wunsch zu respektieren, dich nicht mit Forderungen zu quälen. Das war falsch, und es tut mir unendlich leid, Balbina.« Er greift nach meiner Hand, und ich lasse ihn gewähren. »Das Leben besteht aus den Entscheidungen, die wir treffen. Niemand kann sie uns abnehmen, und oft erkennt man erst zu spät, dass man sich falsch entschieden hat.«

Auch meine Entscheidungen waren falsch, denke ich und erkenne meine Verantwortung. Ich hätte Alberts Behauptungen hinterfragen, ihn nicht heiraten müssen, habe es aber getan. Mein Stolz war damals zutiefst verletzt, genau wie Toms.

»Doch jetzt habe ich das Gefühl, das Leben könnte mir eine zweite Chance bieten ... eine Möglichkeit, meine falschen Entscheidungen rückgängig zu machen.« Bittend sieht er mir in die Augen. »Hättest du mir verziehen, wenn du das Manuskript damals gelesen hättest?«

Ich erwidere seinen Blick. »Auf der Fahrt hierher habe ich es nur zur Hälfte gelesen ... Das Ende kenne ich noch nicht.«

»Verzeihst du mir?« Zärtlich streichelt er meine Hände.

Ich spüre ein sanftes Kribbeln beim Blick in seine graugrünen Augen, die noch immer von dichten Wimpern umrandet sind, genieße die Wärme seiner Hände, den leichten Druck wie eine vorsichtige Umarmung, und mich erfasst dasselbe Gefühl wie damals. Gegenwehr zwecklos. Fünfundvierzig Jahre später sitze ich dem Mann gegenüber, der einmal meine große Liebe war. Und ich merke, wie ich immer noch etwas für ihn empfinde und wie mein Abwehrpanzer die ersten Risse bekommt.

30

Während meines ersten Berlinbesuchs hat sich mein Leben durch einen Kuss im Park und die Nacht mit Albert verändert. Auch mein zweiter Besuch in der zur Hauptstadt aufgestiegenen Metropole wird mein Leben verändern – oder zumindest stark beeinflussen. Nicht Wasser ist mein Karma – Berlin ist es.

Nach über zehn Jahren als »einschichtiges Leut«, wie man in Bayern sagt, versuche ich wieder in Wir-Form zu denken. Bekämpfe die Angst vor einer neuen Enttäuschung. Versuche, Tom zu vertrauen. Und bin kurz davor, mich in dieses aufregende Gefühl zu stürzen, das man Liebe nennt. Einfach glücklich sein. Wieder Schmetterlinge im Bauch spüren.

Selbstverständlich habe ich Tom verziehen. Wie der Rest des gestrigen Abends verlief, bleibt mein Geheimnis. Nur so viel: Ich habe meine Meinung über Kunststücke auf der Matratze geändert. Wer jetzt eine ausführliche Beschreibung erwartet, liest das falsche Buch. Sich in meinem Alter in erotischem Geschwurbel zu verströmen ist albern. Außerdem bin ich ein Kind der Siebziger, wir haben noch nie viel über Sex geredet, wir hatten welchen. Und daran hat sich nichts geändert: Wenn es um Sex geht, bin ich für Machen, nicht für schwülstiges Gerede in der Öffentlichkeit. Wäre ich Janis Joplin, würde ich singen: *We were on fire*.

Was Albert mir und Tom angetan hat, lässt sich nur als Schandtat bezeichnen. Ich weiß noch nicht, wie ich mich räche, praktisch ist es auch gar nicht möglich, aber irgendein Ventil für meine Enttäuschung und Wut muss ich finden. Denn in Toms Armen wird mir bewusst, welches Glück mir entgangen ist. Auch so etwas Banales wie Frühstück im Bett. Albert hasste das, er verstieg sich in die fixe Idee, dass einer immer den Kaffee verschütten würde. Tom dagegen findet es genauso gemütlich wie ich, schon auf Ibiza begannen wir so den Tag. Und wenn wir Kaffee verschütten, was soll's? Bettwäsche kann man waschen.

»Warum hat Albert das Manuskript nicht einfach vernichtet?«, überlegt Tom, während er Kaffee kocht. »Warum hat er es in einem Karton versteckt, wo du es finden konntest? Ich meine, wie blöd muss man sein, Beweise einer solch ungeheuren Gemeinheit zu verwahren.« Ich beobachte ihn dabei, wie er die Kanne auf das ohnehin volle Tablett stellt und es Richtung Bett trägt.

Tom lebt in einem weitläufigen Loft, einer ehemaligen Fabriketage, in der ehemals Herrenhüte modelliert wurden. Eingerichtet ist es gerade mal mit dem Nötigsten wie Bett, Schreibtisch, ein paar Stühlen, dazu ein Kleiderständer. Für das Badezimmer wurde eine Ecke mit Gipswänden abgetrennt. Kochen kann man auch in der Künstlerbude, an einem Herd, der sich ebenso gut für eine Restaurantküche eignen würde. Was man sonst noch benötigt an Geschirr, Kochtöpfen oder Pfannen, ist in einzelnen Elementen untergebracht oder hängt griffbereit darüber. Dennoch wirkt seine Wohnung auf mich wie eine vorübergehende Bleibe.

»Keine Ahnung«, antworte ich, »aber ich denke, er

hatte Gewissensbisse und hat es am Ende bereut. Seine letzten Worte waren nämlich: ›Es tut mir leid.‹ Erst jetzt wird mir klar, was er damit gemeint haben muss. Als er starb, bin ich davon ausgegangen, er bedaure, mich allein und relativ mittellos zurückzulassen.«

Tom stellt das Frühstückstablett auf dem niedrigen Tisch neben dem Bett ab, schlüpft wieder unter die Decke und platziert das Tablett zwischen uns. »Ab heute bist du nicht mehr allein.« Vorsichtig beugt er sich zu mir und küsst mich sanft auf die Wange.

»Auch nicht mehr mittellos«, ergänze ich schmunzelnd. Und während wir uns übermüdet, aber hungrig auf den Kaffee, die frischen Brötchen, den Teller mit Rühreiern und den von Juan eingepackten spanischen Schinken stürzen, erzähle ich von meiner Erbschaft. Von der Mietfrei-wohnen-Idee, meinen fabelhaften Mietern, die mich so sehr unterstützen, und den finanziellen Problemen, die schlussendlich alles zum Scheitern verurteilen.

Tom zieht fragend die Augenbrauen hoch. »Wo das Dach nun repariert wurde, kannst du das Haus doch behalten.«

»Wenn es nur das Dach wäre«, seufze ich, belege ein halbes Brötchen mit Schinken und häufe einen Löffel Rührei obendrauf. Dann erkläre ich ausführlich, was für ein riesiger Berg an Kosten auf mich zukäme. »Mir bleibt keine Wahl. Und Willi Faber, mein rühriger Makler, hat bereits einen ersten Interessenten gefunden, die Immobilie ist so gut wie verkauft. Kurzzeitig habe ich das Gefühl genossen, eine reiche Witwe zu sein, aber man kann eben nicht alles haben.« Ich stelle die Tasse aufs Tablett, schaue ihm tief in die Augen und bekenne: »Im Grund ist es doch nur ein Haus, und ich würde es jederzeit für die letzte Nacht eintauschen.«

Tom greift nach dem Tablett, um es auf die Seite zu stellen. »Ach, Bina, dass wir wieder zusammengefunden haben, ist einfach unbeschreiblich, und wenn *ich* könnte, würde ich das Haus kaufen und es dir als Morgengabe überreichen.« Sanft streichelt er mein Gesicht.

»Ein so wertvolles Geschenk könnte ich niemals annehmen, wir kennen uns doch kaum«, witzle ich im Überschwang der Gefühle.

»Oh, Verzeihung, wenn ich mich vorstellen darf«, steigt er auf meinen Scherz ein. »Tom Baranski, enterbter Fabrikantensohn, inzwischen relativ erfolgreicher Schriftsteller. Aber zu meinem Bedauern …«, er zuckt die Schultern, »haben meine Bücher zwar einiges eingebracht, doch seit ich unter einer Schreibblockade leide, ist alles zusammengeschmolzen wie Schnee im Frühling. Deshalb fahre ich Taxi, auf der verzweifelten Suche nach neuen Ideen.«

»Also für mich klingt das allein schon nach einem ziemlich guten Romanstoff, und du weißt, ich bin vom Fach.« Er legt den Arm um mich, und ich kuschle mich an seine Schulter. »Bücher haben in meinem Leben schon immer eine wichtige Rolle gespielt. Vor vielen Jahren bin ich der Liebe meines Lebens auf einer Lesung begegnet, und ein lange Zeit verschollenes Manuskript hat nun wieder alles verändert.«

»Wird es das …? Ich meine, unser Leben verändern?« In Toms Frage schwingt Unsicherheit mit.

»Wenn du nicht wieder spurlos verschwindest«, stichle ich.

»Nur Idioten begehen denselben Fehler zweimal.« Er

zieht mich leidenschaftlich an sich, und als wir uns wieder voneinander lösen, sind wir erhitzt, der Kaffee ist eiskalt geworden, und die Mittagssonne malt breite Lichtstreifen auf den Dielenfußboden.

»Ich muss dringend das Hotelzimmer räumen«, flüstere ich, ohne mich zu bewegen. Ich möchte einfach in seinen Armen liegen bleiben. Für immer und ewig in dieser Gefühlswoge baden. Mir nicht den Kopf zerbrechen, wie es weitergehen soll. Jetzt, wo ich meine große Liebe wiedergefunden habe, kann mir die Welt da draußen gestohlen bleiben.

Tom schnippst dreimal mit den Fingern.

»Was machst du?«

»Ich halte die Zeit an«, flüstert er dicht an meinem Ohr. »Dann können wir einfach hier liegen bleiben.«

In meinem Bauch flattert ein riesiger Schwarm Schmetterlinge auf; von dieser verrückten Idee kamen mir schon auf Ibiza Glückstränen. Doch egal, wie sehr ich diese Nacht, diesen Morgen genieße, in unserem Alter entsteigt man schließlich den verschwitzten Bettlaken, legt die rosarote Brille ab und kommt unter der Dusche langsam wieder zur Besinnung. Auf der schweigsam verlaufenden Fahrt zum Hotel hat die Realität mich wieder.

»Würdest du auf mich warten?«, bitte ich Tom, als er in Hotelnähe parkt.

Einen Moment lang sieht er mich irritiert an, dann lacht er. »Soll das ein Test sein? Keine Bange, ich warte.«

»Dann ist ja alles gut.«

Nachdem ich ausgecheckt, meine Extras, die Cola und die sündteuren Erdnüsse bezahlt habe, trete ich aus der Hoteltür, und Tom ist tatsächlich immer noch da.

Ich habe nicht wirklich befürchtet, dass er wieder verschwindet, aber so eine klitzekleine Unsicherheit saß wie ein Teufelchen auf meiner Schulter. Doch er steht nur lässig ans Taxi gelehnt und kommt nun auf mich zu, um mir den kleinen Koffer abzunehmen.

»Du willst also tatsächlich zum Bahnhof?«, fragt Tom, als er das Gepäck auf dem Rücksitz verstaut.

Als ob ich nicht wüsste, was er mit dieser Frage bezwecken möchte. Und alles in mir sträubt sich gegen die Rückreise.

»*Wollen* …«, seufze ich, als ich eingestiegen bin und Tom hinterm Steuer sitzt, »ist das falsche Verb.«

»Dann bleib hier, bitte.« Inklusive des knallblauen Himmels über Berlin ist die Situation der auf Ibiza auf gespenstische Weise ähnlich. Auch damals hat Tom mich sozusagen unter blauem Himmel gebeten zu bleiben, doch ich fühlte mich meinen Eltern und dem Buchladen verpflichtet. Und heute? Fühle ich mich meinen Mietern so sehr verpflichtet wie seinerzeit dem elterlichen Betrieb? Muss ich wirklich zurück nach München, um diese leidige Erbschaftsangelegenheit zu regeln? Kann ich den Hausverkauf nicht per Telefon erledigen? Würde der clevere Willi Faber das nicht auch irgendwie allein deichseln? Allerdings verfällt dann das Zugticket, was die sparsame »Witwe Buntschuh« nur schwer verdauen würde. Bleibt die Frage, ob ich das Schicksal herausfordere, wenn ich in den Zug steige. Wird Tom wieder verschwinden?

Er startet den Wagen und sagt hörbar enttäuscht: »Okay, dann zum Bahnhof.«

»Warte …«

Er stellt den Motor ab, dreht sich zu mir, und ich sehe

ein hoffnungsvolles Aufblitzen in seinen graugrünen Augen. »Ja?«

»Gestern hast du etwas über falsche Entscheidungen gesagt, wie war das noch mal genau?«

»Dass unser Leben aus den Entscheidungen besteht, die wir treffen und die uns niemand abnehmen kann und dass man aber oft erst viel später erkennt, ob es falsch oder richtig war und wir die Verantwortung dafür übernehmen müssen …«

»Genau. Und weil ich wissen möchte, was geschieht, wenn ich bleibe …«

»Du verlässt mich dieses Mal nicht?« Noch scheint er es nicht zu glauben.

»Nein, diesmal bleibe ich«, antwortet mein junges, verwegenes Ich. »Aber wie es jetzt weitergeht, *die* Entscheidung liegt bei dir.«

Er zieht mich in seine Arme und küsst mich zärtlich. »Dann lass uns einen Tag lang träumen, einfach nichts tun, an den Strand fahren«, sagt er, als er mich wieder loslässt.

»Schwimmen?« Ich hoffe, mich verhört zu haben, denn meinen Winterkörper würde ich in der Öffentlichkeit, wenn überhaupt, nur im Mondschein spazieren führen. »Das ist ungünstig, ich habe keinen Badeanzug eingepackt.«

»Wir brauchen keine Badesachen«, entgegnet Tom, startet den Wagen und drückt auf die Tube.

»Du meinst, wir legen uns *nackt* in den Sand?« Meine Stimme überschlägt sich in heller Panik.

Lachend tätschelt er seinen Bauchansatz. Auch er ist nicht mehr der junge Mann mit der sportlichen Figur und den Muskeln an den richtigen Stellen. »Keine Sorge, es ist kein FKK-Bad. Vertrau mir einfach, ich bin sicher, es wird dir gefallen.«

Ich nicke und ergebe mich der Entscheidung, ihm zu vertrauen. Nach einer guten halben Stunde Fahrt taucht ein Ortsschild auf: Köpenick.

»Auf den Strand bin ich neugierig«, sage ich, weil mir zu Strand und Köpenick absolut keine Verbindung einfällt.

Doch dann blicke ich staunend über den Langen See, wo im Jahr 1908 das Strandbad Grünau eröffnet wurde. Ziehe die Schuhe aus. Und fühle den warmen Sand zwischen den Zehen.

Wenig später sitzen wir in einem Strandkorb, die hier vermietet werden, blicken aufs Wasser und genießen XXL-Eis am Stil, das mit einer dicken Schicht Schokolade überzogen ist, und Tom erzählt von seinen Jahren als Vagabund.

»Ich bin kreuz und quer durch die Welt gereist, oft ohne bestimmtes Ziel. Immer auf der Flucht vor den Erinnerungen an ein wunderschönes Mädchen, mit dem ich auf Ibiza die glücklichste Zeit meines Lebens verbracht habe. In den Frauen, die mir begegnet sind, habe ich immer dich gesucht, manchmal geglaubt, dich gefunden zu haben, um bald den Irrtum zu erkennen.«

»Die junge Balbina glaubt ihm jedes einzelne Wort, es klingt einfach zu romantisch. Mein verwitwetes Ich zweifelt ein wenig an seiner Geschichte, immerhin ist er ein erfolgreicher Schriftsteller und geübt im Erfinden.«

»Sehr schmeichelhaft, aber mittlerweile ist eine halbe Ewigkeit vergangen, da vergisst man so einiges.«

»Man vergisst nur belanglose Begegnungen«, widerspricht er und sieht mich an: »Hast du mich denn vergessen?«

Ich ziehe es vor, das Thema zu wechseln. »Erinnerst du dich an unseren Traum von der Großfamilie, vom Multikultihaus?«

Lächelnd blickt er über den See. »Ein schöner Traum.«

Ein junges Paar mit zwei Kleinkindern an den Händen läuft an uns vorbei Richtung Wasser. Die Kinder schwenken kleine Eimer. Der Mann hat ein großes Netz voller Spielzeug geschultert. Der Anblick versetzt mir einen Stich.

»Hättest du es durchgezogen … Ich meine, hättest du so eine Finca gekauft?«

»Ich hatte sogar schon einen Makler kontaktiert und mir ein spanisches Gutshaus angesehen«, antwortet Tom, ohne zu überlegen – ein Zeichen für Ehrlichkeit. »Die Lage war nicht ideal, kein freier Blick aufs Meer. Ich meine, wenn man schon auf einer Insel lebt und von Wasser umgeben ist, möchte man es auch sehen können.« Er streckt den Arm aus und deutet auf die Kinder, die fleißig Sand in ihre Eimer schaufeln. »So ähnlich habe ich mir das vorgestellt. Wir buddeln mit unseren Kindern im Sand.«

»Als ich das Haus geerbt habe«, erwidere ich leise, »ist mir auch unser Traum wieder eingefallen, und ich habe gehofft, ihn zum Teil verwirklichen zu können. Meerblick kann ich zwar keinen bieten, aber reichlich Isarflimmern, wenn die Sonne scheint. Vielleicht hast du ja Lust, es dir mal anzusehen.« Kaum ausgesprochen, merke ich, wie waghalsig das war, fast schon ein indirekter Antrag. Was soll's, ich bin emanzipiert, Tom ist kein reicher Erbe mehr, wir sind beide arm, und auch eine

Witwe über sechzig darf sich mal große Träume leisten. Seltsamerweise muss ich in diesem Moment an mein Hochzeitsgeschirr denken – wie gut, dass ich es nicht verschenkt habe.

Tom antwortet nicht, fasst sich ans Kinn und streicht nachdenklich über den Bart. »Das wäre dann *die* Gelegenheit, Alberts Grab zu besuchen, um ihm gehörig die Meinung zu sagen. Allerdings hätte ich vorher noch einiges zu regeln – wie zum Beispiel, mich zu rasieren. Das geht nicht von einer Minute auf die andere, und es wäre …« Er sieht mich sehr lange an. »Eine ziemliche Veränderung.«

»Veränderungen sind immer eine Herausforderung«, entgegne ich.

»Okay«, sagt Tom und greift nach meiner Hand. »Dann lass uns Pläne schmieden.«

Ich lächle nur stumm vor mich hin, als wäre ich sechzehn und nicht sechsundsechzig. Aber ich sitze auf einer rosaroten Wolke, kann einfach nicht aufhören zu grinsen, und all meine Bedenken und Sorgen sind wie weggeblasen. Ich lasse mich in die mächtige Glückswelle fallen, die durch meinen Körper fließt, und fürchte mich nicht länger vor Banken, Kosten oder Steuern. Ich bin nicht mehr allein.

Zuerst geht es zur Taxifirma, wo Tom den Wagen zurückgibt, abrechnet und wir in sein Auto umsteigen, einen Lada, den man notfalls auch mit Vodka antreiben könnte, wie Tom feixend behauptet. Umweltfreundlicher wäre es in jedem Fall. Anschließend fahren wir zurück ins Loft. Während ich uns Kaffee koche, telefoniert er mit Frau Fuchs. Er nennt sie liebevoll *Füchsin*, wegen ihrer

Spürnase für Romanstoffe, sagt allerdings wenig, murmelt nur ab und zu »okay«, »stimmt« oder »hmm«. Nach dem Gespräch strahlt er mich an.

»Sie hat die ersten Seiten gelesen?«, tippe ich. Seiner aufgekratzten Miene nach zu schließen, kann es sich nur darum handeln.

Er nimmt mir die Tassen aus der Hand, die ich aus dem Regal genommen habe, und umarmt mich stürmisch. »Hat sie, ist begeistert und würde es gern rausbringen, allerdings mit einigen Änderungen.«

Ich freue mich genauso sehr wie Tom, bin aber etwas irritiert. »Wie bitte lässt sich denn die Vergangenheit ändern? Da wäre ich nämlich sofort dabei.«

»Oh, ich genauso«, antwortet er lachend. »Es handelt sich um einen Gegenwartsstrang ...« Er küsst mich zärtlich auf den Mund. »Und da kommst du ins Spiel. Hast du jemals den Film *Harry und Sally* gesehen?«

»Ja, erst vor einigen Wochen wieder im Fernsehen.«

»Dann erinnerst du dich vielleicht an die alten Ehepaare, die von ihrer ersten Begegnung oder ihren vorherigen Beziehungen erzählen? Die *Füchsin* möchte, dass ich ein altes Ehepaar aus einer Gegenwartsperspektive erzählen lasse.«

»Verstehe, aber was habe ich damit zu tun?«

»Du bist die Ehefrau in der Geschichte.« Tom geht vor mir auf die Knie. »Geliebte Balbina, willst du nach all diesen Jahren noch immer meine Frau werden? Denke aber nicht, ich frage nur wegen der Romanstory und weil man am besten über vertraute Themen schreiben soll. Ich bitte dich, weil mir in den letzten Stunden bewusst wurde, dass ich dich immer noch liebe und dich in all den Jahren nicht vergessen konnte, so sehr ich mich auch angestrengt habe. Egal, ob ich ein Buch in die Hand genommen oder einen Buchladen betreten habe, überall habe ich gedacht, dich zu finden.«

Im ersten Moment bin ich so überrascht, dass ich ihn nur anstarre. Im Strandkorb habe ich ihm zwar selbst einen indirekten Antrag gemacht, damit aber nicht gerechnet. »Ja, ich will deine und die Ehefrau in der Geschichte sein.«

»Meine süße Bina«, sagt er leise, während er sich hochrappelt und dabei kurz aufstöhnt. »Nicht in meinen kühnsten Fantasien hätte ich mir diese Szene vorstellen können. Erst recht nicht, dass meine Knochen dabei so knacken.« Er zieht mich wieder in seine Arme. »Aber für dich würde ich immer wieder auf die Knie gehen.«

»Einmal genügt vollkommen«, entgegne ich überglücklich, und wir müssen beide lachen.

Bei *Harry und Sally* war das die letzte Spielszene, danach saßen sie nebeneinander auf einer Couch und beschrieben ihre Hochzeit.

Könnte man machen, aber das wäre ein harter »Schnitt«, und alles dazwischen ginge verloren. Viel zu schade. Zumindest möchte ich noch von den nächsten Überraschungen erzählen: Tom hat sich gründlich rasiert und mich danach in ein Juweliergeschäft entführt. Was nun an meiner linken Hand glitzert, möchte ich am liebsten der ganzen Welt entgegenstrecken und dabei kreischen wie eine Zwanzigjährige. Auch Witwen können durchdrehen vor Glück.

Heiraten werden wir in München, wo sich unser Traum vom Mehrgenerationenhaus nun tatsächlich erfüllt. Der Verlag zahlt Tom nämlich einen Vorschuss auf den Roman, keine siebenstellige Summe, aber die dringendsten Kosten wird er decken. Alles andere ist ein Klacks, versichert Tom mir immer wieder, und daran zweifle ich keine Sekunde. Zu zweit bewältigt man auch die größte Veränderung, und auf der Fahrt nach München schweifen wir nicht ab in die Vergangenheit, sondern schmieden Zukunftspläne. Plötzlich sehe ich keine Probleme mehr, sondern nur noch Lösungen.

Und meine Rache für Asche-Albert? Auf ihn wartet ebenfalls eine Herausforderung: Ich werde ihm nicht mehr vorlesen, und er wird sich täglich mein wiedergefundenes Liebesglück ansehen müssen.

Balbinas Käsekuchenrezept

Zutaten

Für den Boden
250 g Mehl
50 g Zucker
1 Prise Salz
125 g Butter
1 Ei

Für die Füllung
500 g Schichtkäse oder gut abgetropfter Magerquark
250 g Quark 20 % Fett
125 g Sauerrahm
125 g Crème fraîche
2 EL Mehl
200 g Zucker
1 Päckchen Vanillezucker
6 große Eier
Saft von ½ Zitrone

Für den Boden das Mehl in eine Schüssel geben, Zucker und Salz untermischen. Anschließend die Butter in kleinen Stücken und das Ei dazugeben. Balbina vermischt das Ganze mit den Händen zu einem geschmeidigen Teig. Geht natürlich auch mit dem Rührgerät oder

der Küchenmaschine. Eine Stunde abgedeckt im Kühlschrank ruhen lassen.

Den Ofen auf 200 Grad, Umluft 180 Grad vorheizen.

Den Boden einer gefetteten Springform (26 cm Durchmesser) einfetten, den Teig ausrollen, die Form mit dem Teig auslegen, am Rand drei Zentimeter hochziehen und andrücken und die Bodenfläche mit einer Gabel einstechen.

Zehn Minuten vorbacken.

Währenddessen für die Füllung den Quark, Sauerrahm, die Crème fraîche und das Mehl in eine Schüssel geben und gut verrühren. Eier und die restlichen Zutaten hinzufügen und alles mit dem Schneebesen des Rührgeräts mindestens zwei Minuten schlagen.

Form aus dem Ofen nehmen. Die Füllung auf den Boden geben, gleichmäßig verteilen und glattstreichen.

Den Kuchen in den vorgeheizten Ofen schieben, und nach zehn Minuten mit einem spitzen Messer zwischen Mürbteigrand und Quarkmasse rundherum einritzen. Dann geht der Kuchen gleichmäßig auf. Weiter fünfzig Minuten backen.

Wegen der vielen Eier geht der Kuchen beim Backen sehr hoch auf, beim Abkühlen sinkt er dann wieder auf den Teigrand herunter.

Extratipp von Balbina: Bei Umluft werden Kuchen an den rückwärtigen Stellen oft zu dunkel. Das lässt sich vermeiden, wenn man die Form nach der Hälfte der Backzeit einfach dreht.

blanvalet

www.blanvalet.de

facebook.com/blanvalet

twitter.com/BlanvaletVerlag